全球视野下的
中国文学系列

丛书主编 陈思和 王升远

全球视野下的沈从文

Routledge Companion to
Shen Congwen

主编 周 刚 陈思和 张新颖

上海交通大学出版社
SHANGHAI JIAO TONG UNIVERSITY PRESS

内容提要

本书为“全球视野下的中国文学”系列之一，本系列试图帮助学者们认识到中国文学不是一个静止的概念，而是一个不断地被接受、被阐释从而获得不断再生的过程。本书主要对沈从文的创作进行探索和研究，旨在让全世界了解沈从文笔下的中国文化。

全书分成四部分：第一部分为沈从文小传；第二部分为沈从文研究综述，是沈从文研究在中国、日本、美国和法国以及欧洲其他国家的综述；第三部分是国内沈从文研究八十年来的佳作精选；第四部分来自海外的文章由日本、美国、法国和意大利的研究者撰写。

本书英文版已输出到 Routledge 出版社。

图书在版编目(CIP)数据

全球视野下的沈从文/周刚，陈思和，张新颖主编.
—上海：上海交通大学出版社，2017
ISBN 978-7-313-16787-3

Ⅰ.①全… Ⅱ.①周… ②陈… ③张… Ⅲ.①沈从文(1902—1988)—文学研究 Ⅳ.①I206.7

中国版本图书馆 CIP 数据核字(2017)第 051688 号

全球视野下的沈从文

主　　编：周　刚　陈思和　张新颖
出版发行：上海交通大学出版社　　地　　址：上海市番禺路 951 号
邮政编码：200030　　电　　话：021-64071208
出 版 人：郑益慧
印　　制：上海景条印刷有限公司　　经　　销：全国新华书店
开　　本：710 mm×1000 mm　1/16　　印　　张：20
字　　数：325 千字
版　　次：2017 年 5 月第 1 版　　印　　次：2017 年 5 月第 1 次印刷
书　　号：ISBN 978-7-313-16787-3/I
定　　价：68.00 元

序 言

周 刚

这本《全球视野下的沈从文》从 2012 年的创意到今天的出版经历了诸多波折，都是各位沈从文学者专家共同努力的结果。我这里先要感谢陈思和教授对后进的提携和对这本书最初理念的肯定和支持；也要感谢金介甫和张新颖教授在百忙中对这个项目的参与和指导。其他各位撰稿人也都值得感谢，特别是小岛久代和何碧玉教授，都为这本书立下了汗马功劳。希望此书出版后能对中外沈从文学者和中国现代文学研究者有所帮助。

从第一个层面上来看，这本《全球视野下的沈从文》为国内和海外的沈从文学者创造了一个对话的平台。全书分成四部分：第一部分为沈从文小传；第二部分为沈从文研究综述，为沈从文研究在中国、日本、美国和法国以及欧洲其他国家的综述，虽然选文只有四篇，但对沈从文研究的历史和发展状况性都有所概括；第三部分是国内沈从文研究八十年来的佳作精选；第四部分来自海外的文章由日本、美国、法国和意大利的研究者撰写。

作为"全球视野下的中国文学"系列中的第一本，这本《全球视野下的沈从文》也试图探索中国现代文学在全球化时代的新定位，沈从文只是其中的一个个案。从某种意义上说，是我们所处的这个全球化的时代为这个研究命题提供了可能性和需要性。究竟什么是中国现代文学？中国现代文学是不是就等同于现代文学的中国阐释？我们又应该怎样看待现代文学的域外阐释？如果我们仔细看一下本书中收录的来自域外的选文，就会明白海外各国对沈从文以及中国现代文学的远距离、近距离阅读阐释，有各自不同的地平线、期待值和对照物，其结果应该是不同版本的沈从文和不同版本的中国现代文学。各种阐释应该都被赋予自身特有的本体论上的意义，而不在于对错高下之分。来自域外各国的阐释，应该是现代文学文本与该国社会文化、学术界氛围和研究者自身合力的结果。我们对域外沈从文的理解也应该从这一基本点出发，换句话说，域外现代文学不仅提供了对中国现代文学再认识的一次次机会，也为本土对海外各国学术动向的了解打开了一扇扇窗户。

最后，这本《全球视野下的沈从文》也是对近几年来欣欣而起的关于世界文学的讨论和学术探讨的一个呼应。翻译后的沈从文和沈从文在域外的阐释批评应该被看作沈从文在世界文学场中的再生，而这种种再生应该被赋予本体意义，作理论上的深入探讨。也是近几年来，华语语系文学批评的兴起使学者们对什么是中国文学进行反思和探索，原先相对狭隘的中国文学的定义被解构并扩展到包括所有用华语写作的本土作品以及域外作品的总和。如果说对华语语系文学的重视使学者们对中国文学和汉学进行外延上的再定义，这套“全球视野下的中国文学”系列试图帮助学者们认识到中国文学不是一个静止的概念，而是一个不断地被接受，被阐释从而获得不断的再生的过程。这种意义上说，一本全球化时代的中国文学史应该是本土、域外对中国文学阅读阐释的总和并对话。

目　录

沈从文小传

沈从文研究综述

沈从文研究国内篇

沈从文研究海外篇

全球视野下的沈从文

沈从文小传

沈从文小传

丁茜菡

一、凤 凰 沈 家

1902年12月28日，即清光绪二十八年农历十一月二十九日，湖南省境内一个清波环绕、山脉连绵的偏远小城里，沈岳焕出生了。这个地方旧称镇筸，今为凤凰县。沱江穿城而过，沈岳焕在这里长大，后改名从文。

镇筸，地处湘西，近贵州。这个在中央集权力量干预下逐渐形成的清代屯戍重镇，至民国仍然保留着绿营兵设制度。几百年中血染此地的暴政和反抗，到沈从文长大后基本归于平静，虽然汉族与苗等少数民族混居于此，但是身份地位上，汉族在过去占有很大优势。然无论汉苗，当地人皆尚武，年轻人的主要出路是当兵，以成为将军为家族荣耀。

沈从文的祖父沈宏富是汉人，曾参加曾国藩统领的湘军部队，官至云南昭通镇守史和贵州提督，为沈家留下家产和地位，妻子亦是汉人。未及有子嗣，沈宏富便去世了，只好由妻子做主，从弟弟沈宏芳处过继来一个男孩——沈从文的父亲沈宗嗣。沈宗嗣的生母本是位苗族姑娘，身份低微，当了二房生完两子后又被远嫁。于是，沈宗嗣的苗族血统被悄悄隐瞒，沈从文也是直到二十岁才得知自己身上的苗族血统的。

作为沈宏富的继子，沈宗嗣身上有传宗接代和光耀沈家的两大期待。光耀沈家的方法，自然还是在做将军上。八国联军入侵，天津大沽失守时，沈宗嗣是天津总兵罗荣光的一员裨将。然而庚子拳乱使得他随身携带的一大半沈家家财散失，也迫使他回家中去。此时，男丁方面，已有两岁的长子。又过了两年多，沈宏富的妻子去世时，新添的男婴已过百天——正是沈从文。沈宗嗣在家乡持续参与地方势力更迭，成为当地要人，却竞选省议会代表失败，出走北京。在北京谋划刺杀袁世凯，事情败露，沈宗嗣又逃至热河等地，多年关外生活后才回湘西，终在沈从文 28 岁这年病死家乡。两年后，沈从文在自传中感念父亲赐予生命，并给予自己骄傲与勇气。

沈从文的外祖父黄河清是当地最早的贡生，在文庙和书院工作。这户人家思想开放、与时俱进，曾办起当地第一所照相馆和第一所邮政局，沈从文的舅舅黄镜铭后来去了北京帮民国第一任总理熊希龄做房产上的打理。受家庭影响，沈从文的母亲黄英读书和见识上都不输于当地从武的男子。沈从文认为是母亲担负起了小孩们的教育工作，自己作为男子极不可缺的思考与决断能力，也是从母亲那里学会的。

沈从文在沈家男孩中排行第二，因此称“二哥”，长大成人的兄弟姐妹各一位，分别是大哥沈云麓（即沈岳霖）、大姐沈岳琨、六弟沈荃（即沈岳荃）和九妹沈岳萌。沈家长子云麓，大从文 4 岁，上过美术学校，18 岁只身赴关外寻父多年，同时以为人画像谋生。他视力很差、身体不好却见识不凡，一生中无子女、产业，却为当地文化事业的保护发展和青年才俊的扶持培养作出了很大贡献，是家乡的知名人士。长期保持着书信联系，他是沈从文心理上和家乡后方的重要支柱。大姐沈岳琨，嫁与了熊希龄的外甥田真逸，是小学教员，有子嗣。年少时的关怀，令沈从文几十年后想起仍十分温暖，1957 年时将新版旧作选集寄予她表达感激。六弟沈荃曾是国民党抗日军官，多次在对日激战中负伤，勇猛善战但不打内战，促进了凤凰的和平解放。1951 年底，他在初期镇压反革命运动中被执行死刑，1983 年获平反。遗孤沈朝慧由两位伯伯照顾，波折中长大。九妹沈岳萌出生于沈宗嗣出走前两年，比沈从文小 10 岁，多年庇护在沈从文的文人生活圈子，可爱的少女形象也常常出现在沈从文笔下。可是，四十年代九妹终因性格原因和现实刺激而精神失常，从昆明送回家乡，死于新中国的饥荒。六弟和九妹，成为沈从文心中不能提及的隐痛。

二、从顽童到小兵

沈从文自小聪慧过人，曾是全家人疼爱的对象，被父亲寄予厚望。6 岁时，因出疹子持续高热，家里已备好小小的棺材，终是康复了。开始读私塾，又先后进入城内和城外的小学读书。学校的功课未能引起沈从文的兴趣，他格外亲近大千世界。他去山间玩耍，去水中嬉戏，看豆绿色的河水倒映美丽的吊脚楼，听“鬼桂红，鬼桂红”的杜鹃声离碾坊远去。他对店铺和集市里的织竹簟、磨针、打铁、杀牛均有兴趣，尚没有真正死亡意识之时，对河边处决了的犯人的头颅和衙门前割下的血淋淋的人耳也感到好奇。逃学、撒谎、赌博……受到狠狠的体罚却屡教不改，家中人渐渐对这孩子的前途失了望，可自然与新鲜人事就在这期间给予了他丰厚的营养。

1916 年，代替父亲管束他的大哥已经寻父去了，母亲同意沈从文到地方新开的军事技术班去受训。家人对八个月训练的结果感到满意。次年，二女儿的死亡和家境的日益衰落，使母亲终于下定决心，让沈从文随亲戚去当补充兵，驻防辰州。据沈从文回忆，那是农历七月十五中元节，他泡在水中玩，回去只见母亲对他哭。第二天，细雨绵绵中，背着母亲准备的齐全而沉重的行李，这个 15 岁的小小人儿被茫然推进新鲜而残酷的世界。

湘西水系四通八达，行船是普遍的交通方式。1917 年当兵至 1923 年离开湘西以前，沈从文的行踪基本在沅江及其支流酉水、辰水一带。

从高村乘船到辰州，沈从文被编入张学济管辖下的靖国联军第二军游击第一支队。随后，部队赴芷江清乡四个月，再移防到怀化，沈从文因能做写字工作被任命为司书，兼自愿为大家焖狗肉吃。过了约一年时间，部队在本身问题和第一军压力下回到辰州，又开过川东就食，当地“神兵”突袭中几乎全军覆没。当时沈从文因年纪较小，被派留守辰州，侥幸逃过这一劫，被遣散回家。两年间，杀戮的恐怖、制度的腐败、人生的愚昧在他心里生出否定来；自然界的河溪草木、街市的日常生活与偶见人性的温暖光明处，一同慰藉了他。在一位文姓秘书官影响下，沈从文始对文化产生兴趣。

只三个月，为谋生沈从文再次离家。冰天雪地中，用生棕衣包住脚，跟着亲戚的轿子走了四天到达芷江，他投靠舅舅黄巨川，在其任警察局长后成为局中一名抄条子的小小办事员。舅舅和姨夫熊捷三吟唱往来，沈从文也学起旧体诗来。母亲因卖掉了家乡老屋只好来同住，剩下的钱交由沈从文保管。舅舅忽然病死，沈从文做了税收员，成天想着用作诗的本领去讨女孩的欢心，手中母亲的钱便被一对兄妹骗走了。内心羞愧和情感受伤使他悄悄离开，出走到常德时，遇到表兄黄玉书，便停留下来。在这里，沈从文见证和帮助了黄玉书和杨光惠的爱情——这二人后来做了夫妻，生了当代画家黄永玉。

当时，和这位沉浸于甜蜜爱情的表兄同住客栈中，眼见着似乎除抢劫和自杀以外别无出路，沈从文越发不能忍受。四个月后，他和表弟聂清随同乡曾芹轩坐船，四十天中化险为夷，又过辰州，终抵保靖。沈从文投宿到另一个表弟处，开始“打流”的生活。半年后，他终于在陈渠珍的部队中谋得司书一职，更加勤快地练习自己的吃饭本领——书法。又随张云龙军队移防四川龙潭，途经的茶峒后来被沈从文用作小说《边城》中故事的发生地，军队生涯中遇到的趣人险事，也被沈从文写到之后的作品之中。

回保靖后，沈从文终于达成心愿，在自己仰慕的统领官陈渠珍身边做起书记，并在协助整理陈渠珍的治学收藏时，从古籍、字画中逐渐领略到历史的光辉，却愈发寂寞，模模糊糊期盼一份事业。半年后，沈从文被借调到陈渠珍所办报馆做校对工作，接触到新文化。调回部队后，他大病四十天险些丢了性命，又因擅长游水的好友淹死而去收尸受到触动，认真思考人生，当年决定过北京读书，得到统领官陈渠珍的支持。

这是 1923 年，离家六年，沈从文 21 岁。

三、职 业 作 家

初来乍到，现实的教育就开始了。这个乡下年轻人提着一卷行李，坐上货运板车，由车夫送进北京西河沿一家偏贵的小旅馆。他探望大姐一家，才发现和自己“寻找理想，读点书”的打算相反，姐夫田真逸大学毕业后找不着工作，正准备举家先回湘西去。(13;374)①在农业大学读书的表弟黄村生带沈从文投宿到当年沈宗嗣住过的酉西会馆，经济，看书和闲逛也便利。沈从文结识了一帮农大青年，次年搬到北大附近的庆华公寓居住，很快与同在北大旁听的陈翔鹤等年轻人熟悉起来，又在姐夫帮助下结交了张采真等燕京大学学生。

可是，现实的打击仍在继续，考上大学的希望过于渺茫，陈渠珍的资助也出现问题，衣袋中的铜元已“不能再因相撞而发响”。(1;355)饿着肚皮不停投稿，一再碰壁，也没有女子垂青，如“一粒灰尘”(13;5)；住处透着风，且避不开房东的热讽；冷夜里委屈而羞辱，蜷在暗处淌泪——这就是郁达夫大雪中赶到“窄而霉小斋”看到的诉苦青年。1924 年底，沈从文开始发表作品，此后多种文体陆续发表在《晨报副刊》上。

① 文中引用《沈从文全集》(太原：北岳文艺出版社，2002 年第二版)的文字，采取文中夹注形式，标出卷数和页码起止。

1925年5月，因文章误会，他向北大教授林宰平解释身份和表明心志，后者推荐他去了熊希龄香山慈幼院任图书管理员。① 在这里，他发表了讽刺慈幼院人事的《用A字记下的事》和《棉鞋》，拜访了喜爱的作家徐志摩，还结识了胡也频和丁玲这对也在写作的恋人。爱才的徐志摩向沈约稿并公开作“多余的”赞美。(11;49) 第二年，沈从文辞去工作专事写作。他也在新月社和《现代评论》的朋友间耳濡目染。

才华初露便产量极高。据《沈从文年谱》统计，1925至1928四年间沈从文分别发表作品60余篇、70余篇、近40篇和40余篇。1926年即由北新书局出了第一部多文体合集《鸭子》；1927由新月书店出了第一本短篇小说集《蜜柑》；1928年，不仅有得意短篇《柏子》出现，还有长篇小说《旧梦》和长篇童话《阿丽思中国游记》连载，后者当年便出版，此外还有十余种单行本、小说集问世。

出产作品数量之多，不仅因为才华横溢、经历特别，还应看到职业作家生计上的压力。1927年夏天，母亲和九妹也到达北京和沈从文共同生活。因出版社南迁，沈从文转往上海，不久将二人接去，次年夏又陪母亲返京看病。穷困之中流着鼻血拼命写作，但因书店常常拖欠稿费，沈从文的经济状况仍然堪忧，到了母亲病中一起挨饿的地步。

沈从文生自己的气，描写哀怨与挣扎的《不死日记》发表在《红黑》上——由胡也频主编、丁玲和沈从文实际参与的《中央日报》新副刊，到1928年年底停刊。第二年，他们三人办起红黑出版社，开始出自己的《红黑》月刊，同时为人间书店编《人间》月刊。“红黑”是湖南湘西土话，“例如‘红黑要吃饭的！’……是‘横直’意思，‘左右’意思，‘无论怎样都得’意思。”②对这个词的切身感受中，有三人的文学态度，也显现了当时巨大的经济压力。不迎合时代趣味，不屑做商业竞卖，自己出作品也约稿，沈从文自认为这是“最勤快的工作的年份”。(13;30) 不过，出版社到底还是因资金问题破产了，因此《红黑》只出到第8期。

四、大学教师

经徐志摩推荐，1929年9月起，沈从文到胡适任校长的淞沪中国公学教书，讲授“新文学研究”“小说习作”和“中国小说史”并编写教材，一面继续创作。与

① 林宰平（署名唯刚）错将《遥夜》作者当成一个无病呻吟的大学生加以批评，沈从文为此写《致唯刚先生》一文。此后，林宰平约见他，从此师生相待。

② 释名[J]. 红黑，1929，1：1.

教学相关，沈从文开始颇有见地地品评新文学作家创作，第二年发表《论冯文炳》《论郭沫若》等一批评论文章。成熟的湘西题材短篇小说《萧萧》《丈夫》也在这期间出现了。除了继续有新的文学作品集面世，还出版了教材《中国小说史讲义》。他将一切在信中讲与一见如故而很快赴美的新朋友王际真听。

教学之余，沈从文对本校外语系二年级女生张兆和生出爱慕之心。认可作品易，勉强心意难，女生拿情书找到胡校长评理。母亲已接回乡，九妹入了学，这个可怜人想“重新来做人”。(18:74) 教满两学期，带着被爱情折磨得快要发疯的心，又经徐志摩帮助，他转到武汉大学陈西滢任院长的文学院，讲授新文学。此时武大的政治、人事与自然环境，实不容乐观。

1931 年，以死亡的消息开始。年初，沈从文得知父亲已于先一年年底病逝，好友张采真已被国民党杀害，伙伴满振先死于家乡打仗。紧接着胡也频被捕，沈从文三次从上海去南京求助，未果。胡也频死时，身上还穿着他的长袍。之后，他千里护送丁玲母子回老家，返回时错过武大的开学日期。

沈从文索性放弃教职，留在上海写作。他受邀写了胡也频的传记《诗人和小说家》(后改为《记胡也频》)，在《时报》连载，用长文《论中国创作小说》回顾了新文学以来的发展，对出现的社团和作家进行梳理，以发现文学上的可能与必然。此时，沈从文也梳理着自己创作上的可能性，在《甲辰闲话一》中，他列下 30 至 50 岁二十年中的写作计划。

失去武大的教职，他又在徐志摩介绍下去了杨振声为校长的青岛大学开小说史和作文课，九妹也随去青大读书。这座海滨城市气候适宜，他的学习情绪也格外旺盛。11 月 13 日，沈从文给徐志摩写信，计划按徐志摩等人的鼓励，“写苗公苗婆恋爱、流泪、唱歌、杀人的故事。”(18:150) 全年，沈从文发表《虎雏》《黔小景》等作品 40 余篇，出版《沈从文子集》《石子船》《龙珠》等文集。如信中所言，他正有意识地挖掘着湘西经验。然而，11 月 19 日，徐志摩突因飞机失事而亡，这一消息在 4 天后由一急电传到青岛，沈从文连夜赶赴济南。这一年，是在死亡的伤痛和后事的打理中告终的。

对海独坐，梳理心绪，乌云渐渐散去，更从海的脉搏中觉出人生短暂。1932 年，沈从文又发表作品近 40 篇，并继续有《虎雏》等多部作品集出版，暑假中只用三周时间便完成了邵洵美约稿的《从文自传》，也在内心完成了对自己的确立①。

① 张新颖. 沈从文九讲[M]. 北京：中华书局，2015：80－82.

这年，沈从文三十岁。

1933年初，沈从文与张兆和订婚。2月，《月下小景》发表了，这是前一年写完自传后去苏州看望已毕业的张兆和及其家人时，答应为张兆和五弟写的故事之一。张兆和来到青大图书馆工作，二人在崂山北九水游玩时，沈从文又许诺将所见写成故事，即后来的《边城》。这年，又一位好友恐遭不测——做左翼工作的丁玲被国民党特务秘密逮捕。沈从文一面请求胡适等人帮助，一面发表《丁玲女士被捕》《丁玲女士失踪》以求舆论关注。不顾为此受到中伤，在传闻丁玲遇害之后，他又写了小说《三个女性》，并开始边写边连载传记《记丁玲女士》。

五、不止编辑

1933年8月，沈从文从更名山东大学的青大辞去教职，接受原校长杨振声的邀请，回北京参与中小学教科书的编写，并一起主持起《大公报》新辟的《文艺副刊》，共事的还有朱自清等人。9月完婚，《边城》在创作中，一面交替着继续写完连载的《记丁玲女士》。秋天时，前一年认识的友人巴金来新婚家中做客两月。这年，《阿黑小史》《凤子》《月下小景》等作品集出版了。因为编副刊，文人、学者间密集地交流聚会。他比以往更加注意对年轻作者的扶持培养，并一如既往地重视文坛的健康状况，发表了《文学者的态度》一文，引发了“京派”与“海派”文学之争。

1934年，百感交集。年初，《边城》在创作和连载中，沈从文也在新婚的甜蜜之中，母亲病重，他独自回湘西探望，路上用了近一个月。小船在熟悉的沅水中走着，他把水上的见闻和思念记在信中一点点告诉妻子，写得很是柔软。[①] 以这几十封家书为基础写成的散文在1936年结集为《湘行散记》，翠色逼人。这一年，早先的文学评论收入《沫沫集》，代表作《从文自传》《边城》出版并受到好评。母亲很快病逝，儿子沈龙朱降生，沈从文的身份发生了变化。

1935年年初，上海良友图书公司出版《从文小说习作选》，沈从文在序中回顾了十年来的写作状态，回应了对自己文学的批评，重申了文学方面的态度——要造供奉“人性”的希腊小庙，而不想“在沙基或水面上建造崇楼高阁”。[9:2] 在序的最后，他感谢了徐志摩、胡适、林宰平、郁达夫、陈通伯和杨振声，并表示应从人

---

① 这些家书在沈从文生前未公开发表，后经整理以“湘行书简”为名结集。

类的历史来看待自己的工作。这一年，沈从文发表评论《论读经》《尽责》、小说《新与旧》，作品中对国家建设和政治时局的忧心较往年更为直白。在青岛写作的讽刺小说《八骏图》这时发表，又出版同名短篇小说集，给沈从文带来误解。1936 年，沈从文在《作家间需要一种新运动》中主张来一场文学上的“反差不多运动”，针对“国防文学”这一口号的争论，又发表《文坛的“团结”与“联合”》。1937 年，《文学杂志》创刊，由朱光潜主编、沈从文与杨振声、俞平伯、朱自清、周作人、林徽因任编委。但由于抗日战争爆发，只四期便停刊，十年后才复刊。这年，他编辑生涯的往来书信等结集为《废邮存底》出版。

8 月接教育部秘密通知，沈从文随北大、清华教师撤离北京。辗转到达武汉后，他与杨振声、萧乾等人利用武汉大学图书馆的资料继续编教科书，直到 12 月武大停办。沈从文热心抗战工作。教材编写组决定向后方转移，他安置办事处的人到湘西老家大哥沈云麓的新家“芸庐”居住了三个月。期间，沈从文还通过大哥在沅陵接待、帮助向后方转移的人士，并在“芸庐”招待朋友们。沈从文在长沙见了曾经的统领官、当时已是水利委员的陈渠珍，还将“同乡文武大老”们请到沅陵家中来，希望他们支持抗战。(16;392) 六弟沈荃从惨烈淞沪抗战的前线回来养伤，沈从文请他在临走前为文教界朋友讲解战事。

1938 年 4 月底，沈从文才经贵阳艰难到达昆明，与杨振声、萧乾等平安会合，继续国文教科书的编辑工作。先一年，因次子虎雏出生不久，张兆和等滞留北京。北平沦陷，妻子撑起这个只有女人和孩子的家，迟迟未能出发。他在信中亲吻妻孩，也写了多封信催促启程，不安、牢骚乃至猜疑。1938 年 11 月，妻子带着两个孩子和九妹，经上海、香港、越南终于也到达昆明。

后撤西南过程中，对湘西的新认识和长久以来的思考催生了《湘西》和《长河》的写作，沈从文还发表了《怎样从抗战中训练自己》等文章，希望重振家乡精神，安定团结来抗战——这是他此时未应邀去延安的原因之一。这一年，日本东京改造社出版了松枝茂夫翻译的日文版小说集《边城》，是沈从文作品的外文译本初次在海外出版。此后，虽然国内战争和运动不停，沈从文的作品不断在日、英、美、瑞典等国家被翻译、收录、出版。

六、内 外 困 境

1939 年，在中国的西南部，《今日评论》周刊创刊了，沈从文主编文艺部分，在此推出一批文学新人。《一般或特殊》中，他不愿将文学创作等同于“宣传”，并认为此时沉默埋头于历史和科学中，当与上前线打仗一样被尊重——这样的观点被归入“与抗战无关论”。他还推荐西南联大学生程应镠为《中央日报·平明》的编辑，亲自撰稿并为青年作家改稿和推荐发表。事情忙碌而琐碎。国文教科书的编辑工作基本结束，他被西南联大聘请，继续教授新文学和写作，入门弟子中就有汪曾祺。

1940年，在陈铨等人主持的《战国策》任编委——之后沈从文因此被归入“战国策派”。他发表了《文运的重建》等文章，指出二十年来商业和政治对文运的伤害，痛心于曾经作家的天真和勇敢被油滑与狡诈代替。此外，沈从文还对妇女运动发表见解，对抗战期间发“国难财”的现象加以指责。而他飘忽的思绪、跳跃的思维，体现在散文中。昆明乡下的自然环境让沈从文觉得亲切而与世隔离。他在自然中发现美，发现永恒，感受生命，也体会自我，缩小自我去更深地了解宇宙万物，又由这更深的了解而获得自我的扩充。1941年上海文化生活出版社出版的《烛虚》收集了这段时间的两类文章。此外，抗战期间，沈从文还借古论今，犀利地指出社会上的问题。

一面在现实的困境中挣扎，一面在疑惑中走向美的抽象，虽然1944年他焚毁了自己的日记，这一状态还是在作品上有明显反映。《长河》和《芸庐纪事》在政治审查上均遇到困难，《看虹录》《摘星录》被指责为色情文学，《水云》被金介甫认为是沈从文的“心理自传”。1943年末《绿·黑·灰》(后改为《绿魇》)开始连载。“魇”是噩梦中惊叫的意思，从这时到1946年，沈从文共有六篇“魇”，自析是写身边琐事却关切着未来。1943年发表在重庆《大公报·战线》的《〈长河〉题记》中，沈从文这样写：“横在我们面前许多事都使人痛苦，可是却不用悲观。骤然而来的风雨，说不定会把许多人的高尚理想，卷扫摧残，弄得无踪无迹。然而一个人对于人类前途的热忱，和工作的虔敬态度，是应当永远存在，且必然能给后来者以极大鼓励的！”[10;9] 这年，桂林开明书店开始出经沈从文修订过的作品集。

这些年中，先是张兆和携次子住到滇池附近的呈贡以躲避敌机频繁轰炸，后一家人和朋友们都搬来居住。风景优美而生活艰苦，孩子们野如小猴，沈从文把湘西讲与他们听。沈从文曾有在昆明贩售雨伞和家乡的手工艺品，以帮助乡村工业发展、增强抗战力量的想法。为筹集学生特别救济金，他写条幅义卖。张兆和到育侨中学等校教过英文。沈从文对西南漆器有了持续兴趣。1941年，九妹岳萌在西南联大图书馆任职期间受到刺激，精神逐渐失常并持续恶化，1945 年不得已请人护送回乡，由大哥照料。

1945 年抗战胜利。1946 年 7 月西南联大结束，全家从昆明飞上海，至苏州。因北大续聘沈从文为文学院教授，8 月，他一人先飞往北京。1947 年新年后，张兆和携二子与之团圆。

七、思考者的“隐遁”

八年抗日战争终于结束，国家和个人层面损失巨大，抗战后期的不良风气还在社会上蔓延，内战更不利于国家的恢复，种种使他“痛在心上”。[18;480]

1946 年，《新烛虚》(后改名为《北平的印象和感想》)中，沈从文表达了对内战的厌恶。他沿用借古论今的方法表现着当下社会的滑稽。此外，1946 年 10 月 10 日，上海和天津的《大公报》上都刊载了他的《谈苦闷——聂清遗文引言》。文中感慨这些年中付出万千生命、理想、财富和岁月的代价，认为幸存者应当化苦闷和伤痛为力量，重造国家。天津《益世报·文学周刊》的《编者言》中，沈从文希望编者读者都能够沉默思索，而不是活跃于热闹之中，希望文学的力量能够起消毒、免疫的作用——不至于被政治简单催眠，“却明白一个国家真正的进步，实奠基于吃政治饭的越来越少，而知识和理性的完全抬头。”[16;450]

这样的态度使得沈从文面临更多的外界压力。1946 年 11 月刊发的《从现实学习》，是对民盟等外界舆论中指责他脱离现实、追求抽象的回应，文中他回顾了二十多年来自己与现实的关系，指出这些年来社会环境的恶劣，直言“国家既落在被一群富有童心的伟大玩火情形中，大烧小烧都在人意料中”，作家可贵之处是“取同一沉默谦逊态度，从事工作，而又能将这个忠于求知敬重知识的观念特别阐扬”。[13;390,396]这回应无疑使沈从文在当时遭受左翼作家的更多攻击，上海《侨声报》等发表诋毁沈从文的文章。

“我工作也成为一种无益之业了。国家不好，人孤立，……形成一种隐遁状态。……事到末后，寂寞死去。”[18;451]但他仍坚持自己的态度，反对文学成为热闹政治的附庸。他以纪念五四和“北平通信”的文章方式继续表达从文学上恢复人的信仰、抵制不正之风以重造国家的期待，对国家建设提出大胆设想、建议。1947 年 10 月发表《一种新希望》，他提出的三种新的发展中“政治上第三方面的尝试”，被左翼邵荃麟等人理解为鼓吹“中间路线”，受激烈批判。1948 年 1 月发表的《芷江县的熊公馆》也被左翼冯乃超等人理解为“新第三方面运动”的反动文艺。3月香港生活书店出版的《大众文艺丛刊》同时刊出郭沫若《斥反动文艺》等三篇左翼作家的文章，猛烈批判沈从文等自由主义作家。在《斥反动文艺》中，沈从文被作为桃红色作家的典型代表，被批评“写文字上的春宫”、“高唱着‘与抗战无关’论”，有“进行其和革命‘游离’的新第三方面”的企图。与沈从文交往密切的朱自清则被作为国民党作家的蓝色代表。郭沫若动员大家与这些“敌对阵营”的人“绝缘”。

1948年暑假，应杨振声之邀，沈从文等人在颐和园霁清轩消暑。这将他从舆论中暂时解脱出来。从《霁清轩杂记》可知，清雅环境舒缓了沈从文的情绪，童真的孩子和风雅的朋友使生活简单，自然中的山水、鸟鸣又带给他静默与启迪。但他不能“魏晋下去”，思绪还是会往中国的前途去。(18;508) 9月《“中国往何处去”》一文发表，沈从文认为由于为下一代准备着的是“集权”，明天也和今日一样没有了希望。沈从文心情沉重，时代巨变中，他不能够由“思”转“信”，他认为政治不应该对文学进行完全的“红绿灯”控制。他也感到自己在此处的不适宜，和大哥信中表示想回老家住住。12月，校改1928年的《阿丽思中国游记》时，他再次感到自己的文章对当下意义全无。

文学创作渐疏，文物研究却渐密。1947年初，沈从文悉心为人做艺术史论上的指导，年中写了考据文章《读春游图有感》(后改名《读展子虔〈游春图〉》)。文物方面的关注不仅是个人兴趣使然，1948年，他认为和平尚需要时间，个人可以努力做文物保卫工作，并提出四点当前能力范围内可做的事。实际上他已开始去做，这年北大博物馆新建，他将自己在云南收藏的文物、资料捐借给博物馆，讲授“陶瓷史”课程，并开始写《中国陶瓷史》和《漆工艺问题》。他指出必须这样做的理由——为下一代做点事。他相信这是一种情感教育，“直接影响到艺术，决不下于文学革命。间接影响到社会，由于爱，广泛浸润于政治哲学或实际生活，民族命运亦必转入一种新机……”。(31;304)

八、“一种新生”

1949年1月，郭沫若《斥反动文艺》一文被重新以大字报形式转抄在北大校园里，教学楼出现了“打倒新月派、现代评论派、第三条路线的沈从文”的标语，沈从文感到政治清算就要来了。此时，内在探寻的神经也疲乏至极。身边的妻子、朋友都无法理解他的痛苦，想帮助他。但他处于极度的隔绝中，无法改变自己去适应时代，也就无法从适应时代者处获得外界救援。

2月，沈从文在重造自己，但“能挣扎到什么时候，神经不崩毁，只有天知道！”(19;16) 从《一个人的自白》和《一点记录——给几个熟人》来看，这挣扎极顽强、极勇敢、极认真也极疲惫。一次次搜寻、梳理自我，希望在回顾中获得解决的方法和继续工作的力量，可是，对照朋友们的情形，他始终是孤立在时代之群外那一个，如孤零零的星子，“四周广漠而无边”，如塔，“即已圮坍”而无人能识会。① 他似乎完成了能够做的工作，只剩下标本意义。写于3月6日的《关于西南漆器及其他一章自传——一点幻想的发展》是从容的，末页后注：“解放前最后一个文件”，预示着一个终结。(27;37) 3月28日，沈从文用剃刀自杀，并喝了一些煤油。幸而发现及时，被救了过来，并送入精神病院。

4月6日沈从文的四页日记，以“七时”“八时”“十时”“十一点过”分成四块，可见思想的挣扎还未结束。他感受到游离于世界之常。在自己和社会的关系上，他因想到万千人为新国家牺牲死亡，而觉得不能参与新国家建设很是可惜。为此，他想结束个人问题上的缠绕，去除个人的特殊性，“终于明澈单一，得回一种新生”。(19;27) 可该如何去做？“希望”既暂时无可寄托，就先“等待”吧。随之，《五月卅下十点北平宿舍》中，是又一次混乱和梳理。7月给多年前在青岛时雪夜畅谈的刘子衡写信，认为与群游离必然毁废，他关心自己是否还可以重造。——这是在问老友，更是在自问中挖掘可能。8月，经另一老友郑振铎介绍，沈从文自北大转历史博物馆，做一些文物清点登记工作，并在北大和辅仁大学兼课。《中国陶瓷史》和《中国漆器工艺》在病中写完。

这只船终于还是努力调转了船头。9月致信丁玲，向这位共产党代表表明为下一代人重造自己的态度。他要为社会发展而在美术方面贡献力量，唯一请求即革命不拆散他的家庭——5月时，张兆和已被安排去华北大学学习。吃力掉头时，音乐给了沈从文帮助，9月中旬，诗作《生命的重铸》(后改名《从悲多汶乐曲所得》)透露了因爱接受一切、重新开始的意愿。不但自己这样做，沈从文还写信劝身在香港的表侄黄永玉回来奉献。11月，沈从文觉得应该努力学习“忘我”，冬天，他开始中国玉工艺领域的研究。

1950年，经组织决定，沈从文进入华北大学进行政治学习。在去之前，沈从

① 沈从文遗稿，沈虎雏整理. 一点记录——给几个熟人[J]. 新文学史料，2014,4：5,8.

文写了政治规定的自传文件，12 月毕业又写毕业总结文件。在学习期间，引起沈从文注意的是树枝间的鸦雀，引发他感动的是天上的孤星——皆在很早时起身散步所见。他为这里无益于国家的空谈学习方式和训话教育方式而操心，甚至将这一看法写在了思想总结里。在革命大学，沈从文意识到，自己“反报之以爱”的特点与《旧约》和《史记》中转化爱的思想是相通的，愿意“积极忘我”。他有了再写小说的想法，也为国家具体方面的建设操心。

1951 年，沈从文回到历史博物馆中做起讲解员，他在为普通人的讲解中获得满足。他在信中勉励大哥为下一代人工作，“个人不足念”。(19;102)《凡事从理解和爱出发》中，他再次说到自己是为年青人活下来的。

这几年，沈从文写下不少政治感想。

九、“只是想多做事”

1951 年 10 月 25 日，沈从文主动离京赴四川参加土改，他希望自己能够在群众中学习。11 月，修改完的检讨《我的学习》在《光明日报》上刊登。12 月在四川内江，他感受到历史的行进。相对于人事的动，自然却十分沉静，他不免思考起“有情”与“事功”的关系。他还想恢复用笔，次年 1 月，在革命大学起意的《老同志》已写到七稿。

1952 年 3 月，沈从文回到北京，被抽调参加“五反”运动清点古董铺问题时，看了许多文物，意识到文物文化史研究应当从文物制度上来做。因参加土改错过了“三反”，沈从文去辅仁大学兼课时做了思想检查。院系调整，沈从文决定不再专职教书，而在历史博物馆工作。沈从文收购文物不以名家而以历史和艺术价值为标准，时常自己出钱买下不符合馆中需要的文物。工资还需支付房租，捉襟见肘之时，沈从文甚至写信给丁玲借钱。这年他注完清代寂园叟的《陶雅》，又被聘为“建国瓷艺术设计委员会”的顾问。在香港，《边城》被拍成了电影《翠翠》。

1953 年沈从文进入历史博物馆新成立的出版组，工作繁重。新安排的宿舍位置极差，与茅坑为邻。家中不大，张兆和因病需卧床，次年才转好任《人民文学》编辑。接曾计划给他出 30 集子的开明书店通知，因作品过时均奉命销毁。沈从文受到打击，一番思考后，他拒绝了时任中共中央宣传部副部长胡乔木对他重新做专业作家的期待，还是留在历史博物馆从事研究和讲解工作。后来主持修复全国首件出土金缕玉衣的著名考古学家王矜，便是这年 7 月初次听他讲解，之后在他指导下从事文物研究的。除此以外，沈从文还在中央美院兼课讲授中国染织美术史等课程，提供参考图文，出差向沪宁同行学习。1953 年 10 月，沈从文认为："国家事事需人，……私人小小挫折自然就不在意了。"(19;365)《沈从文年表简编》中认为这时的沈从文视野上已从工艺历史的单一关注向相互关系的拓展，"为将研究视野进一步扩展到服饰、制度，及物质文化史的广阔领域，已实现重要的跨越。"①这年，沈从文发表了《中国织金锦缎的历史发展》等论文、主编了一些图书，提出许多别人未研究过的新问题，包括对"金缕玉衣"的推断，在 1968 年得到证实。

1954 年，沈从文继续发表文物研究的论文，主编相关图书，到年末也有些怨言——工作琐碎沉闷，意义不被人注意，热心其中实在消耗自己。但他仍然为国家、为下一代人一刻不敢松懈，1955 年，为《红楼梦》注释，配合编选《明锦》图录，以单位署名的图书也继续出版……沈从文在信中说"我们这里只是想多做事"。(19;402)

尽管时间和精力上都没有能让沈从文像写《湘行散记》那样写出《川行散记》，又被现实否定着，用笔恢复写作能力的愿望一直没有停歇。1955 年，在工作之余，沈从文以土改经历为素材写作小说《财主宋人瑞和他的儿子》。这年末，沈从文向中宣部副部长兼中国作协党组书记周扬间接表达了文学创作和工艺美术史研究的希望，有了去作协写作或在故宫织绣服饰馆做研究的选择。② 第二年初，沈从文任第二届全国政协委员。这年沈从文既有文物研究成果，也发表了文学作品。杨振声于这年病逝，沈从文觉得身上背负着的从死去熟人那儿继承的责任更重了。

工作节奏很快。10 月，沈从文开始去济南、南京、苏州、上海的博物馆参观学习，一路兼看地方的新奇热闹、新风旧俗，与感慨、回忆、点评及"瞎想"一并写在信中与张兆和分享，还见了老友巴金。(20;20)"没有人知道我是干什么的，我自己倒知道。"(20;19)热闹是外在的，这时他感受到自己生命里"谦逊"和"自信"一同生长，这为他安置自我和为国家、他人奉献提供了内在能量。11 月，他又赴长沙参加政协活动，生病住院，病中评读《三里湾》。又去吉首、回凤凰，照例是为怎样

① 沈虎雏. 沈从文年表简编[M]. 沈从文全集(附卷，资料·检索). 太原：北岳文艺出版社，2009：47-48.

② 结合家属意见，沈从文最后接到的是调往故宫织绣馆主持工作的调令，但可能由于编写《中国历史图说》，沈从文并没有调往故宫而是在故宫兼职。

有益国家和地方的建设操心，也为一些变化和不足而惋惜。本年，在历史博物馆的"反浪费展览"中，沈从文收购的文物被作为了浪费的典型。

十、"捞那小小的虾子"

1957年，响应"百花齐放，百家争鸣"的方针，人民出版社准备为沈从文出作品集。3月向中国作协提交本年创作计划。4月，沈从文又出发了，到南京、苏州、上海、杭州考察，为筹建丝绸博物馆做准备，一边写些文章和家书。在上海，又和巴金会面。住在上海大厦十楼，沈从文敏感于外白渡桥上的热闹和黄浦江面及艒艒船中的沉静，速写并配文。《沈从文的后半生：1948—1988》中认为图文中隐喻了个人与时代的关系："不妨就把沈从文看作那个小小的艒艒船里的人，'总而言之不醒'，醒来后也并不加入到'一个群'的'动'中去，只是自顾自地捞那小小的虾子。"①

8月，反右运动正激烈，沈从文因身体原因去青岛修养一个月，觉得恢复了精力，仿佛回到了三十年代初。他写作起来，曾有一篇批评知识分子打扑克的小说给张兆和看，"小题大做"中透露出知识分子应当抓紧时间为国家建设作出贡献的想法。这年，他旧时的一些小说被编选为《沈从文小说选集》出版。文物工作方面也并不放松，与王家树合编的《中国丝绸图案》也出版了。沈从文对政治形势有所警觉，意料之外的是已划清了界限的长子沈龙朱，在反右运动中竟从领导小组成员迅速沦落到被划为右派分子。②

1958年"大跃进"开始，沈从文推辞了周扬对他接任老舍担任北京市文联主席的希望。这年，沈从文照常忙碌着文物工作，也写散文作品，在由文联安排的城郊休养时间中也没有闲着，写了散文《春游颐和园》《管木材场的几个青年》等，但束缚较多，笔力未恢复。还写了论文《龙凤图案的应用和发展》(后改为《龙凤艺术》)——两年后收入他的第一本物质文化史论文集《龙凤艺术》。沈从文参加了故宫和历史博物馆馆藏丝绣在杭州等地的联展，又参与设计了武汉的明清文物展，还编辑出版了《唐宋铜镜》，担任起中央工艺美术学院《装饰》杂志的编委。1959年，沈从文还在不被人理解的事业中以不被人理解的热情努力着，"个人觉

① 张新颖. 沈从文的后半生：1948-1988[M]. 桂林：广西师范大学出版社，2014：118-119.

② 父子之间微妙地沉默着，在北京市委工作的刘祖春被沈从文请来开导儿子。沈龙朱的"右派"问题，到1979年才得以纠正。

得未免太渺小了！一定还得努一把力，来把工作做好”。[20;286-287]

1960年，沈从文首次以作家身份出席第三次中国文学艺术工作者代表大会。先一年，沈从文将“反革命”亡弟沈荃的孤女沈朝慧从老家接到北京，当作自己的孩子抚养、教育，这一年初，已办好中学读书手续。沈从文开始写张兆和堂兄张鼎和烈士及其女儿的小说，为了写好这部作品，沈从文做了多年准备，仍然在抽空为搜集资料而奔走。这里除了对烈士的尊重、对国家的愿景，也有对自己文学生命的眷顾。此外，沈从文还准备开始服装史领域的研究，并为历史剧提供起服务和咨询。

沈从文明显感受到精力不足，高血压和心脏病成为他抓紧时间工作的障碍。1961年年初至2月中旬，他在医生建议下住院治疗，出院后协助编写工艺美术、陶瓷、漆工艺、染织纹样方面的院校教材。6月底，中国作协安排沈从文去青岛修养两个月，以便写作。在青岛，除继续文物方面工作外，沈从文写下了《抽象的抒情》《青岛游记》，对自己和国家的发展进行梳理。沈从文保持着学习的能力和热情，11月底随作家协会到江西参观访问，他写起了改造过的旧体诗。

1962年初，沈从文六十岁，生日在睡眠极差的出差中度过，“一个人在房中过了六十大庆，吃了一个小小橘子”，回想起个人和社会的发展变迁，他觉得用来给下一代写回忆录，“将是一大部头好书”。[21;143] 5月4日这天，沈从文在给大哥信中回顾自己十年来“用五四精神闷干，苦干”，为下一代打基础，却被人忘记。[21;198] 7月，到大连修养一个月，沈从文感受到与当下人们生活的隔膜。不过，他并不消沉，反复叮嘱摘了右派帽子、正在做史学研究的程应镠：“不宜为任何个人小小挫折而放在心上”；“需要千百倍多人，能够十分踏实的、沉默无声的努力。”[21;245,254]——沈从文如此鼓励自己，也勉励自己所认识的人们，在缺乏理解和公平的情况下，为国家发展努力。

十一、“妄参末议”、“愚不可及”

1963年，沈从文在政协安排下去广州等地做工艺美术品生产的考察。这年，他不甘于写作生命“未成熟即夭折”，甚至想回乡与一切隔绝，以试着恢复写作能力。[21;348]这种“隔离”疗法，他在抗战时的昆明新中国成立初的北京都曾使用过，但现在手头有太多无法也不愿割舍的工作。

这也是沈从文准备服装史研究的第四个年头，恰巧周恩来总理正希望编印一本历代服装图录赠送给国宾。文化部副部长齐燕铭因对沈从文的事业有所了解，便向周总理推荐他。12 月，编撰工作开始，沈从文担任主编，配有助手。次年 4 月，中共中央书记处书记康生为《中国古代服饰资料》提名，中国科学院院长郭沫若作序。6 月，文物局局长王冶秋审查，指示争取国庆前出版。9 月，书稿的浩大工程已完成，包括 200 幅历代服饰图片和 20 万字说明已交付出版社。可是政治形势突变，需要对全书进行修改以符合政治要求。然而，"四清"运动开始，编辑工作暂停。"文革"中出版社被解散，本书的画稿只剩被工人师傅保护住的依据原稿制成的玻璃板，文稿也差一点就送去造纸厂作废品处理——凝结着沈从文心血和愿望的《中国古代服饰资料》险些毁去！

1965 年，给张兆和弟弟张宗和信中，沈从文自觉要为国家而保护身体。——这时候，他的血压收缩压在 190 - 200 间。沈从文担心的是，目前工作方式靠记忆，人死之后一切都没有了，对这个迫切需要建设的国家而言"不经济"。(21;436) 他还写信给北京市副市长王昆仑，建议抢救性保护《大藏经》。他希望在有限的生命中能够发挥更多作用——多教年青人。这些年里老熟人们依旧是名作家，对比自己的文物工作，沈从文难免觉得孤立，又觉得生命离奇。日本汉学家松枝茂夫来信，想翻译沈从文的全集，沈从文未与回应。第二年初，沈从文托程应镠到上海的旧书店中买自己的文学旧作。

1966 年文化大革命爆发，沈从文被批斗亦陪斗，家中被抄三次，养女沈朝慧被注销户口，沈从文被安排打扫历史馆内男女厕所。最始料未及的是，沈从文多年来爱护有加的学生范曾，竟成为大字报中揭发自己罪状火力最猛之人，且多为编造之辞。沈从文非常气愤，写下大字报作为反驳。另一张大字报中，沈从文表达了珍惜有限生命时间继续工作的希望。"文革"前一年写出而未发表的论文被查抄，沈从文只好在签条上写下微弱而恳切的请求："这个问题有用，盼望莫毁去"。(28;231) 经专案组调查，沈从文是反动学术权威和"反共老手"。十余年来的文物工作和之前已有的创作及政治态度，均成为历史罪行，费心费力而未能出版的《中国古代服饰资料》即为其中一棵歌颂帝王将相、才子佳人的"大毒草"。被台湾当局当作帮助共产党的"反动文人"，又在"文革"中成了"反共老手"，沈从文哭笑不得。

三间住房被分出两间给工人，多年来累积的图书资料散失。沈从文为国家文物工作的暂停而可惜，平生回忆中也感慨自己竟在创作和文物研究上两次学习，而两次都突然报废！写检查已成为家常便饭，又被抄家几次，拼命尽义务却被批评有野心，到1969年他才被“正式解放”。虽然身体不好，心中不平，政治上也面临问题，沈从文仍然感觉到自己生命中积存着需要消耗的能量。他认为自己有再一次改业的能力，萌生出再写新短篇的念头，可是信件、作品等都被历史博物馆“代为消毒”，自然规律上体力和心脏功能的缺陷又制约着自己，沈从文觉得这一希望被连根拔除。没有重新寻找希望的喘息时间，这年，张兆和与沈从文先后下放咸宁五七干校。没有商讨的余地，沈从文离开北京前做了死于他乡的准备。

1970年，大哥沈云麓在老家病逝。此时，沈从文已几经折腾转到环境更为恶劣的湖北双溪。四十几度的酷暑和湖边常年的潮湿对这位近七十岁的老人很不利，“近血压还是二百”，“心脏一醒后即痛”，医生认为他“不宜劳动”，但他并不停歇，认为自己还可以将经验转到新工作中去，并希望能够争取时间，将《中国古代服饰资料》的二十万字说明清样抄出，“对国家有个交代”。[22;365] 在缺乏资料的境况下，沈从文凭着记忆继续着物质文化史研究，并尝试着苦中作乐写具有时代气息的新五言诗。1971年，沈从文、张兆和又迁往丹江，冬天，沈从文在小纸片上写下杂记《从针刺麻醉中得到一点启发》，回忆每每“沙上建屋，随潮必毁”，评价自己作为小小说明员“妄参末议”、“愚不可及”。[27;385,386] 年底，在咸宁医院住院二十天。

十二、“交 付 于 天”

1972年沈从文七十岁。2月，他给周恩来总理写信，希望回京做研究工作。由于《中国古代服饰资料》出版需做准备，他在返京治病后以不断续假方式留下。他希望七十岁以后还可用有限生命完成《工艺美术史》《简明陶瓷史》《漆工艺史》《丝绸美术史》，并写些论文。4月，接有关部门要求，要将《中国古代服饰资料》20万字文稿压缩至5万，因为需用的图书和卡片都毁于文革，一切需凭记忆，沈从文感到效率低下。而居住空间的狭窄也对他的工作造成影响。他痛苦于当前局势——知识、力量、责任感、壮志和雄心“各在相似而不同消耗等待中，矛盾重重中，还在继续消耗。……或许还有更大的痛苦，在不以人们意志为转移的趋势中而存在，而发展?”[23;175] 他勉励妻子张兆和不要悲观，而用积极的爱国热忱影响周围人；鼓励儿子沈虎雏要对国家有长远信心，为国家未来而沉心学习一二十年。他告程应镠要爱本业，不要陷入小小个人得失。这年，他与还处在政治敏感中的巴金、陈蕴珍通信,使巴金夫妇获得极大安慰。此时,美国已出现华裔女作家聂华苓用英文写的《沈从文评传》,是第一部沈从文评传。

1973年,沈从文分析形势,认为自己这块“垫脚石”可能被作为人事上的“绊脚石”被踢开,决定必要时进行第三次改业,绝不荒废时间。此时,因为工作学习的热情而恢复了精神上的年轻,体力也因此得到改善,他认为自己可以在工艺生产方面“古为今用”。这种年轻支持着他,次年7月,这位七十二岁兼有心脏病和高血压的老人竟爬黄山而不觉累,反觉得应用文学感染“以百十万计的情绪在消沉衰退中的青年”。(24;152)

1975年初,经人介绍,王亚蓉成为他的助手。由于单位不支持,沈从文给予个人资助,半年后帮她调入中科院考古所工作,业余来家中协助绘图。王亚蓉初到他家,发现“十二三平方米的小屋,架上是书,桌上是书,地上堆的还是书。四壁凡手能够到的地方全贴满图片和字条,……床上堆的也全是书。”[①]协助沈从文的,还有1953年在历史博物馆听讲解的那位王㐨。夏天,沈从文在馆中又见到范曾,指出画中的错误,不料竟当场被范言语羞辱。秋天,在四十年代批判过沈从文的许杰与他取得联系,沈从文对当初的事情不以为意,热情相待。他正在忘我、无我地奉献给工作。

1976年,周总理去世,沈从文责怪自己未能在总理有生之年将《中国古代服饰资料》正式出版。无休无止的政治运动正在改变和消耗人们的生命,他只能拼命忘我工作来压制内心的痛楚。他感到自己几十年来的努力又将在运动中毁去,但即使毁去,不能再从事文物方面事业,他还是要改业,回到文学。同时,他痛心于年轻人世故而不努力求知的普遍特点,这种把心用在人事关系上的投机取巧,与他一贯的态度相左。结合这点,沈从文希望在不能再进行文物研究时,为启发教育年青人仍旧要写那本回忆录,要五十万字!他的身体在心情和工作的消耗中,又变差了。唐山地震后,为避震和养身体,举家回苏州张家。

十月,“四人帮”被粉碎,标志着文化大革命终于结束,沈从文受到鼓舞。1977年,他不顾亲友挽留,终于在地震的威胁中回到北京工作,健康水平下降。由于房子过小,五年间多与张兆和分居两处。为方便查阅资料和家人的照料,沈从文写信给中央统战部部长乌兰夫,希望解决住房困难,未果。1978年,在时任中国社科院院长的胡乔木帮助下,沈从文由中国历史博物馆调往中国社科院历史研究所工作。狭窄的宿舍中常常有人请教问题,1979年,张兆和曾以“内有病

---

① 王亚蓉. 沈从文晚年口述[M]. 西安:陕西师范大学出版社,2003:194.

人，谢绝来客”的纸条贴于门上，甚至写“主人患严重传染病”，也不能阻挡。(25;440)胡乔木要给沈从文让房，沈从文的住房问题得到了多人关注。尽管丁玲等人居住着宽敞高级的房子，中国社科院能配给沈从文的一套新宿舍，还是只有 36 平米，无法满足工作需求。10 月起，社科院只好在友谊宾馆包房作临时工作室，《中国古代服饰资料》就在这里完成整理补充。更名《中国古代服饰研究》，定稿后第二次交付出版社，等待印刷出版。在沈从文坚持下，书中保留了“文革”前周总理审阅时的体例，新材料以插图形式补充进去，沈从文以此纪念总理。

沈从文在信中对虎雏说，书的出版和房子的事，都“交付于天”。(25;440)实际上，书的出版果然又经历了一番波折。沈从文希望此书由中国的出版社独立出版，坚决不与国外出版商洽谈。这个理所当然的简单愿望，实现起来却并不易，两次从与日本合作的出版社撤回书稿，1981 年《中国古代服饰研究》才终于转由商务印书馆香港分馆成功出版。一出版即轰动海内外学界，当年台湾即出现了此书的盗印本，外国出版社也来多次寻求翻译本的出版机会。这时，周总理已去世五年，离总理提出此事已过去十七年，恐怕当初没有人会预料到这部书竟如此命运多舛。沈从文签名给总理遗孀邓颖超送去一本。而住房，在 1986 年才得到解决，彼时 84 岁的沈从文已因病失去在房中摊开资料的行动能力。

十三、“回 到 故 乡”

文学史上，虽然美国华裔学者夏志清的《中国现代小说史》对沈从文有很高评价，但国内王瑶《中国新文学史稿》、丁易《中国现代文学史略》皆持否定态度，直到七十年代末，沈从文才重受国内研究者的关注，夏志清的小说史被翻译成中文在香港出版，香港司马长风新写的《中国新文学史》也认可了沈从文。这时虽然北大等九院校所编的《中国现代文学史》中对沈从文的评判仍然有失公允，但新一代学人中，北大中文系硕士生凌宇正撰写研究沈从文的论文，上海师范学院中文系学生邵华强也编出《沈从文研究资料汇编》。

可是，沈从文的态度是犹豫的，多年来的政治风波使他担心着为自己说话的人，怕这会在以后给他们带来灾难。1980 年 3 月，丁玲突然在《诗刊》上严厉批判沈从文三十年代发表的《记丁玲》中的内容和动机。即便如此，国内的“沈从文热”还在继续，5 月，《花城》上发表“沈从文专辑”，《从文自传》《一个传奇的本事》也重新校改刊载。这年，一些外国研究者慕名前来拜访，其中便有三年前以《沈从文笔下的中国社会与文化》取得美国哈佛大学博士学位的金介甫。

10月起，沈从文受邀赴美，到次年2月间，在耶鲁、哈佛、普林斯顿、斯坦福等15所美国大学作了23次演讲，并参观博物馆，会见老友。演讲主题一个是二十年代中国的文坛，另一个是文物研究。比起新中国运动中旧识的遭遇，沈从文认为自己“在适应环境上，至少作了一个健康的选择”。(12;389)

回国后，他仍然在狭小得只有一个座椅的房间克服困难接受海内外访问。1982年，沈从文去湖北考察了马山楚墓新出土的丝织物等，还在黄永玉夫妇等人陪同下重回湘西凤凰老家，将《沈从文文集》的1万元稿费捐给母校文昌阁小学用于教学环境的改善。

1983年2月，沈从文为《边城》剧本题写改评意见，他想夏末秋初间再回一次老家，坐上小船，为凌子风这部抒情诗般的电影出点主意，并记录将因水利大坝建设而失去的湘西风景。他的路线设想是，从茶峒坐船到酉水中流王村，越过凤滩大水坝，走完酉水，还下沅水，到桃源为止。可是3月他即出现脑血栓前兆，此后因病情加重而住院，出现偏瘫。

1984年，国内唐弢主编的《中国现代文学史简编》已对沈从文持肯定态度。德、美、日、荷兰及国内的艺术家和学者前来拜访，也有书信上的往来请教。他因供血不足入院治疗三个月。1985年，凌宇《从边城走向世界》出版。外国的采访、出版还在继续，沈从文得知社科院考古所的好友夏鼐突发脑溢血去世，感到时间的紧迫，病中急电王㐨回京嘱谈《中国古代服饰研究》的增补。1986年，吉首大学成立沈从文研究室。他已不能执笔，改由口述方式工作，因肺炎住院。1987年，他再次因肺炎住院。美国出版了金介甫的《沈从文史诗》(后中译本改名《沈从文传》)。1988年，沈从文劝阻凌宇等人为他办学术会议，不希望被宣扬。

1988年5月10日，心脏痛、好冷，沈从文停止了工作，享年86岁。回到凤凰，沱江之畔、听涛山下，黄永玉在沈从文墓旁立碑：“一个士兵，要不战死沙场，便是回到故乡。”

十四年后，《沈从文全集》在多人共同努力之下出版，将一个人三十年文学创作、四十年文物研究的信念和能量留给世界。他的学生、古丝绸修复专家王亚蓉针对物质文化史研究领域的建设，提出“中国需要更多的沈从文。”①

世界上只有一个沈从文。近三十年过去了，中国的确需要更多的沈从文。

① 王亚蓉. 沈从文晚年口述[M]. 西安：陕西师范大学出版社，2003：218.

参考文献

沈从文. 沈从文全集[M]. 太原：北岳文艺出版社，2009.

沈从文遗稿、沈虎雏整理. 一点记录——给几个熟人[J]. 新文学史料，2014(4)：4－12.

王亚蓉. 沈从文晚年口述[M]. 西安：陕西师范大学出版社，2003.

王亚蓉. 章服之实：从沈从文先生晚年说起[M]. 北京：世界图书出版公司北京公司，2012.

吴世勇. 沈从文年谱[M]. 天津：天津人民出版社，2006.

沈虎雏. 沈从文年表简编[M]. 太原：北岳文艺出版社，2009.

邵华强. 沈从文研究资料[M]. 北京：知识产权出版社，2011.

刘洪涛，杨瑞仁. 沈从文研究资料[M]. 天津：天津人民出版社，2006.

金介甫(Jeffrey C. Kinkley)著. 符家钦译. 沈从文传[M]. 北京：国际文化出版公司，2005.

凌宇. 沈从文传[M]. 北京：北京十月文艺出版社，2003.

吴立昌. 人性的治疗者：沈从文传[M]. 天津：百花文艺出版社，2013.

张新颖. 沈从文九讲[M]. 北京：中华书局，2015.

李辉. 沈从文图传[M]. 武汉：长江文艺出版社，2006.

黄永玉. 沈从文与我[M]. 长沙：湖南美术出版社，2015.

张新颖. 生命流转，长河不尽：沈从文纪念集[M]. 太原：北岳文艺出版社，2015.

张新颖. 沈从文九讲[M]. 北京：中华书局，2015.

沈从文研究综述

沈从文研究在中国

袁一月*

关于沈从文的研究情况，很难说得面面俱到。与沈从文自身的生命历程和创作生涯相仿，对于沈从文的研究自20世纪初开始至今，已绵延跨越了近一个世纪的时间，历经波折、一路坎坷。由于研究视角与时代密切相连，从而对文学的认识和评判标准也在时代演进中不断调整、深化，对于沈从文这样一位持续在文学的土地上耕耘、作品数量众多的作家而言，其研究状况的或热闹或寂寥，种种变动，各执一词，这也是无可避免的。粗略看来，沈从文研究大约可分为三个时期：1949年之前的研究，主要是对作家创作的即时评论，当中不乏精辟的论点，但整体集中的研究较少，对沈从文的认识也未见得充分；1949年之后的30年间，沈从文研究几乎停滞，由于其审美追求和创作思想的复杂，很难被当时国家的意识形态所容纳，因此被排除在文学研究的视野之外；20世纪80年代以来，沈从文研究逐渐兴起并形成热潮，出现了大量的研究著作和作者传记，文学史层面也对沈从文给出了重新评价，并对其作品的文学价值和地位给予充分肯定，沈从文研究从此逐步趋向成熟，并形成了更为开阔、深入的研究格局。

早期沈从文研究中较为突出的首先是刘西渭（李健吾），刘西渭的批评风格一向清新、明快，属于印象一派，关注个体的阅读感受，语言活泼生动，脱离了一般批评文章的枯燥模型。这样的批评风格对于沈从文的作品而言似乎是十分合适和体贴的，也难怪沈从文曾亲自对刘的批评做出回应。刘西渭在《〈边城〉与

* 袁一月（复旦大学）。

〈八骏图〉》[①]中敏锐地指出了沈从文创作美学的抒情特点："沈从文先生是抒情的，然而他不说教；是抒情的，然而更是诗的""他不分析，他画画"。他同时特别强调了沈从文卓越的艺术感："他有美的感觉，可以从乱石堆发现可能的美丽"。"他热情地崇拜美，在他艺术的制作里，他表现一段具体的生命，而这生命是美化了的，经过他的热情再现的""沈从文先生便是这样一个渐渐走向自觉艺术的小说家"。除此以外，刘氏还凭借对文本细致体贴的阅读，指出了沈从文作品的"全部良善"的内里所隐藏的"悲剧成分"，在平静的自然中生活着的人们，"一个更大的命运影罩住他们的生存"。刘西渭对沈从文创作中诗意之美和命运悲剧气质的发现，以及其对沈从文艺术感觉的高度肯定，在当时的沈从文评论中是相当新颖的，也成为以后沈从文研究中着重突出的关键。苏雪林的《沈从文论》[②]同样是早期沈从文研究文献中的佼佼者，她将沈从文的作品分为四类，分别作出评价，论及作品数量较多、视角的整体性更强，是早期沈从文研究中甚为全面的一篇。论者特别对沈从文的创作思想给予关注，指出沈从文的文学理想"就是想借文字的力量，把野蛮人的血液注射到老迈龙钟颓废腐败的中华民族身体里去使他兴奋起来、年青起来"。同样从事文学创作，苏氏能够细致分析沈从文的创作艺术、发现沈从文文学风格的价值所在，"沈氏作品艺术好处第一是能够创造一种特殊的风格……永远新鲜活泼，永远表现自己""句法短峭简练，富有单纯的美""造语新奇，有时想入非非，令人发笑"，并能同时客观指出沈从文的缺点，包括写作的"过于随笔化""描写繁冗拖沓"以及"想象力的滥用"等。苏雪林的批评较为客观全面，当中不乏精彩敏锐的论点，其不少观点都为后来的沈从文研究者所借鉴。

早期沈从文研究还包括针对沈从文某部作品的一些即时短评，但所论都比较简单，抵不过上述刘苏二人的精到和体贴。而1949年以前的这一时期，沈从文批评占主要地位的实际上是左翼批评的观点，他们对沈从文的创作基本持否定的态度，认为沈从文是一个没有思想的作家，作品中只有一点浅薄的低级趣味，并且内容上也十分空虚。这一时期沈从文曾陷入"京海派之争""差不多问题之争""与抗战无关论"等一系列风波，更使得其不断遭到左翼批评的排斥。1948年郭沫若的《斥反动文艺》[③]将左翼对沈从文的批评推向极端，认为沈从文的文

① 刘西渭.《边城》与《八骏图》[J]. 文学季刊,1935,2(3).
② 苏雪林. 沈从文论[J]. 文学,1934,3(3).
③ 郭沫若. 斥反动文艺[J]. 大众文艺丛刊,1948(1).

学乃是“桃红色文学”，沈从文是“一直有意识的作为反动派而活动着的”“存心要做一个摩登文素臣”。随着时代转变带来的意识形态变动，左翼文学在新中国成立后开始占据绝对主导地位，其文学标准的不断提纯和固化，使得被贬斥为走“第三条路线”的沈从文的创作根本难以为继，沈从文曾选择过自杀，但未遂。新中国成立后，他退出文坛，开始一头埋进文物研究中，而关于沈从文文学的研究在新中国成立后的30年内也自然是停滞不前，尽管王瑶在《中国新文学史稿》[①]中专辟一章研究沈从文的小说创作，也点明了其小说中的湘西元素以及一种原始的力，但主要仍是将沈氏作为反面对象进行否定，认为其小说“脱离了它的社会性质”，多“空虚浮泛之病”，同一时期的其他文学史如丁易的《中国新文学史略》(1955)、刘绶松的《中国新文学史初稿》(1956)同样对沈从文持否定态度。囿于这一时期的意识形态影响，沈氏尽管受到文学史的关注，但其文学地位远没有达到准确的定位。

对沈从文文学价值最早的发掘实际是在海外，这一发掘也激发了“文革”结束后国内学界对沈氏的重新评价。当沈从文在国内文学界被否定时，美籍学者夏志清则在其《中国现代小说史》[②]中用大篇幅的讨论文字，对沈氏给予了高度肯定，认为沈从文是“中国现代文学最大的印象主义者”，并采用比较文学的视角将沈从文的作品与福克纳、华兹华斯等西方作家进行对照，尤其对沈氏“丰富的想象力和对艺术的虔诚”致以敬意。另一位美籍学者金介甫对沈从文的专门研究更是对80年代以来国内掀起的“沈从文热”提供了强大助力，严家炎先生曾将金介甫为沈从文立传一事称作为“简直令人难以置信的事”，[③]因这传记内容的丰富与引人入胜。金氏的博士论文题目为《沈从文笔下的中国社会与文化》，[④]这一研究成果使其于1977年获得哈佛大学博士学位，随后在此基础上扩充完善而成的《沈从文传》，更成为国内外沈从文研究的重要范本，从而确立了沈从文在文学史上较高的地位。早在1972年国外就有了聂华苓的《沈从文评传》，[⑤]但影响力却远不如后来居上的金氏研究，究其原因大抵在于金氏研究方法的独特性。

---

① 上海新文艺出版社1954年重版。
② 汉译版由友联出版有限公司1979年出版，英文原版于1961年由美国耶鲁大学出版社出版。
③ 严家炎. 为谜样的传主解读[J]. 读书，1993(5).
④ 哈佛大学出版社1977年出版，虞建华、邵华强译，华东师范大学出版社1992年7月版。
⑤ 美国 Twayne 出版社1972年版出版。

与聂氏单纯从文本出发点不同，金介甫原本在历史学上有所专攻，擅长于广泛详实地搜集处理资料，将历史学的严谨与社会学的相关方法运用在文学研究之中，把沈从文的创作与湘西当地的社会文化氛围和军阀主义史实紧密联系，并曾多次赴中国当面访问沈从文，由此保证了其研究更为宏大深刻的中国视角以及更为精准全面的实据论证。其后创作的论文《沈从文论》①《沈从文与中国现代文学的地域色彩》②更从文学的角度出发采用比较的手法探寻沈从文在地方文学创作层面的重要价值，将沈从文奉为"中国最杰出的乡土文学作家"，从他的作品中发现了另一种"对中国道德和文化财富的见解"、一个由沈从文"浪漫的和理想主义的笔调塑造出的少年中国形象"。金氏独特的研究视角加上热情而又严谨的研究态度，使得他的沈从文研究得以独树一帜、备受瞩目。

海外沈从文研究的成果对 1980 年以来国内学者重新认识沈从文的文学史地位和价值产生了相当的推动作用。"文革"结束后，随着政治形势的变化，思想解放的潜流开始涌出，曾经确立的权威趋于崩溃，反省和质询的要求不断凸显，西方现代派文论的大量引进也影响着国内文学界对文学的再认识，文学的评价标准缘此由之前"一元化"的僵硬和单一逐渐转为重新评价的迫切，对"人性""艺术性""审美"的重视成为这一时期文学研究的基本立场。以此为背景，80 年代以来的沈从文研究开始呈现出不同的图景，沈从文携带着他的美丽的湘西，重新进入到研究者的视野，与早期沈从文研究多从单篇作品出发不同，新时期以来的研究则从更高的、整体性的角度关注沈从文作品的思想文化价值、人性观念以及创作方法等，赋予了沈从文极高的文学地位。

新时期以来的沈从文研究最早的成果是凌宇的一系列研究。凌宇毫无疑问是新时期对于沈从文研究具有开创性的前辈学者，同时也对这一研究持续地倾注着热情。他较早的论文《论沈从文小说的倾向和艺术特色》③即指出：对下层人民生活的不幸和悲凉的描写，对上层社会的厌恶和批判构成了沈从文创作基本倾向的两个方面，同时说明了沈氏创作风格的一大要素，"最能体现他的创作风格的，是写'实'与'梦'二者的结合"，对沈从文的创作有了整体性的概括；之后

① 杨苡译. 沈从文论[J]. 钟山，1980(4).
② 虞建华，邵华强译. 沈从文与中国现代文学的地域色彩[J]. 联合文学，1987，3(3).
③ 凌宇. 论沈从文小说的倾向和艺术特色[J]. 联合文学，1980(3).

出版的专著《从边城走向世界》[1]用五章的篇幅详细而清晰地勾勒出沈从文完整的肖像，对沈从文的文学成就和地位做出了国内研究界最早的最全面的评价，与金介甫的《沈从文传》一样成为沈从文研究中不可或缺的重要专著；在此之后，凌宇的研究视角不断延伸拓展，《从苗汉文化与中国文化的撞击看沈从文》[2]发现了沈从文作品中体现出的"湘西苗族文化、汉族文化和西方文化三条文化线索的交织"，指出了沈氏作品内部"植根于两百多年来湘西社会从原始形态朝向现代转变的历史过程中"所产生的"孤独"，地域民族文化的角度又为沈从文研究增添了新的切入点；直到近年来，凌宇依旧在持续着对沈从文的关注，《沈从文创作的思想价值论——写在沈从文百年诞辰之际》[3]将沈从文看作"具有自觉的少数民族意识的作家"，指出沈从文对"湘西世界原始的生命"的描写根本目的乃是达成"民族文化的重构"，"沈从文的创作并不止于对乡下人现代生存方式的反思。从整体看，他的创作最终指向对民族未来生存方式的终极关怀"。凌宇的研究对沈从文的创作给予高度肯定，从审美和文化的多个层面进入，并且越发地强调民族文化意义上沈氏创作的价值，一方面显示出研究者持续的耕耘，同时也透视出新时期到新世纪以来文学研究重点由审美向文化的逐渐倾斜。

同样在新时期初期即对沈从文给予关注的有吴立昌，他在《沈从文的"沉浮"与现代文学的研究》[4]一文中即指出了阶级分析法对沈从文研究的不适宜。吴氏自己则选择从人性的角度出发，将"人性问题"视为"解开沈从文创作内容的一把钥匙"，对沈从文作品中的人性美和人性恶进行了探讨。他在《论沈从文笔下的人性美》[5]和《论沈从文笔下的人性异化和人性恶》[6]两篇文章中对沈从文作品中人性所反映的具体社会内容、历史真实进行了分析，认为沈从文那座供奉"人性"的小庙，"一方面是对人性美的赞扬和讴歌，另一方面是对摧残破坏人性美的种种社会罪恶势力的揭露和鞭挞"。吴立昌分析沈从文笔下的人性美具有十分具体的内涵，包括了对"农人士兵朴素人性美的温爱""对原始生命力的赞扬"等，并认为沈从文对人性的这些认识体现了他的"反封建思想及人道主义精神"，具有进步意义。与此同时，吴氏也指出了沈从文笔下人性的描述中所犯有的"抽象

---

① 生活·读书·新知三联书店 1985 年出版。
② 凌宇. 从苗汉文化与中国文化的撞击看沈从文[J]. 文艺研究，1986(2).
③ 凌宇. 沈从文创作的思想价值论——写在沈从文百年诞辰之际[J]. 文学评论，2002(6).
④ 吴立昌. 沈从文的"沉浮"与现代文学的研究[J]. 复旦学报社会科学版，1981(3).
⑤ 吴立昌. 论沈从文笔下的人性美[J]. 文艺论丛，1983(17).
⑥ 吴立昌. 论沈从文笔下的人性异化和人性恶[J]. 文艺论丛，1984(19).

化的毛病”,因为沈的创作在很多时候往往“离开了具体阶级标准,无视人的本性的社会属性”。从人性的角度进入沈从文的研究是吴立昌提供的一个十分重要的途径,他的分析也十分具体和翔实,并兼顾了客观原则。只是,吴氏的批评话语还是多少受到建国早期批评氛围的影响,因而其批评偶尔也稍嫌生硬。之后,吴氏还曾在《沈从文:建筑人性的神庙》①中进一步分析了沈从文从人性出发,信仰生命、探索生命的创作主旨。

这一时期沈从文研究的佼佼者还包括赵园和王晓明两位学者。赵园在长文《沈从文构筑的“湘西世界”》②中指出沈从文带给她的兴趣乃在于其“以独特的方式呼应了世界文学中的共同思考”并“体现了中国现代作家某种共同的风格”,她认为沈从文所建构的城市文化与湘西文化的对照,不能仅归结于怀旧,而是“人类经历过且正在经历着的精神矛盾的反应”,即一直纠缠着沈从文的“审美理想”与“道德秩序”间的现实冲突。从文化心理的角度出发,她发现“沈从文的自然意识与社会意识,在文化意识中找到了统一”,她将沈从文和老舍视为中国现代作家中始终“关心着现代文明进程的文化后果”的两位作家并予以肯定,同时也指出了沈从文身上所缺乏的“一种彻底的现代民主思想生活感受、艺术表现的现代特征”。最终,赵园对沈从文文化思想价值所在做出了判断:沈从文“关于人的改造的思想,他在湘西世界中所寄寓的,经由城市世界与湘西世界的反复对照而显示的改造民族性格的思想,正属于中国现代文学的基本主题之一,也是现代中国思想史的重大命题”。而赵园所要求的要读懂沈从文必须读出其作品中的“现实感、现代文学思想魅力所在的使命感”,也存在显示出研究者本身的思想高度。王晓明的《“乡下人”的文体与“土绅士”的思想——论沈从文的小说文体》③则从文化心理的缺失与补偿出发,通过对沈从文小说文体的成型和解体过程进行探讨,分析了沈从文创作心理的变化。王氏认为当沈从文有意识的开始文体制作后,他的文体经历了由牧歌情调向现实阴影的转变,沈从文一方面“顽强地想要把握住那种‘乡下人’的混沌感受,自己却又一步步地努力要当一个城市里的绅士”,世俗理想与审美情感发生了不可调和的误解,并最终导致了沈从文文体的丧失。王晓明从创作者的现实心理变化出发考察其文体的变迁,揭露了中国现代文人世俗理想与诗意敏感的矛盾,论述有力,视角独特。

---

① 复旦大学出版社 1991 年出版。
② 赵园. 沈从文构筑的“湘西世界”[J]. 文学评论,1986(6).
③ 《潜流与漩涡》中国社会科学出版社 1991 年出版。

另外，沈从文的学生汪曾祺对老师的创作评价也颇有见地，在《沈从文的寂寞》①中汪曾祺将沈从文看作“一个热情的爱国主义者，一个不老的抒情诗人，一个顽强的不知疲倦的语言文字的工艺大师”，并指出“他的散文不是晋人的山水诗，不是要引人消沉出世，而是要使人振奋进取”，强调了沈从文现代“散文圣手”的地位。《沈从文和他的边城》②中汪曾祺又用“思无邪”来概括这个美丽的爱情故事，指出沈从文善于描写女性性格美丽的特点，“沈从文画少女，主要是画她的神情，并把她安置在一个颜色美丽的背景上，一些动人的声音当中”，他还点明了沈从文对人物的重视：“笔要紧紧靠近人物的感情、情绪，不要游离开，不要置身在人物之外，要和人物同呼吸，共哀乐”。身为沈从文的学生，同时也是中国著名的文学创作者，汪曾祺格外能体贴沈从文为人为文的特点，其评论也能提供给我们更为生动的认识。

20 世纪 80 年代的沈从文研究已经确立了沈氏在现代文学研究中不能回避的重要地位，并开拓了一系列创新视角，当然，80 年代因其时代对于政治一元化的反叛特点，沈从文的被重视更多是因其审美性和非政治的立场。90 年代至今，一方面大量研究者涌入使得对沈从文的认识混杂着参差的意见，盲目的“沈从文热”一定程度上难以避免地呈现出鱼龙混杂的乱象，另一方面，研究视角和方法的拓展同样也大大深化了对沈氏文学价值的理解，沈从文在世界范围的文学意义、沈从文整体人生与时代的关系、沈从文的转变与现代性的关联、沈从文 1949 年以后的思想研究等，一系列新的视角使得我们对于沈从文的认识更为完整和全面。

借鉴了凌宇论传结合的方式，贺兴安和王继志两位学者分别创作了《楚天凤凰不死鸟——沈从文评论》③和《沈从文论》④两部专著。贺氏通过对沈从文这样一个“艺术型乡下人”具体作品和实绩（包括后期文物研究）的考察，凸显了沈从文“在文学上建造的一个湘西世界”和他“用湘西乡下人的眼光描绘的层层面面”；王氏首先考察了沈从文的生平经历对其思想和创作的影响，接下来集中笔墨对沈从文的小说、散文和艺术风格分别进行了详尽的论述。这两部评传对沈从文的研究都作出了新的贡献。

---

① 汪曾祺. 沈从文的寂寞[J]. 读书，1984(8).
② 汪曾祺. 沈从文和他的边城[J]. 芙蓉，1981(2).
③ 成都出版社 1992 年出版。
④ 江苏教育出版社 1992 年出版。

赵学勇的专著《沈从文与东西方文化》①采用了文化心理视角，同时运用比较文学和社会学的研究方法，将沈从文放在世界大文化的背景下去审视，认为“构成沈从文文化性格、思想意识、心灵品质的内在机制的核体仍然是对我们这个民族由农业文化向现代化过渡时期，在走向全面衰弱和崛起解放历程中的恐慌感和忧患意识”，其研究着重凸显沈从文思想中的生命哲学、审美选择、人性道德伦理与文化重构等四个方面，同时引入了尼采、柏格森等西方哲学思想以及中国儒释道哲学思想作为参照，提示了沈从文作为与鲁迅相同的以思想革命为方法探索中国道路的现代作家的重要意义。韩立群的《沈从文论：中国现代文化的反思》②同样从文化心理的角度出发，将沈从文视作中国现代文化的反思者，凸显了沈从文“从人生体验中感悟人生形成的规律性认识和以生活事实取证的方法鉴别文化思想的学术品格”，将其视为沈氏区别于众多现代作家的独特之处，并作为沈从文得以超越新文化思潮并对其进行反思批判的原因。

乡土是沈从文研究以来一贯的视角，自金介甫、凌宇始，沈从文与湘西的关系便是无法绕开的话题。90 年代以来比较集中的专注这个视角的有向成国、刘一友等人。向成国《回归自然与追寻历史——沈从文与湘西》，③从回归自然的共时考察与追寻历史的历时研究两个方面进入，对沈从文创作的审美时空特质进行分析，并对沈从文“美在生命”的美学观点给予了高度评价；刘一友《沈从文与湘西》④特别重视文化学上所要求的在个体研究时要“高度注意审视它文化状态的各个方面及其整合所形成的模式”，用诸多笔墨讨论“凤凰人”和“凤凰文化”，提出了颇有见地的观点，以此为根基使得沈从文与湘西的关系变得更为具体和深刻。另外，范家进的《现代乡土小说三家论》⑤中选取了鲁迅、沈从文、赵树理三名代表，以“现代绅士的乡村挽歌”为题对沈从文作专章论述，通过对沈从文乡土小说的产生、发展和渐次衰歇进行分析，揭示了沈氏“在表现乡土社会地方风俗及现实变迁时所承受的矛盾以及某种程度上的进退失据和认同匮乏”。

刘洪涛撰写的《湖南乡土文学与湘楚文化》⑥也采用了地域研究的视角，将沈从文看作“湖南乡土文学的开拓者和主师”，凸显沈从文创作的地域文化色彩，

---

① 兰州大学出版社 1990 年出版。
② 天津人民出版社 1994 年出版。
③ 湖南师范大学出版社 1997 年出版。
④ 青海人民出版社 2003 年出版。
⑤ 上海三联书店 2002 年出版。
⑥ 湖南教育出版社 1997 年出版。

阐述了沈从文文学风格对湖南后代作家不同程度的影响。之后，刘氏的研究切入点有所转变，《〈边城〉：牧歌与中国形象》[①]中，刘洪涛首先采用点评的方法，对这篇小说进行了十分详尽的文本细读，接下来从《边城》的牧歌图示的建构逻辑入手，对其艺术独创性和内涵做出了深刻的阐释，刘洪涛认为《边城》的独创性体现在两个层面，其一是“提供了重要的现代小说诗学范畴——牧歌”，其二则是“继《阿Q正传》后重塑了中国形象”，“牧歌与中国形象互为表里，为后发国家回应被动现代化，提供了经典的样式和意绪”，凸显了沈从文立足的“文化守成姿态”所产生的“主体民族对自我诗意想象的虚拟性和策略性”，从文学中的民族想象这一视点进入《边城》，较之前对《边城》的认识角度更加新颖，内涵也愈发深刻。2004年刘洪涛出版《沈从文小说新论》，[②]在其早年博士论文(《沈从文小说研究》)基础上对增加了新的见解，进一步深化和补充了研究者之前对沈从文的非理性和原始性、民族想象和国家认同的分析，对沈从文小说中的时间形式、叙事手法、故事形态也提供了有新意的论述。从国族想象和现代性角度切入的还有吴晓东，他的论文《〈长河〉中的传媒符码：沈从文的国家想象和现代想象》[③]要求在重视沈从文本土性的同时，也必须关注他的复杂性，在《长河》的传媒符码中，吴晓东看到了“在回应现代性和国家问题”的过程中那个充满了“文化关怀和政治热情的沈从文”。从《长河》中大量出现的《申报》《创造》《解放》《中央日报》等传媒出发，研究者发现了存在于湘西的两种舆论空间——“乡土传闻和现代传媒”，并得出“《长河》最终体现的是国家主义与地域话语之间的张力”的结论。从此，从《边城》到《长河》，沈从文的湘西世界完成了从前史到现代史的跨越。

采用比较的视野进行研究，早在80年代就有不少单篇论文成果，比如殷国民《在不同的地平线上——梅里美和沈从文创作比较》，[④]程光炜、王丽丽《沈从文与福克纳创作视角比较》，[⑤]凌宇《从苗族文化和中西文化的撞击中看沈从文》[⑥]，韩立群《论猎人笔记对沈从文小说创作的影响》(1991)，[⑦]赵学勇、卢建红

① 广西教育出版社2003年出版。

② 北京师范大学出版社2004年出版。

③ 吴晓东.《长河》中的传媒符码：沈从文的国家想象和现代想象[J]. 视界，2013(12).

④ 殷国民. 在不同的地平线上——梅里美和沈从文创作比较[J]. 新疆大学学报(哲学社会科学版)，1985(3).

⑤ 程光炜，王丽丽. 沈从文与福克纳创作视角比较[J]. 信阳师范学院学报(哲学社会科学版)，1985(1).

⑥ 凌宇. 从苗族文化和中西文化的撞击中看沈从文[J]. 文艺研究，1986(2).

⑦ 韩立群. 论猎人笔记对沈从文小说创作的影响[J]. 聊城师范学院(哲社)，1991(2).

《人与文化：乡下人的思索——沈从文与福克纳的比较研究》[①]等。对这一方法使用较为集中者有杨瑞仁，他在专著《沈从文福克纳哈代比较论》[②]中将三位作家置入相同的母题背景下，提炼出“乡下人”“乡巴佬”“乡土”“乡土变迁”“乡土重建”“乡土叙事”六个话题，杨瑞仁将沈从文、哈代、福克纳作为全球语境下的乡土作家进行比较研究，具有创新的意义。

2000年以来沈从文研究最重要的成果当属张新颖的专著《沈从文精读》。[③]该著试图为读者勾勒出沈从文一生三个阶段的三种形象：“得其自”的文学家、痛苦的思想者和处在时代边缘却进入历史深处的实践者。张新颖指出：这是一个变化过渡的生命历程，但三种形象却无法割裂，内中有贯穿始终的线索。以往我们的理解，并不重视思想者的形象，甚至忽略实践者；即便在沈从文的文学中，又往往以“纯文学”的名义只拈出《边城》；而对《边城》的理解，又舍弃那个不息流转的世界，单单看作一曲唯美、静止的田园牧歌——这是一道日益偏狭的轨迹、一个逐渐缩小的过程。而伴随着这一轨迹、过程而发生的，是我们把自己“变小”了。对沈从文的转型作“截断”式的理解，从所谓文学的眼光出发看轻他后半生的文物研究，其实是无视文学创作与文物研究中流淌出的对人类历史文化长河的深沉爱恋，无视一个中国现代知识分子如何“在精神的严酷磨砺过程”中追求意义和价值，在天翻地覆的时代中如何找寻安身立命的位置；在知识和心智的范围内小觑沈从文的文化结构，似乎是为了日后文学大师的“横空出世”作先抑后扬的张本，仰视他为天才，其实舍弃了一个人在生命起步时所领受的自然现象的浸染和人事经验的习得。更重要的是，“知识和心智发展出‘机心’，就是‘文化’走向狭隘的标志”，“说一个‘自然人’没有‘文化’，那是因为我们的‘文化’概念太小了，限制了我们的视野和判断”；同样，将沈从文凝固在对抗现代性或固守乡土性的范围里讨论，也就将自我陷足于人为制造的牢笼而难以自拔甚至不自知。张新颖的研究，还注重通过沈从文的文学，反思“五四”新文化的容纳与限度，沈从文对于20世纪中国的意义，正可以由此展开。比如，“五四”新文学担当了文化启蒙的责任，在“人的文学”的规划中，“先觉者、已经完成启蒙或正在接受启蒙过程中的人、蒙昧的人，似乎处在不同的文化等级序列中。特别是蒙昧的人，占

① 赵学勇、卢建红. 人与文化：乡下人的思索——沈从文与福克纳的比较研究[J]. 兰州大学学报(社科版)，1991(3).

② 中国文联出版社2002年出版。

③ 复旦大学出版社2005年出版。

大多数。新文化要改变甚至改造中国社会文化的基本状况，这蒙昧的民众就成为新文学的文化批判、启蒙、救治的对象”。“沈从文也不是有意去颠倒启蒙和被启蒙的关系，而是他根本就没有这样的观念。……现代思想、现代理论当然不仅仅是启蒙的话语，其他的理论也一样，如果带着理论的预设去看人，看世界，就把人、把世界框在一个框子里了，同时也把自己框在了框子里。沈从文不是一个把自己用理论武装起来的人，而是一个把根扎在自己的实感经验中的人，并且带着实感经验的历史和累积的感情来看人、看世界。”①

长期以来沈从文研究多集中在其创作高峰期的20世纪30、40年代，近年来，沈从文的后半生即新中国成立以来的生活和思想变化也不断被纳入研究者的视野。张新颖认为，对沈从文这个人尤其不能做“截断式”的理解，截断的后果，比如感慨时代的风云骤变和压力吞噬了才华横溢的作家，比如在研究作为文学家的沈从文时把他1949年以后的经历一笔带过甚或忽略不计，都会造成认识上的偏差。《沈从文精读》第八讲《文物研究：后半生与历史文化的长河》就是“回到具体的历史情境中去，去看他的经历，他的思想和他的工作”；“每一件文物，都保存着丰富的信息，打开这些信息，就有可能会看到生动活泼之态；而文物和文物，也都不是一个个孤立的东西，它们各自保存的信息打开之后，能够连接、交流、沟通、融会，最终汇合成历史文化的长河，显现人类、劳动和创造能量的生生不息。”如果我们把文学看作生命流通灌注的体现，那么沈从文“文物研究的着眼点，其实也是他的文学的着眼点”，这个“水边的抒情诗人”，确然没有离开他所钟爱的历史文化长河。刘志荣的“潜在写作”研究②将沈从文“文革”时期的书信作为有价值材料，辟专章《狂人康复的精神历程：1949年后沈从文的精神线索》讨论沈从文在自杀未遂之后的转变，以《从文家书》中“呓语狂言”一辑为切入点，指出沈从文的“狂”与鲁迅《狂人日记》中“狂人”的相通之处，这一来自沈从文自身“内部的迷乱”，更充分地显示着“时代变换与文学家命运的症结所在”，同时刘志荣也在沈从文后期的书信中揭示了其在舍弃公开层面的承担后，于私人的日常生活和个人心灵内部所寻找到的另一种生命体悟。贺桂梅的在转折时期作家研究中③，将沈从文作为“文学与政治”关系的一个例证，提出要“打破冷战式的思维，深入到具体的历史情境中来讨论沈从文处境的复杂性”，通过分析沈从文

---

① 《沈从文与二十世纪中国》《当代作家评论》2012年第6期。
② 《潜在写作：1949—1976》复旦大学出版社2007年出版。
③ 《转折的时代：40至50年代作家研究》山东教育出版社2003年出版。

新中国成立以来的创作和心路历程，指出沈从文从之前对文学作为“民族品德重造”之工具的绝对信任，逐渐后退为将文学只看作“情绪的调节与抒发，对外（社会、政治）并不产生多少作用”，并将沈氏的这一“后撤”视为其“20 世纪 40 年代整个思想探索最终告败的核心缘由”。

除了具体的批评和专著，在文学史层面，受到夏志清《中国现代小说史》、司马长风《中国新文学史》的影响，加之对沈从文的研究不断凸显出其较高的文学价值，新时期以来对沈从文的文学史地位也有新的评价，比较重要的包括：杨义《中国现代小说史》[①]对沈从文进行了专门论述，特别突出了沈从文对人性的刻画、对湘西风土人情的描绘以及其艺术风格的“清澈空灵和仪态多端”，充分肯定了沈从文的文学史地位：钱理群、温儒敏、吴福辉合著的《中国现代文学三十年（修订本）》[②]特别在 1987 年的旧版基础上增加了沈从文专章，视沈从文为“边地湘西的叙述者和歌者”，认为沈从文最主要的文学贡献是“用小说、散文建造起他特异的湘西世界”，强调了沈从文文化立场的独特性“他处于左翼和海派文学之外，取的是地域的、民族的文化历史态度，由城乡对峙的整体结构来批判现代文明在其进入中国的初始阶段所显露的全部丑陋”，并认为沈从文的叙述“丰富了中国文学的多样、多元特性。”

将近一个世纪关于沈从文的研究，不断翻新和深化着我们对于沈从文文学创作和审美文化思想的理解。经历了评价的曲折起落乃至排斥尘封，沈从文最终得到评论界的肯定和认可，这不仅显示了真正的文学艺术所具有的超越性的力量，也凸显出文学批评和研究在时代的流转中不断做出的自我调整和纠正。不预设先入为主的僵硬标准，真诚地对待文学、尊重作家作为独立个体的审美文化选择，尽最大的努力在深度和广度的双重层面不断发现和扩展文学评价的可能性，与文学创作一起向着艺术更为深入的内核掘进。唯其如此，研究和批评才能真正生成价值和力量。

① 人民文学出版社 1988 年出版。
② 北京大学出版社 1998 年出版。

沈从文研究在日本

小岛久代*

让我从三个方面介绍在日本的沈从文研究：

一、沈从文及其作品的译作在日本受欢迎的原因

早在1926年沈从文作品《母亲》首次被春霞（笔名）翻成日文小说《母亲》①之后，由于1934年周作人第二次来日时谈及当时的中国新文学，列举了中国文坛引人注目的废名和沈从文这两位作家，因此同年创立的《中国文学研究会》成员开始阅读沈从文的作品。其中以武田泰淳、冈崎俊夫、松枝茂夫为中心还开始了沈从文作品的翻译和研究工作。

1934年冈崎俊夫以《老舍和沈从文》②为题做了一次演讲，冈崎说："一个民族的文学需要有其共通的个性。然而现在的中国文学正缺乏这种中国的个性。"但他认为中国文坛只有老舍和沈从文具有那种中国的个性。他评价沈从文为"具有独特的风格而又给文坛带来新鲜空气的天才作家"，并引用苏雪林的《沈从文论》，指出："沈从文的理想在于把新鲜的湘西人的血液灌输到中国民族的血管里，使之奋起"。1934年3月以东京帝国大学中国文学科的毕业生和在校生为

* Hisayo Kojima，日本明海大学的研究中国文学的教授，她出版了 *Liang Shiqiu and Humanism* (1982), *Shen Congwen — people with works* (1997), etc.

① 《北京周报》第203、204号极东新信社出版1926年4月4、11日。春霞翻译的《母亲》与《沈从文全集》第1卷所收的《母亲》不同，署名是懋林。

② 《中国文学月报》第1卷第3号1935年5月。

中心组成的《中国文学研究会》的成员们一致认为：他们的使命不是大声叫嚷反对日本军国主义对中国的侵略战争，而是让日本人民知道和理解同时代的被侵略的中国人的心情和感受，所以他们的当务之急就是介绍中国同时代的文学作品。这又是他们反对愚蠢的侵略战争而唯一能做的事情。

冈崎、武田、松枝等《中国文学研究会》的会员们，比当时中国盛行的普罗文学，更高地评价老舍和沈从文，也更喜欢翻译他们俩的作品。这是因为他们的作品非常饱满而又抒情地描写了人力车夫、船夫、妓女、农民等生活在社会最底层的人们的悲欢离合，日本读者能够共同体会到活在同一时代的中国人的生活和感情。他们的作品的实质大多就是人类共通的人性，并不是什么肤浅的主义或是被强迫的阶级性。

1982 年沈从文作为纪念日中恢复邦交 10 周年访日团的团员之一，他带着他编著的《中国古代服饰研究》来日时，正如松枝茂夫在东京都立大学的欢迎会上所说的"我能够见到我非常非常喜欢的沈从文先生实在是太兴奋了"那样，松枝茂夫非常喜欢沈从文的作品。1938 年以大陆丛书之一一举把他的 8 个作品(《边城》《丈夫》《夫妇》《灯》《会明》《柏子》《龙朱》《月下小景》)翻成日文，由改造社出版。其后《牛》《黄昏》等短篇小说由其他译者翻成日语。正如提到沈从文，就会让人想起松枝茂夫的译文那样，日本有许多学生读过松枝茂夫翻译的沈从文作品，他们受其影响而选择从事中国文学的研究，在日本介绍沈从文文学方面松枝茂夫起了很大的作用。1954 年《现代中国文学全集》之第 8 卷，以《沈从文篇》出版，在这本书里就收录了包括上述松枝茂夫翻译的 8 篇作品，此外还有立间祥介译的《从文自传》和冈本隆三译的《旅店》《结婚前》，一共翻译了 11 篇沈从文的作品。对于这套全集专为沈从文腾出一卷的问题，1954 年中国作家协会曾向访中的仓石武四郎东京大学教授提出过"沈不是有代表性的作家"的意见，但是编者还是坚持站在日本的对沈从文评价的独自立场上编就了一卷《沈从文篇》。这是已故丸山升教授回忆当时说的①。其后在 1972 年编《现代中国文学》时，则受到"文化大革命"的影响，虽然也把沈从文编在里面，却和丁玲合编在了一起，只收录《边城》《丈夫》《夫妇》《灯》《会明》的 5 篇作品。随着四人帮的垮台和"文化大革命"结束，20 世纪 80 年代由于中国的改革开放政策沈从文得以平反，日本也开始出现了研究沈从文的学者，翻译了一些还没有翻译过的作品。以

① 《湘西》第 4 号 2002 年。

单行本出版的有城谷武男译的《瞥见沈从文》[①](2004)，收录了《雨后》《早上——一堆土一个兵》《生》《萧萧》《烟斗》《黔小景》《十年后》《干人谣曲》《论中国创作小说》等包括短篇小说、歌谣、论文等的 9 篇作品，由札幌书店出版。小岛久代译的《沈从文短篇小说选》[②](2007)收录了《贵生》《赤魇》《雪晴》《巧秀和冬生》《传奇不奇》。小岛还有《湘行散记》(2008)，把《湘行散记》12 篇作品全翻成日文。[③] 小岛现在还继续从事其他 9 篇作品(《边城》《丈夫》《月下小景》《女人》《扇陀》《爱欲》《街》《静》《看虹录》)的翻译工作。城谷去年已经出版《〈边城〉评释》。[④] 虽然杂志上连载过，但还没有以单行本出版的有福家道信翻译的《记丁玲》上下，[⑤]福家还把《沈从文・张兆和湘行书简》译成日文。[⑥] 齐藤大纪以翻译沈从文初期作品为主，把《老实人》译成日文『愚直の人』，[⑦]齐藤还把《北京之文艺刊物及作者》译成日文『北京の文芸刊行物及び作者』(上)(下)。[⑧] 中里见敬把《三个男子和一个女人》译成日文『三人の男と一人の女』[⑨]。

二、日本的沈从文研究能否与大陆以及其他国家的沈从文研究进行对话?

这里只能介绍日本的沈从文研究，以及日本如何受到本土的和其他国家的沈从文研究影响的一些情况。论者对本土和其他国家的沈从文研究当然非常关心，受外语能力的限制，现在只能阅读翻成中文的论文。不过日本年轻的研究工作者中也有能熟悉几国语言的人，但是为数不多。笔者所读的是本土的苏雪林、韩侍桁、贺玉波、刘西渭、王瑶、凌宇、吴立昌、向成国、刘洪涛、张新颖、周仁政等。美国的夏志清、聂华苓、金介甫、王德威等。新加坡的王润华等人的著作和论文。日本学者不光阅读原文，而且还把他们的论文译成日文，比如今泉秀人把李恺玲的论文《冲淡又深情——从小说〈萧萧〉谈沈从文的艺术风格》译成日文『李愷玲

---

① 札幌堂书店出版 2004 年。
② 中国文库编辑制作 2007 年。
③ 好文书店出版 2008 年。
④ 札幌堂书店出版 2012 年 7 月。
⑤ 《Viking》1977 至 1979 年。
⑥ 《火锅子》1998 至 2006 年。
⑦ 《火轮》第 9、10 号 2001 年 3 月、9 月。
⑧ 《湘西》第 7、8 号 2005、2006 年。
⑨ 《湘西》第 5 号 2003 年 10 月。

著〔今泉秀人訳〕淡泊にして厚情—『蕭蕭』から沈従文の表現形式を論ず』,[①]还把王德威的论文《从头谈起——鲁迅、沈从文与砍头》译成日文『頭から説きはじめる—魯迅・沈従文と首切り』。[②] 今泉秀人发表的论文《两个童养媳——沈从文的〈萧萧〉的成就》[③]就是受到他们两位学者的启发而写成的。这样我们可以说日本的沈从文研究者对日本以外的研究也有关心,而且还从国外的研究中受到启发。

日本的沈从文研究正式开始于20世纪80年代后半叶,论者的《沈从文文学的"常"和"变"——围绕〈边城〉和〈长河〉》[④]是受到凌宇研究的启发的。同年12月城谷武男写的《〈边城〉主题考》,[⑤]对茶峒进行了实地调查,弄清楚酉水里的"三不管沙洲"是汉、苗、土家三族混在的地方,既是三族争斗的象征之地,又是四川、湖南、贵州都不愿意管辖的特殊地方,而把这一特殊地区跟《边城》里的不完整的人事关系结合起来,哲理地思考故事的悲剧性。城谷的沈从文研究还受金介甫将沈从文与威廉·福克纳(William Faulkner)对比的研究方法启发,但城谷则是站在日本人的立场上把受歧视地区出身的中上健次与沈从文相提并论。他的《《边城》主题考》的中译被收录在《沈从文资料研究》[⑥]里。论者的《〈月下小景〉考》(1990)、《〈月下小景〉其二——关于〈扇陀〉的人物形象和主题》(1991)、《〈月下小景〉考其二——关于〈女人〉〈被刖刑者的爱〉的人物形象和主题》(1992)、《〈寻觅〉试论》(1994)(都收录在《沈从文——人和作品》[⑦]里)也受到本土谢会昌的《沈从文与佛教故事》(1989)的启发,主要却是受日本北冈正子的《〈摩罗诗力说〉材源考》(〈野草〉上连载)的方法论的启发写成的。[⑧] 这些论文主要是与沈从文取材的《法苑珠林》等佛经故事作详细比较后,分析了沈从文如何再编佛经故事和土家族里流传下来的故事,如何把它们改编为现代作品的问题。第一篇《〈月下小景〉考》的中译文也被收录于《沈从文资料研究》里(2006)。有关《阿丽思中国游记》,苏雪林曾把它归为童话,指出这是一篇沈从文作品里的失败之作。同时代的其他评论家对此作品的评价也很低,沈从文自己也承认这是一

① 《湘西》第9号2007年10月。
② 《未名》第26号2008年3月。
③ 《野草》第82号2008年8月。
④ 《东洋文化》第65号1985年3月。
⑤ 《北海学园大学学园论集》第52号1985年12月。
⑥ 刘洪涛、杨瑞仁编《沈从文研究资料》天津人民出版社2006年。
⑦ 汲古书院出版1997年6月。
⑧ 何乃英译《摩罗诗力说材源考》北京师范大学出版社出版1983年。

个失败作品。但是凌宇则认为它有讽刺小说的意义，评论者也认为这是模仿《阿丽思游记》的讽刺小说，而不是童话。论者在《模仿作〈阿丽思中国游记〉》[①]详细地分析了这一作品后认为该作的主题：苗人（奴隶）——汉人（主人）的象征关系恰如在上海的法国租界地里的"禁止狗和中国人进入"的告示牌象征的中国（奴隶）——帝国主义列强（主人）的关系一样，作品明确地揭露和讽刺了在这种两重统治与被统治结构下的最底层的苗人如何被掠夺被凌辱的事实。小岛还指出沈从文身上兼有苗、土家、汉三族的血统而内心抱有的统治、被统治的矛盾，因此比起其他作家能够更尖锐更深刻地把握这种矛盾。

近年来，沈从文研究主要分析北京时代的作品，考查沈从文与鲁迅的关系，沈从文的交际关系。比如黄嫒玲的《1925 年春天北京的沈从文、胡也频和鲁迅》[②]推翻了从前的定论，实证了鲁迅和沈从文发生矛盾起因于为了争夺发表作品的刊物的这一事实。

齐藤大纪考查北京时代的沈从文和胡也频、徐志摩、闻一多、于赓虞等的交往，写了《胡也频到湖南去——1925 年 6 月的沈从文和胡也频》[③]《彷徨的自宽君——沈从文〈老实人〉论》[④]等，通过交际关系弄明白了沈从文的真实的作者形象。中野知洋在复旦大学的吴立昌教授的指导下，调查上海吴淞的中国公学大学时代的沈从文的交友关系后，写了《在吴淞的沈从文》[⑤]（2001），实证了当时存在所谓吴淞文坛的事实。运用叙事论的论文有今泉秀人的《〈边城〉传达的故事——沈从文和民族意识》[⑥]《两个童养媳——沈从文〈萧萧〉的成就》，后者受到他翻译的李恺玲的论文的启发，比较鲁迅的《祝福》和沈从文的《萧萧》的论文。津守阳的《潜伏在沈从文女性形象里的"乡土"——白色女神还是黑色乡下姑娘》[⑦]一文提出了一个不同于中国现代文学中一直引用的杜赞奇（Prasenjit Duara）和鲁迅的"乡土文学"概念，以此为基础试图论证沈从文的"乡土观"。津守的另一篇论文《溶解"乡土"的内面空白——从沈从文的女性形象谈起》[⑧]（2007），津守关注《三个男子和一个女性》，注意到作品中的女性像缺乏"具体描

① 《明海大学外国语学部论集》第 8 集 1996 年。
② 《未名》第 11 号 1993 年。
③ 《火轮》第 6 号 1999 年 3 月。
④ 《火轮》第 11 号 2002 年 3 月。
⑤ 《日本中国学会报》第 53 集 2001 年 10 月。
⑥ 《关西大学中国文学纪要》第 13 号 1992 年 3 月。
⑦ 《东方学》第 113 辑 2007 年。
⑧ 《现代中国》第 81 号 2007 年 9 月。

写”，津守很有意思地指出沈从文创造的将导致男性毁灭的女性形象因为其精神内面的空白使人感到深不可测。又指出沈从文湘西小说的丰富多彩。津守受到刘洪涛先生《沈从文新论》[①]里提到的热拉尔·热奈特《叙事话语·新叙事话语》的启发，用他的“反复法”分析沈从文创作的“乡土”作品里的时间。

三、中国本土以外的沈从文研究的特征

（一）重视少数民族出身的问题

重视少数民族出身的论述有美国金介甫先生论及的沈从文与威廉·福克纳比较，也有日本城谷武男的《沈从文、中上健次对比研究》[②]论及的与受歧视地区出身的中上健次的共同点和异同点，还有笔者论及的《模仿作〈阿丽思中国游记〉》。论者指出这篇作品是沈从文站在被统治的苗人的立场上揭露了苗人和汉人的关系等同于当时的中国和帝国主义列强的关系的具有深刻讽刺意义的小说，并不是童话。中村翠的《沈从文——故事和归属的选择》[③]（2000）论及沈从文自己对少数民族和湘西的归属意识，还指出“沈从文的魅力就在于彷徨在‘汉族’和‘少数民族’‘知识分子’和‘乡下人’等看似对立其实密切关联的两者之间，而竭力地想保持在‘现代’的空间和时间的流动中浮游着的自己生命的平衡”以及于为“追求自己归属而甘受切身的痛苦”。另外笔者的《〈月下小景〉考》等诸篇都跟佛经故事做比较，分析沈从文怎样改编佛经故事，指出沈从文审美观的另一面。笔者认为横向思考沈从文作品和描写世界其他少数民族或受歧视地区出身的作品作比较不妨为一种新的研究方法。

（二）关于版本研究

城谷武男有《沈从文〈边城〉的校勘》[④]（2005）和《沈从文〈萧萧〉〈阿金〉〈牛〉

① 北京师范大学出版社出版 2005 年 1 月。
② 《沈从文研究》札幌堂书店出版 2008 年 11 月。
③ 《人文学报》第 311 号 2000 年 3 月。
④ 札幌堂书店出版 2005 年 12 月。

的版本研究》[1](2006)，另外，还有一个不容忽视的问题，1957 年出版的版本里由于政治上的顾虑作了不少改编，城谷搜集乐 25 种版本详细地进行了比较，中国本土研究者不太重视这些问题，但是笔者认为理解当时的沈从文所处的立场与分析作品时，这些都是应该重视的问题。论者还希望中国本土研究者论沈从文和鲁迅的争论时，应该根据当时的原始资料。论者认为只有复原两者论争的原始资料，才能弄清他们之间的争论点是什么，这是最基本的研究态度。但是《沈从文文集》所收录的文章出于政治上的顾虑进行过删除和改写。但《沈从文全集》能明示所依据的版本，并且有关"京派"和"海派"论争的原始资料也原封不动地被收录在《沈从文全集》里。从《文集》出版后经过 20 年，《全集》编辑们所花的努力与功夫，实在使论者佩服的，在此特别提到。

2013 年 10 月 12 日

（本文是 2013 年 7 月 19 日在巴黎召开的国际比较文学圆桌讨论会上所作报告稍加修改。）

① 札幌堂书店出版 2006 年 12 月。

沈从文的美国阐释

周　刚*

在她颇享盛誉的《学科的死亡》一书中，佳亚特里·斯皮瓦克（Gayatri Spivak）指出："美国的区域研究是美国政府为了在冷战中增强实力而建立的；比较文学学科却是起源于欧洲流亡知识分子逃离纳粹独裁。"[①]美国的中国现代文学学科好像走的是第三条路：她起源于对美国学术界20世纪三四十年代盛行一时的新批评派的回应。一般学者都承认，美国的中国现代文学是在夏志清1961年的《中国现代小说史，1917－1957》出版后正式初具规模的。根据夏志清的自述[②]和其他学者的评论，夏志清的著作受到他的导师燕卜逊（William Empson）、布鲁克斯（Cleanth Brooks）和兰色姆（Ransom）三位新批评大师的影响。夏志清在耶鲁大学攻读英语系博士的时候，也有幸接触到英国评论家列维斯（F. R. Leavis）的《伟大的传统》。正如列维斯为英国小说建立一个经典传统，夏志清也为中国现代小说描述了一个传统经典。

夏志清范式在1960年代初期建立后，对以后30年美国学术界对中国现代文学的接受发生了很大的影响。有意思的是中国现代文学学科在美国的创立其实也比较特别，跟美国的日本文学研究领域的创立就很不同。唐纳·克恩（Donald Keene）在1950年代末期出版了一本《现代日本文学：1868年以来》，是美国日本现代文学研究的开山之作。某种意义上说，夏志清并不能算是典型的汉学家，他是25岁来美国攻读英国文学博士的留学生出身。唐纳·克恩倒是他

* 周刚，美国路易斯安那州立大学。

① Gayatri Spivak, *Death of a Discipline*, New York：Columbia University Press，2003，p. 3.

② 见季进的"对优美作品的发现与批评——夏志清访谈录"，《另一种声音——海外汉学访谈录》，复旦大学出版社，2011，pp. 30－43.

们那一代典型的日本学家。他先在美国海军学院学习日语,之后在二战中成为太平洋地区的情报军官,退伍后回哥伦比亚大学继续学习日语,获硕士和博士学位。唐纳·克恩的例子可以说很好地证明了佳亚特里·斯皮瓦克对美国区域研究建立的说明,虽然唐纳·克恩终生热爱日本,晚年曾写《我的一生:一个有着日本心的美国人》的自传。我们可以说夏志清和唐纳·克恩都是从一个特定的接受文化来做跨文化研究,阐释中国和日本现代文学作品,但因为他们有很不同的背景,也着眼于不同的亚文化(新批评和区域研究传统),结果也就很不同,可能这些不同也会一定程度上影响到美国的中国现代文学学科和日本现代文学学科不同的发展路径。

上述讨论在两个层面上对本文的中心议题有所帮助。第一,它试图对近年来颇为流行的对西方他者文化描述的批评进行再批评。萨伊德的东方主义的确能帮助学者认真地思考西方在表现"东方"话语中体现出的不平等的权利关系,但在我看来,每个具体的跨文化对话常常蕴含更丰富的,某种意义上说跟权利没有直接关系的东西。第二,中日现代文学在美国不同的接受情况也为我们对美国的现代文学领域中介绍沈从文的那些学者、作家有一个比较性的认识。总而言之,我们可以说每一个具体的对沈从文的美国"阐释"的个案都体现着特有的跨文化想象和创造力。

一、聂华苓和金介甫(Jeffrey Kinkley)

沈从文是夏志清在他1961年出版的《中国现代小说史》中极力推荐的几位作家之一。不满于大多数现代作家对中国政治命运的过分关注,夏志清称颂沈从文作品的优美艺术性和对道德、宗教问题的热诚。某种意义上说,夏志清的发现是沈从文的幸运。夏志清带着他特有的文学品味,新批评派的文学训练和标准来进行他对沈从文的跨文化阐释。虽然沈从文在60年代和70年代由马克思主义和阶级理论把持的大陆文坛默默无闻,他在美国学术界的"再生"使他一跃成为中国最伟大的现代作家之一。

在接下去的30年中,夏志清的范式在美国的现代文学领域中占有很重要的地位。接下去出版的十几种中国现代作家研究专著中,有两本是有关沈从文的:聂华苓的《沈从文》(1972)和金介甫的《沈从文传》(1987)。聂华苓的书是Twayne出版社出版的"世界作家丛书"系列中的一种,所以它针对的读者群是美国的一般读者。与之不同的是，金介甫的专著始于他在哈佛的博士论文。按照金介甫的自述，他的博士论文试图用“沈从文的文学和相应的非文学材料来考察湘西和湘西特有的民俗风情”。[①] 改写之后，金介甫的专著很快成为美国学术界沈从文研究的经典之作，对中国大陆、日本和欧洲的沈从文研究都发生了很大的影响。

聂华苓和金介甫都非常仰慕夏志清，我们可以从他们的著作中明显地看到他们受夏志清影响的痕迹。比方说，聂华苓和金介甫在书的开始都把鲁迅和沈从文作比较，认为沈从文是可以跟鲁迅相提并论的伟大作家。另外，聂华苓和金介甫都会把沈从文与西方的著名作家作比较，现在美国现代文学领域中的学者已经很少有人会做这样的评论。金介甫在他的引言中，把沈从文和西方名家像莎士比亚、巴尔扎克、乔伊斯、莫泊桑、屠格涅夫、契诃夫等一起排名。聂华苓在分析沈从文作品时常常提到 D. H. 劳伦斯，加缪和狄更斯。聂华苓，金介甫都着重在介绍沈从文的一生，两本书都可以说是传记之作，但他们两个人都用相当篇幅分析沈从文的作品，运用新批评派的术语像人物、主题、意象、风格等等。

聂华苓和金介甫的书主要的不同处应该是杂家和专家之间的不同，创作家和汉学家之间的不同。正像聂华苓在前言中说的那样，她的写作是在她和她先生保罗·安格尔(Paul Engle)创立的爱荷华大学国际写作训练班这样一个特定环境中进行的。在她写《沈从文》的时候，她也同时创作和完成她自己的小说。金介甫则是在上哈佛大学的一门“中国俗文学作为历史见证”的研究生课程时开始阅读沈从文作品的，可以说很多读区域研究博士的美国汉学家，都是在这样一个人文环境中开始专题研究的。金介甫自身特有的对地理和民俗的兴趣直接引导他对湘西的富有前卫性的研究，对沈从文作为优秀的地域作家的评价研究，和对沈从文和福克纳，沈从文的中国西南文化和福克纳的美国南方文化之间的比较研究。

二、文棣(Wendy Larson)和王德威

美国的中国现代文学领域在 90 年代发生了很大的变化。像王德威指出的那样，有三股潮流从根本上改变了旧有的状况。第一，理论在研究和批评中占据了很重要的地位。第二，学者们开始从文学向其他领地开拓，电影，音乐，俗文

① Jeffrey Kinkley, *The Odyssey of Shen Congwen*, Stanford University Press, 1987, p. vii.

化,女性研究,城市研究,后殖民研究都有了发展。第三,"重写历史"的种种把学者引向过去被忽略的区域,像非主流的作家,作品,离散文学等等。① 事实上,这三股潮流可以说在美国学术界各个人文学科都引起了深刻的变化。相比之下,中国现代文学领域的剧烈变化可能也是由于领域内学者构成在 90 年代的变化引起的。1998 年周蕾(Rey Chow)为《边缘》杂志编了一本专号:《理论年代的中国现代文学和文化领域:学科的再想象》。在前言中,周蕾列举了 12 种 90 年代美国各个著名大学出版社出版的中国现代文学领域中重要的学术著作,作者都是从大陆,或者台湾来的华人学者。周蕾自己是来自香港的,因为她高度政治化的女性批评和后殖民批评实践,她曾被认为是对夏志清非政治化的新批评范式的一大挑战。②

说回到沈从文的接受情况,90 年代初期美国有两本学术著作中录有有关沈从文的章节:一本是文棣的《文学权威和现代中国作家:犹疑和自传》(1991),另一本是王德威的《二十世纪中国小说中的现实主义:茅盾,老舍,沈从文》(1992)。但从这以后,重新调整过方向的,比以前远为政治化的美国中国现代文学领域基本上就把沈从文遗忘了。从这个角度,我们可以说对沈从文的接受并不只是跟他的作品有关,也跟美国学术界的氛围有关。除非沈从文可以跟接受他的文化环境和睦相处,否则他的作品被阅读和被阐释的可能性就很可以怀疑了。

与金介甫一样,文棣也是一个读区域研究博士出身的汉学家。她的书是从加州大学伯克莱分校的博士论文开始的。文棣在博士研究中发现了一个有关中国 20 世纪初期作家的有趣现象。运用郭沫若、沈从文、鲁迅、胡适和巴金的日记、散文,文棣指出这些作家常常怀疑和不相信文学创作的力量,相反他们会称赞体力劳动、革命工作、军队行伍。文棣书中沈从文的章节主要是解读《从文自传》,分析沈从文自述中对自己成为作家并不得意的情绪,相反会向往勇于打仗的士兵。与金介甫的情况差不多,文棣的书中沈从文的作品也是更多被用来作为一种对历史的证明,作为材料来证明一种理论假想。只是金介甫比较对区域和文化地理学感兴趣,文棣对作家心理和自传更感兴趣。

---

① David Wang, "A Report on Modern Chinese Literary Studies in the English Speaking World," *Harvard Asia Quarterly* 9,1/2(Winter/Spring 2005)

② Chen Li-fen, "The Cultural Turn in the Study of Modern Chinese Literature: Rey Chow and Diasporic Self-Writing," *Modern Chinese Literature and Culture* 12,1(Spring 2000):43-80.

王德威的情况与夏志清有点像，他是来美国攻读比较文学博士的留学生出身。王德威1992年的书最好地体现了"理论"对美国沈从文研究的冲击。在王德威书中，夏志清建立的新批评范式已经被一套新的理论术语和分析替代了。新的理论家、思想家(而不是西方著名作家)像巴赫金、福柯被用来分析沈从文的写作。传统的新批评术语像主题，意象和风格也被后结构主义理论术语替代。像很多解构主义批评家，王德威对沈从文作品中常被过于简单化理解的二元对立特别敏感，像乡村相对于城市，过去相对于现在，传统相对于现代化，保守主义相对于激进等等。他的批评会解构这些二元对立，显现出其中的不稳定性和幽微处。根据王德威所言，沈从文身上几乎有"一种不可抑止的欲望去混合田园牧歌风情和现实生活的恐怖，悲痛；在历史混乱的漩涡中捕捉非现实的梦幻，在死亡和暴力中颂歌爱欲的力量。"①可以说沈从文从根本上改写了我们传统的对抒情的理解。从夏志清到王德威，从新批评到后结构主义理论，沈从文的美国阐释再一次回应了学术界的主流思潮。

三、哈珀·柯林斯(Haper Collins)和熊猫丛书

美国的大出版公司哈珀·柯林斯在2009年出版了一本金介甫翻译的沈从文的《边城》。这本书是葛浩文主编的中国现代文学经典丛书中的一本。这可以说是沈从文在美国接受史上的黄金时刻，沈从文的小说终于有机会走出学术界，和美国的一般读者见面。最有意思的是在这样一个新的"对话层面"上沈从文的《边城》究竟是怎样被包装和呈现在读者面前的呢？以下是印在2009年《边城》译本封底上的文字：

> 最初出版于1934，《边城》讲述了翠翠的故事，一个乡村女孩在民族国家动荡中成长的故事。就像每一个十几岁的女孩子，翠翠梦想浪漫和寻找真爱。她被地方上唱夜歌的风俗深深打动，被一对兄弟追求。但翠翠也为她外祖父(一个贫穷但诚实的老船夫，也是翠翠唯一的亲人)翠翠为老船夫的突然死亡而悲痛欲绝。在成长过程中，翠翠认识到生活中充满了不测，她

① David Wang, *Fictional Realism in Twentieth-Century China: Mao Dun, Lao She, Shen Congwen*, New York: Columbia University Press, 1992, p. 205.

自己必须做出选择决定自己的命运。

充满了对人性的感人见证,《边城》是一篇文笔优美的小说,被认为是沈从文对革命前中国乡村生活精彩描绘的代表作。

这两段文字几乎用尽了所有的可能来使《边城》更吸引美国的一般读者。一个"女孩成长的故事"无疑是美国大众文化中最常见的故事类型之一,"浪漫和追求真爱"是无数好莱坞电影的必然主题。"唱夜歌的风俗"给《边城》增添了异域浪漫情调;"外祖父的突然死亡"则增加了暗色和沉重感。最后,"翠翠认识到生活中充满了不测,她自己必须做出选择决定自己的命运。"这是一个多么个人主义和富于英雄感的世界观啊!"选择和决定自己的命运"又是美国这个接受文化中最熟悉的命题!但是我们如果真的去读一下《边城》,就会知道那是一个完全不同的世界,一个和个人主义和英雄意识毫不相关的世界。那个世界中有爱和浪漫,不过翠翠可能从来没有有意识地想去追求浪漫,追求真爱!封底上的文字也企图给读者一个大的背景上的了解,"民族国家动荡""革命"等等都用来指出小说《边城》见证的中国历史。

更有意思的是如果我们把美国2009年译本对《边城》的包装与中国1981年出版的戴乃迭(Gladys Yang)《边城》译本的包装相比较。历史上《边城》前后一共有四个英语译本。美国的2009年译本是第四个。第一个1936年译本刊登在中国的英语杂志《天下》月刊上。第二个1947年译本出版在英国,收在沈从文小说集《中国土》里。[①] 第三个译本由戴乃迭翻译,1962年先刊登在北京外文出版社的月刊《中国文学》上,1981年收在沈从文小说集《边城和其他作品》中作为熊猫丛书的一种出版。丛书用熊猫命名一定意味着其中的书某种意义上是中国奉献给世界的礼物。那么《边城》又是怎样在这样一个"对话层面"上被包装和呈现的呢?1981年的《边城》译本的封底上写着这样的一段文字:"《边城》讲述一个老船夫,他的外孙女翠翠和一对想娶她的兄弟的故事。人物描写由富于地方色彩的景色衬托.透过新中国成立前的贫困状态,我们可以看到中国乡村生活的丰富和诱人的传统。"跟美国2009年的译本相比,中国1981年的译本显然想突出不一样的东西。第一,不同于一个很个人主义的表现,"一个女孩成长的故事,"

① Jeffrey Kinkley, "English Translation of Shen Congwen's Masterwork, Bian Cheng(Border Town)," ICLA 2013 报告.

中国的版本把《边城》呈现为四个人之间的关系：老船夫，他的外孙女，和一对想娶她的兄弟。这样的描述更接近文本，因为《边城》的确是有关一个群体而不只是有关某个人的。第二，地方色彩也被强调，但主要是强调人物和风景的和谐关系。第三，爱情和浪漫在中国的呈现中并不突出，虽然我们可以看出婚姻和求婚在故事情节中的重要性。第四，中国版本不停留在一般的见证历史上，而是想要突出中国历史社会的变化，"新中国成立前的贫困"和"传统"这些词的运用似乎都想见证一个不再贫困和现代化的新中国。

四、近距离阅读和远距离阅读

接受美学大家尧斯曾经写道："一部文学作品不是一个自足的物体，对不同时代不同的读者也都不会呈现一样的面貌。它不像一座单一地体现历时不变性的纪念碑，而更像一首交响曲在读者心中不时激起全新的回响……"[①]在他的著作中，尧斯注重于文学作品被接受的历史性，即在某个特定文化的文学史中从第一读者到以后一代一代的读者接受的整合性。在全球化迅速发展的今天，文学作品常常是在他文化中被接受和阐释的，那么这种现象会怎样挑战尧斯的范式？跨文化的不同的"想象的地平线"又会怎样运作从而形成关于一部文学作品或者一个伟大作家无穷的对话呢？

以上的美国沈从文研究可以说考察了沈从文在一个相对遥远的国度——美国被接受和阐释的一系列个案。更具体一点，这些个案讨论了美国学术界和大众文化的发展是如何进行的，从而决定了沈从文跟美国这个特定接受文化的契合点。从某种意义上说我们可以把这些对沈从文的阐释和表现叫做美国版本的沈从文，跟沈从文在中国的阐释，和在其他国家的阐释相辅相成。"我们也可以说当沈从文在一个新的接受文化环境中获得重生，他的作品会获得相应的新的意义，而这些关于沈从文的不同的"回响"，这些远距离和近距离的对沈从文的阅读阐释都应该在自身的意义上被承认和理解。

另外一个可以帮助我们更好地认识美国沈从文和其他他者的沈从文概念的是戴维·戴姆拉什（David Damrasch）。戴维·戴姆拉什的有关世界文学的理论

① Robet Hans Jauss, *Toward an Aesthetic of Reception*, Minneapolis: University of Minnesota Press, 1982, p.21.

如下：

> 一部文学作品成为世界文学的一部分当它被接受到一个他文化的空间里，而这个空间常常是为接受文化特有的民族传统和当下需求所决定的……世界文学既是跟接受文化的价值需求有关，也跟作品的本源文化有关，这里我们看到的是一个双重折射。这可以被描写成一个由本源文化和接受文化作为两个焦点形成的这么一个椭圆形的空间，文学作品作为世界文学重生在这样一个空间中，与两个文化都有关联，但不受任何一个文化的全权控制。①

这里尧斯范式里的文学作品已经不再是静止不动，而是进入他文化空间成为世界文学。这里一连串的阐释和接受已经不只是历史性的，也是空间性的和全球性的。这里我们不再看到西方传统历史上的阐释个体，总是观照一个静止的文本（文学的或者是最初的《圣经》），相反我们看到的是多焦点多文化影响下的阐释和对话。可以更加丰富戴姆拉什描述的是如下说明：如果接受文化离本源文化越是遥远，阐释的过程就越是复杂。所以像美国沈从文这样的远距离阅读某种意义上说会更受接受文化的影响，更疏离于作品的本源文化。

为了更好地说明这个观点，接下去笔者会把美国沈从文与法国沈从文和日本沈从文作一个比较。如上所述，在美国沈从文是由夏志清在他 1961 年的《中国现代小说史》中大力推荐的，而他的小说史是受了当时美国主流文化新批评派传统很大影响的。夏志清在他的书中高度称颂沈从文、张爱玲、钱钟书，这些作家在当时中国大陆都是被冷落和忽视的。因为夏志清的缘故，美国以后很多学者，包括聂华苓和金介甫，都把沈从文看成可以和鲁迅平起平坐的大师。在法国情况则很不同，沈从文一直是被视为一个二流的乡土作家来接受的。他是和其他乡土作家，像汪曾祺、刘绍棠，甚至赵树理一起被接受的。沈从文在法国 80 年代末一度走红，因为汪曾祺大力称颂他的老师，但沈从文也很快被遗忘，因为他是跟那些“寻根”作家一起走红，读者和出版商很快就更注意那些新时期作家像莫言、韩少功、阿城、苏童等等。感谢夏志清，沈从文在美国一直享有颇高的地位，但在法国沈从文专家常常不得不跟传统的对沈从文不公平的评价作斗争，试

① David Damrosch, *What is World Literature?* Princeton University Press, 2003, p. 283.

图还给读者一个更复杂的和具有现代性的沈从文。[1]

相对于美国和法国的沈从文接受情况，日本沈从文可以被称作近距离阅读，因为它紧跟沈从文在本土的阐释。作为中国的邻近国家，日本当然有得天独厚的条件。日本对沈从文的研究是从30年代中期周作人在第二次访问日本时提到中国文坛引人注目的废名和沈从文两位作家开始的。在当时的日本，沈从文被认为是“具有独特风格而又给文坛带来新鲜空气的天才作家”，远胜于当时也很流行的普罗作家。“文化大革命”期间，沈从文不得不从中国文坛上销声匿迹，日本的沈从文研究也受到同样的影响。1972年出版的《现代中国文学》只收了沈从文5篇作品，而1954年的《现代中国文学全集》第八卷均为沈从文作品，共收11篇。“文化大革命”以后，沈从文在中国得到平反，日本的沈从文研究也开始欣欣向荣。日本的沈从文专门研究开始于80年代后期，以小岛久代的“沈从文文学的‘常’和‘变’——围绕《边城》和《长河》的出版”为标志。[2]

全球沈从文整合多种远距离和近距离对沈从文的阅读，并挑战传统的影响研究。传统的影响研究注重于某个文化环境中对沈从文作品的阅读和翻译，全球沈从文则着眼于跨文化比较和阐释。通过比较，我们认识到在沈从文的接受中，“沈从文是和谁一起被接受的?”这个问题往往更重要。沈从文在美国是和张爱玲、钱钟书一起被极力推荐的，在法国是和汪曾祺和其他乡土作家一起被重新发现的，在日本是和老舍、废名一起在30年代被周作人引进的，这些似乎更能说明沈从文在这三个国家的不同接受情况。另外，通过比较，我们认识到很多时候只有远距离阅读才能读出本源文化中被遮蔽的一面。夏志清在60年代初期对沈从文的欣赏可以说是这样一个很好的例子。也是因为他的洞见，美国的沈从文研究在60年代和70年代的水平是世界上绝无仅有的，所以当金介甫80年代去中国大陆时他可以真正地帮助他的中国同事——凌宇和邵华强。

全球沈从文也为全球化时代的中国现代文学研究提供了一个新的方式方法。随着华语语系文学的发展，中国现代文学的全球化常常不知不觉地成为非中国文学化，把学者的注意力引向非主流文学，离散文学。这样的发展当然有助于开拓很久以来被忽视的领地，但这不应该意味着经典文学和主流文学的被忽视。如果说华语语系文学的关键词是“离散”那么全球沈从文的关键词是“多元”

---

① Isabelle Rabut, “The Translation and Reception of Shen Congwen in France,” ICLA 2013 报告.

② 小岛久代，“沈从文在日本，”ICLA 2013 报告.

全球沈从文把现代文学看成一种阅读方式，不仅是本土内的阐释，也包括他文化环境中的阐释。沈从文研究不应该局限于沈从文在中国大陆的研究，应该包括沈从文在不同的接受文化里的不断再阅读和再想象。只有这样，我们对沈从文的理解才可以说是走向真正的全面的理解，这种理解才会不仅是历史性的也是空间性的。

五、结　　语

最后笔者想把美国沈从文研究放在大的“汉学”研究的背景下作一个讨论。在国内，“汉学”常常会跟“国学”相提而论，像王宁在“中国现当代文学研究在西方”一文中把汉学看作是“中国文化圈和操持汉语的族群以外的人们，对汉语以及用这种语言撰写的作品及其所表现的文化现象进行的研究及其成果，它的出发点绝不是中国本身，研究主体也不是中国人，而是把中国当做一个‘他者’来考察研究的外国人。”与之相反，国学的“出发点是中国本土，研究主体也是中国人自己。”[①]随着越来越多的华人学者在国外的中国文学研究中起重要作用，这种区别本身一定会需要再定义。在夏志清写《中国现代小说史》的时候，他是不是把中国当作一个“他者”呢？他应该不是外国人，但他是在外国作的研究，他的研究受到很深的美国主流新批评思潮的影响。跟当时中国本土的研究当然很不同，再说他对中国现代小说的阐释是通过英语来表现的。可能更准确的理解是把夏志清对中国文学的研究看成在一个特定的他文化空间中进行的研究，这个空间，应该是一个世界文学的空间，跟作品的本源文化和接受文化都有关联，但不受任何一个文化的全权控制。换句话说，沈从文的美国阐释应该是既跟沈从文作品有关，也跟美国这个具体的阐释环境有关的。

在西方对“汉学”这个概念的理解有时反而更简单化，看成是对中国的研究，或者有关中国的题目的研究。很久以来，汉学研究只局限于对中国古代文学和文化的研究，慢慢地才对现当代文学，各种西方理论方式方法开放，最近几年是对华语语系文学的开放。种种开放当然使汉学研究跟得上时代的步伐，但明显在西方很少有对汉学研究环境的自觉性。萨伊德的东方主义理论出现后一度使

① 王宁，“中国现当代文学研究在西方，”比较文学：理论思考与文学阐释，复旦大学出版社，2011，pp. 285 - 286.

“汉学”成为一个贬义的语词，但在笔者看来，萨伊德的理论可以让学者们意识到汉学不只是有关中国，也跟西方有关，跟西方话语中体现出的东西方不平等的权利关系有关。更准确地说，汉学不应该只被定义为对中国的研究，而应该被定义为在某个不同于中国的文化环境中对中国的研究，而这个特定的环境是绝对不可以忽略不计的。沈从文的美国阐释正是想在这一点上抛砖引玉，希望大家注意到汉学研究的另一端：汉学跟汉学家，汉学家工作的特定的接受文化环境之间的关系。

参考文献

Chen, Li-fen. "The Cultural Turn in the Study of Modern Chinese Literature: Rey Chow and Diasporic Self-Writing." *Modern Chinese Literature and Culture* 12,1(Spring 2000):43 - 80.

Chow, Rey. *Modern Chinese Literary and Cultural Studies in the Age of Theory: Reimagining A Field*. Boundary 2, volume 25, no. 3, fall 1998.

Damrosch, David. *What is World Literature?* Princeton: Princeton University Press, 2003.

Hisayo Kojima. "Shen Congwen in Japan." ICLA 2013 conference paper.

Hsia, C. T. *A History of Modern Chinese Fiction, 1917—1957*. New Haven: Yale University Press, 1961.

Jauss, Hans Robet. *Toward an Aesthetic of Reception*. Trans. by Timothy Bahti. Introduction by Paul de Man. Minneapolis: University of Minnesota Press, 1982.

季进. 另一种声音——海外汉学访谈录[M]. 上海：复旦大学出版社，2011.

Keene, Donald, ed. *Modern Japanese Literature: an Anthology*. New York: Grove Press, 1956.

Kinkley, Jeffrey. *The Odyssey of Shen Congwen*. Stanford University Press, 1987.

Kinkley, Jeffrey. "English Translations of Shen Congwen's Masterwork, *Bian Cheng* (Border Town)" ICLA 2013 conference paper.

Larson, Wendy. *Literary Authority and the Modern Chinese Writer: Ambivalence and Autobiography*. Duke University Press, 1991.

Nieh, Huang-ling. *Shen Ts'ung-Wen*. New York: Twayne Publishers, Inc, 1972.

Rabut, Isabelle. "The Translation and Reception of Shen Congwen in France." ICLA 2013 conference paper.

Shen Congwen, *Border Town*. Trans. by Jeffery Kinkley. HarperCollins, 2009

Shen Congwen. *The Border Town and Other Stories*. Trans. by Gladys Yang. Panda Books, 1981.

Shih, Shu-mei, Chieh-hsin Tsai & Brian Bernards. *Sinophone Studies: A Critical Reader*. New York: Columbia University Press, 2013.

Spivak, Gayatri. *Death of a Discipline*. New York: Columbia University Press, 2003.

Wang, David Der-wei. *Fictional Realism in Twentieth-Century China: Mao Dun, Lao She, Shen Congwen*. New York: Columbia University Press, 1992.

Wang, David Der-wei "A Report on Modern Chinese Literary Studies in the English Speaking World." Harvard Asia Quarterly 9, 1/2(Winter/Spring 2005.)

王宁. 比较文学：理论思考与文学阐释[M]. 复旦大学出版社，2011.

沈从文在法国及欧洲的翻译与接受

安必诺[*]　何碧玉[**]　著　高屹璇　译

一、迟到的接受

沈从文在法国的接受可谓姗姗来迟。虽然早在1932年，在中国现代文学作为学科领域还不存在的时候，在北京的一家法语刊物《北京政闻报》已经发表了由张天雅翻译的五篇沈从文短篇。这一短篇集比1947年由金堤、白英翻译的沈从文作品《中国土》要早得多，但是其中收录的都是沈从文早期的作品，除了"雨后"以外其他几篇都不太有名。[①] 张天雅还翻译过徐志摩和郁达夫，他对当时尚且年轻的沈从文给予很高的评价，称沈的作品受到了各方称颂，特别是梁启超的青睐。张天雅把沈从文描写成一个旅行者，认为沈对乡村生活的积累为他后来描写自然风光打下了基础，使得沈能够成功地把自己所见所闻融入文学创作中去。

可惜张天雅的翻译并没有引起多大的反响。直到1940年代中期沈从文的名字才再次出现在由文宝峰(Henri van Boven)编写的1946年版的《中国新文学史》中。文宝峰是比利时传教士，他40年代居住在中国。他的文学史是第一部用法语写的中国现代文学史。他强调沈从文作品的文学性，称赞沈从文的观察力和丰富的想象能力，但他对沈从文创作的局限性，冗长的风格，和观念的缺乏性多有微词，认为是沈从文观察力不够深入。他总结道，跟其他同时期的作家

* 安必诺(Angel Pino)，法国波尔多蒙田大学。
** 何碧玉(Isabelle Rabut)，法国国立东方语言文化学院。

① 除了"雨后"，这个短篇集还包括"乾生的爱""蜜柑""有学问的人"和另外一个短篇(法文名字为"Une découverte")。

相比,沈从文只能算是一个二流的作家。[①] 1947 年,法国传教士明兴礼(曾经为巴金作传)在索邦大学中国现代文学博士论文里也没有提到沈从文,但他在 1953 年出版的在其博士论文基础上修改的专著里用专门一小章来谈沈从文,认为沈是乡土文学的创始者之一,虽然不能算第一流的作家。

从那以后,沈从文就几乎完全从评论家和汉学家的视野中消失了,当然了,沈从文的逐渐被遗忘也和他自己主动退出文坛有关。夏志清 1961 年在他《中国现代小说史》中用一整章的篇幅介绍和称颂沈从文并没有在法国引起什么反响,因为法国汉学界,尤其是法国中国现代文学研究,基本上是在毛派影响下。在这样一种意识形态的环境中,夏的小说史只能被指责为倾向于国民党的台湾汉学成果。法国汉学界对沈从文及其作品的忽视还表现在 1977 年由七星全书出版的《文学史》中《古代,东方及口述文学》卷里介绍中国文学的那篇文章里。文章的作者是康德谟(Max Kaltenmark)和程抱一(François Cheng),在此文中沈从文只被提到过两次,第一次是讲到他的小说《边城》,被译作"ville de province"(provincial town),[②]第二次是提到他的《湘行散记》,错误地称其为中日战争和战后重要的小说之一。[③]

其他 60 年代和 70 年代的参考书基本上都不提沈从文的名字。1961 年由华榭出版社出版的《当代世界文学》中有关中国文学的部分着重在介绍 1949 年以后的中国文学作品;文中提到鲁迅,老舍,巴金,郭沫若,丁玲,茅盾和曹禺,但对沈从文只字不提。1980 年出版的《法国环球百科全书》中的中国当代文学部分也没有提到沈从文,提到的作家有鲁迅,老舍,巴金,郭沫若,和曹禺,还有新月社的诗人和现代派诗人戴望舒和李金发也略有提及,但还是没有沈从文。这种情形一直延续到 80 年代末期,1987 年五月在《文学杂志》的一期特刊里,法国汉

---

① 文宝峰(P. Henri van Boven),《中国新文学史》(*Histoire de la littérature chinoise moderne*),北平,司各特版 (Scheut Éditions),1946. 文宝峰明显是受了苏雪林的影响,苏在 1934 年写《沈从文论》,1936 年为上海万象书局出版的《沈从文选集》作序。文宝峰曾在善秉仁(Joseph Schyns)编的《说部甄评》(*Romans à lire et romans à proscrire*)里为这个选集写了一个短评,把它列在不受推荐的作品中。见,《说部甄评》53 页。善秉仁次书后出英文版,增加作家传记部分,于 1948 年出版,名为《1500 部中国现代小说和戏剧》(*1500 Modern Chinese Novels and Plays*),在这个版本中,短评都没有署名。(《沈从文选集》短评见 282 页)

② 康德谟(Max Kaltenmark) & 程抱一(François Cheng)"中国文学"《文学史》(*Histoire des littératures*)卷一《古代,东方和口述文学》,七星全书(Encyclopédie de la Pléiade),巴黎,伽利玛出版社(Gallimard),1977 (1955 初版), p. 1250。

③ 康德谟(Max Kaltenmark) & 程抱一(François Cheng)"中国文学"《文学史》(*Histoire des littératures*)卷一《古代,东方和口述文学》,七星全书(Encyclopédie de la Pléiade),巴黎,伽利玛出版社(Gallimard),1977 (1955 初版), p. 1251。

学家巴迪(Paul Bady),老舍专家,高度赞扬二十世纪最伟大的四个中国作家:郭沫若,茅盾,老舍和巴金。鲁迅因为他特殊的地位没有列在期中。到 1993 年,巴迪在他的《中国现当代文学》小册子里会用三页的篇幅专门讨论沈从文,这标志着一直被学界冷落的沈从文重新回到了人们的视野中。①

事实上,早在十年前沈从文的价值就开始通过翻译重新被发掘,虽然这并未立刻在法国汉学界引起关注。自张天雅在《北京政闻报》上翻译沈从文的 5 篇短篇小说以后,再未出现过沈从文作品的法语翻译,除了一篇"新与旧",被收在一本 1970 年出版的《从文学革命到革命文学》(1918—1942)作品集中。② 但自从沈从文恢复其文学史上的地位以后,他的作品便逐步被翻译成法语刊登在由中国外文出版社出版发行的《中国文学》杂志上。1980—1993 年间,该杂志刊登了沈从文七部小说:《边城》《丈夫》《萧萧》《知识》《菜园》《三三》和《媚金,豹子与那羊》。前三部小说后来连同"贵生"被收录进熊猫丛书中,法文版于 1982 年,英文版面世后一年,正式出版发行。

沈从文引起法国学界的关注,汪曾祺功不可没。在 1981 年出版的《中国文学》杂志上,汪对这位前辈大师高度赞赏,他认为沈从文作为一个被人们忽略甚至不屑的作家受尽了不公平的待遇,并称"应该立即恢复沈从文在现当代文学史上应有的地位。"同年此文被作为引言出现在由熊猫丛书出版编辑的汪曾祺短篇小说集中,该小说集封底称汪曾祺是新时代的沈从文。1989 年底,汪曾祺的三篇小说在法国被再次翻译,由法国的一家出版公司出版。法文译者安妮(Annie Curien)撰文比较沈从文的《边城》和汪曾祺的《大淖记事》。这篇文章的中文版被发表在湖南文学(1989 年 9 月)上。③ 安妮还翻译了韩少功的作品。很明显,沈从文在法国的被重新发现是和中国当代文学发展的新趋向紧密相连的,特别是那些"寻根文学"。

1990 年代初期,法国出版社开始出版沈从文的作品,其中大多数是由何碧玉(Isabelle Rabut)翻译的,如 1990 年出版的《边城》以及两年后出版的《从文自

---

① 德国的沈从文研究好像也是相似的情况,见斯塔尔(Frank Stahl),《沈从文的故事:分析与诠释》(*Die Erzählungen des Shen Congwen: Analysen und Interpretationen*),法兰克福,彼得郎出版社(Peter Lang),1997(亚洲与非洲研究,卷 60),5 页。

② "新与旧"《从文学革命到革命文学,中国故事(1918—1942)》,赫美丽(Martine Vallette-Hémery)翻译并作序,巴黎,联尔尼出版社(Éditions de l'Herne),1970,141-157 页。

③ 安妮·居里安(Annie Curien)"笔下浸透了水意——沈从文的《边城》和汪曾祺的《大淖记事》,湖南文学,1989 年,9 月,46-51 页。

传》;“萧萧”与“静”被收入1996年出版的京派和海派作家作品集中。① 其他非小说作品也开始被翻译,包括1996年出版的《水云》和1997年出版的短文“中国人的病”。② 最近的沈从文翻译是在《水云》出版后16年,2012年,该书分成两部分,第一部分是《湘行散记》,第二部分收录了五篇短篇小说:“柏子”“阿金”“丈夫”“三三”和“巧秀和冬生”。③

这些翻译作品总体颇受欢迎,其中两种《边城》(*Le Passeur de Chadong*)和《从文自传》(*Le Petit Soldat du Hunan*)以平装本的样式再版发行。有意思的是《边城》有时被批评为不够刺激,而《从文自传》太过于残酷,④两种完全不同的反应体现出沈从文创作的复杂性和多样性,也体现出他特有的把温柔和残忍糅和在一起的震撼人心的写作风格。

有关沈从文的专著研究在法国十分稀少。1992年何碧玉成功地答辩了她的有关沈从文研究的博士论文,1993年她又发表了一篇讨论沈从文小说创作特点的论文。接下来在1996和1997年她讨论了沈从文的自传散文《水云》,2000年讨论了京派的美学观念。另一篇用法语写的沈从文研究博士论文来自1997年蒙特利尔大学的焦石(Pietro Giordan)。⑤ 在德国,安克·海涅曼(Anke Heinemann)在1991年完成他的沈从文研究论文答辩,其后他的论文以书的形式出版发行。⑥

二、未完成的接受

不难注意到沈从文在法国的接受有着明显的连贯性。虽然他不再被看作是

① 《上海狐步舞和其他中国故事》,短篇小说集,由何碧玉,安必诺翻译并作序,巴黎,阿尔班·米歇尔出版社(Éditions Albin Michel),1996年。

② “中国人的病”何碧玉译介,《中国观察》(*Perspectives chinoises*),法国现代中国研究中心,香港,39号,1997年1—2月,29-31页。

③ 湘行散记(*Le Périple de Xiang*),罗玛丽(Marie Laureillard)和高毅清(Gilles Cabrero)译介,巴黎,伽利玛/中国之蓝出版社(Gallimard/Bleu de Chine),2012年。

④ 比方说,德瓦里厄(Claire Devarrieux)和米歇尔·波拉克(Michel Polac)的评论文章:德瓦里厄,“砍头”,《解放报》(*Libération*),巴黎,1992年4月9日;米歇尔·波拉克,“封建的远东”,《星期四事件》(*L'Événement du jeudi*),巴黎,1992年5月7—13日。

⑤ 焦石(Pietro Giordan):《沈从文作品中的反讽与异国情调:对他的现代性的一种诠释》(*Ironie et exotisme dans l'œuvre de Shen Congwen : une lecture de sa modernité*)。

⑥ 安克·海涅曼(Anke Heinemann),《在民俗学与文学之间:沈从文的“神巫之爱”》(*Zwischen Ethnographie und Literatur :"Die Liebe des Schamanen" von Shen Congwen*),博士论文,汉堡大学,1991年。

二流作家，人们还是习惯性地视他为乡土文学的鼻祖，是一位凭借着丰富的生活经历和敏锐的观察力向读者呈现传统中国风景如画的农村风貌的作家。当沈从文1988年去世的时候，前《世界报》驻北京记者是这样报道这一消息的，“作家沈从文去世：乡村生活的叙述者”。[①] 由于沈从文的故乡凤凰古城周围的居住者有很多是少数民族（苗族和土家族），这个记者似乎或多或少地把沈从文看作是一个少数民族作家，并发表奇怪的评论说：“虽然沈从文的作品是用中文书写，但它很大程度上是受一种完全不同的文化环境影响。”

巴迪在他1994年为《世界文学百科》撰写的沈从文小传中称沈从文是“现当代中国小说家中最忠实于自己家乡风貌的一位”。[②] 他的《边城》就体现了沈对于自己家乡湖南丰富生活的热爱之情。沈的作品也神化了中国内地天性纯朴的人民。近几年来，罗玛丽（Marie Laureillard）提出沈从文是用“抒情的田园散文”来描写城市和乡村，传统与现代，人性的正直与堕落之间的对立。[③] 对德国的《边城》翻译者来说，这篇小说向读者生动地展现了中国社会60年激荡变化前的乡村情况。[④] 只有赫美丽（Martine Vallette-Hémery），“新与旧”的译者突破陈见，认为沈从文不仅是乡土作家，更是当时中国最为复杂，最有原创性的作家之一。[⑤]

在许多法国评论家看来，沈从文小说的成就就在于他忠实生动地向读者呈现了自己的故乡20世纪20年代至40年代之间的风貌。他的文体被看作现实性和抒情性的奇妙组合。在这个意义上我们不得不赞同焦石关于沈从文的评论，他说：“自沈从文的价值被重新确立以来，他一直是被看作一个明明白白的作家，被爱戴或者被不屑都是基于这个原因。”[⑥]这可能也是为什么虽然沈从文对

① 德贝尔（Patrice de Beer），La mort de l'écrivain SCW ：le peintre des campagnes ，《世界报》（*Le Monde*），1988年5月15日.

② 贝亚特莉斯·蒂迪尔（Béatrice Didier）主编，《世界文学百科》（*Dictionnaire universel des littératures*），法国大学出版社（P. U. F.），卷3，巴黎，1994年，3506页。

③ *Le Périple de Xiang* （《湘行散记》），179页。

④ 见沈从文，*Die Grenzstadt* （《边城》），Ursula Richter 译，苏尔坎普出版社（Suhrkamp），法兰克福，1985年，“跋”，147页。

⑤ 《从文学革命到革命文学，中国故事（1918—1942）》，141页。

⑥ “在大多数的情况下，自沈从文的价值被重新确立以来，他一直是被看作一个明明白白的作家，被爱戴或者被不屑都是基于这个原因。事实上，他的被称颂也是通过对他作品的一种非政治性的平和的阅读。正因为此，沈从文常常被视为那些温和的观念和意象的象征：像地方色彩，田园风光，乌托邦等等，……不光是这样的联想，甚至他会被看作少数民族苗族文化的代言人，地方色彩的代表性作家，这些称号完全抹杀了沈从文作为一个作家的丰富性，复杂性和现代性。”《沈从文作品中的反讽与异国情调：对他的现代性的一种诠释》，2页。

中国现代文学的贡献是无可置疑的可是他在法国学术界还是长期被边缘化。他常常被看作是一个文体家,[①]乡土文学作家,这些称号当然都低于世界文学的一流大师。

另外一个原因是沈从文在法国的被重新发现跟“文革”以后兴起的“寻根文学”紧密相关。法国的读者和出版社当然会对当代中国的新时期文学更感兴趣,他们更想知道莫言,韩少功,阿城和苏童笔下的中国农村,这些作家的小说往往有一种魔幻现实主义的神秘氛围,对性的描写也更加开放,并敢于挑战官方文学,所以备受欢迎。相比之下,沈从文笔下的乡村是描写一个比较久远的年代,对西方读者来说沈从文那种不动声色地描写残酷的笔法也很难令人接受。也有人奉沈从文为新一代作家的典范,[②]但他们主要是指沈从文对他故乡和中国传统文化的热爱及其他作为一个湖南作家的影响力。1985 年,当时沈从文在法国主要被接受的渠道还是那本熊猫丛书中的短篇小说集,在一篇介绍 1976 年后中国文学的文章里,作者把刘绍棠看作是那些描写乡村生活的大众文学作家之一,继承赵树理和沈从文的衣钵。[③]

总的来说,沈从文在法国还是受到肯定的,他被看作是一个有天赋的乡土文学作家,他的文体精致而有诗性。对大多数的评论家来说,即便是那些非常推崇沈从文文体的学者,沈从文只是忠实地再现了他的所见所闻和他的生活经历。从这个意义上来讲,今天的沈从文研究和张天雅时代并没有什么区别。应该说后来的那些批评家不可能都是受了 1930 年代和 40 年代的意见的影响,[④]我们只能说这是因为这些评论家在大量的沈从文作品中只阅读了一小部分。另外这些接受也跟沈从文自己有关,因为他在文坛上为自己塑造了一个来自湖南的乡下人的形象,即便在他的自传里,他也是退居其后,把自己故乡的农村风貌作为重点。沈从文有意识地跟读者玩捉迷藏的游戏,他说:“你们能欣赏我故事的清新,

---

① 在 *Le Périple de Xiang* 的前言中,沈从文被视为一个用微妙和细致的笔触描写生活的艺术家,他的文体也随着他创作的成熟化越来越精致。

② 莫言在他诺贝尔文学获奖仪式上发言,称自己跟沈从文一样是从生活这本大书中学会写作。

③ 尚德兰(Chantal Chen-Andro),“从小说到报告文学:讲故事的时尚”,《欧洲》(*Europe*),672 号,1985 年 4 月,26 页。

④ 有一个例外,鸥根·费飞(Eugen Feifel,1902—1999),也是居住中国的传教士,圣言会(Societas verbi divini)会员,在他写的《中国文学史》里(Georg Olms Verlag, Hildesheim/Zurich/New York,1959 初版,1982 第四版)完全袭用了文宝峰关于沈从文创作的长处和短处的看法。Feifel 的书总体是根据日本学者长泽规矩也的 1957 年的《支那学术文艺史》(东京,1957),但据他说,第一和第十二章(有关现代文学)的大部分由他重写。既然文宝峰的观点是由苏雪林而来,苏雪林应该也是 Feifel 观点的源头。

照例那背后蕴藏的热情却忽略了”。[①]

要全面地了解沈从文出众的创作天赋,我们还需要做更多的相关研究和翻译。最重要的是我们要意识到沈从文创作成就中不仅仅是乡村风景风貌的那部分。1990年以来,欧洲的一些沈从文研究者开始突破长期以来跟随沈从文的偏见和陈词滥调:田园风光,怀旧,对过去的理想化,地方色彩,乡土文学,指出这些概念间的自相矛盾处,和对沈从文创作过于简单化理解的弊端。在一篇专门研究沈从文“神巫之爱”的评论中,安克·海涅曼试图理清沈从文作品中民俗学和文学之间的关系,探讨为什么沈从文会选择这样一种写作方式,他又是怎样把小说和民俗学结合起来的?除了其他种种原因,她强调沈从文创作心理学上的意义,指出苗族社会为沈从文提供了心理上种种追求特别是对爱情的追求的外化的可能性。[②] 弗兰克·斯塔尔运用格雷马斯和罗兰·巴特的结构主义理论模式来分析沈从文的小说,[③]同时质疑西方文论中的概念象“idyll”和“tragedy”对沈从文的小说世界到底是不是适用。[④] 另外,沈从文小说中的“反讽”常常被指出从而突破对沈从文的传统看法,海涅曼在评论中提到沈从文的自我反讽,斯塔尔讨论沈从文在“夫妇”和“萧萧”中运用“反讽”作为一种社会批评工具,焦石则把这一概念作为他论文的中心。值得注意的是,这些批评都特别注意沈从文小说的结构和视角,而中国的沈从文研究者往往更注意沈从文小说中的观点与人生观(Weltanshauung),和他的文体上特点。

何碧玉在她的博士论文中强调沈从文作品中的抽象因素和沈对人类发展的辩证理解,不仅仅是一味怀旧。她企图打破学术界多年来把沈从文看作倾向传统,逃避现实的这样一个作家的成见。她指出沈从文小说中的现实从来不是像许多评论家理解得那么清晰,毫无疑问,因为这个现实有时是真实,有时是理想的外化,有时甚至是神话。沈从文自己清楚地意识到,淳朴的和完全未受污染的人性是很难找到的,只有在世外桃源中这样原始的人性才能被保留下来。现实社会中,人为的社会习惯和经济上的种种问题让很多人走向犯罪和残忍。人性

---

① 《从文小说习作选代序》(1936)《沈从文文集》,三联书店/花城出版社,1984年,11卷,44页。

② 安克·海涅曼,《“神巫之爱”:在民俗学与文学之间的一篇写于1929年的故事》(“*Die Liebe de Schamanen*” *von Shen Congwen: Eine Erzählung des Jahres* 1929 *zwischen Ethnographie und Literatur*),波洪,布洛克梅耶出版社(Brockmeyer),1992年。

③ 他翻译和分析了沈从文第一本小说集《鸭子》(1926)里的九篇小说,和另外三篇“夫妇”“萧萧”和“菜园”。

④ 斯塔尔,《沈从文的故事:分析与诠释》。

本不完全是温和善良，而也有野性残暴的一面。此外，沈从文的作品也显示出人性在根本上是不易满足的，即使最淳朴的乡下人也梦想更好的不一样的生活。作为一个在五四文学中成长起来的作家，沈从文一定会探索人性中的变动因素，特别是在进化论的理论框架下。沈从文最关心的问题是：人类在进化发展的过程中，怎么样才能发挥出所有的潜能，做到越来越具备自我意识，越来越思想独立，同时又不失去原初的本性？

对一位作家的重新评价常常是因为对以前被忽略的材料有了新的发现，甚至是那些在这个作家的本土国家也被忽略的材料。焦石花了大量精力研究之前不受重视的小说"凤子"。海涅曼在她书中的引言部分强调，虽然"神巫之爱"常常被评论家提到，1983 年香港出版的沈从文小说选集也用它来命名，这篇小说还从未被深入研究过。[①] 何碧玉在她的博士论文中特别强调沈从文 1942 年的作品《水云》，她认为《水云》是沈从文对文学创作，及其与感情生活关系之间的抽象思考。在这部作品中我们可以找到很多解读沈从文作品的线索，也可以体会到沈从文的小说创作往往是他理性和感性之间挣扎搏斗的结果。由此，何碧玉想证明沈从文的每部作品都有他主观意识的介入，即便是在那些看似对乡村生活真实描写的作品里，也有沈从文内在意识的外在投射。此后不久出版的法语版《水云》就是要给法国读者呈现一个不一样的沈从文，一个远比乡土作家复杂和富于现代性的沈从文。何碧玉还对沈从文的关于文学创作理论和实践的那些文论深感兴趣，指出正是这些理论上的建树使沈从文成为京派作家的领导人之一。咋一看来沈从文乡下人和京派作家的双重身份好像互为矛盾，其实这是沈从文身上不可分离的两面，而后者，沈从文作为京派作家的一面也恰恰给了我们理解沈从文作品中诗性世界的一把钥匙。意大利学者罗萨·龙巴蒂也注意到了学界对沈从文散文文论的忽视，她撰文专门研究沈从文在这方面的成就，强调周作人和朱光潜对沈的影响。[②]

三、结　　语

关于沈从文在法国不久的将来是否能得到应有的认可我们可能很难持乐观

---

① 安克·海涅曼，《"神巫之爱"：在民俗学与文学之间的一篇写于 1929 年的故事》，2 页。

② 罗萨·龙巴蒂(Rosa Lombardi)，"沈从文作为散文家：有关文学的思考"(Shen Congwen autore di saggi: riflessioni sulla letteratura)，《中国》(*Cina*)，29 号，2001 年，193 - 210 页。

的态度。当“文革”后沈从文刚在法国被重新发现时，读者、出版社和学者的注意力很快都被新时期文学和那些新作家所吸引（大多数欧洲的关于沈从文的翻译和学术著作都作于 1980 年代和 90 年代，过去十五年间基本没有什么新建树）。这一点上来说，沈从文跟其他“五四”作家命运相似，除了幸运者像鲁迅，老舍和巴金以外，一般“五四”作家都有被冷落的倾向。正如作家余华曾经说过，每部作品都有其各自特定的命运。沈从文的命运，可以说充满了错失的机会，正像如果沈从文晚一点去世，可能他就是 1988 年诺贝尔文学奖的得主。虽然如此，我们是否可以说若是一部作品拥有忠实的读者，读者的意志可能也会多多少少改变作家的命运？

沈从文研究国内篇

《边城》与《八骏图》

刘西渭*

我不大相信批评是一种判断。一个批评家，与其说是法庭的审判者，不如说是一个科学的分析者。科学的，我说是公正的。分析者，我是说要独具只眼，一直剔爬到作者和作品的灵魂深处。一个作者不是一个罪人，而他的作品更不是一片罪状。把对手看作敌人，即使无辜，尊严的审判也必须收回他的同情，因为同情和法律是不相容的。欧阳修以为王法不外乎人情，实际属于一般常人的看法，不是一个真正法家的态度。但是，在文学上，在性灵的开花结实上，谁给我们一种绝对的权威，掌握无上的生死？因为，一个批评家，先得承认一切人性的存在，接受一切性灵活动的可能，所以人类最可贵的自由，然后才有完成一个批评家使命的机会。

他永久在搜集材料，永久在证明或者修正自己的解释。他要公正，同时一种富有人性的同情，时时润泽他的智慧不致公正陷于过分的干枯。他不仅仅是印象的，因为他解释的根据，是用自我的存在印证别人一个更深更广大的存在，所谓灵魂的冒险者是：他不仅仅在经验，而且要综合自己所有观察和体会，来鉴定一部作品和作者隐秘的关系。他不应当尽用他自己来解释，因为自己不是最可靠的尺度；最可靠的尺度，在比照人类已往所有的杰作，用作者解释他的出产。

所以，在我们没有了解一个作者以前，我们往往流于偏见——一种自命正统然而顽固的议论。这些高谈阔论和作者作品完全不生关联，因为作者创造他的作品，倾全灵魂以赴之，往往不是为了证明一种抽象的假定。一个批评家应当有

---

* 刘西渭，著名的作家与剧作家，毕业于清华大学，同时任济南大学文学系教授，北京大学文学研究院和中国社科院的研究员。

理论(他结合起学问与人生而思维的结果),但是理论,是一种强有力的作证,而不是独一无二的标准;一个批评家应当从中衡的人始追求高深,却不应当凭空架高,把一个不相干的同类硬扯上去。而普遍却是,最坏而且相反的例子,把一个作者由较高的地方揪下来,揪到批评者自己的淤泥坑里。他不奢求,也不妄许。在批评上,尤其甚于财务上,他要明白人我之分。

这就是为什么,稍不如意,一个批评者反而批评的是自己、指摘的是自己、暴露的是自己,一切不过是绊了自己的脚,丢了自己的丑,返本还原而已。有人问他朋友,“我最大的奸细是谁?”朋友答道:“最大的奸细是你自己。”

我不得不在正文以前唱句加官,唯其眼前诸论的不仅仅是一个小说家,而且是一个艺术家。在今日小说独尊的时代,小说其多如毛的现代,我们不得不稍示区别,表示各个作家的造诣。这不是好坏的问题,而是性质的不同,例如巴尔扎克是个小说家,伟大的小说家,然而严格而论,不是一个艺术家,更遑论乎伟大的艺术家。为方便起见,我们甚至于可以说巴尔扎克是小说家的小说家,然而福楼拜,却是艺术家的小说家。前者是天真的,后者是自觉的。同是小说家,然而不属于同一的来源。他们的性格全然不同,而一切完成这性格的也各有不同。

沈从文先生便是这样一个渐渐走向自觉艺术的小说家。有些人的作品叫我们看、想、了解;然而沈从文先生一类的小说,是叫我们感觉、想、回味;想是不可避免的步骤。废名先生的小说似乎可以归入后者,然而他根本上就和沈从文先生不一样。废名先生仿佛一个修士,一切是向内的;他追求一种超脱的意境,意境的本身,一种交织在文字上的思维者的美化的境界,而不是美丽自身。沈从文先生不是一个修士。他热情地崇拜美。在他艺术的制作里,他表现一段具体的生命,而这生命是美化了的,经过他的热情再现的。大多数人可以欣赏他的作品,因为他所涵有的理想,是人人可以接受,融化在各自的生命里的。但是废名先生的作品,一种具体化的抽象的意境,仅仅限于少数的读者。他永久是孤独的,简直是孤洁的。他那少数的读者,虽然少数,都是有了福的(耶稣对他的门徒这样说)。

沈从文先生从来不分析。一个认真的热情人,有了过多的同情给他所要创造的人物,是难以冷眼观世界的。他晓得怎样揶揄,犹如在《边城》里,他揶揄那赤子之心的老船夫,或者在《八骏图》里,他揶揄他的主人公达士先生;在这里,揶揄不是一种智慧的游戏,而是一种造化小儿的不意的转变(命运)。司汤达是一个热情人,然而他的理智(狡猾)知道撒诳,甚至于取笑自己。桑乔治是一个热情人，然而博爱为怀，不唯抒情，而且说教。沈从文先生是抒情的，然而他不说教；是抒情的，然而更是诗的。（沈从文先生的文章有时很像女人的，不管写怎样粗野的生活，他能够细致地叫你相信他有一个玲珑的灵魂——他却也真有一个玲珑的灵魂！）《边城》是一首诗，是二老唱给翠翠的情歌。《八骏图》是一首绝句，犹如那女教员留在沙滩上神秘的绝句。然与其说是说人，作者才更是艺术家，因为说实话，在他制作之中，艺术家的自觉心是那真正的统治者。诗意来自材料或者作者的本质，而调整材料的，不是诗人，却是艺术家。

他知道怎样调理他需要的分量。他能把丑恶的材料提炼成功一篇无瑕的玉石。他有美的感觉，可以从乱石堆发现可能的美丽。这也就是为什么，他的小说具有一种特殊的空气，现今中国任何作家所缺乏的一种舒适的呼吸。

在《边城》的开端，他把湘西一个叫做茶峒的地方写给我们，自然轻盈，那样富有中世纪而现代化，那样富有清中叶的传说小说而又风物化的开展。他不分析，他画画。这里是山水，是小县城，是商业，是种种人，是风格，是历史而又是背景。在这样真纯的地方，请问，能有一个坏人吗？在这样光明的性格，请问，能有一丝阴影吗？“由于边地的风俗淳朴，便是做妓女，也永远那么浑厚……”我必须邀请读者自己看下去，没有再比那样的生活和描写可爱了。

可爱！这是沈从文先生小说的另一个特征。他所有的人物全可爱。仿佛有意，其实无意，他要读者抛下各自的烦恼，走进他理想的世界，一个肝胆相见的真情实意的世界。人世坏吗？不！还有好的，未曾被近代文明沾染了的，瞧，这角落不是！——这些可爱的人物，各自有一个厚道然而简单的灵魂，生息在公园的朝阳的空气之中。他们心口相应，行为思想一致。他们是壮实的、冲动的，然而有的是向上的情感，挣扎而且克服了私欲的情感。对于生活没有过分的奢望，他们的心力全是用在别人身上：成人之美。老船夫为他的孙女、大老为他的兄弟，然后倒过来看，孙女为他的祖父、兄弟为他的哥哥，无不先人而后——无已。这些人都有一颗伟大的心。父亲听见儿子死了，居然定下心，捺住自己的痛苦，体贴到别人的不安：“船总顺顺像知道他的心中不安处，说，‘伯伯，一切是天意，算了罢。我这里有大兴场送来的好烧酒，你拿一点喝去吧。”一个伙计用竹筒上一筒酒，用新桐木叶蒙着筒口，交给了老船夫。是的，这些人都认命、安于命。翠翠还痴心等着二老回来要她哪，可怜的好孩子！

沈从文先生描写少女思春，最是天真烂漫。我们不妨参看他往年一篇《三三》的短篇小说。他好像生来具有一个少女的灵魂，观察的不是别人，而是自己。

这种心理现象的描写是沈从文先生的另一特征，回头我们还有机会再看。

我们现在可以看出，这些人物趋于一个共同类型，不是个个分明，各自具有一个深刻的独立的存在。沈从文先生在画画，不在雕刻；他对于美的感觉叫他不忍心分析，因为他怕揭露人性的丑恶。

《边城》便是这样一部平和欢畅的杰作。这里一切谐和，光与形的适度配置，什么样人生活在什么样空气里，一件艺术作品，正要叫人看不出艺术的。一切准乎自然，而我们明白，在这种自然的气势之下，藏着一个艺术家的心力。细致，然而绝不琐碎；真实，然而绝不教训；风韵，然而绝不弄姿；美丽，然而绝不做作。这不是一个大东西，然而这是一颗千古不磨的珠玉。在现代大都市病了的男女，我保险这是一服可口的良药。

作者的人物虽说全部良善，本身却含有悲剧的成分。唯其善良，我们才更易于感到悲哀的分量。这种悲哀，不仅仅由于情节的演进，而是在于带在人物的气质里的。自然越是平静，"自然人"越显得悲哀：一个更大的命运影罩住他们的生存。这几乎是自然一个永久的原则：悲哀。

这一切，作者全叫读者自己去感觉。他不破口道出，却无微不至地写出。他连读者也放在作品所需要的一种空气里，在这里读者不仅用眼睛，而且五官一齐用——灵魂微微一颤，好像水面粼粼一动，于是读者打进作品，成为一团无间隔的谐和，或者，随便你，一种吸引作用。

《八骏图》具有同样效果。没有一篇海滨小说写海写的像这篇少了，也没有像这篇写得多了。海是青岛唯一的特色，也是《八骏图》最具汪洋的背景。作者的职志并不在海，却在借海增浓悲哀的分量。他在写一个文人学者内心的情态，犹如在《边城》之中，不是分析出来的，而是四面八方烘染出来的。他的巧妙全在利用过去反衬现时，而现时只为推陈出新，仿佛剥笋，直到最后，裸露一个无常的人性。"这世界没有新"，但新却不期而至。真是新的吗？达士先生不用往这里想，因为他已经不是主子，而是自己的奴隶。利用外在烘染内在，是作者一种本领，《边城》和《八骏图》同样得到完美的使用。

环境和命运在嘲笑达士先生，而作者也在捉弄他这位知识阶级人物。"这自以为医治人类灵魂的医生(他是一个小说家)，以为自己心身健康，'写过了一种病(传奇式的性的追求)，就永远不至于再传染了！'"就在他讥诮命运的时候，命运揭开他的瘢疤，让他重新发现他的伤口——一个永久治愈不了的伤口，灵魂的伤口。这种暗藏在暗地嘲弄的心情，主宰《八骏图》整个的进行，却不是《边城》的主调。作者爱他《边城》的人物，至于达士先生，不过同情而已。

假若有人问我，“你喜欢《边城》，还是《八骏图》？”如若不得不选择的时候，我会脱口而出，同时把“喜欢”改做“爱”：“我爱《边城》。”或许因为我是一个城市人，一个知识分子，然而实际就是，《八骏图》不如《边城》丰盈，完美，更能显出艺术家的作者。

廿四年八月

（载1935年6月《文学季刊》2卷3期）

沈从文的寂寞

——浅谈他的散文

汪曾祺*

1981年湖南人民出版社出了沈先生的散文选。选集中所收文章,除了《一个传奇的故事》《张八寨二十分钟》,其余的《从文自传》《湘行散记》《湘西》,都是20世纪30年代写的。沈先生写这些文章时才三十几岁,相隔已经半个世纪了。我说这些话,只是点明一下时间,并没有太多感慨。四十年前,我和沈先生到一个图书馆去,站在一架一架的图书面前,沈先生说:"看到有那么多人写了那么多书,我真是什么也不想写了!"古往今来,那么多人写了那么多书,书的命运,盈虚消长、起落兴衰,有多少道理可说呢。不过一个人被遗忘了多年,现在忽然又来出他的书,总叫人不能不想起一些问题。这有什么历史的和现实的意义?这对于今天的读者——主要是青年读者的品德教育、美感教育和语言文字的教育有没有作用?作用有多大?……

这些问题应该由评论家定、文学史家来回答。我不想回答,也回答不了。我是沈先生的学生,却不是他的研究者(已经有几位他的研究者写出了很好的论文)。我只能谈谈读了他的散文后的印象。当然是很粗浅的。

文如其人。有几篇谈沈先生的文章都把他的人品和作品联系起来。朱光潜先生在《花城》上发表的短文就是这样。这是一篇好文章。其中说到沈先生是寂寞的,尤为知言。我现在也只能用这种办法。沈先生用手中一支笔写了一生,也用这支笔写了他自己。他本人就像一个作品,一篇他自己所写的作品那样的

---

* 汪曾祺,当代文学作家。他在短篇小说创作方面很有成就,同时对戏剧和民间文学有深入研究。他主要作品收录在 *Wang Zengqi Collected Works*.

作品。

我觉得沈先生是一个热情的爱国主义者，一个不老的抒情诗人，一个顽强的不知疲倦的语言文字的工艺大师。

这真是一个少见的热爱家乡，热爱土地的人。他经常来往的是家乡人，说的是家乡话，谈的是家乡的人和事。他不止一次和我谈起棉花坡的渡船，谈起枫树坳，秋天，满城飘舞着枫叶。1981 年他回凤凰古城一次，带着他的夫人和友人看了他的小说里所写过的景物，都看到了，水车和石碾子也终于看到了，没有看到的只是那个大型榨油坊。七十九岁的老人，说起这些，还像一个孩子。他记得的那样多、知道的那样多、想过的那样多、写了的那样多，这真是少有的事。他自己说他最满意的小说是写一条延长千里的沅水边上的人和事的。选集中的散文更全部是写湘西的。这在中国的作家里不多，在外国的作家里也不多。这些作品者是有所为而作的。

沈先生非常善于写风景。他写风景是有目的的。正如他自己所说：

> 一首诗或者仅仅二十八个字，一幅画大小不过一方尺，留给后人的印象，却永远是清新壮丽，增加人对于祖国大好河山的感情。（《张八寨二十分钟》）

风景不殊，时间流动。沈先生常在水边，逝者如斯，他经常提到的一个名词是“历史”。他想的是这块土地，这个民族的过去和未来。他的散文不是晋人的山水诗，不是要引人消沉出世，而是要人振作进取。

读沈先生的作品常令人想起鲁迅的作品，想起《故乡》《社戏》(沈先生最初拿笔，就是受了鲁迅以农村回忆为题材的小说的影响，思想上也必然受其影响)。他们所写的都是一个贫穷而衰弱的农村。地方是很美的，人民勤劳而朴素，他们的心灵也是那样高尚美好，然而却在一种无望的情况中辛苦麻木地生活着。鲁迅的心是悲凉的。他的小说就混合着美丽与悲凉。湘西地方偏僻，被一种更为愚昧的势力以更为野蛮的方式统治着。那里的生活是“怕人”的，所出的事情简直是离奇的。一个从这种生活里过来的青年人，跑到大城市里，接受了“五四”以来的民主思想，转过头来再看看那里的生活，不能不感到痛苦。《新与旧》里表现了这种痛苦，《菜园》里表现了这种痛苦，《丈夫》《贵生》里也表现了这种痛苦，他的散文也到处流露了这种痛苦。土著军阀随便地杀人，一杀就是两三千。刑名师爷随便地用红笔勒那么一笔，又急忙提着长衫，拿着白铜水烟袋跑到高坡上去欣赏这种不雅观的游戏。卖菜的周家小妹被一个团长抢去了。“小婊子”嫁了个老烟鬼。一个矿工的女儿，十三岁就被驻防军排长看中，出了两块钱引诱破了身，最后咽了三钱烟膏，死掉了。……说起这些，能不叫人痛苦？这都是谁的责任？“浦市地方屠户也那么瘦了，是谁的责任?”——这问题看似提得可笑，实可悲。便是这种诙谐语气，也是从一种无可奈何的痛苦心境中发出的。这是一种控诉。在小说里，因为要“把道理包含在现象中”，控诉是无言的。在散文中有时就明明白白地说了出来。“读书人的同情，专家的调查，对这种人有什么用？若不能在调查和同情以外有一个‘办法’，这种人总永远用血和泪在同样情形中打发日子。地狱俨然就是为他们而设的。他们的生活，正说明‘生命’在无知与穷困包围中必然的种种。”（《辰溪的煤》）沈先生是一个不习惯于大喊大叫的人，但这样的控诉实不能说是十分“温柔敦厚”。不知道为什么他的这些话很少有人注意。

沈从文不是一个悲观主义者。个人得失事小，国家前途事大。他曾经明确提出：“民族兴衰，事在人为。”就在那样黑暗腐朽（用他的说法是“腐烂”）的时候，他也没有丧失信心。他总是想激发青年的自尊心和自信心。“在事业上有以自现，在学术上有以自立。”他最反对愤世嫉俗，玩世不恭。在昆明，他就跟我说过：“千万不要冷嘲。”1946年，我到上海，失业，曾想过要自杀，他写了一封长信把我大骂了一通，说我没出息。信中又提到“千万不要冷嘲”。他在《〈长河〉题记》中说：“横在我们面前的许多事都使人痛苦，可是却不用悲观。社会还正在变化中，骤然而来的风风雨雨，说不定把许多人的高尚理想，卷扫摧残，弄得无踪无迹，然而一个人对于人类前途的热忱，和工作的虔敬态度，是应当永远存在，且必然能给后来者以极大鼓励的！”事情真奇怪，沈先生这些话是1942年说的，听起来却好像是针对“文化大革命”而说的。我们都经过那十年“痛苦怕人”的生活，国家暂时还有许多困难，有许多问题待解决。有一些青年，包括一些青年作家，不免产生冷嘲情绪，觉得世事一无可取，也一无可为。你们是不是可以听听一个老作家四十年前所说的这些很迂执的话呢？

我说这些话好像有点岔了题。不过也还不是离题万里。我的目的只是想说说沈先生的以民族兴亡为己任的爱国热情。

沈先生关心的是人，人的变化，人的前途。他几次提家乡人的品德性格被一种“大力”所扭曲、压扁。“去乡已十八年，一入辰河流域，什么都不同了。表面上看来，事事物物自然都有了极大进步，试仔细注意注意，便见出在变化中的一种堕落趋势。最明显的事，即农村社会所保有那点正直朴素人情美，几几乎快要消失无余，代替而来的却是近二十年实际社会培养成功的一种唯实唯利的庸俗人生观。敬鬼神畏天命的迷信固然已经被常识所摧毁，然而做人时的义利取舍是非辨别也随同泯没了。”（《〈长河〉题记》）他并没有想把时间拉回去，回到封建宗法社会，归真返璞。他明白，那是不可能的。他只是希望能在一种新的条件下，使民族的热情、品德，那点正直朴素的人情美能够得到新的发展。他在回忆了划龙船的美丽情景后，想到“我们用什么方法，就可使这些人心中感觉一种对‘明天’的‘惶恐’，且放弃过去对自然的和平态度，重新来一股劲儿，用划龙船的精神活下去？这些人在娱乐上的狂热，就证明这种狂热能换个方向，就可使他们还配在世界上占据一片土地，活得更愉快更长久一些。不过有什么方法，可以改造这些人的狂热到一件新的竞争方面去，可是个费思索的问题。”（《箱子岩》）“希望到这个地面上，还有一群精悍结实的青年，来驾驭钢铁征服自然，这责任应当归谁?”——“一时自然不会得到任何结论。”他希望青年人能活得“庄严一点，合理一点”，这当然也只是“近乎荒唐的理想”。不过他总是希望着。

他把希望寄托在几个明慧温柔，天真纯粹的小儿女身上。寄托在翠翠身上，寄托在《长河》里的三姊妹身上，也寄托在“一个多情水手与一个多情妇人”身上。——这是一篇写得很美的散文。牛保和那个不知名字的妇人的爱，是一种不正常的爱（这种不正常不该由他们负责），然而是一种非常淳朴真挚，非常美的爱。这种爱里闪耀着一种悠久的民族品德的光。沈先生在《〈长河〉题记》中说：“在《边城》题记上，曾提起一个问题，即拟将‘过去’和‘当前’对照，所谓民族品德的消失与重造，可能从什么地方着手。《边城》中人物的正直和热情，虽然已经成为过去陈迹了，应当还保留些本质在年轻人的血里或梦里，相宜环境中，即可重新燃起年轻人的自尊心和自信心。”提起《边城》和沈先生的许多其他作品，人们往往愿意和“牧歌”这个词联在一起。这有一半是误解。沈先生的文章有一点牧歌的调子。所写的多涉及自然美和爱情，这也有点近似牧歌。但就本质来说，和中世纪的田园诗不是一回事，不是那样恬静无为。有人说《边城》写的是一个世外桃源，更全部是误解（沈先生在《桃源与沅州》中就把来到桃源县访幽探胜的“风雅”人，狠狠地嘲笑了一下）。《边城》（和沈先生的其他作品）不是挽歌，而是希望之歌。民族品德会回来么？

这个人也许永远不回来了，也许明天回来！

回来了！你看看张八寨那个弄船女孩子！

令我显得慌张的，并不是渡船的摇动，却是那个站在船头，嘱咐我不必慌张，自己却从从容容在那里当家作事的弄船女孩子。我们似乎相熟又十分陌生。世界上就真有这种巧事，原来她比我二十四年写到的一个小说中人翠翠，虽晚生十来岁，目前所处环境却仿佛相同，同样在这么青山绿水中摆渡，青春生命在慢慢长成。不同处是社会变化大，见世面多，虽对人无机心，而对自己生存却充满信心。一种"从劳动中得到快乐增加幸福成功"的信心。这也正是一种新型的乡村女孩子共同的特征。目前一位有一点与众不同，只是所在背景环境。

沈先生的重造民族品德的思想，不知道为什么，多年来一直不被理解。"我作品能够在市场上流行，实际上近于买椟还珠，你们能欣赏我故事的清新，照例那作品背后蕴藏的热情却忽略了；你们能欣赏我文字的朴实，照例那作品背后隐伏的悲痛也忽略了。""寄意寒星荃不察"，沈先生不能不感到寂寞。他的散文里一再提到屈原，不是偶然的。

寂寞不是坏事。从某个意义上，可以说寂寞造就了沈从文。寂寞有助于深思，有助于想象。"我有自己的生活与思想，可以说是皆从孤独中得来的。我的教育，也是从孤独中得来的。"他的四十本小说，是在寂寞中完成的。他所希望的读者，也是"在多种事业里低头努力，很寂寞的从事于民族复兴大业的人"。(《〈长河〉题记》)安于寂寞是一种美德。寂寞的人是充实的。

寂寞是一种境界，一种很美的境界。沈先生笔下的湘西，总是那么安安静静的。边城是这样，长河是这样，鸭窠围、杨家岨也是这样。静中有动、静中有人。沈先生擅长用一些颜色、一些声音来描绘这种安静的诗境。在这方面，他在近代散文作家中可称圣手。

黑夜占领了全个河面时，还可以看到木筏上的火光，吊脚楼窗口的灯光，以及上岸下船在河岸大石间飘忽动人的火炬红光。这时节岸上船上都有人说话，吊脚楼上且有妇人在黯淡灯光下唱小曲的声音，每次唱完一支小曲时，就有人笑嚷。什么人家吊脚楼下有只小羊叫，固执而且柔和的声音，使人听来觉得忧郁。

这些人房子窗口既一面临河，可以凭了窗口呼喊河下船中人，当船上人过了瘾，胡闹已够，下船时，或者尚有些事情嘱托，或有其他原因，一个晃着火炬停顿在大石间，一个便凭立在窗口，"大老你记着，船下行时又来！""好，我来的，我记着的。""你见了顺顺就说：'会呢，完了；孩子大牛呢，脚膝骨好了；细粉带三斤，冰糖或片糖带三斤。'""记得到、记得到，大娘你放心，我见了顺顺大爷就说：'会呢，完了。大牛呢，好了。细粉来三斤，冰糖来三斤。'""杨氏，杨氏，一共四吊七，莫错账！""是的，放心呵，你说四吊七就四吊七，年三十夜莫会多要你的！你自己记着就是了。"这样那样的说着，我一一都可听到，而且一面还可以听着在黑暗中某一处咩咩的羊鸣。(《鸭窠围的夜》)

真是如闻其声。这样的河上河下喊叫着的对话，我好像在别处也曾听到过。这是一些多么平常琐碎的话呀，然而这就是人世的生活。那只小羊固执而柔和地叫着，使沈先生不能忘记，也使我多年不能忘记，并且如沈先生常说的，一想起就觉得心里"很软"。

不多久，许多木筏离岸了，许多下行船也拔了锚，推开篷，着手荡桨摇橹了。我卧在船舱中，就只听到水面人语声，以及橹桨激水声，与橹桨本身被扳动时咿咿哑哑声。河岸吊脚楼上妇人在晓气迷濛中锐声的喊人，正如同音乐中的笙管一样，超越众声而上。河面杂声的综合，交织了庄严与流动，一切真是一个圣境。

岸上吊脚楼前枯树边，正有两个妇人，穿了毛蓝布衣服，不知商量些什么，幽幽地说着话。这里雪已极少，山头皆裸露作深棕色，远山则为深紫色。地方静得很，河边无一只船，无一个人，无一堆柴。河边某一个大石后面，有人正在捶捣衣服，一下一下地捣。对河也有人说话，却看不清楚人在何处。(《一个多情水手与一个多情妇人》)

"空山不见人，但闻人语响""竹喧归浣女，莲动下渔舟"，静中有动、以动为静，这是中国文学的一个长久的传统。但是这种境界只有一个摆脱浮世的营扰，习惯于寂寞的人方能于静观中得之。齐白石题画云:“白石老人心闲气静时一挥而就”,寂寞安静,是艺术创作所必需的气质。一个热衷于利禄,心气浮躁的人,是不能接近自然,也不能接近生活的。沈先生“习静”的方法是写字。在昆明,有一阵,他常常用毛笔在竹纸书写的两句诗是“绿树连村暗,黄花入麦稀”。我就是从他常常书写的这两句诗(当然不止这两句)里解悟到应该怎样用少量文字描写一种安静而活泼、充满生气的“人境”的。

> 我就是个不想明白道理却永远为现象所倾心的人。我看一切,却并不把那个社会价值搀加进去,估定我的爱憎。我不愿问价钱上的多少来为百物作一个好坏批评,却愿意考查他在我官觉上使我愉快不愉快的分量。我永远不厌倦的是“看”一切。宇宙万汇在动作中,在静止中,在我印象里,我都能抓定它的最美丽与最调和的风度,但我的爱好显然却不能同一般目的相合。我不明白一切同人类生活相联结时的美恶,换句话说,就是我不大能领会伦理的美。接近人生时我永远是个艺术家的感情,却不是所谓道德君子的感情。(《自传·女难》)

沈先生五十年前所作的这个“自我鉴定”是相当准确的。他的这种诗人气质,从小就有,至今不衰。

《从文自传》是一本奇特的书。这本书可以从各种角度去看。你可以看到从辛亥革命到“五四”湘西一隅的“怕人”生活,了解一点中国历史;可以看到一个人“生活陷于完全绝望中,还能充满勇气与信心始终坚持工作,他的动力来源何在”,从而增加一点自己对生活的勇气与信心。沈先生自己说这是一本“顽童自传”。我对这本书特别感兴趣,是因为这是一本培养作家的教科书,它告诉我人是怎样成为诗人的。一个人能不能成为一个作家,童年生活是起决定作用的。首先要对生活充满兴趣,充满好奇心,什么都想看看。要到处看,到处听,到处闻嗅,一颗心“永远为一种新鲜颜色、新鲜声音、新鲜气味而跳”,要用感官去“吃”各种印象。要会看,看得仔细,看得清楚,抓得住生活中“最美的风度”;看了,还得温习,记着,回想起来还异常明朗,要用时即可方便地移到纸上。什么都去看看,要在平平常常的生活里看到它的美,它的诗意,它的亚细亚式残酷和愚昧。比如,熔铁,这有什么看头呢?然而沈先生却把这过程写了好长一段,写得那样生动!一个打豆腐的,因为一件荒唐的爱情要被杀头,临刑前柔弱地笑笑,“我记得这个微笑，十余年来在我印象中还异常明朗”。(《清乡所见》)沈先生的这本《自传》中记录了很多他从生活中得到的美的深刻印象和经验。一个人的艺术感觉就是这样从小锻炼出来的。有一本书叫做《爱的教育》，沈先生这本书实可称为一本“美的教育”。我就是从这本薄薄的小书里学到很多东西，比读了几十本文艺理论书还有用。

沈先生是个感情丰富的人，非常容易动情，非常容易受感动(一个艺术家若不比常人更为善感，是不成的)。他对生活，对人，对祖国的山河草木都充满感情，对什么都爱着，用一颗蔼然仁者之心爱着。

> 山头一抹淡淡的午后阳光感动我，水底各色圆如棋子的石头也感动我。我心中似乎毫无渣滓，透明烛照，对万汇百物，对拉船人与小小船只，一切都那么爱着，十分温暖的爱着！(一九三四年一月十八日)

因为充满感情，才使《湘行散记》和《湘西》流溢着动人的光彩。这里有些篇章可以说是游记或报告文学，但不同于一般的游记或报告文学，它不是那样冷静，那样客观。有些篇章，单看题目，如《常德的船》《沅陵的人》，尤其是《辰溪的煤》，真不知道这会是一些多么枯燥无味的东西，然而你看下去，你就会发现，一点都不枯燥！它不同于许多报告文学，是因为作者生于斯、长于斯，在这里生活过(而且是那样的生活过)，它是凭作者自己的生活经验，凭亲历的第一手材料写的；不是单凭采访调查材料写的。这里寄托了作者的哀戚、悲悯和希望，作者与这片地，这些人是血肉相关的，感情是深沉而真挚的，不像许多报告文学的感情是空而浅的——尽管装饰了好多动情的词句。因为作者对生活熟悉且多情，故写来也极自如，毫无勉强，有时不厌其烦，使读者也不厌其烦；有时几笔带过，使读者悠然神往。

和抒情诗人气质相联系的，是沈先生还很富于幽默感。《一个爱惜鼻子的朋友》是一篇非常有趣的妙文。我每次看到：“姓印的可算得是个球迷。任何人邀他去踢球。他皆高兴奉陪，球离他不管多远，他总得赶去踢那么一脚。每到星期天，军营中有人往沿河下游四里的教练营大操场同学兵玩球时，这个人也必参加热闹。大操场里极多牛粪，有一次同人争球，见牛粪也拼命一脚踢去，弄得另一个人全身一塌糊涂”，总难免失声大笑。这个人大概就是《自传》里提到的印鉴远。我好像见过这个人。黑黑、瘦瘦的，说话时爱往前探着头。而且无端地觉得他的脚背一定很高。细想想，大概是没有见过，我见过他的可能性极小。因为沈先生把他写得太生动，以至于使他在我印象里活起来了。沅陵的阙五老，是个多有风趣的妙人！沈先生的幽默是很含蓄蕴藉的。他并不存心逗笑，只是充满了对生活的情趣，觉得许多人，许多事都很好玩。只有一个心地善良，与人无忤，好脾气的人，才能有这种透明的幽默感。他是用微笑来看这个世界的，经常总是很温和地笑着，很少生气着急的时候。——当然也有。

仁者寿。因为这种抒情气质，从不大计较个人得失荣辱，沈先生才能经受了各种打击磨难，依旧还好好地活了下来。八十岁了，还是精力充沛，兴致勃勃。他后来"改行"搞文物研究，乐此不疲，每日孜孜，一坐下去就是十几个小时，也跟这点诗人气质有关。他搞的那些东西，陶瓷、漆器、丝绸、服饰，都是"物"，但是他看到的是人，人的聪明、人的创造、人的艺术爱美心和坚持不懈的劳动。他说起这些东西时那样兴奋激动，赞叹不已，样子真是非常天真。他搞的文物工作，我真想给它起一个名字，叫做"抒情考古学"。

沈先生的语言文字功力，是举世公认的。所以有这样的功力，一方面是由于读书多。"由《楚辞》《史记》曹植诗到'挂枝儿'曲，什么我都欢喜看看。"我个人觉得，沈先生的语言受魏晋人文章影响较大。试看："由沅陵南岸看北岸山城，房屋接瓦连椽，较高处露出雉堞，沿山围绕，丛树点缀其间，风光入眼，实不俗气。由北岸向南望，则河边小山间，竹园、树木、庙宇、高塔、民居，仿佛各个位置都在最适当处。山后较远处群峰罗列，如屏如障，烟云变幻，颜色积翠堆蓝。早晚相对，令人想象其中必有帝子天神，驾螭乘蜺，驰骤其间。绕城长河，每年三四月春水发后，洪江油船颜色鲜明，在摇橹歌呼中联翩下驶。长方形大木筏，数十精壮汉子，各据筏上一角，举桡激水，乘流而下。就中最令人感动处，是小船半渡，游目四瞩，俨然四围皆山，山外重山，一切如画。水深流速，弄船女子，腰腿劲健，胆大心平，危立船头，视若无事。"(《沅陵的人》)这不令人想到郦道元的《水经注》？我觉得沈先生写得比郦道元还要好些，因为《水经注》没有这样的生活气息，他多写景、少写人。另外一方面，是从生活学、向群众学习。"我文字风格，假若还有些值得注意处，那只因为我记得水上人的言语太多了。"(《我的写作与水的关系》)沈先生所用的字有好些是直接从生活来，书上没有的。比如："我一个人坐在灌满冷气的小小船舱中"的"灌"字(《箱子岩》)，"把鞋脱了还不即睡，便镶到水手身旁去看牌"的"镶"字(《鸭窠围的夜》)。这就同鲁迅在《高老夫子》里"我辈正经人犯不上酱在一起"的"酱"字一样，是用得非常准确的。这样的字，在生活里，群众是用着的，但在知识分子口中，在许多作家的笔下，已经消失了。我们应当在生活里多找找这种字。还有一方面，是不断地实践。

沈先生说："本人学习用笔还不到十年，手中一支笔，也只能说正逐渐在成熟中，慢慢脱去矜持、浮夸、生硬、做作，日益接近自然。"(《从文自传·附记》)沈先生写作，共三十年。头一个十年，是试验阶段，学习使用文字阶段。当中十年，是成熟期。这些散文正是成熟期所写。成熟的标志，是脱去"矜持、浮夸、生硬、做作"。

沈先生说他的作品是一些"习作"，他要试验用各种不同方法来组织铺陈。这几十篇散文所用的叙事方法就没有一篇是雷同的！

"一切作品都需要个性，都必须浸透作者人格和感情，想达到这个目的，写作时要独断，彻底的独断！(文学在这时代虽不免被当作商品之一种，便是商品，也有精粗，且即在同一物品上，制作者还可匠心独运，不落窠臼，社会上流行的风格、流行的款式，尽可置之不问。)"(《从文小说习作选·代序》)这在今天，对许多青年作家，也不失为一种忠告。一个作家，要有自己的风格，经得起时间的考验，必须耐得住寂寞，不要赶时髦，不要追求"票房价值"。

"虽然如此，我还预备继续我这个工作，且永远不放下我一点狂妄的想象，以为在另外一时，你们少数的少数，会越过那条间隔城乡的深沟，从一个乡下人的作品中，发现一种燃烧的感情，对于人类智慧与美丽永远的倾心，康健诚实的赞颂，以及对愚蠢自私极端憎恶的感情。这种感情且居然能刺激你们，引起你们对人生向上的憧憬，对当前一切的怀疑。先生，这打算在目前近于一个乡下人的打算，是不是。然而到另外一时，我相信有这种事。"(《从文小说习作选·代序》)莫非这"另外一时"已经到了么？

1982 年 11 月 3 日上午写完

(载 1984 年第 8 期《读书》)

从苗汉文化和中西文化的撞击看沈从文

凌　宇*

在中国现代文学史上，沈从文的出现是一个特例。沈从文及其创作品格的独特性和复杂性，早已为世所公认。然而，沈从文及其创作的本质是什么？它反映了一种什么样的文化心理？却是一个难解的文学之谜。如果我们将沈从文及其创作放到广阔的文化背景下去考察，也许能找到解开沈从文之谜的钥匙。在沈从文创作品格中，鲜明地体现着湘西苗族文化、汉族文化和西方文化三条文化线索的交织。这种交织，是在两个世纪以来的苗汉文化，20 世纪 20、30 年代中西文化的大碰撞中完成的。追究这种交织的过程、方式及特点，沈从文及其创作品格的有机整一性，便清晰地凸显出来。

始于少年时代，沈从文就感到了社会的现存秩序与观念与实际人生的矛盾。这也许应归因于他"刚知道'人生'时"，就有缘直接面对那份奇特的痛苦人生。1911 年发生在他的故乡凤凰的那场"辛亥革命"，以及自十三岁开始的长达六年的形同流浪的行伍生活，使他拥有了上千次目睹"乡下人"被砍头的骇人经历。统治者以"剿匪"、"清乡"为借口残杀无辜的"许多所谓人类做出的蠢事，简直无从说起"；另一方面，他又切实感到那些发生在"山大王"或"乡下人"身上"为社会所不容"的"罪恶"，其"行为背后所隐伏的生命意识"。于是，"这份经验在我心中有了一个分量，使我活下来永远不能同读'子曰'的城市中人爱憎感觉一致了。"（《从文自传》）

正如沈从文所说，湘西原是"被历史所遗忘"的角落。在中国大部分地区经

* 凌宇，博士毕业于华东师范大学，硕士就读于北京大学现代文学专业。他目前在湖南师范大学担任教授，同时也是湖南省作家协会的副会长，湖南省社会科学的杰出专家。

历了两千多年的封建社会的发展以后，湘西仍停留在原始或半原始的社会状态。尤其是苗族聚居地，其内部实行的是一种称为“合款”的社会组织，一种氏族家族制与部落联盟。其经济形态为一种原始的自由民经济。形成“既无流官管束，又无土司治理”的局面，既不纳粮当差，也不输赋供役，被统治者称为“生界”。这种状况一直延续到雍正年间清政府对湘西实行“改土归流”之前。封建政体在湘西的确立，迄今才两百多年。在苗族地区，社会转变的特点是从原始社会直接进入封建社会。而在“改土归流”以后的一段长时期内，这种转变又主要体现为政治体制的变更，即以“流官”制代替“合款”制，而社会意识形态与人际关系却远未完成这种转变。这是不言而喻的。因为相对于前者，后者的可变系数要小得多。更何况在湘西，这种转变还受到苗族武装起义连续不断的冲击。于是，在湘西两个世纪以来的历史演变过程中，发生着苗汉文化之间的大碰撞。其结果，使湘西社会人生成为多种文化绳索铰接的产物，在苗族地区，更是保留着原始文化的活化石。

本来，从经济角度着眼，湘西社会的演变表现为从落后走向进步的历史过程。“客民”(即汉民)的不断移居湘西，改变着原有的原始落后的生产方式。然而，这种转变却不表现为两种文化形态和平的融汇交流过程，而是在汉苗两个民族的屠杀与反屠杀、压迫与反压迫、剥夺与反剥夺的残酷斗争中进行的。“两个世纪以来，清朝的暴政，以及因这暴政而引起的反抗，血染红了每一条官路每一个碉堡”(《从文自传》)。从“改土归流”以后爆发的乾嘉苗民起义，到1936年以“革屯抗日”为旗帜的苗族武装反抗，构成湘西苗族争取民族生存与平等的悲壮图画。而且，这一斗争过程可以追溯到更为久远的历史年代。从周代崇山的“荒服”、秦汉“五溪蛮”的起义，东汉伏波将军马援征剿“五溪蛮”被困死于壶头山，五代时楚王马希范与湘西土著的对峙，直至元明以后，各封建王朝对湘西实行“以夷制夷”的“羁縻”政策……一部湘西的历史，便是汉族统治者以暴力征服湘西和湘西少数民族不断反抗的历史。

沈从文最初二十年的生命历程，就是在这样的历史环境里度过的，并且，湘西本土的变迁史和苗族的悲惨命运之于他，不止是一种下意识的历史积淀，而是作为被明确意识到的历史内容和直接的情感体验而出现的。《从文自传》《湘行散记》《湘西》等作品，关于湘西本土历史变迁的记述，就占有极大分量。他的嫡亲祖母——一个苗族妇女的悲剧命运，便是湘西苗族历史命运的缩影。这个嫁到沈家的苗族姑娘，仅仅因为“与苗人所生儿女”，“不能参与文武科举”的规定，在为沈家生下两个儿子后，遂被远远地嫁去。之后，在家乡为她立了一座假坟，每逢年节，子孙们便被打发去坟前磕头。有关此事的真相及始末，是沈从文离开湘西前，从父亲口里听到的。我曾向沈从文询问他当时的内心反应，意在从中获取"痛说家史"一类戏剧因素。沈从文的回答却出人意料。他说："父亲说得很平静，听的人也很平静，仿佛在听一个极平常的故事。因为在我们那地方，这类事实在太多了。"然而，人们不难从中感到一种超越于痛苦与愤怒之上的民族悲哀。

这种明确意识到的历史内容与直接的感情体验，在沈从文及其创作品格的形成中占有什么样的位置？历史环境与置身其中的感受主体之间并不一定具有直接的必然因果联系。它可能只是以一种局部的、偶然的、非本质的因素对主体发生作用。但是，沈从文及其创作品格的塑造中，苗汉两个民族的矛盾和对立，作为最活跃的因素起着主导作用。这种矛盾与冲突，常常是以都市与乡村、"城里人"与"乡下人"对立的形式出现的。诚然，沈从文的创作很少直接表现苗汉之间的暴力冲突（除了那些纪实性的散文作品之外，小说《七个野人和最后一个迎春节》从一个侧面反映了"改土归流"这一重大历史事变在湘西引起的流血冲突；本地人与外来特权者在政治、经济上的对立，曾作为直接的背景进入《长河》，并规定着《长河》的基本走向），他的以湘西为题材的创作的主要部分，都着重从道德观与价值观的角度，在更深的层次上揭示苗汉两种不同文化传统的矛盾与对立、渗透与交织。

《七个野人和最后一个迎春节》叙述的，是坚持本民族文化传统的七个"野人"与汉族官府对抗，最终被官府武力剿灭的悲剧故事。作者借小说中地方长者之口，对设置官府前后的两种社会形态做出朴素比较：设置官府之前，这里"没有赖债的人"，人们"不知道欺骗"，"青年男女全得做工"，"没有乞丐盗贼"，不用向官府"纳税"。而邻近"有官的地方"，"道义与习俗传染了汉人的一切，种族中直率慷慨全会消灭……一切都得不同了！""好风俗为大都会文明侵入毁灭。"因此，"他们愿意自己自由平等的生活下来，宁可使主宰的为无识无知的神"——尚未被现代文明扭曲的原始神。因为，"神永远是公正的，官则不大可靠"。在更多篇章里，沈从文描写了苗民族的爱情、婚姻形态。它虽然原始，却充溢着尚未被现代文明异化的生命自由活力：

> 在此习惯下，一个男子不能唱歌，是种羞辱；一个女子不能唱歌，不能得

> 到好丈夫。抓住自己的心，放在自己爱人面前，方法不是钱，不是貌，不是门阀也不是假装的一切，只有真实热情的歌！（《龙朱》）

——这种对苗族爱情、婚姻形态的歌颂，是建立在苗汉两种不同爱情、婚姻形态的比较上的。在《媚金·豹子与那羊》里，作者在叙述了主人公以身殉情的爱情故事后，发出了这样的感叹：

> 地方的好习惯是消灭了，民族的热情是下降了，女人也慢慢地像汉族女人，把爱情移到金银虚名虚事上来了，爱情的地位显然已经堕落，美的歌声与美的身体同样被其他物质战胜成为无用的东西了……

《边城》更直接表现出湘西历史演变过程中，两种不同的爱情观念与婚姻方式交织并存的社会文化形态。在作为小说情节发展主线的傩送与翠翠的爱情遭遇里，始终贯串着“渡船”与“碾坊”、“走车路”与“走马路”的对立。要渡船，意味着排斥金钱对爱情的污染，信守人的本来；要碾坊，则意味着人成为物的奴隶，丧失人的本来。走车路，即托媒人向家长提亲，一切由家长做主；走马路，即采取以歌传情方式，由男女两方自己做主。这种对立在本质上，是金钱与爱情、婚姻自由与丧失婚姻自由的对立。

这些都是苗汉两种文化形态比较的直接而明显的例子。当然，远不是所有作品都这样明显而直接。在更多场合，这种苗汉比较延伸为城市与乡村的比较。作为一个整体，沈从文的创作就是在城市与乡村两个世界的对立中建构而成的。他的全部创作几乎都可以按照这个两相对照的系统排列。这里的“乡村”，已非一般意义上的乡村。虽然在这些以乡土为题材的创作中，“乡下人”已消失了确定的苗族身份，但在人物的精神气质上，却沉淀着非一般的乡下人所有的独特文化心理因素。于是，一面是“城里人”在“现代文明”（包括封建文化和封建文化与资本主义文化扭结而成的畸形产物）束缚下形成，并集中体现在上流社会的“绅士淑女”们身上的民族劣根性——庸俗、虚伪、自大、怯懦、自私，一种人性的“扭曲”；一面则是植根于湘西古老民族文化土壤的朴素的人性美，洋溢着勇敢、雄强、慷慨、诚实、热情的生命活力，一种“人与自然契合”（《湘西·泸溪浦市箱子岩》）的产物。正是在这两相对照的基础上，建立起对人生的价值估量。

人神的统一与分裂、人与自然的契合与人性的扭曲、原始的生命力量等等：沈从文对人生的观察已进入哲学领域。然而，这种对人生的理性疏解，在沈从文创作中，直到20世纪20年代末才见出端倪。在离开湘西以前，他虽然拥有一大堆人生经验，并从中感到了社会现存秩序与观念与实际人生的矛盾，但那只是一种直觉。他的理性世界还是一片混沌，一个不知“氢气”“参议院”为何物的“乡巴佬”——湘西本土文化不足以产生一个具有现代理性精神的沈从文。作为“一个转机”，是1921年到1922年他在保靖的一段经历。其中，有三件事对沈从文的后来发展具有重要意义。其一，是他第一次获得了与中华民族文化成果较为广泛地接触的机会。其时，他正担任“湘西王”陈渠珍的书记。司令部藏有一部《四部丛刊》，百来轴自宋及明清的旧画，几十件铜器古瓷，一大批碑帖和十来箱书籍，几乎为他所专用。这使他“进而对人类智慧光辉的领会，发生了极宽泛而深切的兴味。”(《从文自传》)其二，是他的一个姨父来到保靖。此人叫聂仁达，与熊希龄为同科进士，一个“知识极博”的人。沈从文便常常去他那里，听他谈“宋元哲学”，谈“大乘”，谈“因明”，谈“进化论”。其三，是他与一个从长沙来的印刷工人的结识。这是一个受“五四”运动影响的进步工人。从他那里，沈从文看到了《新潮》《改造》《创造》等新刊物。在沈从文接触到的这些人类精神产品中，分明包含着两种不同的文化因素：一种属于以汉民族文化为主体的中华民族文化传统，一种属于绍介于近代，经“五四”新文化运动获得广泛传播的西方文化观念，如“进化论”“超人”哲学等等。这分属两个不同传统的文化因素，与积淀在沈从文人生经历中的湘西本土文化传统三者之间，发生着碰撞，并促成了沈从文“内部精神生活”的紊乱与剧烈变动。他开始渴望获得更多的“知识”，去“启发与疏解”“心中混乱的感情”(《从文自传》)。终于，他独自一人离开湘西。当他背着一个小包袱，越过洞庭湖进入大都市寻求知识的时候，具有跨过几个历史时代，穿越几个不同文化层面的意义。而对于他与之血肉相连的湘西少数民族而言，又带有与20世纪初叶，一部分先进的中国人漂洋过海，向西方寻求救国真国之于中华民族同样悲壮的色彩，尽管在沈从文，并不具有后者那种自觉。其结果，不仅扩大了沈从文的人生领域，使他获得将都市人生与乡村世界对照的直接人生体验，而且，他被卷入20、30年代发生在中国的中西文化大碰撞的漩涡中心，从中获得了现代意识，并反过来用这种现代理性精神去观照湘西本土人生。

沈从文的现代意识集中表现为他的以“生命”学说为核心的人生观。

从乡村到都市，沈从文直接经验了两个具有不同文化发展的世界的对立。

他从两个对立的经验世界外部表现形态的差异比较出发，进入两者本质差异的“抽象”思考。从都市人生里，他看到“人与人关系变得复杂到不可思议，然而又异常单纯的一律受‘钞票’控制”（《水云》）。“一切所为，无一不表示对于‘自然’的违反。”“然而所有人生学说，都无一不即起源于承认这种种，重新加以说明与界限。”于是，人成为物的奴隶，导致人性的“扭曲”。（《烛虚》）而在乡村世界里，其生命“与自然为邻，亦如自然一部分”，表现为“人与自然的契合”，“自然单纯庄严处，有时竟不可仿佛”（《绿魇》）。在这里，人尚未成为物的奴隶，人性准乎自然。他进而从苗族祭神仪式里，看到“神之存在，依然如故”，这是一个神尚未完全解体的世界。与此相反，都市人生中由和尚、庙宇、信徒总拢来的不过是“一出恶劣不堪的戏文”，是“虚伪的象征，保护人类的愚昧，遮饰人类的残忍。”（《凤子》）。这是一个“‘神’已解体的时代。”（《水云》）依据这种对两个经验世界本质差别的“抽象”，沈从文将人生划分为“生活”与“生命”两个基本范畴。所谓“生活”，系与人的衣食住行及生儿育女相联系的物质欲望与行为。人需要“生命”。但如果仅仅为了“生活”，将物质欲望的满足视为人生唯一目的，并将个人“幸福”“奠基于一种不义的习惯”（《黑魇》），那么，“人生百年长勤，所得于物虽不少，所得于己实不多”（《水云》），“必然失去用为认识一切的那个自己”（《绿魇》）。这种人生便与动物无别，是一种“生物学上的退化现象”（《烛虚》）。而“生命”则表现为摆脱单纯的物质欲望对人的控制的努力，是人的本质力量的体现。依据人与所处外部环境的关系，沈从文描述了“生命”的四种基本形态。其一，原始的生命形态。人的内部精神与外部行为与自然契合，表现为人性的自由、情感的朴素与观念的单纯。但这并非出于主体的理性自觉，更多地带有原始蒙昧色彩，主体与环境只是一种自然的顺应，它与人类生存的原始环境相协调。其二，自在的生命形态。其主体内部精神和外部行为与原始生命形态基本一致，但它面临一个随着社会的历史演变而发生了质变的环境。这就带来了主体与环境的严重失调。由于主体精神非理性自觉的蒙昧状态，生命主体便无从摆脱环境的摆布，自主自为地把握自己的人生命运。就像我们从《萧萧》《柏子》《新与旧》《会明》等作品主人公身上见到的那样。其三，个体自为的生命形态。所处环境虽与自在的生命形态相同，内部精神却有了摆脱蒙昧状态的觉醒。对人与环境的矛盾，具符合理性的认识，能自主把握自己的人生命运。即便无法完全改变环境对命运的制约，也能在主观精神上信守人性本来，抗拒金钱与权势对人的灵魂的污染。在《边城》《长河》中的傩送与翠翠、夭夭与三黑子等人物身上，就充分体现着对生命自为的追求。其四，群体自为的生命形态。它是个体自为生命形态的一种升华，表现为生命个体将自身对人生的自为认识与把握，“扩大到个人生活经验之外”（《小说作者和读者》），即“时时刻刻能把自己一点力量，黏附到这个民族的向上努力中”（《白话文问题》），并进而“超越习惯的心与眼”（《潜渊》），“对人类的远景凝眸”（《从文自传》）。到了这个阶段，“生命”便具有了“神性”。

上述四种基本的生命形态，在沈从文的经验范围内，不仅是一种并行不悖的现实存在，而且也表现为“生命”从低级向高级发展的历史过程，并形成一种必然的“进化”趋势：“生命者，只前进，不后退，能迈进，难静止。”（《潜渊》）然而，沈从文看到了现实世界中生命自由与人受制于物这一荒谬性之间的严重对立。湘西社会从原始状态朝现代演变过程中，封建文化促使人与自然分离，30 年代资本主义物质文明的侵入，不仅没有中止而且加剧了人欲横流的趋势，“乡村社会所保有那点正直朴素人情美，几乎快要消失无余”。尽管现实“在在使人痛苦”（《长河·题记》），沈从文却没有陷入绝望和幻灭。他虽然曾猛烈批判过在汉民族文化发展中，统治者利用孔子、老子和释迦牟尼“三个老老做幌子，来收容读书人并愚弄普通人”的欺骗行径，（1945 年 12 月 8 日天津《大公报》）却在抽象的意义上，肯定了佛教所拥有的人类普遍同情心，孔子及儒家学说的人生进取精神：“他们与社会对面时，却不生气、不灰心、不乱，只静静地向前”（《废邮存底》），以及老庄反对狭隘功利的人与自然契合的“无为而无不为”的思想——他一面坚持人性符合自然的“生命”原则，反对狭隘的功利欲求，一面又坚持对人生的积极进取，反对老庄的“玩世”倾向（《长庚》）。“不管是带咸味的海水还是带苦味的人生，我要沉到底为止，这才像是生活，是生命，我需要的就是绝对皈依，从皈依中见到神”（《水云》）。因为他已将希望托付给“时间”：“唯一的医药还是‘时间’，时间使一个时代的人类污点也可以去尽”（《废邮存底》）。

在这种以生命学说为核心的人生观的基础上，确立起沈从文的美学观。他曾明确声称：“我是个对一切无信仰的人，却只信仰‘生命’”（《水云》）。因为他“在一切有生中发现了‘美’。亦即发现了‘神’”（《烛虚》）。“生命之最高意义，即此种‘神在生命中’的认识”（《美与爱》）。在这里，沈从文将美的发现从人的“生命”扩大到一切有生物，这是“用泛神论情感去接近”的结果——明显地带有人化自然的哲学色彩。这样，沈从文实际上提出了美在生命的美学命题。美存在于生命本体中，具有使人“失去所信所守”的力量。因此，文学创作的目的，就在于使“生命”永生：“能用文字，在一切有生陆续失去意义，本身亦因死亡毫无意义时，使生命之火，煜煜照人，如烛如金”（《烛虚》）。它不仅使作家从中获得“生命重造的快乐”，而且使读者“从作品中接触了另一种人生，从这种人生景象中有所启示，对‘生命’能做更深一层理解”（《短篇小说》）。

从沈从文对两个对立的经验世界本质差异的“抽象”里，不难看到其中“异化”的哲学基础，国民性的改造、人性复归、原始生命力、生命的进化等观念也成为他的生命观的有机构成——西方文化对沈从文具有重大而确定的影响。由于这种影响，沈从文才获得他人生悟性的。然而，要进一步追究这种影响的具体来源，即他究竟与西方哪些哲学家、思想家相沟通，却是一道难题。当我向他问及他读过哪些西方哲学与美学著作时，他说：“没有读过，因为我读不懂。”既没读过黑格尔、卢梭，也没读过柏格森、萨特。确实，沈从文对人生进行“抽象”时，所提取的范畴，也不符合概念规范化的要求，而带着自己的独创。如“生活”与“生命”，就与人们通常的理解有别。当他触及人受制于物的社会异化现象时，也从未用过“异化”这一概念，而代之以人性的“扭曲”。当然不能因此得出他与西方文化无缘的结论。因为他究竟置身于中国20、30年代中西文化交流的浓重历史氛围中。而契诃夫、屠格涅夫、莫泊桑、乔伊斯、托尔斯泰、狄更斯等作家，居间搭起了他与西方文化观念之间的桥梁。正如他自己所说：“也可说受总的影响。”（《中国现代文学研究丛刊》1980年第四期）但是，这种影响结出的果实，是经过沈从文独特文化心理结构，进行复杂的心理组织过程之后的产物。而沈从文文化心理结构的独特性，恰恰表现为苗汉两种文化撞击的结果。这样，就形成了沈从文人生哲学与西方文化观念之间既相联系又相区别的特点。对生命进化与现实荒谬性之间矛盾的认识，对不同生命层次的区分，以及对生命自由的不倦追求，与西方生命学说谐振。但是，与西方偏重于个体生命自由相比，沈从文更关注个体生命自由与群体生命自由两者的统一，并将群体自为的生命形态视为最高的生命层次，从中孕育出他的强烈的民族忧患意识。这种现代生命意识与民族忧患意识的统一，构成沈从文作为中国现代作家的基本品格。在这个层次上，沈从文与一般的中国现代作家同一，但沈从文的民族忧患意识，首先是对少数民族命运的忧虑，在他对两个经验世界的价值估量中，不仅在情感上，而且在理性思辨中，明确而不无偏爱地倾向南方少数民族。但又恰恰在这种肯定与否定的价值判断结构中，深藏着对整个中华民族命运的忧虑。在这个层次上，又显示着沈从文与一般中国现代作家的区别。他反复自称为“乡下人”，就表明他对苗族文化传统的认同。他当然不再是一般意义上的“乡下人”，而是从西方文化中获得理性启示，而在苗汉文化比较中“取证”，从而获得现代意识的“乡下人”。沈从文的全部创作，鲜明地反映出这种“乡下人”的文化心理结构。

从乡村到都市，沈从文的人生经历及创作历程，勾画出一个“乡下人”从自卑走向拥有道德与人格价值优势的心理轨迹。他的早期创作，到处流露出“乡下人”乍入都市自惭形秽的卑微感。写于1925年的散文《遥夜——五》，真实地记述了“我”与一个陌生的都市女子在车上对面时的内心活动。“我”在那位“如女王般骄傲”的都市女子面前，滋生出“难堪的自惭与毫不相恕的自谴”，只觉得自己“一身渺小”，“如一只猫儿初置身于陌生的锦绣辉煌的空中，几欲惶惧大号”。这是一个初入都市的乡下人，精神上蒙受屈辱，生活上陷入困顿，渴望获得人生平等的自卑心理的真实记录。到1928年和1929年之际，这种自卑心理终于被沈从文自觉到的“乡下人”道德与人格价值的优势所取代。对“乡下人”身上的道德与人格美——勇敢、雄强、正直、热情、善良、诚实乃至原始生命活力的歌颂，对“城里人”因“人性扭曲”而导致的人格堕落——庸俗、自私、怯懦、自大、虚伪的批判，如何成为1928年以后沈从文创作两个相互参照的系统，是不难感知的。这种心理优势，源于沈从文对自己所属的苗民族的文化传统的眷念。有时，他几乎像置身于远方的游子，情不自禁地向着家乡的母亲哭诉：

> 血管里流着你们民族血液的我，二十七年的生命，有一半为都市生活所吞噬，……所有值得称为高贵的性格，如像那热情，与勇敢、与诚实，早已完全消失殆尽。(《写在〈龙朱〉一文之前》)
>
> 我爱悦的一切(指乡村人生种种——笔者注)还是存在，它们使我灵魂安宁，我的身体，却为都市生活揪着，不能挣扎。两面的认识给我大量的苦恼，这冲突、这不调和的生命，使我永远同幸福分手了。(《生命的沫·题记》)

将沈从文与老舍小说中对都市人生的描写作一比较，倒是不无意义的。在对都市人生的价值估量上，显示出沈从文与老舍不同的心理特征。在老舍笔下的都市市民身上，交织着善与恶、美与丑、正常与反常的古老民族根性。但在情感趋向上，老舍是醉心于北京小胡同与四合院里的人生的，并带有都市小市民层道德上的心理优势。因为说到底，都市小市民人生是老舍生命的根之所在。而沈从文则死死盯住都市病态精神特征不放，在他笔下的“城里人”身上，几乎全是人性的扭曲。虽然这种区别包含着表现对象身份的差异,老舍偏重于都市下层社会人生,沈从文更多地注目于都市上流社会。但表现对象不同的选择本身就反映着文化心理结构的差别。一个更多地承受着经历了几千年封建专制的社会文化传统的潜在影响,一个则立足于封建政体的确立仅仅两个世纪的偏处一隅的乡村社会的文化传统里。

沈从文对"乡下人"与"城里人"道德与人格价值的这种估量,不仅仅是为着取得心理上的平衡与情感上的排泄,而且还带着"乡下人"的更大奢望,即重造"民族的经典",实现中华民族内部"人与人关系的重造"。(《长河·题记》)他有意将"乡下人"身上保有的道德美,作为中华民族未来人际关系重造的参照系。这并非如一般论者所说,沈从文希望社会退回到原始状态去。沈从文完全清楚,在现代文明潮流的冲击下,湘西社会原始形态的解体已成必然之势:"一份新的日月,行将消灭旧的一切。"(《湘行散记·箱子岩》)他只是希望"乡下人"的道德美,"还保留些本质在年轻人的血里或梦里"。(《长河·题记》)而且,那种已成过去的社会人生,"虽不为人生琐细所激发,无失亦无得,然而'其生若浮,其死则休',虽近生命本来,单调又终若不可忍受"(《绿魇》)。

沈从文在道德与人格价值上拥有的"乡下人"心理优势,并非阿Q式的自满自足,几乎在褒扬"乡下人"道德美的同时,他对湘西土著民族性格弱点进行着沉重的反省。《柏子》《萧萧》《灯》《会明》《新与旧》《丈夫》《泥涂》《贵生》等,构成他所塑造的"乡下人"形象的作品系列。这种"乡下人",表现为三个层次的性格组合。从道德状态上看,"乡下人"是自然人,他的灵魂尚未或者没有完全被现代文明所污染,对人生尊严有着独特方式的感觉,信守着做人的传统美德。从人的理性精神着眼,"乡下人"是蒙昧人。其理性世界还是一片混沌,原始、鸿蒙,处于休眠状态,生命是自在的。不合理的现代社会结构将他们置于社会最底层,其人生命运是悲凉的。然而,他们不觉其悲凉。正如沈从文在《柏子》里指出的那样,他们"不曾预备别人怜悯,也不知道可怜自己"。也有对外部压力抗争的时候,但那只是自发的、朦胧的、原始的反抗,缺乏理性光辉的照耀。从人物与急剧变化的现实世界的关系看,"乡下人"又是陌生人,原始的道德观念与理性精神的蒙昧状态,必然导致他们与现代社会秩序与观念的不相适应。在社会向现代急剧转变过程中,其主观精神必然与现实世界脱节。已经和正在变化的现实世界对于他们,是一片陌生;他们对于这世界,也是陌生的。他们的诚实、纯朴、善良反现出呆、傻,成为人们嘲弄的对象。《新与旧》里的杨金标,是从一个时代跌落到另一个时代，其内部精神与“时间”脱节；《建设》里的那一位工人被现代物质文明浪潮卷入一个新的环境，表现为脱离土地的“乡下人”生命与“空间”脱节；而《会明》《灯》《泥涂》里的老兵，其内部精神既与“时间”、又与“空间”脱节。沈从文始终注目于处于历史转折期的湘西社会在不同的“时间”与“空间”里，“常”与“变”即不同的文化形态按不同比重实现的交织——“作品设计注重在将常与变错综”，“以及两相乘除中所有的哀乐”。（《长河·题记》）于是，作品既表现“乡下人”主观精神与现实环境不相平衡而出现的可笑情状，又表现因“常”与“变”的冲突而产生的人物悲剧命运。“乡下人”的人生遭遇与命运，呈现出带崇高色彩的悲喜剧组合的特征。面对这种人生，沈从文的思想陷入无法解脱的矛盾痛苦状态：如果让这种主观精神与现实环境不相适应的状态保持下去，“乡下人”就无法摆脱受制于环境、听凭别人摆布的悲剧命运；如果以牺牲“乡下人”道德上的朴素型范，以适应现代社会，又必然导致人性的沦落，《丈夫》所展示的那种令人颤栗的人生景象就会出现。沈从文希望“乡下人”既能保持道德上的朴素形态，又能唤起他们的理性觉醒，作为一个自为的民族加入到“一件新的竞争方面去”。因为他们“虽生活与自然相契，若不想法改造，却终不免与自然同一命运，被另一种强悍有训练的外来者征服制驭，终于衰亡消灭”。然而，用什么办法唤起这个民族的觉醒，组织他们加入新的竞争？“却是个费思索的问题”。

沈从文的民族忧患意识，在他笔下的“乡下人”形象身上，获得了最强烈、最集中的体现。

探究沈从文内心矛盾的由来，我们便看到他对一切以暴力为手段的政治解决办法的拒斥。他认为，“历史上一切民族的进步”，并非“皆得取大流血方式排演”“人类光明”“从理性更容易得到”——一种超越现代政治以实现人性复归的理想追求（《废邮存底·给某作家》）。这是因为，在沈从文看来，现代政治是人性异化的庇护所。正是“现代政治的包庇性”与“现代文化的驵狯气”的结合（《黑魇》），导致人性的扭曲。以暴力对付暴力，不仅战败者遭到毁灭，“战胜者同样毁灭”。对现代政治的怀疑与不信任，形成沈从文思想的一个重要侧面。人们不难发现这种以异化学说观察现代政治的观念与西方文化间的联系，正是这种思想包袱，使他不能不带有历史的、时代的局限性。

沈从文与苗族的血缘联系，决定了他的创作在骨子里所烙上的中国南方楚文化的印记。所谓楚文化，即中国先秦时期，以南方少数民族的巫鬼文化为主体，融合汉族文化的影响，而形成的一种文化形态。它与北方文化一起形成中华民族文化发展的两大源流。而苗族文化，恰恰是古代巫文化传统的延续与遗留。近年来，我国学术界对屈原《九歌》的研究证明，“九”并非一个数字概念，而是古语中的“鬼”，“九歌”即“鬼歌”，亦即“神歌”。沈从文在《湘西·沅陵的人》中指出，《九歌》中描绘的“云中君”，即苗族神话传说中的“山鬼”。

这种巫鬼文化传统之于沈从文，并非夹在历史典籍中已被风干的标本，而是仍然活在他所经历的人生现实中。正如沈从文指出的，“湘西的神秘，和民族的特殊性大有关系。历史上‘梦人’的幻想情绪，必然孕育于这种环境中，方能滋长成为动人的诗歌，想保持它，同样需要这种环境”(《湘西·沅陵的人》)。沈从文的创作，正是他所属民族禀赋的幻想情绪与他的理性精神的结合。

在整体倾向上，沈从文的创作带着鲜明的浪漫主义色彩。对美——“生命”自由的炽热追求与对人类远景凝眸的幻想情绪，不仅笼罩在他的以乡土为题材创作的主体画幅上，甚至涵盖着他的全部创作。正如他自己所说，要“用一支笔来好好保留最后一个浪漫派在20世纪生命取予形式”(《水云》)。

沈从文创作内在气质上对南方巫鬼文化传统的承袭，在沈从文自己，是一种自觉的意识。他明确感到了自己创作所植根其中的文化传统，与两千年前的屈原同出一源。在《湘行散记·箱子岩》里，他说：“两千年前那个楚国逐臣屈原，若本身不被放逐，疯疯癫癫来到这种充满奇异光彩的地方，目击身经这些惊心动魄的景物，两千年来的读书人，或许就没有福分读《九歌》那类文章，中国文学史也就不会如现在的样子了。”在谈及自己以乡土为题材的创作一例充满的“淡淡的孤独悲哀”与乡土“悲悯感”的原因时，他说：“这或许是属于我本人来源古老的民族气质上的固有弱点，又或许只是来自外部生命受尽挫伤的一种反应现象。”他是从民族文化根源与个人人生经历两个方面作出解释的。应该说，这既是他个人苦闷的流露，又是他所属民族忧伤的抒发。

对自己创作民族文化本源的这种自觉，使他预感到自己后来的遭遇：“我正感觉楚人的血液给我一种命定的悲剧性。生命中储下的决堤溃防潜力太大、太猛，对于当前存在的‘事实’‘纲要’‘设计’‘理想’，都找不出一点证据可证明它是出于这个民族优秀头脑与真实情感的产物。”(《潜渊》)因此，他总是处在一种不为人理解的孤独感里。这种孤独，并非只是沈从文个人的孤独，更是他所属的南方少数民族的民族孤独。这个民族正是在长期遭受的民族歧视里，走着自己的民族生存之路。这种孤独，植根于两百多年来湘西社会从原始形态朝现代转变的历史过程中。沈从文创作所留下的，正是这一历史过程的文学写照。

1985 年 9 月，于岳麓山下

（载 1986 年《文艺研究》第 2 期）

沈从文与楚文化

刘一友*

沈从文先生是五四新文化运动所孕育出来的优秀作家之一。这个判断，是在谈他与同时代优秀作家比较时，所见及的共性。这个判断得到认可，也是来之不易的。

近二十余年来，对沈从文特异风格的研究，即对其艺术个性的研究，也在不断深化，由此而引发了不少人对他青少年时代在湘西所获得的一份文化禀赋的探讨。因为一个人在青少年时代所接受的，以氛围状态存在的诸如地方特有的宗教习俗、风物风景、民间艺术及亲友关系等等因素，对一个人的情感模式和审美倾向影响是很深的，它内化成为一个人的气质而多方面作用于一个人的言行，当此人从事以表情达意为业的艺术工作时，这由一定文化禀赋所造就的气质，则将更充分地得到表露机会，有意或无意间支配着这艺术家的审美视角和审美趣味，从而促使其独特艺术风格的形成。

那么，沈从文青少年时代在湘西感受到的主要文化是怎样一种文化呢？这文化的基本特征是什么？它又在哪些具体方面影响了沈从文风格的形成？再有一点，沈从文如此这般艺术风格的出现，在中国文学史甚至文化史上又有何特殊意义？这便是本文试图回答的几个问题。

---

* 刘一友，吉首大学的教授。

一、沈从文青少年时期在凤凰城区及辰沅水系城乡所接触的文化，主要是因种种历史的、地理的原因而遗存下来的活生生的楚巫文化

湘西是个多民族的地区，其文化也是多样的。我由于研究沈从文文化禀赋问题而涉足于对湘西文化在清末民初时分布格局的探讨。

20世纪八九十年代期间，把一个地域文化“圈”起来研究是很时髦的，我也染上这毛病，想提出个“湘西文化圈”的命题来。因实无把握，于1988年5月7日去北京看望沈从文先生（时距沈去世仅三天）。我向他请教，湘西文化可否作为一个相对独立的“文化圈”加以研究？沈先生被我这突如其来的问题弄得默默地想了好一阵，才说：“难，太复杂。”停了一下他提醒我：楚国的纪南城，也称郢都，地点在今天湖北江陵，从江陵到湖南常德，只两三天水程。这明显是要我注意那个楚国和湘西的关系，自然也包括其间文化关系了。如果用上一个小小的“湘西文化圈”，岂不会把历史上湘西与荆襄关系隔断，这还能把文化传播和流变关系说清楚吗！

受到沈从文先生的启发，我开始了对楚人开发湘西（严格说是开发沅水中上游的辰州〈沅陵〉和沅州〈芷江〉水系城乡，本文以下均用“辰沅”名之）历史的注意。其间有四次值得特别提及。

第一次为公元前523年，那时楚国都城还在如今湖北的宜城。史书上出现过这样一条记载：“楚子为舟师以伐濮。”（《左传·昭公十九年》）史家判断，这是楚人以常德为依托，溯沅水险滩而上的一次军事辟地行动。那时，沅水中游一带的人，还被笼统地视为“百濮”，后又被笼统地呼之为“诸蛮”。这是些“无君长总统，各以邑落自居”的氏族部落，根本不是已有数百年辟地经验楚国的对手，其结果，一部分自然归附为楚国臣民，与随军涌进来的楚移民共处于辰沅水系土肥矿丰的地盘内，久之成为楚人。另一些，大都有自己独特语言、内聚力较强的氏族部落，则向沅水上游各支流或高山大峒间一步步转移，避开争斗，生息繁衍，若干年后，终成为大族。

第二次影响辰沅历史发展的大事，始于“楚子为舟师以伐濮”后的18年，也即公元前505年，楚国将都城从宜城迁至纪南城（今湖北江陵），这里距辰沅门户常德只两三天水程了，都城如此逼近辰沅，对辰沅影响的加强，是不言而喻的。

只是，这时楚正忙于争霸中原，只先把洞庭湖东南侧收拾了，还不急于大力经略辰沅腹地。

第三件大事发生在公元前382年左右，此时楚建都于纪南城已过去123年。楚争霸中原的势头受阻，国力开始走下坡路，于是，着手加强自己后院的经营，其重大措施之一，便是在辰沅间设立黔中郡，郡治设于沅水中游，酉水汇入处的辰州(沅陵)。当然，楚国能在这里设郡，也说明此时楚在这里已有相当多的人口，已占相当大的面积，且有相当的政治和军事基础了。近人在沅陵发掘所见傍水楚城，东西长1 500米，南北宽200米，这规模是相当大的。可以肯定，当年在沅水中上游其他地方还会有些据点。

第四件更值得一提的事，则发生于公元前339—前328年楚威王当政期间。也即楚在沅陵设黔中郡治后的50年左右，这是后来《史记·西南夷传》记载过的一件事："始楚威王时，使将军庄蹻将兵循江上，略巴、黔中以西。"这项记载，极易被人忽略，我认为如联系到苏秦对楚威王作的一段形势分析看，意义也就很重大。苏秦说，未来秦如大举攻楚，"必出两军：一军出武关，一军下黔中，则鄢郢动矣"。鉴于强秦可能抄自己后路，夺取黔中以夹击楚都城的巨大危险，楚人不得不在黔中郡加大经略强度，而"循江上，略巴、黔中以西"正是扩大防区的重大战略行动。从辰沅地理来看，所谓"循江上""略巴"，其路线则得由沅水进入其主要支流之一的酉水，向西经如今的王村、保靖、里耶等水边重镇入川东的酉阳一带。而所谓的"循江上""略黔中以西"，其路线则不外由沅水中游进入辰水，西向经如今的麻阳而至贵州的铜仁。再一条路线则是由沅水上游进入又一大支流㵲水，经如今的黔城，再西向经怀化、芷江、新晃、鱼市而逼近贵州的玉屏。更远处则为由沅水上游进入清水江，经托口而逼近贵州的锦屏。当年，楚人国难当头，在战云密布下所做的这场战略上的努力，具体详情不见于史书，不过，如今的考古发掘，上面我所提及的沅水中上游及其几大支流上的水边重镇，无不发现大量楚墓，而出土随葬物中，兵器都占有显著比重，证实了黔中战区防卫扩大所达到的程度，同时，也可想象到随军而进入黔中郡腹地和边地的百姓，必将大大增加了。

不过，当年楚人所担心的事，还是发生了。它发生在庄蹻大力经略黔中后的50年左右，也即楚人在这里严阵以待已有两三代人的时候。公元前280年，秦将司马错果然"一军下黔中"，进军路线是由四川涪陵下水，溯乌江而上，至如今的川东龚滩登陆，向东横走，过酉阳，再入酉水(应从里耶下水最便捷，但史无详细记载)，顺流而下，入沅水，直取黔中郡治沅陵。司马错的胜利，有力地策应了秦将白起"一军出武关"的行动，白起在黔中郡被攻破的第二年，攻破了楚都纪南城，处在被夹击态势中的楚中央政权，只好仓皇向东败退，到陈(河南淮阳)才暂时站住脚，并把新的楚都设在那里。

这一巨大的变故，使黔中郡大量的戍卒和百姓，被中央政权丢下了。不过，黔中郡水系城乡的楚戍卒和百姓却不是好惹的。就在司马错于公元前 280 年"攻楚黔中郡，拔之"不久，楚人就将他赶走，以至公元前 277 年，秦人又来"复拔"黔中郡。这次秦人"复拔"后仅过一年，公元前 276 年，史书就出现了"黔中郡反归楚"的记载。辰沅间楚人这次将秦占领者赶走后，整整 53 年间，秦人无法"复拔"，直至公元前 223 年，秦大将王翦在今安徽寿县一带将楚王负刍捉住，楚政权灭亡，王翦才挥师再次攻陷黔中郡。估计也只能是占领了辰沅水系上一些重要军事据点，开发、移民之类的事都来不及做，天下就大乱了。公元前 207 年秦亡，秦在黔中郡的占领者在这里只待了 16 年左右，便被辰沅间楚人永远驱逐出境。他们西逃的路线，最佳选择当然是溯酉水而上进入川东，他们当年是从这条路来的。(今年夏天，在酉水中游，湘西与川东接界处的里耶古镇，发现窖藏的数万枚秦简，当与这段历史有直接关系。)

总之，楚人在战国时期开发辰沅的历史，如从公元前 523 年"楚子为舟师以伐濮"算起，到公元前 223 年楚亡止，楚人在这里开发整整是三百年，够久了，也够热闹了！

这里，我之所以要不厌其烦地讲述楚人开发辰沅的历史，是因为若干年来，不少文献谈及辰沅时，常常涉及的只是山系间叛服无常，风情殊异的"五陵蛮"、"五溪蛮"，而对水系间生活着的大量楚人却忽略了。其实，在楚国大力经略下，辰沅间那地势平坦、水土丰沃的水边城乡已大量为楚人所据有，而高山大峒的村寨，才大都属于"诸蛮"(少数民族)。人，是文化的载体，这一族群分布的格局，同时也决定了当时辰沅间文化分布的格局：辰沅水系城乡文化，主要是楚文化；而辰沅山系村寨文化则大都属"诸蛮"文化。这是两千余年前形成了的总体格局。

读者肯定会问，我们探讨沈从文青少年时期所处文化环境，与辰沅间两千年前那文化分布格局有何关系，值得花那么多的文字来交代吗？

是的，关系太密切了，可说令人难以置信的是，两千余年后的清末民初，沈从文在辰沅水系间所感受到以氛围状态存在的文化，其形式到神韵还和两千年前辰沅水系文化相同，还是那份灿烂而神秘，产生过屈原《九歌》的楚文化。

关于这辰沅水系间文化性质的判断，沈从文是最为敏感了。他在《湘行散记·箱子岩》中，描写过眼前所见沅水中游箱子岩下端午节划龙舟的景象后说：“两千年前，那个楚国逐臣屈原，若本身不被放逐，疯疯癫癫来到这充满奇异光彩的地方，目击身经这些惊心动魄的景物，两千年来的读书人或许就没有福分读《九歌》那类文章，中国文学史也就不会如现在的样子了。”接下来，沈从文说到在一段长长的岁月中，人民经历了改朝换代的种种变化和不幸，可他自己眼前“这些人根本上又似乎与历史进展毫无关系，从他们应付生存的方法与排泄感情的娱乐看上来，竟好像今古相同，不分彼此。这时节我所眼见的光景，或许就和两千年前屈原所见的完全一样”。

在《湘西·题记》中沈从文则说及屈原当年溯沅水而上的许多地方还约略可以推测得出，他用之为题材的山精灵洞，臭草香花也还俨然可以发现。尤其是与《楚辞》不可分的酬神宗教仪式，用凤凰尚存的大傩酬神仪式比较，“有好些事还可由今会古”。

在《湘西·沅陵的人》中，沈从文在讲罢当时还流行于水上的几则神性和魔性杂糅的故事后，立即联想到“历史上‘楚人’的幻想情绪，必然孕育在这种环境中，方能滋长成为动人的诗歌”。

在《凤子·神之再现》中，沈从文生动地描绘了镇箪(凤凰)乡下傩祭场面后，即借外来观光者的口吻说：“我现在才明白，为什么两千年前，中国会产生一个屈原，写出那么一些美丽的诗歌，原来他不过是一个来到这地方的风景记录人罢了。屈原虽死了两千年，《九歌》的本事还依然如故。”

另外，沈从文还在《湘西·沅陵的人》中称自己故乡人为“楚人”，而在《长庚》一文中，则称自己身上涌流的是“楚人的血液”。显然，这看法是基于对楚文化认同而来的。

够了，沈从文青少年时期在辰沅水系间所感受到的那些“古今相同，不分彼此”，“可由今会古”，“依然如故”的种种楚文化现象，我们是无法提出异议的。问题在于这影响着当地人，包括沈从文在内的这份楚文化，在楚亡二千年后，为何还能以氛围状态闪射着“奇异光彩”存活到清末民初？这简直是一大奇迹！细加追思，实与楚亡后，辰沅地带一段漫长而沉寂的历史分不开！

楚亡后第十六年，秦亡于汉。楚以后，任何王朝的都城，再没有如纪南城(湖北江陵)这样与辰沅靠近的。政治文化中心的远离、辐射交流减少，管理上也是鞭长莫及。更何况，汉唐诸朝，不是穷于应付北方边患，便是忙于逐鹿中原，辰沅再也不曾有过如战国楚人那样将它视为自己后院，视为保家卫国的战略要地而加以广泛经营的机遇了。还有一件历史事件值得一提，这便是东汉马援征辰沅“五溪蛮”失败，马援死于沅陵壶头山军中，这事给后来王朝统治者心理蒙上了不小的阴影，使得他们对这片地方较多采用羁縻政策，或半羁縻政策，不敢轻易地、费力难讨好地来开发触动这边鄙之地。于是辰沅对中原而言，便长期相对地锁闭了。居住于辰沅水系上的楚人后裔（他们常被不敬地呼之为“楚蛮”或被笼统呼之为汉民）和他们的文化，也因之得代代相传而免于被中原文化“统一”得面目全非。

元时，曾把辰沅作为进军云贵的通道之一利用了一次，走的就是当年楚将庄蹻由黔中以西入滇曾走过的路线，经略时间很短，留下一些驿站，说不上文化上的影响。

朱元璋与陈友谅争夺鄱阳湖时，陈友谅曾得辰沅间去的一支楚蛮帮忙，使朱元璋吃过亏，给朱元璋留下了不良印象，加之朱元璋在中原得胜后，辰沅成了他进军云贵的通道，于是，他不得不认真地来收拾一下这块地方了。所谓认真，主要还是对水系上重镇加强控制，并开始把一部分兵力推进到比水系边楚人更为“化外”的山系“诸蛮”居处的边缘。不过，到这时期，以往史书统称“诸蛮”中的苗人一支，由于长久僻处深山，生息繁衍已壮大到很不好对付了。明朝在辰沅间的影响，除对辰沅山系加强军事控制外，另一项称得上重大措施的是移了一批江西人来对辰沅水系一带占楚人后裔“掺沙子”，充当水系城镇中的“一等公民”，这些江西人进入辰沅，自然也会带来一些儒、佛、道教的影响，使辰沅水系城镇文化开始略显庞杂，不过，这些江西来的“一等公民”，来前来后，均不是什么上层人物，所带来的那些零星的儒释道的杂烩，在这里也不免为历史悠久，源远流长的楚文化在一定程度上“巫化”了。至于水系上楚人的乡村文化，自然一切照旧。

清代，对辰沅水系诸镇的军事控制进一步加强，中原文化向辰沅输入也加大了规模，不过，清代主要精力放在对辰沅西部山区苗人的剿抚上，对辰沅间楚文化无暇刻意冲刷，当然，即使刻意冲刷，也不是短时间所能奏效的。

总之，正是以上漫长而特殊的历史，造成了直至清末民初，辰沅水系一带文化与二千年前还“依然如故”、“古今相同”。又正因为这“依然如故”、“古今相同”，当辰沅水边军事重镇移入凤凰山城时，由于辰沅中上游一带籍贯的士兵和百姓随之大量拥入，成为主体，把楚文化也一并带入了凤凰城区，又因种种原因，使之还得到了一次新的整合和张扬。作为凤凰人，沈从文对此印象深刻，他在《湘西·凤凰》中写道：“苗人放蛊的传说，由这个地方出发。辰州符的实验者，以这个地方为集中地。三楚子弟的游侠气概，这个地方因屯丁子弟兵制度，所以保留得特别多。在宗教仪式上，这个地方有很多特别处，宗教情绪(好鬼信巫的情绪)因社会环境特殊，热烈专诚到不可想象……湘西的神秘，只有这一个区域不易了解，值得了解。”

行文至此，关于沈从文青少年时代所处文化环境的来龙去脉和基本性状便已清晰了。他16岁前，在凤凰石城间所沐浴的氛围状态的精神文化是楚文化；16岁后至21岁去北京前，在沅水城镇芷江、怀化、辰溪、沅陵、桃源、常德、保靖等地所沐浴的，同样也还是有着氛围状态的楚文化。这楚文化，不能用只是流而不是源的老庄思想来涵盖，同样，也不能用只是流而不是源的以屈原为代表的文学创作来涵盖；它也不完全就是众多楚文物中所显示的楚文化。它是以氛围状态存在于辰沅民间的一支巫风特盛的活生生的楚文化。正是这样的文化孕育了沈从文，使他有了这样一份禀赋，帮助了他后来从事艺术创作时，具备了形成自己如此这般特异风格的可能性。

二、沈从文的一份楚文化禀赋，是他创作时独特审美视角形成的潜因，也是他作品内涵及神采异于同时代大师的深刻根源

在这一节里，我们将讨论的是，沈从文的楚文化禀赋与其创作之间的深层关系。不过，在讨论这一问题之前，我们还得首先弄清一下辰沅间这支楚文化的基本特征及其对一般人心性的影响。

关于楚文化渊源，楚学专家张正明先生在其《楚文化史》中指出：“楚文化的主源决非三苗文化，而是祝融部落崇火尊凤的原始农业文化。”他认为楚文化的成熟是以祝融文化为主源，以华夏文化为干流，以蛮夷文化为支流汇聚而成。他有自己充分依据，只是说时，对华夏文化、蛮夷文化都说得较宽泛笼统，且对其如何“整合”未作出说明。沈从文在世时，曾特别提醒我注意楚文化中的殷商文化成分，甚至还说到了遗存于辰沅间的春官制度就是属商的。至于楚文化的特点，张正明先生曾将鼎盛期的楚文化与当时中原文化作比较，认为楚文化“带有较多的原始成分，自然气息，神秘意味和浪漫色彩”。这当然只属于一种描述性的把握，但可说尚得其神韵。

不过，在这里，我的任务并不是泛谈楚文化，我所关心的还是进入辰沅这一

支的基本特征。关于楚文化的研究，我总认为对以纪南城为中心而向四面辐射的楚文化，可先将它作出简单的分解：其一为贵族的、上层的；其二为民间的。前者基础当然不能脱离后者，但属提高的，对华夏东西吸附略多、较雅。后者则属普及的，原始自然的成分更浓，更为生气勃勃。

进入辰沅的一支，主要是民间的，这与来这里的楚人绝大多数为戍卒、工匠、农夫和役夫有关。如就这一支楚文化的精神文化方面来考察，则其最具活力，影响多方的核心部分——宗教应是考察的重点。通过仔细地对文献中的、现实中遗存的有关众多现象分析，可见出进入辰沅这支楚文化核心因素的宗教状况，它长期处在原始宗教向古代宗教转化的阶段。其基本特征是：在“万物有灵”的基本观念支配下，一方面自然崇拜和拜物教现象大量存留，另一方面则神灵的拟人化倾向明显，半人半兽、人兽杂糅的鬼神妖精济济一堂，如《九歌》中山鬼之类的怪物出现，就大大增加了神坛的神秘和热闹。而交际于人神之间、人鬼之间的巫觋，娱神媚鬼，有声有色，迷狂非凡，更激发了人们的丰富幻想和浪漫热情，从而，也为相关的音乐、舞蹈、诗歌与绘画带来了丰富的灵感和盎然生机。当然，楚人历史和社会状态造就的楚人爱自由、重个性、重情感的倾向，楚地奇丽山水造就的楚人对形式美的敏感，都曾对他们的艺术产生过独特的影响。不过，较之宗教，宗教的影响更为深刻而广泛。

相形之下，辰沅山系中“诸蛮”的宗教，就不如水系上楚人的富于色彩。这与“诸蛮”宗教大都尚处于史前宗教向原始宗教转化阶段相关。这阶段的特点在于：拜物教现象明显，巫术也盛，但神灵拟人化现象还少，神坛因之比较寂寞。至于后来流行于中原地带的神学宗教，因其神谱严格、经典呆板，对人想象力的激发就更不能和楚巫宗教相比了。

总之，楚巫宗教，以及与它有着共生关系的奇风异俗、民间艺术等所共同形成的楚文化，它是神秘、瑰丽、充满浪漫精神的。它对人的影响，首先是那万物有灵观念，即万物均具有自己独立神性的观念所引发的强旺的生命意识和泛爱倾向，其次才是由这种意识和倾向所引发的对个性自由的尊崇，对命运变化的多愁善感，再进一步才是对林林总总个体生命形式美的敏锐感触和浓厚兴趣。

凤凰城的一些军人，给沈从文一个印象是受教育不多，知识却显得丰富，艺术鉴赏力更莫名其妙的有较高的水准。而美国学者金介甫在研究沈从文时，发现这位湘西乡巴佬的气质，比胡适、徐志摩这类受过洋浪漫主义影响过的博士更为“浪漫主义”，感到奇怪。张兆和先生见过一些并未从事文艺专业的凤凰人，偶尔提笔为文为画，竟都会有个模样，疑为“遗传”，现在看来，其谜底，主要还在于楚巫文化氛围所赐予他们的一份“诗意”禀赋了。

正是由于以上原因，从凤凰，从辰沅间出了个沈从文也就不属偶然了。远的不说，就说近百余年的凤凰，仅就艺术大家而言，沈从文之前，有被誉为湖南神童、点过翰林、当过总理的熊希龄；有诗中充满着楚人霸气的南社诗人田星六；其后则有被世人视为艺术界鬼才的黄永玉等，沈从文不过是这长长的人物链中的一环而已。

不过，由于本文主旨所在，这里我们还是认真看看一份楚文化禀赋，到底给沈从文的创作带来了什么样的影响。

读沈从文作品，在其流光溢彩的文字背后，常感到一种天籁，一种令人肃然的动人旋律。细作领悟，那是对生命神性的庄严与美丽所作的礼赞，以及对其受压抑和损毁所产生的悲吟。

在《阿黑小史》《三三》《萧萧》《边城》《长河》《雪晴》《湘行散记》等一系列杰作中，我们见及了众多乡村男女生命中那份自然“神性”的健康与优美，至于那些以浪漫手法写就的《月下小景》《龙朱》《豹子、媚金、与那羊》等，更不例外。当然，我们也见及了当这类“神性”在特定环境中异化或将解体时，作者所表露出的一份深沉的悲悯和惶惑，在《贵生》《丈夫》《牛》《生》一类作品中，虽然，作者着力给我们展示了人物命运的悲苦，但仍未忘怀的是写了那些人物生命的强执。在沈从文的小说中，有一类是写半封建半殖民地中国的“都市文明”所浸染的人生，如《王谢子弟》《八骏图》《绅士的太太》等作品中的人物，他们虚伪、自私、小气，软弱而又自鸣得意，自命不凡。很明显作者对这些人物是持否定态度的。不过，这种否定，在沈从文这里，更主要的是基于认为这些人作为“人”，丧失了“人”应有的“神性”或曰“人性”，可悲可悯。

对于自己创作的追求，沈从文曾提醒研究者注意他对自己一些作品所写的题记和序跋。在题记和序跋中，他声明过他“只想造希腊小庙”，而这神庙中供奉的只是“人性”。又说“我要表现的本是一种‘人生的形式’，一种优美、健康、自然而又不悖乎人性的人生形式”。在30年代，沈从文爱用“人性”这个字眼，这并非某些人总疑为与无产阶级斗争学说唱对台戏的那个洋概念。“人性”，在沈从文这里，实指的是他所谓的“生命的神性”用之于指人时的借用。关于生命的神性或曰人性，沈从文在他的题记或序跋中，未作出过教科书式的名词解释，但从他的小说创作中，我们可以意会到它的本来内涵。那些女子的天真、美丽、纯洁，那些男子的质朴、旷达、雄强，都属于人的生命中“神性”或曰“人性”，而这种“神性”或曰“人性”的感性显现，也就是沈从文心目中的“美”。沈从文从生活于低层的人身上，特别是从自己熟悉的辰沅间的山民、水手、士兵乃至土匪、娼妓身上，也发现了那生命所具有的庄严与美丽的一面，或曰“神性”或“人性”的一面，因此，在一篇题记中他说到对这些人充满了“不可言说的温爱”。不过，既然是人事，在具体的历史环境中，总不免因“偶然”和“情感”的乘除而造成各人不同的命运。人的“神性”或曰“人性”，因之扭曲，异化乃至毁灭，也就难免。于是沈从文又有了“美丽，总是愁人的”这一感悟，这类对自己创作所作的总体剖白，使人更明显地看到了他是以一种强烈的生命意识来观察人和人生的。

上面一点，对于总体上把握沈从文的作品无疑是重要的，但如果仅仅停留在这一认识上，就还是片面的。因为一种强烈的生命意识不仅导引了他对人和人生的沉思，而且还导引着他对自然做出异于一般人的体验。如他从小虫生命完整处“见出自然之巧和生命形式的多方”，从“天光云影，草木荣枯”中对人事和人生有所会心；从小花弱草上，见出生命的美丽脆弱及生物中求生存与繁殖的“神性”。他说：“对于一切自然景物，到我单独默会它们本身的存在和宇宙微妙关系时，也无一不感到生命的庄严。一种由生物的美与爱有所启示，在沉静中生长的宗教情绪，无可归纳，我因之一部分生命，竟完全消失在对一切自然的皈依中。”继而，他认定“人若保有这种情感时，却产生了伟大的宗教或一切形式精美而情感深致的艺术品”。对于自己的这类观念，沈从文毫不讳言地承认这是一种“泛神倾向”。正是这种对自然生命的崇拜，使得他作品中大自然种种景象格外见出个性，格外显得迷人。

沈从文对人的神性和大自然的神性是同样崇奉的，这样，当他将两者并列观察时，便不免“由大好河山的丰腴与美好，和人事上无章次处两相对照，慢慢从这个不剪裁的人生中，发现了‘堕落’两字真正意义”。而这一感受，常常促成了在他的作品中，风景的描绘达到饱和甚至超饱和状态。这种饱和状态的风物铺排，构成了他作品主题不可缺少的重要部分。这现象，在《边城》《长河》《阿黑小史》及《雪晴》等大量作品中十分显眼。有人从沈从文作品中风物铺排多而认定他是在写田园牧歌，这看法是不够深刻的。

若干年来，探讨沈从文创作思想的人，常常忽略了他在40年代所写的《水云》《烛虚》及《七色魇》等哲理性散文。其实，这些文章对于我们透视沈从文的创作，其重要性并不下于他为自己几部作品所写的题记或序跋。这期间，“神性”这一字眼，在大多数场合取代了30年代常用的“人性”这一字眼，他更直露地谈人的“神性”和自然的“神性”，谈人与自然的契合，谈民族精神重造的思路。这些观念无一不有助于我们用之去观照他先前的创作，这些观念，集注到一点，又无不属于对生命问题的苦苦沉思。

十分明显，一份格外强旺的生命意识左右了沈从文的基本情感，构成了他作为艺术家的审美视角，由此，他谱出了自己作品的主旋律，造就了他作品内涵的特异性。关于这点，我们只消将他与同时代大师做些粗略的比较，也会得出更深刻的印象。

“五四”新文学运动所孕育的杰出作家，可以说都是在“为人生”这一目标导引下从事创作的，这是他们的共性。但是，由于各人生活经历和文化禀赋的不同，导致了各人审美视角的差异，造成了他们各自的创作个性。鲁迅的一份强烈的反封建意识，使得他目光更多地凝注于那吃人的礼教所造成的人性曲扭，发出了“救救孩子！”的呐喊。沈从文所描写的那些自己熟悉的辰沅间的男女，则常常是些游离于儒家道统、封建礼教之外而更多保留着自然“神性”的人物。虽然，这些人也未能逃出特定的半封建半殖民地的恶势力和“都市文明”的挤压，产生变形、引出悲剧，但沈从文的目光却总是侧重于美的一面。他坚持“不管是故事还是人生，一切都应当美一些，丑的东西虽不完全是罪恶，总不能使人愉快，也无从令人由痛苦见出生命的庄严，产生那个高尚的情操”。他发出的不是高亢的呐喊，而是对生命庄严的沉思。再以对风景描绘的态度而言，鲁迅尚简，而沈从文则因其体现自然生命的“神性”而不厌其烦。

此外，与茅盾笔下的农村人事比，在茅盾的《春蚕》《秋收》《残冬》里，他描绘和控诉了城市商业资本冲击下农村的凋敝，导致了劳动者物质生活的贫困，而沈从文则注视着权力和金钱冲击下“人性”或曰“神性”的危机，它导致的是精神的贫困。如果说前者是一种政治视角，其结果必将导向对阶级斗争的关注，那么，后者则是一种文化视角，其结果十分自然地会导向对民族精神重造的倾心，导向对生命庄严与美丽得以充分实现的憧憬。

可以说，与沈从文一起抱定“为人生”的目标而走向文坛的许多作家，包括他当年的好友胡也频、丁玲等，在某种大的潮流中，其创作最终都选取了一种政治视角，而沈从文却不顾寂寞，数十年如一日固守着这一文化视角，始终盯着生命、人生、命运这类古老而又常新的主题。

这真是现代文学史上一个十分奇怪、相当独特的现象！

要弄清这一现象的根底，关键是回答沈从文这份格外强旺和执着的生命意识由何而来？

有研究者曾提出它来自一些洋哲学和中国的儒释道诸家学说的影响，不能认为这些看法全无依据，只是，追根溯源，我认为它不源于中国或西洋先哲们的那些小书，而源于一本大书，即在前面所论述的那份在辰沅间以活化石形态存在、气氛浓烈非凡的楚文化。

强旺而执着的生命意识，正是楚文化的精魂。

生命是怎么回事？与之关联的人生、命运又是怎么回事？自从人类有了自我意识后，便被这问题死死纠缠住了。宗教由此而生成。宗教的深层内涵不外乎是人对生命的惊讶和礼赞，以及为求生命永葆所做的种种悲壮的挣扎。这种礼赞和挣扎情感是如此的执着和强烈，以致当它归纳于宗教仪礼或巫术及其他生存相关的活动中时，又因其属于情感的一种有序的外化而成为艺术活动。在古代史的特定阶段中，宗教及与之有千丝万缕联系的艺术，常构成该时代精神文化中最活跃乃至最核心的成分。它以其特有的氛围孕育着人们一种对生命问题特别敏感的思维定式。或者说赋予人一种挥之不去的文化情结。

沈从文在21岁以前，是生活在辰沅间楚文化民间一支的浓烈氛围之中的，他自觉这份文化对他的熏陶，故称自己为楚人。而关于辰沅间这支楚文化，此前，我也粗略地指出了其精神文化方面中，其宗教是对各方面有着广泛而巨大影响的成分。在分析辰沅间楚文化民间一支的宗教特征时，也指出了它处于原始宗教向古代宗教过渡阶段，自然崇拜和拜物教现象大量存在，同时人的神化和神的人化现象也不断增加，原始成分和浪漫气息较之郢都一带楚文化中贵族一支更为浓重。山精树怪、人神错杂，随之而来则是巫风特盛，礼仪更丰，人在其中，如痴如醉。这是从屈原的《九歌》到两千余年后沈从文的《神之再现》中均可找到鲜明确证的。究其底蕴，则无不显示着一种为生命欢歌或为生命而挣扎的律动。即使是“落洞”“行巫”“放蛊”之类在一些女子身上产生的奇特现象，虽然可借用弗洛伊德的心理分析方法加以透视，但人们最终发现它背后隐藏的是与生命律动相关的动人悲剧和动人的诗。

我们说过，强旺而执着的生命意识是楚文化的精魂。当我们对此有了大略的认识后，对于沈从文的执着的生命意识的深层由来自然也就易于得出一种结论。

虽然，不宜说沈从文这份强旺的生命意识的全部内涵均属辰沅间楚文化范畴。但是，对生命问题的倾心和痴迷，作为一种思维定式出现于沈从文身上，则属辰沅间那份活着的、强烈非凡的楚文化熏染所致，它潜入人心，成为顽固的文化情结，当沈从文从事文学创作时，这情结以强大的惯性牵引着他，使他有了与同代大师迥异的审美视角。

不过，这里还得进一步说明的是，如果认为辰沅间楚文化对沈从文的影响仅限于生命意识强烈的话，这就远远不够全面。因为，由楚文化精神中强旺生命意识所派生出来的流美观念，重情倾向，以及在形式上标新立异，不拘一格的不倦追求，均十分深刻而明显地左右过沈从文特异风格的形成。我认为只有从深层上准确地看到沈从文与楚文化的这份血肉联系，才能找到开启沈从文美学思想全面研究之门的钥匙。限于篇幅，这里不作展开。个人印象，已见到的一些有关文章，在谈及沈从文文化禀赋问题时，常常看法游移，错找根源，结果，只好在门外良久徘徊了。

三、沈从文创作中，楚文化精神的体现，有一个从不自觉到自觉的过程，一个将传统与现代契合的过程。同时，由于题材影响，这精神在具体作品中，则表现得深浅有异，浓淡不同

我们说，沈从文独特审美视角的选定和风格内涵的形成与辰沅间楚文化氛围的浸染和灌注分不开，但是，这不等于说在他的每篇作品中，这种楚文化的胎记深度和浓度都是一样的。

沈从文身上的楚文化禀赋固然早早地在他 21 岁以前在辰沅间生活时就形成了，作为一种气质倾向，在他日常生活言行中极易发现。但是，作为一个艺术家，对它作出有益地开发和较自由的表达，则需要一个过程，他得将这种古老的传统文化精神与现代文明加以综合思考，使之在“现代”的光照下见出意义来，另外，使用文字的成熟也得有一定的时间磨炼。当然，题材的选取，对于表现其文化禀赋有时也带来方便或局限。

这里，不妨从沈从文 1923 年走向北京的事谈起。直接触动他去北京的几个近因，《从文自传》中写得较清楚。一个大王的消失，沈从文自己一场大病，特别是结实得如一头猛虎的陆弢被淹死，引得他很神秘地想了四天，最后得到一个结论：“好坏可总有一天得死去，多见几个新鲜日头、多过几个新鲜的桥，在一些危

险中使尽最后一点气力，咽下最后一口气，比较在这儿病死或无意中为流弹打死，似乎应当有意思些。”于是他决定：“尽管向更远处走去，向一个生疏世界走去，把自己生命押上去，赌一注看看，看看我自己来表现一下自己，比让命运来处置我更合理一点呢？还是更糟糕一点？”十分显然，这是一种强旺生命意识的自觉，又正是楚地楚人从楚文化中得到的一种文化禀赋的显露。沈从文之去北京，并非生活无着落，抱着穷人闯关东的心情去的，也不是什么阶级压迫，使他铤而走险，以便将来报仇雪恨。生命问题使他灵魂受到震撼，他是怀着实现自己生命价值而去的，至于“五四”新潮涌动的北京，在他当时的心目中，是求得生命得以充分发光的理想环境。仅从这一行动，我们也可窥见沈从文身上那强烈的楚人气质。

初到北京的一二年间，沈从文生活困顿，但仍顽强坚持写作，支撑他的，仍是一份对生命的执着。1924 年开始发表作品，这时间创作明显受到郁达夫和鲁迅的启迪，写个人的苦闷和写自己对故乡的忆念。他仿效郁达夫写小知识分子的精神上的苦闷，但却无郁达夫式的沉沦，他作品中，更多地显示为生命而作的挣扎。他仿效鲁迅，写故乡人事，却少见鲁迅式的对社会的解剖，他作品中，更多地显示出温馨的人情。他一步入文坛，就使人感到他善感、重情、对声音色彩有着超常的捕捉能力。当时，他所写的《遥夜》为北京大学教授林宰平见到，竟认定他不曾认识的这位作者是“一个天才青年”。徐志摩读到他的《市集》后，特地写了《志摩的欣赏》加以赞美，并认为自己瞎赞美也是多余的，“因为春草的发生，云雀的放歌，都是用不着人们奖励的”。这一切，对于一个只有小学学历的青年沈从文来说，取得成绩，近乎怪事。但究其根底，还是那份重生命、重自由、重情感、重声音和色彩的楚文化禀赋成全了他，为他早期的创作提供了灵气。不过，这期间，他取材不广，文字也远未成熟。

1928 年后，沈从文的创作出现了突变。形成这突变的因素，大致可从三个方面来谈。

其一，首先见到的是题材日广。他离开了北京那些狭窄的公寓到了上海，又到武汉，再到青岛，最后回到北京。数年之间，人际关系迅速扩展，题材随之扩大。绅士、太太、小姐、教授、学生、职员、作家、警察、瘪三、工人、暗娼，一一拥入笔下，拜金观念、势利趋向、党同伐异、帝国租界等等逼使他更多地思考，早先，在北京公寓写个人苦闷，及对家乡（主要是家庭）的怀念的范围被突破了。

其二，读书日多，在创作方法和技巧上参照机会增多，自己广采博收，加以提炼，获得表现情感的自由。这方面的吸取，有几种来源：一是西洋的，沈从文这期间所读的翻译作品很多，除文学名著外，还有一些心理学、宗教学、文化学方面的著作；二是中国古代的，为教学需要，也为写作需要，他研究了六朝志怪、唐人传奇、宋人白话小说、佛经故事。从中学习故事铺排，语言运用诸种技巧；三是从同代作家那里学习，30 年代初的中国文坛，相当活跃，写实主义的成就自不待说，浪漫主义、现代派都不乏优秀作家。沈从文作为教《小说习作》《新文学研究》的教员，自然应广泛涉猎，作为作家，就更得细加揣摩了。从这期间他所写的一些作家作品评论，也可以看出他的成熟。

以上两个方面，说起来已经是很可观了，取材更广、技巧更丰，凭借这些，在文坛已可立足。但是，作为一名有独特风格的杰出作家，如仅靠以上长进，那还是远远不够的。就沈从文来说，具有决定意义的突破，在于他对故乡山民水手等的重新认识，和对楚文化精神的深刻自觉。

前面已经提到，进入 30 年代，沈从文生活视野迅速扩展，都市中形形色色的人事进入他的创作。种种人事在权力和金钱左右下，全产生了畸变，这使他失望，新兴的无产者他又不曾接触到，无从得到那方面的激励，于是，加强了他对故乡山水风物，人事哀乐的忆念。沈从文对文学要“为人生”“为被压迫者和被奴役者”服务这一新文学总的目标是服膺了的，这牵引着他对故乡的忆念侧重于辰沅间山里农夫，河上水手这类低层人物，在对这些男男女女的重新认识中，他惊喜地发现了其间可称之为生命神性的美。美，是善的表现形式，但这种生命神性所具有的善，它不是中国儒家心目中局限于伦理的善，也不是新兴资产阶级在反对封建主义，反对中世纪宗教黑暗时，以“平等、自由、博爱”为标榜的那种道德观念，它是大自然和古文明所孕育起来的富于生命活力，与自然和谐，重情爱美，人际关系素朴，活生生存在着的一种健康而优美的人生形式。当他把这与都市的种种加以对比时，他获得了他 30 年代创作中的总体构架。这一宏大的总体构架本身就是一个特异而深刻的大主题，它使沈从文这期间创作的众多单篇，在这大主题所形成的磁场中变得有序，同时取得更深广的意义。这也是沈从文成为卓然大家的一大标志。

当然，我们还不能只停留在见到这宏大构架和主题形成上，这仍属易于认识的一种浅层现象。只有进一步看到沈从文这期间对楚文化的自觉，我们才可以说大致接触了沈从文成为卓然大家，以自己特有神采立于同代大师之林的谜底。这种对楚文化的自觉，包括了两个相关的方面：一是对辰沅间人物习性形成的楚文化根源的透视和表现；二是对自己禀赋特点与楚文化精神的认同和张扬。正是这两方面的自觉，才使得沈从文取得了我在上一节中所论证过的那一独特的审美视角，并最终将一份楚文化精神凝定于现代形式的小说和散文之中。

由于本节主旨在于纵向追踪沈从文对楚文化精神加以张扬的轨迹，这里，就不得不罗列一下这期间相关的作品。

沈从文在1928年写的《阿丽思中国游记》第二卷中，在将阿丽思由中国的大都会引入辰沅间自己的故乡时，从作者的描绘及议论中，我们已可见到他将两者不同文化背景下的人事做出对照的意向。1929年写的《神巫之爱》则是直接描写楚风的。待到1931年写《从文自传》时，对于楚地、楚人、楚风如何塑造过自己的灵魂，已有相当明晰的理解。值得特别注意的是1932年所写的《凤子》。其间大量的篇幅用于直接描绘辰沅上游一条小支流上的凤凰（镇筸）山寨中的生活。对歌，傩仪种种楚俗被写得流光溢彩，充满了强旺生命力的律动。文中，夹有大量议论，涉及人与自然、人与神、文化与人、城里人与乡下人等等问题的探讨，虽显得直露，有时甚至冗长，与人物经历教养不全吻合，但作为沈从文对于楚文化自觉的佐证，却是重要的。这时，他已明确意识到，从这“古井”可以汲取有用的“清泉”了。

1934年《边城》和《湘行散记》的发表，标志着沈从文创作上的全面成熟。在这样的杰作中，我们一方面见及“五四”新文学“为人生”这一方向对他的导引，从而保证了他作品的现代品格。另一方面，他从楚文化精神中所吸取的生命意识，流美观念，人与自然契合的思想及重情倾向，又为他作品赋予了古远而深沉的旋律。这样的作品，简直可称之为《九歌》神韵的现代奏鸣。

至于与《边城》同期酝酿和动笔于30年代末期的《长河》，可以说是沈从文创作成就的最高峰。较之《边城》，其内容更为面对当时令人痛苦的现实，究其神韵，风致楚楚，色彩缤纷，不仅将他与同代大师鲜明区别开来，就连流行的那些个现实主义、浪漫主义一类的洋概念也无法对他做出适当的归纳了。

这里，还得提及的是，沈从文对楚文化自觉所产生的效应，并非只反映在我在前面所列举的或未列举到的与楚地楚人相关的作品上，实际上，它也为描写都市或异地的题材提供了独特的参照视角，使之具有新意。不过，毋庸讳言，当他的笔一旦涉及辰沅间楚地楚人时，自己那份觉醒了的楚文化禀赋极易与之发生共振，奏出袅袅楚音，产生一种抒情诗般的效果。他在80岁时所写的《自我述评》中，说到了自己对这类作品的一点偏爱。

40年代，沈从文的创作进入另一阶段，与30年代相比，变与不变同时并存。这段时间，经历了抗日的最后阶段，接着又经历了三年内战。总的说，那是黎明前的黑暗时期，士兵浴血，吏治腐败、社会糜烂，种种现象，使他痛苦徘徊。为这，他抱着“哀民生之多艰”的心情，写出了一些时论。同时，种种黑暗，也刺激了他对民族精神重造问题的再三思索，对生命意义、人生价值、人与自然契合问题的再三思索。这与30年代常隐伏于他那些清新文字背后的思想是一脉相承的，不同的是以前更多的靠形象说话，如今则更多的直接抒发。加上乡居生活，在小环境中得到一份虚静，也有助于他从现象中抽绎思想，于是产生了一大组迹近庄周的哲理性散文，如《长庚》《烛虚》《虹桥》以及七色诸“魇”等。即使是写小说《雪晴》，其人物灵动，文字清新并不下于《边城》《长河》这样的作品，可是作者仍按捺不住对本已隐伏其中的生命哲理加以直接议论，求得向深处开掘。这份执着，颇为动人。至于1947年所写的著名散文《一个传奇的本事》，较之《湘行散记》，理性色调十分显眼，相同处则还是那种强旺的生命意识，不过，在这里他是以此作审美视角，为自己的家乡，小小的镇筸城的楚人后裔，谱写了一曲令人哀哀欲绝的悲歌。

从50年代初到80年代末期，30余年中，沈从文是在博物馆的坛坛罐罐、花花草草中度过的，并写出了不朽巨著《中国古代服饰研究》，他兴致勃勃地从事文物工作，令他痴迷的仍是那坛坛罐罐、花花草草的背后，隐伏着古人的活跃生命。

在《水云》中，沈从文曾说：“我是个对一切无信仰的人，却只信仰生命。”本节中，我所作的长长追溯，正好为他这一说法作了印证。这一份楚文化禀赋，可说伴随了沈从文一生，既苦了他，也成就了他！

四、辰沅间楚文化遗存孕育了沈从文，在“神”的解体时代，他成了“最后一个浪漫派”，对于这个“浪漫派”出现的意义，至今还远未被人们所充分认识

综前所述，我只不过探讨了沈从文一份楚文化禀赋的由来及其在他不同时期创作中的体现而已。更感兴趣的是，顺水推舟，来谈这一现象的产生在中国文化史上的巨大意义。

在两千余年前，楚国国势鼎盛时，其文化也曾以特异的光彩与北方的所谓“中原文化”对峙，形成了双花并秀的局面。楚地种种特异风物，自然的、宗教的、

习俗的、艺术的等等，在文学方面，曾孕育出以屈原作品为代表的楚辞。反过来，后世人来理解楚文化精神的丰富内涵时，又无不注意将文物与楚辞结合来进行取证。楚文化中强旺的生命意识，泛神思想，及由此而派生的流美观念，重情倾向，在楚辞中是耀人眼目的。楚人因自然环境特异而产生的对声色的敏感，对形式美的浓厚兴趣，更是为楚文化艺术带来了精彩绝艳的效果，这一切，在屈原的作品中，可说是无美不备。特别是涉及辰沅事象时，更为光彩照人。楚辞及后世不断出土的楚文物精品，共同构成了楚文化辉煌时代的重要标志。

楚亡以后，以儒家重礼为主要特征的中原文化伴随着军事政治的推进而推进，于是楚文化随之衰微。仅仅只两百余年后，连出生于过去楚国郢都（纪南城）不远的王逸，当他为楚辞作注时，对于当年楚文化特有的神采与魅力也不甚了了，在谈及《九歌》时，也较肤浅地只见到是“信巫好鬼”的记录了。

当然，在文人中，对楚辞内涵和文采表示折服的，历代也不乏其人，诵习仿作者，也不是少数，但，情况正如刘勰在《文心雕龙·辩骚》中所说：“其衣被辞人，非一代也，故才高者苑其鸿裁，中巧者猎其艳辞，吟讽者衔其山川，童蒙者拾其香草。”实际上，得其“鸿裁”“艳辞”，或得其“山川”“香草”，均属鳞爪，得其神韵已不甚可能。原因很简单，孕育楚辞所需要的那种活生生的楚文化氛围在那些文人周围不曾存在，在他们身上的文化禀赋不是楚风楚式的，勉强模仿，何能有充盈的内涵和神采！

幸好，如我在第一节中所论证的，由于种种历史的、地理的原因，辰沅间一直还保留了一脉楚文化，而这支楚文化民间的一支，当年就曾经孕育过屈赋，其中《九歌》则更是这文化氛围的生动摹写。这支文化在辰沅水域间延绵不绝，到20世纪30年代沈从文重返故乡时，还能从当地人强旺生命意识，与自然契合的倾向，甚至山花香草，见出“古今相同”来。既然如此，按理推断，产生渗透着这种文化精神的艺术品是必然的，产生能弘扬这种文化精神的艺术家也是可能的。

不过，产生能弘扬这种文化精神的艺术家，比在当地民间产生具备这种精神的一些工艺品就困难得多。

至少，有两个条件必须具备：其一，这艺术家必须是曾被这文化氛围所浸染熏陶，形成个人的一种禀赋，气质性的东西；其二，他必须懂得自己所处时代对他提出的新目标、新要求及为他提供的新形式，同时看清自己这份文化禀赋的优势，这样他才能推陈出新，从而显示出这种文化精神的活力来。

沈从文在进入30年代时，上面所提及的两方面条件均已具备。因此他写出了一系列渗透着楚文化精神和风采的作品。更值得一提的是，在这同时，他萌生了追踪屈原，使楚文化精神在20世纪重新发光的非同凡响的抱负！

在《湘行散记》中，他曾一再提到屈原，认为屈原如果两千多年前不是在辰沅间受到启迪，今天的人也就不会读到他那光彩照人的诗篇了，文学史也将会是另一种样子。在1935年10月所写的《时间》中，他在探讨了生命的价值时，提到有一种人“心性绝顶聪明，为人却好像傻头傻脑，历史上的释迦、孔子、耶稣，就是这种人。这种人或出世，或入世，或革命，或复古，活下来时都显得很愚蠢，死后却显得很伟大。屈原算得这种人另外一格，历史上这种人可并不多。可是每一时代间或产生一两个，就很像样子了。这种人自然也只能活个几十年，可是他的观念，他的意见，他的风度，他的文章，却可以活在人类的记忆中几千年。一切人生命都有时间限制，这种人的生命又似乎不大受这种限制”。

如果说，以上引述只有助于我们大致揣摩到沈从文追踪屈原的意向的话，那么，当他在1942年所写的《水云》中，这意向表露得也就更进了一步。在《水云》里他认定自己的事业是“用一支笔来好好的保留最后一个浪漫派在20世纪生命取予的形式，也结束了这个时代这种情感发炎的症候”。又说：“我还得在‘神’之解体的时代，重新给神作一种赞颂，在充满古典庄严与雅致的诗歌失去光辉和意义时，来谨谨慎慎写最后一首抒情诗。”

所谓“最后一个浪漫派”，这“浪漫派”所指，当然与洋人无涉，也不会是指郭沫若先生那种普罗米修斯的自尊及“我是一条天狗”那种自大的洋式浪漫派。显然，这“浪漫派”所指系中国传统中以屈原为代表的“浪漫派”。所谓“最后一个”，因为这已是处于“‘神’之解体的时代”了，连辰沅间所保有的那份古老的楚文化也在“现代文明”冲刷下，迅速崩塌，孕育屈赋那样古典庄严与雅致的诗歌的土壤行将消失，而他沈从文的责任是写下这“最后一首抒情诗”。

沈从文得到了成功。他的《边城》《长河》《湘行散记》《一个传奇的本事》等等一系列的小说和散文，都可说是在“‘神’之解体的时代”所写的“最后一首抒情诗”。

就沈从文作品精神内涵来说，它是现代的，却又饱含着古楚文化的神韵。“为人生”与“哀民生之多艰”一脉相承，发出共振。对现代生活的描写中，响动的却是楚文化精神中关于生命的旋律。对古朴民风的赞美却又与未来民族精神重造可望从何处接轨的沉思相结合。可以说，沈从文的作品是今日之楚骚。

就沈从文作品风格传统来说，它是对春秋战国时，南北两支文化传统中南方一支的继承和发扬。南方文学的重情重美与北方文学重礼重载道的风格是对峙而互补的。但汉唐以降，重礼重载道之风，愈刮愈烈，一统天下，产生许多病态，沈从文作品对重情重美这一古老传统的张扬，有助于文苑真正的百花齐放，毫无疑问，它总是一股难得的楚风。

从中国文学与西方文学的交流来看，沈从文作品属中国作风和中国气派的作品，是东方重情重美这一脉上的瑰宝，它的重情重美这一特征，个人看法，也许与文学艺术的本质更为贴近，与西方文学也似乎更加相通而易于产生共鸣。另，常听人说，越是具有地方特色和民族特色的就越有世界性。沈从文的作品自然是具有这两方面特征的了，但是，我认为作为一种个性的地方性与民族性中，如果不蕴含着一份宏博的爱心为其共性的话，说什么世界性也是难以达到的。我想，沈从文作品中那份对生命神性的崇敬和对劳动人民的热爱，也是他易于为世界接受的又一因素。

总之，沈从文的成功。是非同凡响的。它是楚文化隐微了两千年后在20世纪一次耀眼的闪光；它是在屈赋几乎成为绝响时一次在现代形式中的复活。沈从义成了楚文化在现代背景下推陈出新的杰出代表。从这样的角度来审视他，他对现代文学的贡献，应重作评价，对于他在文化史上的地位，也应随着我们对楚文化理解的深入而做出醒目的定位。

历史的偶然，把这份幸运赋予了沈从文。如果我们对上述看法取得认同，那么，我们就会同时发现：当年中国文坛上出于党同伐异，出于僵化观点对他的种种指责，包括说他不曾参加“左联”、在上海时不曾拜会鲁迅、不相信“权威”理论，甚至在政治上“不成熟”“落后”等等，一概将显得只不过是抓了些无足轻重的鸡毛蒜皮罢了。

（原载1992年11月《吉首大学学报》第40、41期合刊，据吉首大学沈从文研究所等编《永远的从文——沈从文百年诞辰国际学术论坛文集》，2002年12月）

沈从文小说的时间形式

刘洪涛*

在一篇叫《副官》的小说里，沈从文写到乡下人对现代计时机器钟表的印象：

> 他把头稍微一抬，看到钟的白瓷面，看到十二个罗马字，看到一长一短两根尖而瘦的针。这时两针的尖端，正合并拢去朝上指。他知道时候到了，忙把钱掷到桌上，走出办公室。

那傻里傻气、不明就里的眼光，距现代文明该有多么遥远！更多的时候，计时对于他们根本失去了意义：

> 至于如同七老一类人，七（日）也是锯木，八（日）也是锯木，即或就九（日）就十（日）也仍然是拖锯子，……所不同的只是一个半日在上头俯着拖，一个半日在下头仰着拖，管日子干吗？
>
> ——《初八那日》

沈从文笔下，遍是这些缺乏时间观念的乡下人，他们航船、从军、种地、为娼、做匪，各以不同方式，把一大堆日子打发过去。对他们产生实际影响的，是节气变化、寒暑更替，时间以此等赤裸、本真的形式，支配着他们的生活，带给他们生老病死。在时间的长轴上给一个精确的刻度，标明这些事件发生在某年、某月、某日，似乎近于奢侈、毫无必要。还是那句话："管日子干吗？"

然而，在缺乏具体时间认定的沈从文小说中，我们仍然有许多关于时间的话

* 刘洪涛，文学博士，北京师范大学教授和副院长。他是中国文学新人奖的评审员，同时也是 *American Chinese Literature Today* 的副主编与《当代世界文学（中国版）》的副主编。

题可谈。沈从文对叙事时间的把握，这包括时序、时距、频率三项内容；当然还要谈到沈从文的时间哲学。在我精细的文本分析之后，读者或许能从混沌的自然时间流之下，发现中国现代小说史上对时间最出色的感受和处理方式。而对时间日益深刻的感受和把握，正是20世纪世界小说发展的一个重要标志。

一、叙事时间与《边城》结构及人物的"自由意志"

叙事涉及两个时间序列：被讲述的事件的时间和叙事的时间。前者指事物存在的客观形式，是一个由过去、现在、未来构成的单向度连绵不断的系统；后者是对这个系统的控制。叙事得以发生，依靠的正是"控制"，它改变时序（如顺叙、倒叙、预叙等），改变时距（指叙事速度，包括省略、停顿、场景等），还关系到频率（叙事的重复能力）。[①] 法国批评家让—伊夫·塔迪埃指出，叙事时间"处于小说艺术的顶峰，并将人们所看不见的东西创造出来。在作品中创造时间，这是小说的特权……它是想象力的胜利。"[②]沈从文就是通过叙事时间创造了奇迹的人。

赞赏《边城》的人，很少注意到沈从文对叙事时间的巧妙安排，而这一点，恰恰是作品获得成功的重要保证。[③] 小说情节开始启动，在第3节，日期是农历五月初一，端午节前，两艘龙舟在长潭试水，鞭炮和牛皮鼓的声响把翠翠唤回到两

---

① 热拉尔·热奈特把叙事时间分解为三项内容：时序、时距、频率。读者可参阅他的《叙事话语·新叙事话语》一书第13页，王文融译，中国社科出版社，1990。

② 让—伊夫·塔迪埃著，桂裕芳、王森译：《普鲁斯特和小说》，284页，上海，上海译文出版社，1992。

③ 《边城》对各处时间的计算和安排，并不是没有纰漏，人物年龄就破绽百出。《边城》最初于1934年1月—4月在《国闻周报》连载时，交代翠翠母亲15年前与一个茶峒军人发生关系，现在翠翠13岁，顺顺的两个儿子天保16岁，傩送14岁；杨马兵年轻时追求过翠翠的母亲，他现在"是个五十岁的人"。这年龄安排，很难经得住推敲。因为小说写了三个端午节，前两个端午节采用倒叙，第三个端午节时，翠翠13岁，那么第一个端午节她只11岁，而那时天保和傩送分别是14岁、12岁。如此稚幼的孩子就发生恋爱，而且写天保、傩送已是放船贩货好手，似乎有些离谱。1934年10月上海生活书店出版此书时，天保、傩送的年龄改为18岁和16岁。1981年的"百花洲文库"本中，天保、傩送的年龄沿用18岁和16岁；翠翠母亲与军人恋爱的时间推到17年前，现在翠翠15岁。这样合理多了。另外，这个版本修正了过去版本在时间安排上的又一个漏洞：过去版本在第11节，写翠翠"心中便印着三年前的旧事"，这"旧事"指第一个端午节翠翠与傩送相识，"百花洲文库"本改为"二年前"，是对的。但这个版本也有画蛇添足之笔，它把杨马兵年龄从过去的"50岁"增至"近60岁"。杨马兵年轻时，追求过翠翠的母亲，初版本交代翠翠母亲死于14年前，那么，杨马兵追求的时间不会早于20年前，那时他已30岁；若按现在60岁算，20年前是40岁，更不对了。沈从文对计时十分马虎，甚至糊涂，这是他心智结构中一个很重要的特点。金介甫曾说："沈从文的时间记忆常常是靠不住的"（《沈从文传》中译本，264页，长沙，湖南文艺出版社，1992）。张兆和与沈虎雏也同意此说（见《吉首大学学报》1991年1月1、2期合刊216页）。但计时马虎，在《边城》是缺点，在其他方面未必不能转化成优势。沈从文在《从文自传》中说："现在还有许多人生活在那个城市里（指湘西凤凰），我却常常生活在那个小城过去给我的印象里。"对回忆的执着和时间的遗忘是沈从文心智结构中一对突出矛盾，前者形成他创作的主要源泉，后者却使回忆的精确度和还原率大大降低，这一矛盾对他的湘西小说产生过许多良性影响。

年前同一个节日。4、5 节，借翠翠名义，倒叙前年和去年两个端午节上，翠翠分别认识了二老和大老。三个端午节期间，是两年空白，连传统盛大的中秋、新年，在记忆中也散漫、模糊，少留痕迹。作者叙事的速度相当快，概要交代过必要的事件人物后，不再驻笔流连。第 6 节，追忆结束，回到现时，即今年五月初一，叙事速度明显放慢，叙事密度增大，事件纷繁迭出。作者用 3、6、7、8、9、10 共六节篇幅叙述从初一到初五这五天里的情形。从第 11 节，大老托人说媒，到第 20 节，爷爷之死，花去十节篇幅，时间约两个月。最后一节(21 节)，写爷爷安葬，白塔重建，时间由夏至冬，历时半年，叙事速度重又加快。

如果把时间比为一条大河(用滥了的比喻在这里却十分恰当)，这段历时两年半的故事就恰恰位于河流的回旋处、转弯处。汤汤河水从无涯的传说中平静流淌过来(前两节绝不是可有可无)，在这里遭遇拦阻，变得狂暴起来，波浪滔天、汹涌澎湃；闯关夺隘之后，又陷入无言沉默中，静静向不可知的未来流去。沈从文笔下的湘西故事极少有这样的回旋和一波三折。小女子调动神祇为爱情而战，爷爷徒劳却相当固执地四方奔走，一般湘西人所没有的“自由意志”，在《边城》主人公身上有上乘表现。它把时间从混沌的状态中分辨出来，缩小了时间的计量单位，由星河纪年转为分秒计时，让我们注意到一日一时的人物命运。

时间的叙述，在《边城》中不是取单向进展，它也频繁地回溯。分两种情形：一种为补叙情节，如第 4、5 节，对前两个端午节的回忆。另外还有第 7 节开头，祖父和翠翠在端午节前三两天的对话，他们议论即将到来的端午节，使用过去时态。再就是第 7 节末尾，讲“前几天”天保大老过溪时向爷爷表达对翠翠的好感。这个“前几天”，指第 3 节提及的五月初一，“天保恰好在这一天应向上行，随了陆路商人过川东龙潭送节货”的那一次。前后时间衔接得天衣无缝。实际上，第三个端午节期间，大老一直缺席，但由于不断回溯，给读者造成大老在场的错觉。作者要的恐怕正是这种错觉——以最紧凑、最简约的文字，处理人物情感纠葛。另一种是爷爷和杨马兵对翠翠父母恋爱悲剧的回忆。它反复出现，对当前事件产生影响，“现在”被“过去”先验决定，“现在”是“过去”一种必然的、无可奈何的延续，当前的人总是生活在往昔“情结”“原型”的阴影里。

小说结尾的“这个人也许永远不回来，也许‘明天’回来”，对矛盾的解决，不作时间保证，留下许多期冀，也平添不少哀愁。

这种充分利用叙事时间在时距和时序上的变化之潜在能量的做法，使整部小说在结构上显出极强的节奏感：疏密有致，张弛得法；同时，它使时间安排服从或受制于情节变化，随情节发展需要压缩或延伸。在沈从文小说中，这一点有特别意义：它暗示人的行动对时间的支配作用，以及人的主观能动性。《边城》中的人物都在为自己的目标执着地行动着，在其他湘西小说中，这一点极其罕见。[①]

二、叙述时间与命运的呈现形态

沈从文多数小说的叙事时间，并不像《边城》这样。它们在时序上追求与事件时间的一致性，即平铺直叙，把一个故事原原本本讲出来。故事躺在时间的怀抱里，跟着它向前漂，有放任自流的意思。文论家从来对这类凭本能就能掌握的办法诋毁颇多，以为是记流水账，不足为训。古希腊时代荷马史诗《奥德赛》，已经知道从奥德修斯返家说起，早先的海上冒险故事通过倒叙和盘托出，为后世提供了叙事范例。沈从文反而倒退了不成?

当然不是。对事件时间的顺从恰恰表明沈从文对叙事时间的重视。当小说情节进展动力剔除了因果律和逻辑关系时，时间就成了决定性因素。“顺其自然”，才得以让情节发展接受时间的约束和制裁，或者说，情节进展只是一大堆日子的延续，而时间的堆积产生出意义。湘西小说中的人物屈从于命运，受制于造化，时间就成了命运和造化的显在形式。

例如《阿黑小史》。小说分“油坊”“病”“秋”“婚前”“雨”共五节，时间历春、夏、秋、冬、春五季。季节的一个轮回，人物经历了恋爱、结婚、生病、死亡或发疯的生命历程。自然界万物春华秋实，生生不息，人却由兴旺走向衰败，不可挽回。两相对照，反衬出人生的无常。时间在这里是神，他把人物置于自己的掌握之中。阿黑和五明的悲剧，根源不在社会恶势力破坏，也没有双方家长干预，它纯属天意，是时间支配的结果。

沈从文另外一些小说，如《萧萧》《一个女人》，截取人物生命中相当长的一个时间段落，演示她(他)们的命运。《萧萧》写小女子萧萧 12 岁过门做了拳头大丈夫的童养媳，15 岁被人引诱，16 岁生子牛儿，26 岁与丈夫圆房，28 岁时又为牛儿接亲，前后时间跨度有 16 年。这期间，萧萧遭受了种种磨难，一度性命都岌岌可危。很多论者从中寻找宗法制度的罪恶，他们忘记了刚才还在用湘西的温情和

① 参看本书第二章有关《边城》的论述。

诗意对抗都市资本主义罪恶！这种机会主义的批评态度于研究无补。时间才是这篇小说的主角、支配萧萧命运的核心力量。是时间和成长给了她应该得到的一切，并没有什么恶势力格外的馈赠。《一个女人》的构思同《萧萧》相似。三翠13岁给苗子哥做童养媳，15岁圆房，16岁生养儿子，18岁时，爹病死，丈夫被抓了壮丁。儿子长大娶亲。三翠30岁时，抱上了孙子。生活裸露在时间里，17年的日子就这样流水一般过去了。萧萧对自己的悲剧没有自觉，三翠也没有自觉，但作者在两篇小说结尾，给她们的下一代安排又一个生命轮回时，却分明感到并渲染了时间的残酷和分量："这一天，萧萧抱了自己新生的月毛毛，却在屋前榆蜡树篱笆边看热闹，同十年前抱丈夫一个样子。"①个体生命按命定的形式，周而复始，却不产生意义。

《我的教育》是一篇很有意思的作品，可以和加缪的《局外人》参照来读。小说按日记体铺排，记的是流水账，今天如何、再一天又如何，不外是军营里千篇一律的生活：出操、罚跪、看审匪、看杀头、赶场、吃狗肉……叙述人"我"和默尔索相似，智力平常甚至略有缺陷，从这一切当中，得到肤浅的快乐，从不追究背后的含义。时间日积月累，持续的单调和烦闷得到升华，有了荒诞意味。

汪曾祺很称赞沈从文小说的收尾，以为精妙异常。② 促成这一结果的主角，仍是时间。《旅店》《第四》《石子船》等，都让结尾——主人公最终情况的简介——与叙述的核心部分，在时间上有一个间隔，这结局常常是不幸的突然降临，或暴卒，或被杀，或失败。时间带给人命运以突兀的剧变，与前边主人公的上升、得意，形成鲜明对比。人力在时间面前，显得微不足道。

沈从文小说中，对自然时间的信任以至放任，并非总是有利。短篇犹可，处置中长篇时，却常常捉襟见肘。《边城》之所以十分紧凑、精致，原因是叙事时间根据情节需要安排，具有自我生成性。《神巫之爱》《凤子》《长河》等篇，纯粹依赖外在自然时间，又不像《阿黑小史》，服从某种宇宙轮回观念，因此，容易给小说带来不良后果。沈从文这三部作品，都没有写完。《凤子》前九章完成于1932年，事隔5年，至1937年，才加了第十章"神之再现"，沈从文是想给这部被金介甫誉为"中国的《追忆逝水年华》"③的神奇之作做一个收束。从格式上看，似乎可以结束了，但情节可以说还没有开始，因为起头三节，在青岛海滨，交代这部小说

① 沈从文：《萧萧》，《沈从文文集》，第6卷，235页。
② 汪曾祺：《沈从文和他的〈边城〉》，载《晚翠文谈》，杭州，浙江文艺出版社，1988。
③ 金介甫：《沈从文传》，218页，北京，时事出版社，1991。

的女主人公是美丽少女凤子，她必是苗乡某女子的后代，且与那采矿工程师有一段传奇经历，但事先的伏笔在后来的回忆中没有任何回应。《长河》算得上鸿篇巨制，就现存的第一部看，规模也超过沈从文其他任何作品。完整的《长河》，沈从文预备写三部，只是后两部迟迟没有动笔。至20世纪80年代，沈从文访问美国时，别人问他，如果写，这两卷多久可以完成，沈从文满怀信心说："半年"。我看未必！这三部作品，在叙事时间安排上，都有先天不足之感。小说情节推进速度十分缓慢，时序维持在同一个方向上，一天一天拖下去。就像《神巫之爱》中的几个标题："第一天的故事""第二天的故事""第三天的故事"，情节线索本来就薄弱，加之风俗描写的消解，如此拖延，即或勉强草就，必冗长累赘。

三、反复叙事与"地志小说"的生成

按通常对叙事时间的分解，第三项涉及频率，即讲述一个事件的次数。叙事时间是小说叙述的最基本层面，又是小说形式中最尖端的操作项目，在频率问题上也不例外。

日常言语中，事件发生的次数与讲述的次数存在两种对等关系：

A　事件发生一次，讲述一次
　举例：昨天，我六点起床。
A　事件发生 n 次，讲述 n 次
　举例：星期一，我六点起床。
　　　星期二，我六点起床。
　　　星期三，我六点起床。

也存在两种不对等关系：

B　事件发生一次，讲述多次
　举例：昨天，我六点起床。
　　　昨天，我六点起床。
B　事件发生多次，讲一次

举例：我天天(经常)六点起床。

在小说叙事中，最常见的是A，热奈特称它为单一叙事。B这种“一次叙述从整体上承受同一事件的好几次出现”[①]的叙事方法，被称为“反复叙事”。我们下面将讨论沈从文小说中的反复叙事。用单一叙事作对照。

在传统小说中，反复叙事从属于单一叙事。作品开头或人物第一次登场里，用得着这样的句子：“林淳先生和他的女儿常常走到收割者中间去”(艾米丽·勃朗特《呼啸山庄》)，“我们照往常那样喝酒”(普希金《别尔金小说集》)，“又有同年兄弟六人，时常催促同行”(《醒世恒言》)。它描摹物景，介绍人事，为人物活动提供环境和背景，为故事开场做准备。反复叙事此种功能的发挥，在一般小说中已成惯例，除非有作者想格外借重它来达到特殊的叙事效果，否则，没有必要引起过多注意。

第一个使用反复叙事，使之成为占主导地位的叙事方式，并在主题实现、艺术构思上发挥史无前例作用的，是法国现代作家普鲁斯特的《追忆逝水年华》。“在很长一段时间里，我都是早早就躺下了”，这开头的名句，奠定了全篇反复叙事的基调。通过反复叙事，普鲁斯特找到了“现时”与往事频繁联系的入口处，并最终找回了消逝的往日时光。能够和普鲁斯特比肩的是沈从文。

我们从实例说起。

> 六月尝新，必吃鲤鱼、茄子和田地里新得包谷新米，……七月中元节，作佛事有盂兰盆会，必为亡人祖宗远亲近戚焚烧纸钱。……八月敬月亮，必派人到镇上去买月饼，办节货，一家人团聚赏月。
>
> ——《长河》

这是一个并列关系复句，副词“必”表示肯定，不可更改。三个分句分叙的六、七、八月农家主要生活样式，在“必”的约束下，变成铁打一般不可动摇的规律，凝固在生生不息的时间流动之中。

再看几个单句：

① 热奈特：《叙事话语·新叙事话语》，75页。

> 人则各以其因缘爬到高空或沉入地下，在方便中也吆喝歌呼着，且常常用着那最道地的话语辱骂着他的助手。
>
> ——《建设》
>
> 照例到这些时节，年轻人便红着脸一面特别勤快地推磨，一面还是微笑。
>
> ——《三个男人与一个女人》
>
> 灯柱下的一团人影使他生了一点照例要生的气了。
>
> ——《腐烂》

副词在句中起着关键作用，"常常""通常""照例"，意味着叙述的是一种习惯性状态，而不是具体单个动作。叙事是一次，而事件发生过若干次；叙事是单数，事件却是复数。

事实上，反复叙事所说的"反复"，只"是思想的构筑，它是除去每次出现的特点，只保留它与同类别其他次出现的共同点"，是"一种抽象"，严格意义上讲，"同一事件的复现"，只是"一系列相似的仅考虑其相似点的事件"的复现，[①]若照顾到每一次的特点，事件就不可能重复发生，所谓"一个人不可能两次踏进同一条河流"，讲的就是这个道理。上面我举的例三，虽然都是生气，但今天生气和昨天生气肯定不同。

这里不是搞繁琐哲学！因为沈从文小说中更多见的是综合了同和异的反复叙事的亚型：既写经过抽象的"同"，又强调个案的"异"。当然，这样的句子中，"异"本身也是更细范围内的概括。再看例句：

> 大白天，船上住的肮脏妇人，见到天气太好了，常常就抱了瘦弱多病的孩子到船边岸上玩，向太阳取暖。或者站到棺材头上去望远处，看男子回来了没有。又或者用棺材作屏障，另外用木板竹席子之类堵塞其另一方，尽小孩子在那棺木间玩，自己则坐到一旁大石条子上缝补敝旧衣裤。
>
> ——《夜的空间》

第一句是总括，后两句分叙妇人抱孩子玩时的两种具体形式（更细的概括）。

① 热奈特：《叙事话语·新叙事话语》，73页。

这种总与分结合的双重概括的反复叙事句型，在沈从文小说中，覆盖率相当高，且增生性极强。它对人事在特定情形中的种种可能性形成了最大限度的概括。沈从文追求的正是这种概括力！借此，将人事由特殊的“这一个”，上升到一般，从个别中提炼出惯例。

反复叙事由句型延伸开去，扩展成段落，充斥章节，以致组成整篇小说。《腐烂》《夜的空间》《菌子》基本上通篇都在反复叙事，单数的场景仅成了点缀。如《菌子》叙述菌子三年来在边城小县做科员每日都要经历的事情。一进办公室，同事就拿他的相貌作谈资，接着开始竞猜他籍贯何处，照例又会有人找他帮忙起草公函。刷牙用无敌牌牙粉；午饭在食堂吃，雷打不动；连做梦也是老一套。三年里，这世界上有许多事情发生，菌子房东家二小姐，原先是个大姑娘，如今已是两个孩子的守寡母亲了，公署里也换了五任县长，菌子的生活内容、节奏仍一如既往。小说很少提供特例，把这平庸、卑微、雷同的生活具象地布置在几个场景里，让读者从特殊的“这一个”中，窥见他日常生活概貌。反复叙事的应用，使菌子的每一个动作、行为都被提炼成习惯和普遍现象。《长河》开头两节，《边城》开头两节，《小砦》开头一节，用反复叙事，规模也相当可观。而像《丈夫》《柏子》《黔小景》《建设》《雪晴》《会明》《一个女人》等作品中，反复叙事应用得十分灵活，可以在作品任何部分出现。例如《丈夫》开头一句“落了春雨，河水涨大了”，这是单数叙事。接下来是反复叙事。若干段落后，再过渡到单数叙事。《柏子》也采用这样的招数。洋洋大观，构成沈从文小说中独特的叙事风格。

反复叙事在沈从文小说中，渗透性和扩张性极强，传统上属于单数叙事范围的场景对话，也常转为复数：

> 在橘园旁边临河官路上，陌生人过路，看到这种情形，将不免眼馋口馋，或随口问讯：
>
> “嗳，你们那橘子卖不卖？”
>
> 坐在橘子堆上或树桠间的主人，必快快乐乐地回答，话说得肯定而明白，“我这橘子不卖”。
>
> ——《长河》

这类对话，颇有中国古典小说中“众人齐声说道……”的流风余韵。从技术角度讲，后边单数的直接引语不可能由众人“齐声”说出。同样，我们所引《长河》

中的这段对话，合理的情形，应该是单一场景中两个人的对话。但文学作品经常使用这种修辞上的破格以实现艺术目的。沈从文此处用了“必”和“将”几个副词，破坏了对话场面的一次性消费，使之成为在特定情境下反复发生的行为。

还有反复叙事在同一故事情境中对单数叙事的取代。如《黔小景》，它写两个商人在一个阴雨霏霏的傍晚投宿一家小客栈，第二天一早起程。下边是他们起程后沿途所见：

> 在这条官路上，有时还可碰到二十三十的士兵，或者什么县里的警备队，穿着不很整齐的衣服，各把长矛子同发锈的快枪扛到肩膊上，押解了一些满脸菜色受伤的人走着。……有时这些奏凯而还的武士，还牵得有极膘壮的耕牛，挑得有别的家里杂用东西。
>
> ——《黔小景》

连词“或者”和时间副词“有时”的使用，使主语的“二十三十的士兵”、“县里的警备队”及“这些奏凯而还的武士”不能一次性出现在同一个场景里，谓语所完成的动作，也具有了反复发生和连续性的特点。问题恰恰就在这里：这官路上常见的景观，依然是那两个商人“这一次”所见，采用的是他们个人的视角。只是由单数叙事转入反复叙事，过渡得天衣无缝，不易察觉而已。解释其“失真”、“反常”的原因，理由只有一个，就是沈从文追求普遍性、概括性的渴望。

在频繁使用的反复叙事中，因追求概括性和整体图景，轻视了个体特征，造成沈从文小说中，句子主语的承担者通常变得游移不定，模糊或不确指。前边列举的一些例子中，句子主语多是“女人”“水手”等，指一类人，而不是某个人。下面的例子更明显：

> ……不拘谁个愿意花点钱，这人就可以傍了门前长案坐下来，抽出一双筷子到手上，那边一个眉毛扯得极细脸上擦了白粉的妇人就走过来问：“大哥，副爷，要甜酒，要烧酒？”男子火焰高一点的，谐趣的，对内掌柜有点意思的，必装成生气似的说：“吃甜酒？又不是小孩，还问人吃甜酒？”那么，酽冽的烧酒，从大瓮里用竹筒舀出，倒进土碗里，即刻就来到身边案桌上了。
>
> ——《边城》

这是反复叙事。“不拘谁个”和“这人”作为主语，本身就十分模糊。“妇人”前边所加的“眉毛扯得极细”，“擦了白粉”作限定性定语，并不能使这妇人从众多妇人中区分出来，因为沈从文作品中的湘西妇人，几乎都是这样装扮。他还喜用“嘴尖毛长”“白脸长眉”等一些固定词语形容男女主人公，所指虽为单数，用意却在凸显“这一群”。在上述例子中，妇人的问话：“大哥，副爷，要甜酒，要烧酒?”其中又隐含了对第一个句子中主语“不拘谁个”和“这人”的颠覆：“大哥”指商人或水手一类人，“副爷”用以称呼列身军籍者，它使前边的主语由任意选择的单数变成复数，所指更加含混。“男子火焰高一点的，谐趣的，对内掌柜有点意思的”，又是对“大哥”或“副爷”的一次筛选，看似范围进一步缩小，事实上并不能让主语更明确一些。一个短促的买卖过程，主语数次游离、置换，表现出沈从文对人物个性的冷漠。他把单个的人还原到他所属的类，再把群体的人还原回泥土和大地，人物成了风俗、物景的一个组成部分。

沈从文小说中，一般的情况，单数叙事依靠时序与内时距的调节交替得以完成。而反复叙事，其进展的动力和秩序感则主要来自空间的有机安排。例如《夜的空间》，用梦作连线贯穿统领全篇：妇人的梦、工人的梦、水手的梦……让我们见识了下层劳动者艰辛但又元气充盈的生活。《长河》第一节，叙事从岸上移到水上，从男人转到女人，井井有条。《腐烂》靠的是地域上的相邻关系：由空场坪到旅店，再到街道，最后移到河船上。

在空间秩序之上还有一个外时距统摄着。这是一个边界比较模糊的大的时间段落：“许多年”“几年里”“在春天”“数日以后”“夜间”等等。经过综合的事件置于这个时间段落中，再按空间关系徐徐展开。如《菌子》的外时距是三年，在这三年里，他的生活天天重复着。《腐烂》的反复叙事限定在一个夜晚，由黄昏开始，到黎明结束。《一个女人》的外时距并不确指，大致从三翠十三岁到三十岁这十七年。反复叙事受外时距框范，按空间顺序展开。

在对沈从文小说中独特频率现象作了一番描述后，由此反映的作者的哲学玄想和文体特征就看得较清楚了。热奈特指出普鲁斯特使用反复叙事的目的是“对无时间性的醉心”“对永恒的冥想”，[①]沈从文也是这样。他通过反复叙事，把个体还原到类，从现象发现规律，把特殊提升到普遍。经验与人事通过这样的抽象，从流动时间的冲刷侵蚀中解脱出来，演化成习惯、风俗、文化，实现了永恒。60 年前，

---

① 热奈特：《叙事话语·新叙事话语》，105 页。

有评论家注意到沈从文小说《贵生》的概括化特征："一个人的形象性格的具体刻画，怎样被一种朦胧的风貌的描摹所代替"，"动作、对话都是一般化的"。可惜，评论者对此持批评态度："什么都写不明白，写不具体"。[①] 倒是他不明白，这正是沈从文所刻意追求的。《丈夫》中，讲完那位丈夫的故事，叙述人要格外交代一句："像这样的丈夫黄庄多着呢！"这与他喜爱引用《圣经》中的一句名言"阳光下头无新事"[②]用意相同。他笔下的湘西，就这样静静卧在时间之外，历史之外："这些人根本上又似乎与历史毫无关系。从他们应付生存的方法与排泄情感的娱乐看上来，竟好像今古相同，不分彼此。这时节我所眼见的光景，或许就和两千年前屈原所见的完全一样。"[③]"一切设计还依然从渔猎时取得经验，且充满了渔猎基本兴奋"，"好些情形都和荷马史诗上所叙战事方法相差不多。"[④]这就是沈从文确立的"常"，[⑤]也是湘西文化的本质所在。它由同一地域人的共同生活凝聚而成，亘古如斯。

反复叙事也可以从一个侧面解释沈从文小说的文体特征。金介甫说：沈从文小说"融合了抒情诗与'地方志'的写法"，[⑥]林蒲说：《长河》是"史诗性的乡土小说"，[⑦]黄裳认为："从文先生的小说也无一例外地孕育着浓重的散文因子"[⑧]。这些议论，与沈从文自己的意见可以互相印证，他承认自己的一些作品，"在忧郁情调中见出诙谐的风致，把一个极端土地性的人物，不知节制地加以刻画"，"文章更近于小品散文"。[⑨] 这所谓"地志小说""乡土小说""散文化小说"得以成为可能，反复叙事起了相当大的作用。因为依靠它，才"制造出"相对静态的"环境"和"风物"。[⑩]

四、时间意识：历史思考和生命体验的维度

现代中国作家中，沈从文或许是对时间最敏感且议论最多的一个。他的作

---

① 凡容：《沈从文的〈贵生〉》，载1937年5月《中流》2卷(7)。
② 此语出自《圣经·传道书》第1章第10节，沈从文在《看虹录》等作品中引用。
③ 沈从文：《湘行散记·箱子岩》，《沈从文文集》，第9卷，281页。
④ 沈从文：《雪晴·传奇不奇》，《沈从文文集》，第7卷，396、392页。
⑤ 沈从文：《长河·题记》，《沈从文文集》，第7卷，5页。
⑥ 金介甫：《沈从文论》，载《我所认识的沈从文》，24页，岳麓书社，1986。
⑦ 林蒲：《重读〈长河〉》，载《我所认识的沈从文》，318页。
⑧ 黄裳：《忆沈从文》，载《八方文艺丛刊》(香港)11期，35页，1989。
⑨ 沈从文：《〈石子船〉后记》，《沈从文文集》，第3卷，90页。
⑩ 我在第三章着重讨论了被人们忽略的沈从文小说文体中"故事性"、"情节性"的一面；散文化和抒情化同样存在，二者并不矛盾，"反复叙事"是使它们统一起来的重要手段之一。

品里，到处散落着对时间的感喟，愈到后来，这种感喟愈强烈、深沉。

对计时颇糊涂的沈从文，对时间的残酷性却有刻骨铭心的体验。在一首叫《囚人》的诗中，他这样写道：

报时大钟，染遍了朋友之痛苦与哀愁，
心战栗，如寒夜之荒鸡，
捉回即忘之梦。

《无题》中他又吟咏：

时间是如庞大的水牛，
在地球上走着，踏碎一切的青春。

对时间的惊惧，借奇崛的意象，生动地传达出来。沈从文又说："要说明时间的存在，还得回过头来从事事物物去取证，从日月来去，从草木荣枯，从生命存在去找证据。"[①]这证据在沈从文作品中并不缺少：前后对照，抚今追昔，时间挟变化之力，给万事万物留下深深伤痕，作者与读者同声一哭。《雨后》中的阿姐明白："女人只是一朵花，真要枯，知道枯比其他快。"青春苦短，韶华转眼即逝，一场风、一阵雨，就会落红满地，不堪收拾，因此，她明白"便应当更深的爱"，及时享受神赐予的美丽容颜和肉体，不使它空付流水。

时间消融生命，制造离奇；在长久的时间段落中，历史滋生了。沈从文沉浸在湘西往昔和现实的对比中不能自拔，他的时间观跨越了个人情感生活范围，进入对民族历史的反思。

他的小说中，凡涉及湘西人物对时间、岁月的无知无觉混沌状态时，有一句特色语言："糊糊涂涂把一大堆日子打发过去"，或"便待着打发这一堆日子"，把人在时间面前无依无助状态描摹得淋漓尽致。对于时间，人又能够做点什么？生命处在湘西那样剧烈离奇变动世界中，若一切都向上发展，或许会给人宽慰，无奈一切皆在衰退中，"一切都表示生物学的退化现象"。[②]《湘行散记》写到当

① 沈从文：《时间》，《沈从文文集》，第10卷，59页。
② 沈从文：《烛虚》，《沈从文文集》，第11卷，259页。

年绒线铺那个少女，曾引动作者灵感，《边城》主人公翠翠，就以她为原型。她如果还活着，也一定会惨不忍睹吧？当年发誓要娶她为妻，后来如愿以偿的那位男子，如今憔悴不堪了。作者聪明，没有把当年美好印象破坏殆尽，他为那女子选择了死，死比美的丧失似乎更容易接受一些。这中间只隔了十七年。

在沅水一个小小码头客栈，《湘行散记》叙述人行经此地，短暂的停留，发现了不少名片，有士兵、军官、商人、差吏，无所不包。一二十年间，这些人中间，恐怕大多数都死掉了，"水淹死的，枪打死的，被妻子用砒霜谋杀的"，而这些名片因偶然机缘保留在这小小客栈里，任人把玩凭吊。或许就是这些有意无意留下的名片，是亡人们在世间尚存的唯一痕迹吧？

沈从文在昆明时，租住呈贡乡下一所宅院，有机会见到各色人等，匆匆来，又匆匆去，各以自身的独特处，引起作者记住各人的身份、相貌、性格，并关心他们后来的命运。消息不断传来，不长的时间，他们各以不同的方式，在世界上分得了各自的不幸。其实，人类最大的敌人就是时间！张爱玲在《金锁记》中有一个著名场景：七巧照镜子。时间大幅度跳跃、间隔，就在这种最不经意的琐事上发生，它动辄就消耗掉一个人十年、二十年的生命。20 世纪最卓越的小说之一，普鲁斯特的《追忆逝水年华》，就让时间充当了主角，观察随时间流逝，人物在相貌、性格及相互关系上前后的巨大差异。沈从文对时间的叹惜一如张爱玲、普鲁斯特。他把一切现实矛盾、社会矛盾充分淡化，让生命赤裸裸暴露在时间之下，接受它的捉弄。"我被'时间'意识猛烈地掴了一巴掌"，①他在《湘行散记》中这样写道。《阿黑小史》写毛伯"头是在摇摆中，已白了一半了"，②一个单句隐伏了时间前后的巨大跨越，让人触目惊心。难怪沈从文会坚决地说他"不相信命运，却相信时间，时间可以克服一切。"③

沈从文在《龙朱》《月下小景》《媚金、豹子、与那羊》《七个野人与最后一个迎春节》等作品中，追溯了久远时代湘西的生活，他凭常识和想象，把它描绘成性爱、宗教、自然三位一体的伊甸园。20 世纪的湘西历史，在沈从文个人经验之中。他亲眼目睹了汉人对苗民的围剿，各路军阀的征战厮杀，国民党的侵夺。几十年风云变幻，湘西生灵涂炭。在当下与远古对照中，沈从文认同了退化论，一切都在走向没落，连沅陵盛产的肥人肥猪，今天也踪影全无了，沈从文对此感慨：

---

① 沈从文：《湘行散记·老伴》，《沈从文文集》，第 9 卷，300 页。
② 沈从文：《阿黑小史·雨》，《沈从文文集》，第 5 卷，238 页。
③ 雷平：《沈从文先生在美西》，载《我所认为的沈从文》，257 页。

“浦市地区屠户也那么瘦了”[①]。沈从文在他的《湘行散记》中,记录了重返湘西的所见所闻,他说:“我这次回来,原是翻阅一本用人事组成的历史。”[②]这历史带给他的是深长的叹息。

沈从文喜欢用彩虹比时间,就像他喜欢用彩虹和星子比喻美丽女人一样。[③]女人灿烂的容颜易逝,生命中那么多值得驻足的时刻,也往往是惊鸿一瞥,“时间带走了一切,天上的虹和人间的梦”,[④]“时间在改造一切,星宿的运行,昆虫的触角,你和人,同样都在时间下失去了固有的位置和形体”。[⑤] 与时间抗衡,留住生命欢娱的时光,杰出的作家无不为此处心积虑。张爱玲乞灵于超验神性——女人性。[⑥] 她把戏曲人物的神性、不朽性移植到小说女主人公身上,使她们成为女人性的化身,进而与时间抗衡。《倾城之恋》中的那堵墙,正是女人性的象征,香港战争,模拟的是任何时代的任何一场战争,漫天战火、金戈铁马,都不曾损伤这堵墙毫毛,它永久地存在下去。《怨女》里,银娣身上女人性的胜利,更是针对时间而言的。小说结尾,银娣超越了时间,站在时间之外,看时间裹着别人的岁月,从眼前飘逝,她发现:“时间永远站在她这边,证明她是对的。日子越过越快,时间压缩了,那股劲真大,在耳边呜呜吹过,可以觉得它过去……但是,那种感觉不坏。”回忆童年,木匠的呼唤,使时间倒流,带她返老还童。同样,沈从文在《绿魇》中,写到昆明乡下一个老太太,赋予她的品性就是持久性和超时间性,也就是沈从文经常说的“常”,身边的芸芸众生死去活来,充满流动性,却全然对她的生活没有影响。

总体而言,沈从文更像普鲁斯特,他相信回忆的力量。在小说《堂兄》中,他说:“堂兄可爱的面容,必能在我的追忆中再生”。[⑦] 而《凤子》正是在回忆中复活了现实中业已不复存在的美好人事,“时间使树木长大,江河更改,天地变色,少壮如狮子的人为尘为土,……不过有多少事情,……在我们记忆上,却永远年青”。又说:“若果一个人在今天还能用他的记忆,思索到他的青春,这人的青春,便于这个人身上依然存在,没有消失。”于是,那个二十年前曾在乌巢河畔苗乡有

① 沈从文:《湘行散记·辰河小船上的水手》,《沈从文文集》,第 9 卷,279 页。
② 沈从文:《湘行散记》,《沈从文文集》,第 9 卷,305 页。
③ 沈从文:《水云——我怎样创造故事,故事怎样创造我》,《沈从文文集》,第 10 卷,296 页。
④ 沈从文:《水云——我怎样创造故事,故事怎样创造我》,《沈从文文集》,第 10 卷,296 页。
⑤ 参阅沈从文《水云》《看虹录》《新摘星录》《三个男人与一个女人》等作品。
⑥ 参见拙作《张爱玲小说中的戏曲意象》,载《香港文学》,116 页,1994。
⑦ 沈从文:《堂兄》,《沈从文文集》,第 8 卷,84 页。

过传奇经历的老年绅士，讲了一个长长的故事给年轻人听，回忆“让这一道行将枯竭的河流，愉快的重新再流一次。”[①]

一般来说，沈从文并不刻意为他笔下人物战胜时间寻找什么途径，他甚至欣赏人物面对时间压力时所取的漠然态度。沈从文更关心自己如何从时间侵蚀中获得拯救。进入40年代，沈从文在文坛的地位已经确立，人也步入中年，心灵进入玄想沉思时期，创作上在酝酿新的突破。此时他更频繁地思考不朽、传世、永生等问题。他的思维运作已经脱离了乡下人的粗犷豪迈，越来越具有古典风度。他强调“立言”，以立言求永生。由此，他对生命和生活有所界定区分：为活而活，谓之生活；能够意识到生存，并思考生存之意义，才能进入生命层次。掌握了生命的人，也就掌握了时间。他意识到自己作为作家、思想家的存在，他喜欢谈论智者：“智者明白‘现象’，不为困缚，所以能用文字，在一切有生陆续失去意义，本身亦因死亡陆续失去意义时，使生命之光，煜煜照人，如烛如金。”[②]因为他们能在后人追忆中再生。沈从文推崇释迦牟尼、孔子、耶稣，也是为着“他的观念、他的意见、他的风度、他的文章，却可以活在人类的记忆中几千年。一切生命都有时间限制，这种人的生命又似乎不大受这种限制。”[③]为进入这些不朽者的行列，沈从文下决心：“我觉得我应当努力来写一本《圣经》。”[④]写“《圣经》”当然是个比喻性的说法，但的确使沈从文通过他的作品，达到了“不朽”的目的。

（《沈从文小说新论》，北京师范大学出版社，2005年）

① 沈从文：《凤子》，《沈从文文集》，第4卷，325、327、328页。
② 沈从文：《烛虚》，《沈从文文集》，第11卷，265页。
③ 沈从文：《时间》，《沈从文文集》，第10卷，58页。
④ 沈从文：《沉默》，《沈从文文集》，第10卷，64页。

《长河》中的传媒符码

——沈从文的国家想象和现代想象

吴晓东*

20世纪中国文学中传达出浓郁的本土气息的莫过于沈从文的作品。在全球化的浪潮中，当我们试图回眸寻找具有中国本土特性的历史叙事时，首先想到的就是沈从文笔下的湘西这个最富有地域色彩的文学世界。湘西作为苗族和土家族世代聚居的地区，是一块尚未被儒家文化和现代文明彻底同化的土地，衡量这片土地上生民的生存方式，也自有另一套价值规范和准则。沈从文的独特处正在于力图以湘西本真和原初的眼光去呈现那个世界，实现着他做一个"地方风景的记录人"的愿望。他以带有几分固执的"乡下人"姿态执迷地创造了乡土景观，"不管将来发展成什么局面，湘西旧社会的面貌与声音，恐惧和希望，总算在沈从文的乡土文学作品中保存了下来"。因此，他笔下的湘西世界构成了乡土地域文化的一个范本，"帮助我们懂得，地区特征是中国历史中的一股社会力量"。① 当20世纪中国文学不可避免地走向世界文学的一体化进程的时候，沈从文正是以"乡下人"的固执目光，为我们保留了本土文化的最后的背影。

但是，这个本土形象在沈从文研究界却渐渐成为一个本质化的唯一形象。研究者们只偏重于把沈从文看成一个地域作家，在强调沈从文的本土性和地域性的时候，往往又漠视了他的复杂性。尤其到了20世纪40年代，展现在我们面前的是一个新的沈从文，一个现代想象和国家想象的建构者。但是这个与历史、

---

* 吴晓东，北京大学博士，北京大学文学系教授于博士生导师。他曾在多个日本知名大学任教。他出版过 *Symbolism and Chinese Contemporary Literature*, *The History of Chinese Contemporary Literature*, *From Kafka to Kundera*, etc.

① 金介甫：《沈从文传》，4页，北京：中国友谊出版公司，2000。

文化甚至政治语境绞结纠缠的沈从文，这个在地域叙事中热切思考和回应现代性和民族国家问题的沈从文却更容易被我们忽略。而这个有文化关怀和政治热情的沈从文，集中映现在充斥着传媒符码的《长河》中。

沈从文创作于40年代初期的长篇小说《长河》[①]中一个有意味的现象是频繁出现了报刊的字样，既有如《创造》《解放》《申报》《中央日报》天津《大公报》等一些现代报刊史上重要的报刊，也涉及省报、沅陵县报等地方性报纸。这些传媒字眼的大量出现或许是值得深入探究的。能不能把它们作为一种现代大众传媒符码来把握？在一部描写湘西少数民族地域史的追求“江河小说”模式的创作中为什么会如此频繁地出现大众传媒符码？沈从文是在什么样的具体语境中运用这些传媒符码的？通过传媒符码的运用，沈从文在建构什么样的想象？这些符码又是怎样以一种小说文本内的结构性因素参与了小说叙事意义的生成，从而成为小说文化幻景的一部分？这都是令人感兴趣的问题。

《长河》中出现次数最多的是《申报》[②]的字样，一共出现了16次。在小说故事的发生地——湘西辰河中部的小口岸吕家坪，《申报》的读者群主要有两类，一类是直接读者群，主要是地方行政人员（如小说中提到的“税局中人”）和民间的士绅阶层。小说中士绅的代表，是在当地举足轻重的商会会长和橘子园主人滕长顺，他们都是《申报》的二十多年的读者，是直接阅读《申报》的主体，《申报》既是他们从中了解天下大事的途径，又是一种身份、阶层乃至权力资本的象征。[③]吕家坪还有另一类《申报》的间接读者，代表人物就是小说的贯穿性的主人公老水手的形象，他是枫树坳的祠堂看守人，看守的就是橘子园主人滕长顺的祠堂。

---

① 《长河》创作于1939年到1942年，据沈从文的《长河》题记，小说本来要写四卷，但最终只有第一卷问世。对这部小说国内学术评论界重视得不够，但是夏志清在《中国现代小说史》中就曾经说“《长河》最能够充分体现沈从文艺术天才的各个方面”。此外最喜欢《长河》的可能是沈从文的表侄，画家黄永玉：“我让《长河》深深地吸引住的是从文表叔文体中酝酿着新的变格。他写小说不再光是为了有教养的外省人和文字、文体行家甚至他聪明的学生了。我发现这是他与故乡父老子弟秉烛夜谈的第一本知心的书。一个重要的开端。”“为什么浅尝辄止了呢？它应该是《战争与和平》那么厚的一部东西的啊！照湘西人本分的看法，这是一部最像湘西人的书，可惜太短。”（巴金、黄永玉等著：《长河不尽流——怀念沈从文先生》，452页，长沙：湖南文艺出版社，1989）

② 《申报》是中国历史上办报时间最长的大报之一，1872年在上海创刊，1949年终刊。它对19世纪末叶到20世纪前半叶的中国报业史以及对民间阅读的影响力是难以估价的。《申报》在民间甚至成了报纸的代名词。比如江浙一带至今在民间语言中仍把报纸称为“申报纸”。比如我亲耳听到宁波老人说“把申报纸整整好”，尽管现在已经不再有什么《申报》。徐铸成回忆说：“在我幼年的江南穷乡僻壤，都是把《申报》和报纸当作同义语的。比如，新媳妇要回娘家，会叫他的男人：‘这些东西不好带，拿张申报纸来包包。’虽然捡出的可能是《新闻报》，或者是别的报纸。”所以人们往往尊称《申报》为“老申报”（《报海旧闻》，8页，上海人民出版社，1981）。

③ 在湘西这样偏僻的乡土一隅，读《申报》肯定标志着身份，同时也标志着权力。

小说中两次写到他是“老《申报》间接读者，用耳朵从会长一类人口中读消息”，证明《申报》已经从士绅阶层辐射到平民百姓，构成了整个湘西社会获得消息的重要来源。

但是，由此而过高估计《申报》所表征的大众传媒在《长河》时代的湘西所产生的作用，则会陷入过度阐释的陷阱。湘西世界还有另外一个公共舆论空间，而且是占据更主导地位的空间，这就是湘西大众口耳相递的传闻和道听途说的消息，构成了旧中国更具普遍性的乡土口头传闻空间。老水手正是这一口头传闻舆论空间中的真正主角甚至是明星。他可谓是传统传媒方式——乡土传闻的化身，其本人就是一个微型的消息与新闻的集散地。沈从文动用了很大气力写老水手对消息的汇集与传播：“老水手到了吕家坪镇上，向商会会长转达橘子园主人的话语，在会长家同样听到了下面在调兵遣将的消息……还可从那些船老板和水手方面，打听出一些下河新闻。他还希望听些新闻，明天可过河到长顺家去报告。”因此橘子园主人滕长顺见到他总是会问：“有新闻没有？”小说叙事者接下来的干预性解释是：“话中实有点说笑意思，因为村子里唯有老水手爱打听消息，新闻格外多。”①

“消息”和“新闻”是小说《长河》的关键词。小说一开始，写的就是老水手坐守祠堂，一边摆摊子，一边听各路人谈各路消息：

> 祠堂既临官道，并且滨河，来往人多，过路人和弄船人经过坳上时，必坐下来歇歇脚，吸一口烟，松松肩上负担……听生意人谈谈各样行市，听弄船人谈谈下河新闻，以及农产物下运水脚行情，一条辰河水面上船家得失气运。遇到县里跑公事人，还可知道最近城里衙门的功令，及保安队调动消息。

① 在20世纪初叶到二三十年代的具有前现代特征的湘西，考察新闻与消息传播的具体方式、途径与速度是令人着迷的话题。外边世界的消息传闻、政府的政令举措以及国家和世界的重大事变究竟是怎样传到偏僻的湘西一隅的？乡土传闻和现代传媒这两种形式在湘西社会舆论空间中各占据着什么样的位置，又分别起着什么样的相同和不同的作用？外部世界的新闻与消息怎样作用于当地人的想象？又如何在他们的记忆中持续？外部世界发生的大事件在乡土记忆中持续的时间与资讯发达程度之间又有怎样的一种关系？在湘西这样保留了乡土特征的前现代社会，曾经发生过的某一重大事变譬如袁世凯称帝或革命军北伐，即使过了很久，仍会持续占据人们的记忆和话题的中心。《长河》描写的故事发生在1936年，但“在当地人心中，还老只记着护国讨袁时，蔡锷带兵在这里与北方军队作战，印象深刻”，因此小说中的人物二姑娘仍然在问“不是下头南军和北军又开了火，兵队要退上来？”这样落伍了十多年的问题。

祠堂“既临官道，并且滨河”，而官道与河流，在湘西都是传播资讯的最重要的渠道。其中的那条辰河，更是沈从文图腾一般的符码，所负载的诸如经济学、社会学、文化学、人类学乃至主题学方面的语义，在沈从文的作品中怎样诠释都是不会过分的。沈从文的读者都熟悉他的创作谈《我的写作与水的关系》：

> 我虽离开了那条河流，我所写的故事，却多数是水边的故事。故事中我最满意的文章，常用船上水上作为背景，我故事中人物的性格，全为我在水边船上所见到的人物性格。我文字中一点忧郁气氛，便因为被过去十五年前南方的阴雨天气影响而来，我文字风格，假若还有些值得注意处，那只因为我记得水上人的言语太多了。

这篇发表于1934年，与《边城》写作差不多同期的文字强调的尚是“水”对沈从文作品的环境背景、人物性格以及文字风格的影响，但到了《长河》中，“水”尤其负载了在交通和资讯方面的功能。这对于考察沈从文后期创作视野的变化是有启示性的。如果说，《边城》中的河流凸显出的主要是民俗学和人类学方面的价值，那么，在《长河》中，它在政治经济、交通运输和资讯传播方面的作用则被沈从文充分渲染。老水手坐守的正是水陆交通要道，来来往往的人，经过老水手的祠堂时，“必坐下来歇歇脚”，同时交流各种小道消息。《长河》故事情节的相当重要的组成部分，就是写传闻与消息的传播。它塑造的是乡土社会中的典型公众舆论空间，枫树坳祠堂从而与鲁迅的咸亨酒店，老舍的裕泰大茶馆，沙汀的其香居茶馆，一起构成了乡土公共空间的象征。

正是这种由小道消息和口头传闻所构成的乡土舆论空间，构成了《申报》登场的具体语境。《申报》的地位是在与民间传闻的对比中显现出来的。这种民间口头传播的消息大都是小道消息，其中又以谣言为主，缺乏可信度。而湘西人，尤其是那些关心外部世界和国家大事的当地士绅，他们了解到的更“真实可靠”同时也更重要的新闻都来自现代传媒。比如小说写到商会会长：“会长原是个老《申报》读者，二十年来天下大事，都是从老《申报》上知道的。”有人告诉他说老蒋明年要带兵和日本打一仗，他就表示不相信，因为他有更准确的消息来源：“世界大战要民国三十年发生，现在才二十五年，早得很！天津《大公报》上就说起过！”

由此可以看出，《申报》和《大公报》一类的现代大众传媒，建构了不同于乡土传闻的另一种话语和舆论空间。它带给湘西以“天下大事”，带来的是不同于真假难辨的口头传闻的另一种“真实”性的新闻。当然这个“真实”是要打上引号的,换句话说,在我们今天看来,报纸的真实其实是建构出来的。但是在当时湘西人眼中,报纸才是真正可信任的资讯途径。小说中写道:“老《申报》到时照例要十一二天,会长还是相信国家重要事总会从报上看得出。报上有的才是真事情,报上不说多半不可靠。”在今天看来,迟到十一二天的报纸早失掉了时效性,[①]但是至少它的“真实”性是不容置疑的。这就是现代传媒所塑造的神话之一,即真实性的神话。

我所关注的问题是,在《长河》的叙事中,湘西这两种舆论空间——乡土传闻与现代传媒——塑造着民众不同的想象方式,从而也决定了湘西民众对外部消息的重述与重塑,进而决定了他们对外部世界的想象。对我的议题来说,被传播的消息是什么不是最主要的,更主要的是这些消息在湘西经过了怎样的改造和变形,又怎样介入和影响了湘西民众的生活世界。这时,我注意到了《长河》中的另一个关键词——“新生活”运动。湘西的两种舆论空间所塑造的不同想象方式,集中表现在贯穿《长河》始终的关于“新生活”运动的话题上。

“新生活”运动是1934年初由蒋介石亲自倡导、发起的一场全国范围内的所谓“文化复兴运动”。它所涵括的内容相当广泛,其核心是要恢复以“礼、义、廉、耻”为代表的传统道德规范和儒家价值观。1934年2月19日,蒋介石在南昌的总理扩大纪念周集会上做了题为《新生活运动之要义》的讲演,提出要使“一般人民都能除旧布新,过一种符合礼义廉耻的新生活”,“开始一个新生活运动”,标志着历时15年之久的新生活运动的开端。此后短短几个月里,新生活运动组织迅速遍及全国二十多个省市,张贴标语、散发传单、提灯游行、组织检查、发表演说,一时间好不热闹。[②]《长河》中就集中描述了湖南常德轰轰烈烈的新生活运动的情形,毗邻的湘西也行将被它波及,这也说明国民党建立的统一民族国家的政权,还是有它在行政上的覆盖能力的,连湘西的普通百姓都感觉到“新生活”阴影的笼罩。

“新生活”由此构成了《长河》中的另一重要符码,这一字眼一共出现了整整50次之多,既表现了外部世界的重大事件对湘西的影响,又标识着作者潜在的

① 消息的传播在不同的历史时空和地域中,它的时效性也有所不同。在前现代社会中,迟到十一二天的报纸在当地人看来也许仍具有时效性。当然,湘西也有时效性更强的更“现代”的传媒,那就是当地“福音堂”的牧师才有的无线电,用小说中人物的话说,“天下消息当天都知道”。

② 参见关志钢:《新生活运动研究》,深圳:海天出版社,1999。

政治关怀。它显然是一种具有鲜明的政治色彩的符码，它的频繁出现既生成着小说的政治语境，又显示着风格特征，与你读《边城》的感觉是不一样的。《边城》是一个相对自足而纯粹的民俗世界，它拒斥的就是"申报"、"新生活"一类的字眼儿；而当《长河》充斥着关涉外部世界的异质性语汇时，小说所建构的语义空间也显然与《边城》有所不同。

对"新生活"运动的描述在《长河》中是以两种形态表现的，一是通过民间传闻和小道消息的固有的乡土传播途径，二是以商会会长为代表的士绅阶层读《申报》所得到的印象。

小说一开始，写的就是老水手坐守祠堂，听几个过路的乡下人谈新生活运动，这就是"新生活"在湘西民间口头传闻中的最初呈现，被渲染成一副凶神恶煞般的模样，使乡下人感到的是大难临头般的忧虑和恐慌，比如小说这样写一个背着猪笼的妇人的反应：

> 妇人把话问够后，简单的心断定"新生活"当真又要上来了，不免惶恐之至。她想起家中床下砖地中埋藏的那二十四块现洋钱，异常不安，认为情形实在不妥，还得趁早想办法，于是背起猪笼，匆忙地赶路走了。两只小猪大约也间接受了点惊恐，一路尖起声音叫下坳去。

《长河》接下来花费了许多笔墨写水手们谈论在常德所见到的"新生活"实施情形，写吕家坪人对"新生活"的传闻和议论，"新生活"在小说中演化成滑稽可笑的面目。小说中有一段写湘西人对"新生活"的嘲弄：

> 譬如走路要靠左，衣扣得扣好，不许赤脚赤背膊，凡事要快，要清洁……如此或如彼，这些事由水手说来，不觉得危险可怕，倒是麻烦可笑。请想想，这些事情若移到乡下来，将成个什么，走路必靠左，乡下人怎么混在一处赶场？不许脱光一身怎么下水拉船？凡事要争快，过渡船大家抢先，不把船踏翻吗？船上滩下滩，不碰撞打架吗？事事物物要清洁，那人家怎么做霉豆腐和豆瓣酱？浇菜用不用大粪？过日子要卫生，乡下人从哪里来卫生丸子？纽扣要扣好，天热时不闷人发痧？

类似的段落在小说中集中出现过四五处之多，可见沈从文非常重视"新生活”所指称的政治话语空间。[①] 但沈从文所关心的并不是新生活运动的本意，他描述的其实是乡下人对“新生活”自己的观感和想象，是乡土舆论空间对国家大事件的态度和重塑，是民间话语以狂欢节的方式对官方话语的改造。[②] 沈从文的策略是回避自己对“新生活”运动的直接判断，而是让湘西世界的公共舆论空间自行呈现对“新生活”的认知和想象。但是小说中叙事者讽喻的口吻却还是透露了作者对“新生活”运动的调侃与嘲弄的态度。沈从文的政治关怀通过对新生活运动的调侃得到了充分地传达。

小说自然夸张了乡下百姓对“新生活”的惊恐与调侃。但“新生活”之所以让乡下人感到可笑和恐惧，主要是因为它以一种夸张变形的不真实的方式在民间流传。而与传播小道消息的弄船人、老水手乃至背猪笼的妇人不同，税局中人、会长们是《申报》的读者，“新生活运动的演说，早从报纸看到了”。[③] 因此，对于“新生活”即将来到湘西的传言，会长就有了自己的“权威”判断：“会长以为这是全国都要办的事情，一时间可上不来。纵上河要办，一定是大城里先办，乡下暂时不用办……他的推测是根据老《申报》的小社评表示的意见。”

会长的权威性其实来自现代传媒的权威性。现代大众传媒正是以其“真实性”与权威性的幻觉实行对社会舆论空间的掌控。它也正是如此介入了湘西这样看似封闭保守的传统社会，在民间固有的新闻传播途径和舆论导向方式之外发挥着结构性的作用。这种作用尤其体现在以下几个层面：一是建构湘西人对外部世界和所谓“现代”的具体想象。对湘西这样的偏僻的乡土，现代大众传媒是展现“现代”视野的最佳途径。二是塑造国民现代素质和民主法制公正等现代意识。[④] 三是辅助集权国家在具体的行政权力之外实施新闻与舆论的控制，传播国家主义的意识形态。这种对国家主义的意识形态的传播以及对国家想象的

---

① 小说还借乡下人的口吻讽刺了一下蒋介石：“我听高村人说，他船到辰州府，就在河边眼看到‘新生活’下船，人马可真多！机关枪，机关炮，六子连，七子针，十三太保，什么都有。委员司令骑在大白马上，把手那么叉着对民众说话，(鼻子嗡嗡的，模仿长官声调)诸位同胞，诸位同志，诸位父老兄弟姊妹，我是‘新生活’。我是司令官。我要奋斗！”据金介甫，沈从文在80年代与他谈话中说，这里的委员司令指的就是蒋介石。参见金介甫：《沈从文传》，399页，北京：中国友谊出版公司，2000。

② 考察民间话语以官方话语的狂欢节式的改造，《长河》中的民间舆论空间对“新生活”的叙述和想象是一个绝好的例子。“新生活”在湘西民间传播的过程，由此是可以作为一个传播学的具体生动的案例进行分析的，从中可以考察乡土社会口头传闻所具有的一系列特征。

③ 《申报》刊登蒋介石的《新生活运动纲要》(附新生活须知)是在1934年5月15日第10版(署名蒋中正的重要文章放在第10版，这在今天似乎是不可想象的)。《申报》此后仍陆续刊有关于“新生活”运动的报道。

④ 譬如小说借保安队长的师爷之口说出的地方报纸——沅陵县报上“凡事公正，公买公卖”的宣传和主张，以现代传媒的方式传达出来，就有别于乡土观念形态，而有了一种现代意味。

建构，尤其是大众传媒的重要的功能。沈从文的《长河》显示出，现代民族国家意识的建构过程，与现代大众传媒之间有着盘根错节的关系。与国家机器有形的管制不同，大众传媒在无形中建构着一种统一的“民族国家”想象性图景，并塑造着国民对于“国家”的信仰。《长河》中的湘西士绅和普通百姓就每每流露出相信国家的朴素情感：

> 长顺是个老《申报》读者，目击身经近二十年的变，虽不大相信官，可相信国家，对于官，永远怀着嫌恶敬畏之忱，对于国家，不免有了一点儿“信仰”。这点信仰和爱，和他的家业性情相称，且和二十年来所得的社会经验相称。他有种单纯而诚实的信念，相信国家不打仗，能统一，究竟好多了。国运和家运一样，一切事得慢慢来，慢慢地会好转的。
>
> 会长说：“亲家，树大就经得起攀摇。中国在进步，《申报》上说得好，国家慢慢的有了中心，什么事都容易办。要改良，会慢慢改良的！”

长顺的想法恐怕是有代表性的，中国的相当一部分老百姓也是这样，“不大相信官，可相信国家”。长顺和会长代表的湘西士绅，就有这样一种相信国家的意识，而且这种国家意识是与《申报》的灌输紧紧联系在一起的。作者有意忽略了《申报》在中国现代传媒史中的特殊位置和具体特点，如办报方针及其演变、不同历史阶段所选择的意识形态策略以及与政权和国家主义之间的复杂绞结的关系等等，[①]沈从文更是把《申报》笼统地看成现代传媒的象征和标识，所以它更是一个符码。但正是作为大众传媒符码的《申报》在塑造湘西百姓的“国家”意识，传播国家主义意识形态方面起着显而易见的作用。[②] 无论是橘园主人，还是商

① 这方面的相关研究可参见徐载平、徐瑞芳：《清末四十年申报史料》，北京：新华出版社，1988。宋军：《〈申报〉的兴衰》，上海社会科学出版社，1996。马光仁主编：《上海新闻史（1850—1949）》，上海：复旦大学出版社，1996。

② 1872年《申报》创刊号告白称：“凡国家之政治，风俗之变迁，中外交涉之要务，商贾贸易之利弊，与夫一切可惊可愕可喜之事，足以新人听闻者，靡不毕载，务求其真实无妄，使观者明白易晓，不为浮夸之样，不述荒唐之误，庶几留心时务者于此可以得其概，而出谋生理者于此亦不至受其欺。此新闻之作，固大有益于天下也。”《申报》在漫长的办报历史中大体上坚持了初衷。即使在蒋介石统一中国之后，作为以新闻时事政论商务为主的报纸，它也有别于《中央日报》一类的固守主流意识形态的党报，尤其在30年代初期，《申报》批评政府，抨击时政，遭到了国民党政府的查禁，从1932年7月16日起，《申报》全部被上海警备司令部扣在市邮政局的地下室内，一律不准邮往外地。严格说来，《申报》并不是大力提倡国家主义的报纸（考察历史上的《申报》与国家意识形态之间的盘根错节的关系是另一篇文章的议题），但恰恰是这样一份报纸同样参与了塑造湘西人的国家意识的过程。这就从更广泛的意义上证明了现代传媒在塑造民族国家，使国家成为一个想象的共同体的过程中所起的重要作用。

会会长，其对“国家”的意识和“信仰”，都得益于《申报》（当然更包括《中央日报》）二十多年潜移默化的熏陶。至于老水手这类“老《申报》的间接读者”，则更加迷信传媒的权威性，并且更天真地相信报纸是上传下达的最好方式，甚至于相信蒋委员长也能通过《申报》了解到湘西一隅发生的事情。[①]

从某种意义上说，《申报》所代表的现代传媒已经构成了《长河》所描绘的湘西社会中一个值得重视的“公共空间”。[②] 湘西人最早读《申报》的时间暂时无法考察。但沈从文至少在尚未离乡的青年时代，就已是《申报》等报刊的忠实读者。[③] 据《从文自传》，在20世纪10、20年代之交，“军阀间暂时休战，‘联省自治’的口号喊得极响，‘兵工筑路垦荒’‘办学校’‘兴实业’，几个题目正给许多人在京、沪及各省报纸上讨论”。沈从文或许还没有能力在报纸上参与这样的讨论，但当时地方为了“促进乡治的实现与实施，还筹办了个地方刊物，置办了一部大印报机，设立了一个报馆”。沈从文则临时调到新报馆做了校对。不知这是否可以看成沈从文后来踏上文学之旅，进而经常与现代传媒打交道的一个开始。但影响了沈从文一生的一个关键时刻毕竟在进入报馆后来临了。与他同住一间房子的一个印刷工人，“因为在长沙地方得风气之先，由于‘五四’运动影响，成了个进步工人”，买了好些新书新杂志，读的已经是“五四”时期的《改造》《超人》《创造周报》。这种新的阅读视野迅速征服了沈从文，“我对于新书投了降，不再看《花间集》，不再写《曹娥碑》，却喜欢看《新潮》《改造》了”。

---

① 《长河》原著中是这样写的：“话既由油坊而起，老水手是个老《申报》间接读者，于是推己及人忖度着：‘我们南京那个老总，知不知道这里开油业公司的事情？我们为什么不登个报，让他从报上知道？他一定也看老《申报》，他还派人办《中央日报》，应当知道。’”

② 这个“空间”主要是文本中建构的空间，或者说是沈从文所建构的湘西社会的可能存在的想象图景。至于这个图景是不是湘西社会本来固有的，不是本文处理的问题。当然可能湘西社会传媒空间的真实图景就是《长河》所描述的那样，但即使如此，我们也不能根据小说来指认湘西的历史真实。我们必须区分两个层面，一个是文本中建构的，一个是湘西实有的。我只能处理第一个层面的问题，即文本内部的问题。所以我强调《长河》中的传媒符码是文本内部因素，而且是结构性的因素。我的真正的兴趣其实是从文本的内部逻辑出发，探讨文本的文化和意识形态问题。或者说，是沈从文在文本中所处理和建构的问题，是沈从文反映在《长河》中的观念视野。当然，进一步追究沈从文有没有把他自己对国家的想象移植到了湘西世界之中，进一步追究《长河》中的国家话语是湘西社会所固有的，还是属于沈从文自己的观念领域内部的问题，也会是有意思的。我们的困难在于无法确认哪些是湘西社会原初的图景，哪些是沈从文自己建构出来的想象。我们很难做关于20世纪初的湘西在田野和实证方面的研究，即使有这方面的资料与条件，也很难还原世纪初到30年代湘西本来的真实形态，尤其国家想象问题更属于观念畛域，是很难诉诸实证研究的。

③ 《从文自传》中回忆，沈从文在军队中受一个司令官的秘书的影响，“同一个老书记约好，三人各出四毛钱，订一份《申报》来看。报纸买成邮花寄往上海后，报还不曾寄来，我就仿佛看了报，且相信他的话，报纸是了不得的东西，我且俨然就从报纸上学会许多事情了”。《沈从文文集》，第9卷，172页。花城出版社、三联书店香港分店，1984。

沈从文还把现代传媒带给他的影响诉诸行动,[①]直至他从湘西走出来,成为现代传媒的一个主角。[②]

这种受新书报和新思想的感召而迎来人生转捩点的伟人"创始"神话在现代人物传记中司空见惯,已经没有什么特殊意味可言了。但沈从文所描绘的湘西与现代传媒的关系有助于我们理解为什么《长河》中如此频繁地出现传媒符码。它的功能是有多重性的。现代传媒既展示着一个崭新的现代视野,也意味着沟通湘西与外部世界的具体途径,同时建构着湘西人对于天下和国家的具体想象。有研究者通过对邸报的研究指出:

> 明清时期的邸报能够跨越地域隔阂,造成知识分子与朝廷、天下的联系,建立他们对天下国家的具体感。它的媒介功能构成了一个个人参与、观看公共事物的场域。当邸报(包括小报)透过行政系统或商品行销由权力中心向外扩散,以至于构成传播网络时,它也就成为一个"天下"人共同观看的"舞台"……他们拥有一个共同的"公共场域"。[③]

现代大众传媒类似的功用则更明显。它一方面提供着民众辨识、想象"天下国家"的具体化的情境,另一方面,传媒本身也是一个社会活动场域,聚焦着民众的目光,充当着国家政策和国家政治经济生活的权威解释者和无冕发言人,同时也是现代生活和民族国家形象的最重要的具体建构者。我们往往忽略了大众传媒的这种建构的作用,以为传媒只是在客观报道和记录天下的事情,其实传媒不仅在具体影响着我们的生活,而且在具体建构着我们的生活,甚至传媒就是我们的生活本身。所以阿尔都塞早就指出:媒介看起来似乎在反映现实,"而实际上是构建现实"。[④]《申报》作为现代传媒作用于湘西世界,也有一种构建现实的作

---

① 《从文自传——一个转机》:"我常常看到报纸上普通新闻栏说的卖报童子读书、补锅匠捐款兴学等记载,便想,自己读书既毫无机会,捐款兴学倒必须做到。有一次得了十天的薪饷就全部买了邮票,封进一个信封里,另外又写了一张信笺,说明自己捐款兴学的意思。末尾署名'隐名兵士',悄悄把信寄到上海《民国日报——觉悟》编辑处去,请求转交'工读团'。"《沈从文文集》,第9卷,221页,花城出版社、三联书店香港分店,1984。

② 这个主角曾出演过天津《大公报》文艺副刊编辑的角色,尤其以《论"海派"》一文,直接引发了轰动30年代中国文坛的"京派和海派"大论战,诸多文化人包括鲁迅都卷入了这场论争。

③ 王鸿泰:《社会的想象与想象的社会——明清的信息传播与"公共社会"》,陈平原、王德威、商伟编:《晚明与晚清:历史传承与文化创新》,139页,武汉:湖北教育出版社,2002。

④ 参见尼克·史蒂文森:《理解媒介文化》,64页,北京:商务印书馆,2001。

用。体现在《长河》中，则是对“国家”想象的建构。而以《申报》为代表的现代传媒则是现代国家的政治与经济生活以及国家权力与统治对湘西宰控手段的一种既具体而又无形的体现。从这个意义上说，自进入现代以后，湘西社会就不再具有维持世外桃源之纯洁的可能性和现实性。①

考察《长河》中的传媒符码的意义正在这里。传媒符码的存在揭示了湘西社会的历史性，揭示了湘西与天下国家的一体化的图景。正是《申报》这类现代传媒持续地作用于湘西关于外部世界以及“国家”的具体想象，同时也构成了建构湘西社会关于“国家”意识和想象的重要环节，使湘西这一少数民族聚居的偏僻角隅得以把自己与民族国家这一想象的共同体联系起来，把自己想象为民族国家中一部分。② 从这个意义上说，现代传媒在塑造国家主义意识形态方面可谓功不可没。

国家主义话语在《长河》中的介入，也同时复杂化了这部文本的政治倾向。以往的某些研究（譬如美国学者金介甫）有可能过度地强调了沈从文的少数民族立场，过度强调了沈从文的“力争湘西自治”的政治理想，可能是把西方语境中对中国地方性以及差异性问题的关注过多地带入了沈从文研究。尽管在沈从文那里，对湘西自治的主张与对民族国家的认同之间可能没有矛盾，但是研究者们过于强调其自治理想这一维度，则可能会忽略沈从文对于民族国家在心理和情感意义上认同的一面。尤其《长河》时期更表现出这种认同感。③ 因此，对《长河》的概括至少应该包含两个方面：一方面《长河》是一部试图以江河小说的形式写

---

① 正是在与充斥着现代传媒符码的《长河》的对比中，沈从文的《边城》中的田园牧歌世界昭示了它的十足的想象性，它只有人类学意义上的自足性，是一个文化乌托邦。因此它不是一个现实之物，而是一个象征之物。所以《边城》的核心语言，是一种象征表意和意象表意的语言，比如小说中的“渡船”、“碾坊”、倒掉的白塔的意象，二老傩送吓唬翠翠时说的话：“大鱼来咬了你”，甚至“虎耳草”这类风物志意义上的意象，都是一种象征性表意语言。而一部文本中象征表意居多，文本的语言就是一种静态图景和画面占据主导地位的语言。这使《边城》的叙事节奏相对较慢，而《长河》的节奏就快得多。《长河》第一卷的故事时间大概只有几天，它在短短的时间段中容纳了更多的情节。

② 而从湘西社会的现实层面考虑，对“国家”的认同也是保证自身安全乃至生存的一种策略。沈从文到了 1981 年仍在说：“必须把湘西当成中国的湘西，才不至于出问题。”沈从文：《〈沈从文散文选〉题记》，《沈从文文集》，第 11 卷，80 页，花城出版社、三联书店香港分店，1984。

③ 这种对于“国家”意识的关注和传达恐怕还与《长河》写作的抗战历史背景有关。抗战爆发不久，沈从文就在老家将“同乡文武大老”（湘西沅陵行署第一届主任陈渠珍和苗民领袖龙云飞）请到家中恳谈，“结论就是‘家乡人责任重大艰巨，务必要识大体，顾大局，尽全力支持这个有关国家存亡的战事，内部绝对不宜再乱’”（沈从文：《〈散文选择〉序》，《沈从文文集》，第 11 卷，87 页。花城出版社、三联书店香港分店，1984）。1938 年冬，沈从文还致信给“湘西几个在乡军人”，提醒他们“莫错过这千载难逢的报国机会”（沈从文：《莫错过这千载难逢的报国机会》，《沈从文文集》，第 12 卷，361 页，花城出版社、三联书店香港分店，1984）。

湘西地方史的地域主义小说,[①]另一方面,《长河》中建构的对"国家"以及"现代"范畴的想象,则使小说表现出超越湘西一隅的更广阔的政治与文化的包容性视野。

这就涉及了沈从文一贯坚持的表述策略,即"乡下人"与"城里人"的对举。沈从文常常自称是乡下人,他在小说中经常建构的也是"乡下人"与"城里人"的二元格局。这种二元格局背后隐含的语义并非是少数民族和现代国家之间的对立,而是乡土与都市的对峙、传统与现代的冲突。小说中叙述者有这样的声音:"虽说民国以来五族共和,城里人、城里事情,总之和乡下人都太隔远了。"作者在肯定和认同"五族共和"的前提下把问题转化为"乡下人"与"城里人"的距离。这种"乡下人"与"城里人"的距离,也许揭示的是现代中国历史进程中所遭遇的更本质的问题。对乡土与都市、传统与现代始终如一的关注,使沈从文成为自觉思索现代性问题的作家。而在《长河》中,沈从文比在其他文本中更集中建构的正是关于"现代"的想象。正像他在《长河》题记中指出的那样:"'现代'两字已到了湘西。"那么,在小说文本中,"现代"究竟是如何被具体感知的?又是经由何种途径和方式被获得理解的?沈从文建构的是一种什么样的"现代"想象?

美国一学者指出:"大众媒体为不同群体理解其他群体的生活提供了手段。他们的理解是通过建构社会不同阶层的形象来进行的;这些形象总是从主导阶级的视角来界定的。"[②]尽管《长河》所描述的湘西世界关于"城里人"的想象,在很大程度上来自大众传媒的塑造,但更值得注意的是,沈从文并没有通过所谓"主导阶级的视角"来理解城市,相反,他却是站在"乡下人"的立场来建构对"城里人"以及都市生活的想象:

> 城里大学堂教书的,一个时刻拿的薪水,抵得过家中长工一年收入!花两块钱买一个小纸条,走进一个黑暗暗大厅子里去,冬暖夏凉。坐下来不多

---

① 沈从文笔下的"关键词"之一是"照例"。《长河》的第一章《人与地》也"照例"是从湘西的人文与地理写起,勾勒居住在辰河"两岸的人民近三十年来的大略情形",使这一章表现出风物志的倾向。"照例"字样的频频出现,标识着《长河》以"江河小说"的形式书写恒常的地方史的意向和动机。沈从文在《长河》题记中这样自述:"作品起始写到的,即是习惯下的种种存在;事事都受习惯控制,所以货币和物产,于这一片小小地方活动流转时所形成的各种生活样式与生活理想,都若在一个无可避免的情形中发展。"所以,在"常"与"变"中,小说先写的是"常",是习惯下的种种存在。小说从"洞庭多橘柚"写起,写辰河沿岸百里都是橘园,继而写到橘子的买卖,既写民俗、地方风物,又写了经济,即题记中所说"货币和物产"。这就是一种江河小说的模式。《长河》的开头表现出的沈从文的视野很开阔,也很大气。

② 戴安娜·克兰:《文化生产:媒体与都市艺术》,90页,南京:译林出版社,2001。

一会儿，就可看台上的影子戏，真刀真枪打仗杀人，一死几百几千，死去的都可活回来，坐在柜台边用小麦管子吃橘子水和牛奶！上有天堂，下有苏杭，全苏州到处都是水，人家全泡在水里。杭州有个西湖，大水塘子种荷花养鱼，四面山上全是庙宇，和尚尼姑穿绸缎袍子，每早上敲木鱼铙钹，沿湖唱歌。……总之，如此或如彼，这些事述说到乡下人印象中时，完全如哈哈镜一样，因为曲度不同，必然都成为不可思议的惊奇动人场面。

声音是叙事者的，但模仿的是乡下人的口吻，给人的感觉就像中国人看西洋景一样，都市生活在乡下人的叙述中就有一种奇观效应。当然细细分辨，叙事者的口吻中还有一种嘲笑，又譬如下面一段：

顶可笑的还是城里人把橘子当补药，价钱贵得和燕窝高丽参差不多，还是从外洋用船运回来的。橘子上印有洋字，用纸包了，纸上也有字，说明补什么，应当怎么吃。若买回来依照方法挤水吃，就补人；不依照这方法，不算数。说来竟千真万确，自然更使得出橘子地方的人不觉好笑。

这种嘲笑是沈从文的，还是乡下人的，也许是难以分辨的。但这种观照都市的视角，却是典型的乡下人视角。

沈从文在都市辗转了近二十年，但是对“乡下人”的那份自我体认仍没有舍弃，或许在自我期许之外更构成了文本写作的表义策略。[①] 在《长河》中，“乡下人”则成为一种视角，传达着湘西人对“城里人”的想象。尽管沈从文早期小说中丑化城里人的描写策略有所改变，但那份“如哈哈镜一样”的夸张和变形却一如既往。而背后，则是沈从文在《长河》题记中表达的对“现代”冲击下的湘西的忧虑：“农村社会所保有那点正直朴素人情美，几几乎快要消失无余，代替而来的却是近二十年实际社会培养成功的一种唯实唯利庸俗人生观。敬鬼神畏天命的迷信固然已经被常识所摧毁，然而做人时的义利取舍是非辨别也随同泯灭了。‘现代’两字已到了湘西，可是具体的东西，不过是点缀都市文明的奢侈品大量输入，上等纸烟和各样罐头在各阶层间做广泛的消费。抽象的东西，竟只有流行政治

① 至少在沈从文写作生涯的20世纪二三十年代，“乡下人”的立场使他在作为“城里人”的读者阅读期待视野中有一种新奇和陌生感，他的创作也更容易“出彩”。

中的公文八股和交际世故。”这是对现代冲击下乡土生存方式的隐忧，也是对“现代”本身的反思。沈从文因此成为中国现代的文化守成主义思潮的重要一环。[①]与那些处处强调革新与改造的激进主义者不同，沈从文更看重传统与乡土生存方式及观念形态，如正直朴素人情美、做人时的义利取舍是非辨别，甚至敬鬼神畏天命的迷信等等。换句话说，这些传统的存在是不能被一下子抛弃的，即使被替代，也要看看替代物好不好，不是一提到“现代”，就都是好的。“现代”在沈从文那里，不是一个“进步”的代名词，它必须在中国语境中检验，在乡土语境中检验，在沈从文的湘西叙事中检验。[②] 因此，沈从文对现代的反思就提供了中国现代作家认知“现代性”的别一种视野。它与鲁迅的现代或者李金发的现代，与胡适的现代或者吴宓的现代都有些不同，它复杂化了对中国“现代性”的理解和体认，从而有助于把一个非同质化的“现代”范畴引入到中国现代历史的进程中来，使“现代”自身成为一个蕴涵着多维的甚至悖反内容的存在。

因此，沈从文通过“乡下人”的视角对“现代”的想象有助于我们认识中国现代性语境的丰富性。德里克认为，“对现代性体验的结果却是历史的丧失以及和过去的断裂”。沈从文正是意识到这种断裂的存在并进而屡屡表达自己的杞忧。“现代”在他这里是个需要具体分析的范畴，是无法直接纳入一个笼统的“现代性”的宏观叙事之中的。至少在沈从文理解中，现代的理念与现代的具体表现方式其实是分裂的，“现代”在湘西要么变了味，要么就只剩下皮毛。在《长河》时代，“现代”在湘西还是一个异质的存在物，还没有变成湘西内部的同质东西。湘西依旧残存的地域特征与异质的现代因素是纠缠在一起的，这种纠缠更印证着德里克所谓“中国是一个有着多种空间性和时间性的国家”。[③] 这使沈从文所需要处理的观念和视野的矛盾从来就不像有些学者所描绘的那么单一。譬如中国

---

① 这方面的论述参见刘洪涛：《〈边城〉：牧歌与中国形象》，《文学评论》，2002 年第 1 期。

② 回到作家的叙事中去还原历史，去把现代想象具体化，从而避免把现代性的问题本质化，是一个可以尝试的做法。一旦回到历史叙事中，现代性就自然呈现出一种多元景观。所以我关心对现代小说进行叙事分析，譬如通过沈从文的乡土叙事，可以更具体地考察各种各样的观念范畴——譬如现代性——是怎样在他的小说情境中展开的，这些问题又是怎样内在化为一种小说中的历史境遇的。杰姆逊即主张把“现代性”历史化、阶段化，就是说它不是一个本质性的概念，并不是有一个本真的，原初的，正宗的现代性存在于那里，现代性是必须还原到历史语境中来处理的问题。杰姆逊甚至认为现代性不是一个概念，而是一个叙事范畴：“当我们把‘现代性’这个词仅仅运用于过去，它就会是一个有用的概念，能帮助我们生产出不同的历史叙事。”（参见杰姆逊：《现代性的神话》，《上海文学》，2002 年第 10 期）这种说法的好处是使现代性的范畴成为一种叙事，成为一种可在历史叙事中进行分析的范畴，现代性的真实视野也必须在历史叙事中展开。杰姆逊说：“只有现代性的历史境遇才能获得叙事形式。”反过来我们也可以说，只有在小说家的叙事形式中才有获得现代性的历史境遇。

③ 德里克：《后现代主义与中国历史》，《中国学术》，2001 年第 1 期，38 页。

的本土学者就突出强调沈从文的文化视野，而忽略了在诸如《长河》这类作品中表现出的政治关怀和热情。① 而西方学者则过于强调沈从文作品的地域性特征以及对于地方自治的追求，而忽略(或者视而不见?)了《长河》在国家与现代想象问题上的复杂性。

《长河》最终体现出的是国家主义与地域话语之间的张力。而传统与现代，激进与守成的维度又掺杂在国家与自治话语之间，使《长河》成为一个内部开放的话语空间。多种话语和权力形态的纠结，使小说呈现出的秩序图景是极不稳定的，各种话语也处在一个非平衡状态的张力场中，左右冲撞，四处奔突。小说中每每体现出一种两难的境地；同时不稳定的秩序图景作用于小说的叙事形态，也使小说显示出一种动态的叙事格局。读《长河》你会感到内心很喧嚣，既有阅读情绪上的浮躁，也有意识形态上的困惑，你与作者一样寻找不到出路。这就是因为小说缺乏内在的远景形象，既是一种文化远景，也是意识形态远景。所以沈从文面临的矛盾是，一方面他要写长河式的诗史般的大叙事，另一方面则是历史的长河究竟要流向哪里，又是作者无法企及的。《长河》的叙事视野中缺乏一个新的历史观念和历史景象的维度。② 而文化视野以及意识形态远景的缺乏，则使沈从文甚至无法给故事中湘西世界的复杂局面一个哪怕是想象性的解决。如果说《边城》的结尾已经预示着湘西自足的田园图景的破碎，那么，《长河》则表现出一种未完成性。③ 当湘西世界向何处去的问题与国家形象和现代视野纠缠在一起的时候，已经不是沈从文在纸上所能解决的。虽然《长河》题记中说："作品设计注重在将常与变错综，写出'过去''当前'与那个发展中的'未来'。"但是在1942年写作《长河》的时候，这个"未来"尚遥遥无期。各种现实性的政治话语以及现代性话语的介入，使得《长河》真正要处理的主题远不如《边城》那么单纯。《长河》标志着沈从文从文化理想向政治理想，从审美想象向意识形态想象的过渡，这使《长河》不同于《边城》的人类学属性，而充分展示了意识形态特征。而《申报》所象征的现代传媒的介入，无疑更加彰显了这种意识形态属性。《长河》

---

① 沈从文的这种政治热情在《长河》中的传媒符码、"新生活"代表的政治符码以及追求自治的理念中都得到体现。

② 比如《红楼梦》就是一部无法展现历史远景形象的小说，它的最终结局只能是寂灭。用《红楼梦》的语言来说即是"空"，或者说是一片白茫茫大地真干净，用鲁迅的经典概括，则是"悲凉之雾，遍被华林"。这使《红楼梦》成为一个关于真正的颓败的文学和历史寓言。所以远景形象对于一部小说中的观念视野是隐含着的重要内容。

③ 这不仅是指《长河》只写出了第一卷，而主要是指小说在想象秩序和意识形态图景的意义上有一种"未完成性"，小说没有继续写下去当与此有内在的关联。

的意义就生成于关于传统与现代、乡土传闻与大众传媒、民族国家与区域自治、文化关怀与政治热情之间的夹缝中。

以《申报》为代表的现代报刊因此以一种大众传媒符码的方式构成了小说文本内部的结构性因素，同时也就作为一种政治、文化符码参与了小说叙事的生成，进而成为小说文化幻景的一部分，在《长河》中由一种外在于小说世界的传媒形象"变成了叙事意义的生产者"，[①]最终凝聚了沈从文《长河》时期的政治想象和文化想象。在研究界所乐于勾勒的一般视野中，沈从文的湘西世界是一个自足而封闭的世外桃源，其象征就是 1934 年的《边城》。而从《边城》到《长河》，沈从文的湘西世界似乎完成了一个历史阶段的跨越，仿佛是从"前史"一下子迈进了"现代史"。这与《长河》直接处理了湘西社会的"现代"想象和"国家"想象，直接介入了"现代性"语境以及现实政治语境大有关系。而这种"现代性"和现实政治语境在相当大的程度上是通过小说中具体的传媒符码建构的。

（载 2003 年《视界》第 12 期）

① 孟悦：《中国文学"现代性"与张爱玲》，王晓明主编：《批评空间的开创》，341 页，上海：东方出版中心，1998。

由启蒙向民间的转向：《边城》

陈思和*

一、理想化的翠翠和理想化的“边城”

《边城》是沈从文最有特色的中篇小说，同时代的批评家李健吾（刘西渭）曾盛赞《边城》是“一部 idyllic（田园诗的，牧歌的——引者）杰作。这里一切是谐和，光与影的适度配置，什么样人生活在什么样空气里，一件艺术作品，正要叫人看不出是艺术的。一切准乎自然，而我们明白，在这种自然的气势之下，藏着一个艺术家的心力。”①他原本有以沅水为背景写《十城记》的设想，后来没有写成，《边城》独成绝唱。

1933 年 9 月 9 日，沈从文与张兆和在北京（当时为北平）结婚，新居在西城达子营。这是一个小院落，正房三间外带一个小厢房，院子里有一棵枣树，一棵槐树，沈从文称它为一枣一槐庐。1933 年秋，新居里来了一位年轻的客人就是巴金，两位在文坛崭露头角的青年作家每天一起埋头写作，巴金就是在沈从文的书房里创作了《雷》和《电》的前半部分，而沈从文把书房让给朋友写作，自己则坐在院子里的槐树下，一笔一笔地写出了《记丁玲》和《边城》。都是文学史上的名作，风格如此不同，竟是这样诞生在这座小小的院落里。他们都写爱情故事，却写得完全不一样：一部是刀光剑影，血洒五步之内；一部却微波不兴，沉浸于古意的高远之美。但这两部小说在风格上都异常透明。《电》就像在黑暗社会里的

* 陈思和，文学评论界的领军人物。他自 1993 担任复旦大学教授，2001 年至 2012 年担任复旦大学文学院院长，近期他被任命为复旦大学图书馆馆长。此外，他还是中国现代文学协会的副主席，中国当代文学协会的副主席与上海作家协会的副主席。

① 李健吾（刘西渭）《边城》，收《李健吾批评文集》，郭宏安编，珠海出版社 1998 年，第 56 页。

一道道闪电，《边城》却如置身于阳光明媚的山溪边，都没有丝毫混浊气。也许，这与一枣一槐庐里弥漫着幸福与宁静的气氛有关吧。

有人说，《边城》是沈从文最幸福时候写的，他好不容易从"乡下人"爬到绅士，当了大学教授，又是新婚宴尔，他追求美与爱的理想都达到了，这样一个状态下面，沈从文写了应该是他最好的最美的作品；但也有人认为沈从文写《边城》，是在都市中挣扎数年感到非常疲惫的时候，他这才去想象一个美的世界来表达内心的追求。到底怎样，我们没法去问沈从文，但从这个作品里面，我们是可以寻出蛛丝马迹的。[①] 沈从文最初写湘西世界，采用的不是《边城》这种写法。那时，他刚刚从部队里面或者从湘西比较边缘地区进入到城市，又进入到教育界，跟一些洋绅士们在一起生活共事，那个时候，他有一种非常强烈的排斥现代都市的情绪，由于这种情绪支配了他的创作，他在描写湘西的生活场面时，经常是夸大湘西那个环境的恐怖色彩，或者所谓"血腥"，两个字在这里没有什么贬义的，他反过来觉得城市人都"失血"，我们今天说就是"贫血症"，城市人整天嘀嘀咕咕的，缺少一点血性，所以他要夸大湘西农村那种非现代的、野蛮的、粗暴的东西，通过这样一个血腥来冲击、刺激，甚至于摧毁城里人建筑起来的脆弱的审美文化。我想，这种审美理想的背后，有一种生命意识。我印象非常深的是，很久以前读沈从文一个小说《神巫之爱》，他写一个巫师在森林里住着，巫师的太太跟另外一个男人相好了，有一次，他们两个人在一棵树下相会，那个巫师像猫头鹰一样地在边上发出了怪笑。因为这对恋人是在树下拥抱，到第二天，就发现他们已经抱在一起，有一根巨大的竹签从背后穿过去，把两个人都钉在一起。你看，这是一个非常血腥的故事，也可以说是一种报复、复仇的故事，也有一种野蛮的意识，可是，读到这样的作品，你恰恰很震动，用沈从文的话说起来，就是"另外一个地方另外一种事情"，[②]这种生活是那么有力、那么血腥，跟都市里面那种小恩小爱的、打打闹闹的生活，跟我们说的"小资情调"的恋爱方式就完全不同，那里就有巨大的反差。这种反差往往在沈从文的小说里很突出，他一方面写很

---

① 沈从文本人的解释是："我要的，已经得到了。名誉或认可，友谊和爱情，全都到了我的身边。我从社会和别人证实了存在的意义。可是不成，我似乎还有另外一种幻想，即从个人工作上证实个人希望所能达到的传奇。我准备创造一点纯粹的诗，与生活不相黏附的诗。情感上积压下来的一点东西，家庭生活并不能完全中和它消耗它，我需要一点传奇，一种出于不巧的痛苦经验，一分从我'过去'负责所必然发生的悲剧。换言之，即完美爱情生活并不能调整我的生命，还要用一种温柔的笔调来写爱情，写那种和我目前生活完全相反，然而与我过去情感又十分相近的牧歌，方可望使生命得到平衡。"(《水云》，收《沈从文文集》第 10 卷，花城出版社 1984 年，第 279 页)

② 沈从文《〈边城〉题记》，收《沈从文别集 · 边城集》，长沙岳麓书社 1992 年，第 94 页。

多现代都市的市民生活,写所谓"失血"的故事,可是在湘西,他又写了很多血腥故事。

但奇怪的就是,当《边城》出现时,沈从文对湘西的整个认识变了。当然,沈从文的作品绝对不是给农民看,都是给都市人看的。就是说,他要给都市的读者提供一种湘西世界的想象图景。以前是你们这么文明,我非要很野蛮、很粗暴,作品中有一种很强的张力。到了《边城》,这种张力消失了。世俗上的种种成功,使得沈从文跟他所生活的环境、跟他的读者、跟他以前一直感到对抗的现代城市的生活之间巨大的对抗消失了。他逐渐被都市和主流文化所接纳,相互间的紧张感也削减,沈从文开始表现一个城市人非但能够接受,而且非常喜欢、非常向往的一个湘西。这种变化到底在艺术上有没有好处,是可以讨论的。但《边城》这个作品之所以后来被现代文学史接受、称颂,很大程度上因为都市人需要有这么一个寄托内心向往的理想空间。

沈从文这种超现实的寄托在《边城》里主要体现在翠翠身上。翠翠一直是沈从文内心某种美好理想的化身,她不仅出现在《边城》中,甚至出现在沈从文的生活现实里。1949 年沈从文曾有一段精神危机,在当时写下的一组"呓语狂言"的笔记(《五月卅下十点北平宿舍》)中,他提到了三个女性,一个丁玲,一个张兆和,还有一个就是翠翠,前面两个是他的现实生活中的女性,分别代表了他的过去和现在,而翠翠则是虚构的人物,他在文章里非常动情地呼唤着:"翠翠,翠翠,你是在一零四小房间中酣睡,还是在杜鹃声中想起我,在我死去以后还想起我?"[①]翠翠显然与张兆和、丁玲这样出现在他现实层面中的女性不一样,她是梦幻一样的想象,一种理想,在现实生活当中是无法找到的,所以只有在精神状态非常紧张的情况下,沈从文才会向她发出呼唤。

翠翠在沈从文的笔底下是一个什么样的形象?我们看第一章就讨论这个问题。他先介绍老船夫,然后介绍他的一个女儿,这个女儿又有一个女儿,就是翠翠,他起先有一段,说翠翠是这个老船夫心目当中的一个"太阳",他说这个老船夫:

> 年纪虽那么老了,本来应当休息了,但天不许他休息,他仿佛便不能够同这一分生活离开。他从不思索自己的职务对于本人的意义,只是静静很

① 沈从文、张兆和《从文家书》,沈虎雏编,上海远东出版社 1996 年,第 161 页。

> 忠实地在那里活下去。代替了天，使他在日头升起时，感到生活的力量，当日头落下时，又不至于思量与日头同时死去的，是那个伴在他身旁的女孩子。①

老人本来就属于这个自然世界中的一个人，他的内心与自然发生着感应：随着太阳升起而欢乐，也有了朝气；到太阳下山了，一片黑暗了，如果这个老船夫的心一直是跟着大自然转，该是休息和沉寂了，就像有时候我们看到太阳落山了，就感叹"夕阳无限好，只是近黄昏"，或者感到非常失落，可是老人没有，到了晚上，虽然太阳下去了，可是他身边还有个小女孩，这个小女孩可以代替大自然，代替生活环境，给他一种生活的勇气，是他的另一轮太阳。那么，这个女孩子又是什么样的呢？接下去的一段话讲得非常好：

> 翠翠在风日里长养着，故把皮肤变得黑黑的，触目为青山绿水，故眸子清明如水晶。自然既长养她且教育她，故天真活泼，处处俨然如一只小兽物。人又那么乖，如山头黄麂一样，从不想到残忍事情，从不发愁，从不动气。平时在渡船上遇陌生人对她有所注意时，便把光光的眼睛瞅着那陌生人，作成随时皆可举步逃入深山的神气，但明白了人无机心后，就又从从容容地在水边玩耍了。

这是关于翠翠的最经典的叙述。这个叙述，首先强调翠翠是自然之子："翠翠在风日里长养着，故把皮肤变得黑黑的，触目为青山绿水，故眸子清明如水晶。"这纯粹是童话语言，翠翠这个人，不是"五四"时期被教育出来的大写的人，在所谓人道主义的概念中，人是"天地之精华，万物之灵长"，一切都是围绕着人转的，而翠翠则是跟着自然走。她是山水中的活物，与风、与大自然浑然一体，"养"给人一种质朴、丰满的感觉，因为她眼看出去的都是青山绿水，所以她的眼睛像水晶，非常透明、清澈，没有一丝邪念。大自然给她生命，她的整个生命的长养不是靠我们今天的家庭、母爱、父爱，而是风日，是大自然。翠翠就像一个"小兽物"，像一头黄麂，"自然既长养她且教育她，故天真活泼，处处俨然如一只小兽

---

① 本文所引用的《边城》，依据上海文艺出版社 1984 年出版的《中国新文学大系 1927—1937 · 小说集五》，改版本依据的是生活书店 1934 年的初版本。

物。”“俨然”,好像很了不起,兽的境界也是好不容易才达到的。由于大自然的熏陶,她是山水中的活物,后面写的就是以小动物的眼光来看世界:这个生命本身就是大自然的一个组成部分,她和“人事”没有关系,所以这个心灵就变得特别纯净。然后大家看到,下面是陌生人的注意,陌生人的注意是现实生活当中的一个“人事”的东西,有人看她了,这个时候,这个人就很可能带着不怀好意的眼光,所以她马上就警惕了,就用一种很警惕的眼睛去看那个人,可是当她发现人家看她没有什么机心,她也放松,也自然了,就像一头鹿一样,很高兴地在水边玩了。

翠翠是一种生命的现象,是一种本能的和自然融会一体的气质,是跟风、跟日、跟树、跟绿水青山一样的一种生命。也就是说,她是没有沾染人世间的一切功利是非思想、与自然融为一体的境界,是不含渣滓、纯净透明的世界。沈从文在心中的那些现实生活当中的功名、美丽的妻子、幸福的家庭等等都一一得到后,内心还是有一个超越世俗的更高要求,那就是“翠翠”,而沈从文在现实生活中的追求和理想中的境界实际差得很远。可以想象,一个大学教授,在高等学府里面,又有一个非常稳定的家庭,这样一种生命状态肯定就不是绿水青山当中的一头鹿一样的状态。在现实生活当中,沈从文可能已经得到了所谓现代知识分子可能得到的各种要求,但反过来,他心灵当中的冲动、最原始的起点却失去了。《边城》等于是沈从文在追寻内心中的一个梦,翠翠就是他的一个梦。我认为这是他写《边城》的一个动机。

《边城》是以湘西为背景的一个童话,里面充满了天籁之音,所有人都像生活在与现实隔绝的世界中,从外部环境看,这里真是桃源仙境了:

> 近水人家多在桃杏花里,春天时只需注意,凡有桃花处必有人家,凡有人家处必可沽酒。夏天则晒晾在日光下耀目的紫花布衣裤,可以作为人家所在的旗帜。秋冬来时,房屋在悬崖上的,滨水的,无不朗然入目。黄泥的墙,乌黑的瓦,位置则永远那么妥帖,且与四围环境极其调和,使人迎面得到的印象,非常愉快。一个对于诗歌图画稍有兴味的旅客,在这小河中,蜷伏于一只小船上,作三十天的旅行,必不至于感到厌烦,正因为处处有奇迹,自然的大胆处与精巧处,无一处不使人神往倾心。(第二章)

这是现代人所找不到却又天天梦想的情境,而这里的人也仿佛不食人间烟火,毫无现代人的功利心。比如翠翠的爷爷,他是国家雇佣的,是有工资的。所以，人家给他钱，他都不要："我有了口粮，三斗米，七百钱，够了！谁要这个?!"（第一章）如果硬放在他船上，他就去买茶叶、草烟，给过路人用。当地的民风民情非常淳朴、善良，人都好得不得了，可以看出作家故意夸张，比如老船夫去买肉，人家不接他的钱，但他也不想占屠户的便宜，只好到另一户，另一户也想不要他的钱，"但不行，他以为这是血钱，不比别的事情，你不收钱他会把钱预先算好，猛地把钱掷到大而长的钱筒里去，攫了肉就走去的。"（第八章）屠户知道他这个脾气每次都给他好肉，也不行……这简直就是中国古典小说中写的"君子国"，不言利，人都那么慷慨豪爽，非常美好的人和世界，当然，沈从文这是拿它与都市与现实作对照，反衬现实的丑陋。

《边城》第二章，写湘西的地理和民风，特别提到了妓女很重感情，她们虽然与商人在一起，心里想的却是水手，水手整天在游荡，比较浪漫，有时会与妓女相爱，终生相守相约。小说写道："由于边地的风俗淳朴，便是作妓女，也永远那么浑厚，遇不相熟的人，做生意时得先交钱，再关门撒野，人既相熟后，钱便在可有可无之间了。"接下来后面又写："短期的包定，长期的嫁娶，一时间的关门，这些关于一个女人身体上的交易，由于民情的淳朴，身当其事的不觉得如何下流可耻，旁观者也就从不用读书人的观念，加以指摘与轻视。"妓女本来是被人看不起的角色，是肉体交易者，但在这里却毫无歧视之语，而且还不乏对她们品行的赞美。这里涉及另外一种民间淳朴的道德标准，民间也不是都持这样的道德，一般情况下，民间是弱势，它总是被强势文化道德所覆盖，所以封建的一套道德标准仍然会在民间起作用。但在真正的民间底层，人的生存是第一性的，其他道德观念都比较淡漠。所以沈从文说："这些人既重义轻利，又能守信自约，即便是娼妓，也常常较之知羞耻的城市中人还更可信任。"她们都是"重义轻利"、"守信自约"、比"知羞耻的城市中人还更可信任"，这是有所针对的。沈从文对环境的反抗，扩大到很多方面，他要展开的是另一个世界、另一种道德，他就想象出了民间世界，但这个民间世界的一切藏污纳垢的混浊东西都被他澄清掉了。船夫顺顺，也不是以 1930 年代流行的阶级分析的眼光来写，没有写不同阶层的对立，反而写边城人整体的融合，没有那种等级的差别，而是写他"大方洒脱"，"慷慨而又能济人之急"，"为人却那么公正无私"，也从来不以势压人，完全不是阶级分析中的什么人物形象。《边城》体现了人世间的美好，在大自然熏陶下的人情（人与人之间的关系）美、人性美（人自身的美好）。

二、人性的悲剧

但是,在这样一个理想化的世界中,所有的矛盾和压抑都消失了吗?沈从文要唱一曲现代的牧歌吗?过去有不少评论就是这么认为的,其实也不尽然。随着小说情节的慢慢展开,青山绿水下各种不协调的因素仍然显现出来了。翠翠的故事前面还有一个故事,就是她的母亲的故事。她母亲因为跟一个当兵的私通,怀孕生了一个孩子,然后她就跟这个情人殉情的故事。这样一个故事,发生在湘西,我认为是不正常的。在一个汉文化道德并不发达的湘西,情爱的表现往往是浓烈的、悲剧性的。偷情就偷情了,被人杀掉也就杀掉了,感情至上,视生命为粪土,这种情况很多,可是在《边城》里恰恰不是。《边城》里面,人的天性受到了一种莫名其妙的压抑,什么东西在压抑它?我也想不明白,一个士兵爱上一个当地的女子,这有什么不可以?那时又没有三大纪律八项注意,他们两个人凭什么要殉情?

这个地方看上去好像非常美丽,人情美、自然美、心灵美,是一个君子国,哥哥弟弟为了一个情人也可以互相让来让去,没有任何冲突。那么,悲剧从何而来,且不说翠翠的悲剧,先说翠翠母亲的悲剧,为什么美好的环境当中会出现像翠翠母亲这样的悲剧?是什么巨大的压力让这一对情人需要殉情?这个问题是不能回避的。作品中虽然没有正面说翠翠父母的故事,可是,从头到尾,翠翠父母的故事都像是一个影子一样在我们面前晃来晃去,老祖父每次谈到翠翠的婚事,必然要想起翠翠母亲,有好多次了,甚至他"忽然觉得翠翠一切全像那个母亲"。(第12章)这句话很重要。因为她母亲其实是一个性子很烈的女人,充满野性的,可是翠翠看上去是一个乖乖女,什么都不懂,懵懵懂懂的,为什么说这两个人的性子是一样?这里我想是有暗示的。到最后,老祖父也死了,故事也完了,还没有忘记她父母的事情,还写了一个杨马兵陪翠翠过日子,因为翠翠没有人照顾,然后杨马兵会讲故事,讲到以前的故事,又把翠翠父母的故事讲了一遍,父母的故事笼罩着翠翠的命运。为什么作者对她母亲的悲剧那么重视?这是一个非常关键的问题。研究沈从文的著作多得不得了,谈《边城》的书也很多,但一谈就强调山水美啊、人情美啊,好像这是个与世无争的桃花源,可是偏偏忽略前面有这么一个悲壮的故事。翠翠的母亲不能和这个当兵的结合,才导致她未婚有孕,才导致后面的死亡。为什么她不能跟这个当兵的结婚?我想原因应该在老祖父身上。大家可以看到，老祖父对翠翠特别迁就，好几次媒人都说，你做主，孙女就可以嫁过去，可是，老祖父每次都推脱说，我是不能做主的，我一定要问过翠翠。然而翠翠是个小孩子，什么都讲不清楚，老祖父又一直小心翼翼，包括什么走马路走车路，人家车路已经来了，礼品也送来了，媒人也来了，这个时候祖父还是推脱，还要看翠翠的脸色，翠翠表示了一点点不愿意的态度，老祖父就知道，翠翠不愿意嫁给老大天保，然后他就"觉得翠翠一切全像那个母亲"。为什么会这样？我们只能有一个解释，就是她母亲当年跟当兵的相恋一定是受到了祖父的阻挠，因为那时，父亲对子女的婚事肯定是有相当发言权的，正因为这样，才导致了后来祖父对翠翠的一种很大的歉意。那么，为什么祖父不喜欢这个当兵的？我们是否可以做一个这样的推测：当兵的要这个女的跟他一起逃走，可是这个女的考虑到父亲年纪大了不肯走。只要看后面老祖父跟翠翠相依为命的关系，就能看出老祖父是不愿意把女儿嫁给当兵的，因为当兵的人要开拔的，老祖父实际上有一种恐惧，不愿意女儿离开，女儿也有一种本能是不愿意离开父亲。矛盾的是女儿爱上了一个要远走的人，而且又爱得那么深，杨马兵不是说，我也唱过歌的，可是她始终不理我，但当兵的一唱歌，那个女的就跟他好上，不仅好上，而且有了孩子。这件事也因此变得更尖锐了，她既因为父亲不同意，不敢冲撞父亲的权威，同时也离不开这个情人。只有在这种情况下，情人提议她远走高飞。女孩又不想走，再加上这个当兵的又忠于职守，所以自杀了。而情人死了，对女孩来说，她也觉得活着没意思，但她还是想到了父亲，想到要让父亲身边有一个人，要生下孩子。正因为如此，老船夫接受了他女儿的教训，才使他对孙女的婚事变得那么慎重，那么举棋不定。你看，翠翠简直是碰不得的，而且是他的一个心病，在这里面，包含了他对女儿的赎罪。

可是，因为他太小心了，太想把这件事做好，所以本来一件很简单的事情，被他搞得复杂化了，又是走车路，又是走马路，人家走了车路以后，他又觉得这样不好，又要去征求孙女的意见，甚至从来就不把话说清楚。他明明知道唱歌的是二老，还跟翠翠讲故事说，"假若那个人还有个兄弟，走马路，为你来唱歌，向你求婚，你将怎么说?"(第 15 章)绕来绕去，把大家绕得都误会了。这里的人都没有那么多的心机，常常直来直去的，他这么绕来绕去，很有文明人的样子，人一讲文明，事情都搞乱了。大老死了，他去跟二老说，可是结果说出一句什么话："听人说那碾坊将来是归你的！归了你，派我来守碾子，行不行?"(第 16 章)等于是把话都说反了。

由于女儿的死成了一种重压,这种压抑导致了老祖父违背了自己的天性。老祖父本来应该像翠翠,像所有民间的人一样,非常豪爽,非常坦诚的,可是女儿的悲剧,让他想到大家太直爽了,造成了生命的冲撞,导致了不可挽回的悲剧。于是这个老人反过来,变得非常小心翼翼,弄得所有的人都不喜欢他。沈从文曾写过这样一个细节:老船夫有一次还人家钱的时候,故意留下了一个铜子,为什么?他给了人家一包烟草。就是说,老祖父还是很有心机的,他也不吃亏的。如果大家都是很有心机,也没有什么事情了,问题是周围都是些没有心机的人,只他一个人有心机,在这个淳朴自然的世界里出现了一个不自然的人,就把很多事情都搞糟了。前面写翠翠的时候,说翠翠"如山头黄麂一样",毫无心机的,看到人她很警惕,"但明白了人无心机后,就又从从容容的在水边玩耍了"。那么实际上,"心机"的对立面是"自然",这里是有一个自然与不自然,或者是反自然之间的对立。就是说,本来一切都是自然的、朴素的、本分的、原始的,现在因为有一个人,有了一种莫名其妙的误解,然后造成了心机,玩耍心机是很吃力的,本来很简单的一个事情,被他搞来搞去,人为地制造一些玄机,导致人与人之间无法沟通。翠翠本来很简单,她就是爱二老,她只是一个原始人,她不知道怎么理解爱,也不知道怎么去表达爱。这两个船夫的孩子,虽然是有钱,但是很粗,说话很直爽的,爱说——老船夫啊,你的孙女很漂亮什么的。只有这个老爷爷不直爽,一个人在里面一直在绕来绕去,最后就人为地给自然生命添加了障碍。那么,为什么会出现这个问题?我觉得,沈从文有一个观念:一个自然的世界当中不应该有一种人为的心机在中间起作用,有了心机就不自然了,不自然就会把事情搞坏,最后导致了一系列的说不出原因的悲剧。老祖父枉费了心机,最后什么都没做到,郁郁而死了。

我觉得,翠翠的血缘里头,其实有着母亲的遗传因子,潜藏着跟这个世界不和谐的因素。那么,这不和谐,作品的表层没有显示,翠翠一直到最后,好像还长不大一样,完全生活在一个懵懂的世界中。天保和傩送,兄弟俩同时爱上翠翠,两个人商量了个去唱歌的滑稽办法:哥哥嗓子不好,所以要弟弟来代哥哥唱,一首是代表弟弟自己,一首是代表他哥哥,这样来叫这个女孩子选择是很荒诞的。如果我们说声音里浸透着爱,那么一定也会有感应,他的声音会使她听得特别悦耳,或者说唤起她心中爱的信念。但现在问题是,她遭遇的这个声音是假的,是代替别人来唱的。代唱的声音里面有没有爱的成分?假定说她选择哥哥唱的那一首,但听到的声音又不是哥哥发出的,实际上不管选哪个,选的都是弟弟,不是哥哥。小说是早有暗示的，老船夫希望翠翠嫁的是哥哥，而翠翠自己喜欢的是弟弟，这里兄弟俩和老祖父，三个男人都爱翠翠，而且他们都很有诚意地来做这件事，这一点是无可置疑的，但我总觉得有点不对劲，他们根本没有想到女孩的心灵跟男孩的心灵是如何沟通的，根本就没有考虑到女孩在这场游戏中处在什么位置上，这实际上是让她落到了一个很虚伪的骗局中，可又把一切推为上天和命运的安排。

所以《边城》写到翠翠对兄弟俩唱歌这件事的反应竟是翠翠的一个梦：

> 老船夫做事累了睡了，翠翠哭倦了也睡了。翠翠不能忘记祖父所说的事情，梦中灵魂为一种美妙歌声浮起来了，仿佛轻轻的各处飘着，上了白塔，下了菜园，到了船上，又复飞窜过悬崖半腰——去作什么呢？摘虎耳草！白日里拉船时，她仰头望着崖上那些肥大的虎耳草已极熟悉。(第14章)

下面一段是说她祖父：

> 一切皆像是祖父说的故事，翠翠只迷迷糊糊地躺在粗麻布帐子里草荐上，以为这梦做得顶美顶甜。祖父却在床上醒着张起个耳朵听对溪高崖上大唱了半夜的歌。

你看，其他那几个人都紧张地醒着，唯有翠翠一个人在昏睡，在做梦，做了一个非常美好的梦，感到了一个灵魂飘起来，但是，翠翠始终停留在梦的上面，她没有对歌声发出爱的呼唤，她的心灵没有跟这种声音发生真正的呼应。所以我觉得，这里最知趣的是天保。天保终于有了做戏的虚无感，所以他要退出这样一个荒诞的游戏，后面就出事死去了。在人人都讲道德的环境下面，翠翠的生命，她的爱情，包括两个青年活生生的爱情到哪里去了？看上去是非常文明的、非常理智的、非常有节制的这样一个文化和社会环境，最终年轻人的生命冲动或者生命力量被压制了，消失掉了。悲剧就出现了。

另外，我们再看看这悲剧中受到伤害的另一方：天保和傩送兄弟俩。这两兄弟爱上翠翠，这里面有一段对话非常好。大老对二老说："二老，你倒好，有座碾坊，我呢，若把事情弄好了，我应当划渡船了。我欢喜这个事情……"(第12章)可是二老和他哥哥一样，也是很直爽，说："假若我不想得这座碾坊，却打量要那只渡船，而且这念头还是三年前的事”，两兄弟把话说得很清楚，还说，“你信不信呢?”这么下去会是多么精彩多么尖锐的冲突！但是，两个人就碰到“礼”这个问题。如果是按照沈从文原来的表达方式，两兄弟可以决斗，谁赢了谁争到翠翠，可是他们都没有，沈从文说这是两兄弟不可以的，但是他们也不像城里人那么胆小，“也不作兴有‘情人奉让’如大都市懦怯男子爱与仇对面时做出的可笑行为”，但他们都很绅士化，最后就采取了一种有地方民族特色的文明的竞争方法。

唱歌来竞争本来也是可以的，可是，在小说里，哥哥曾经说过：“若我有闲空能留在茶峒照料事情，不必像老鸦到处飞，我一定每夜到这溪边来为翠翠唱歌。”(第 7 章)这说明，哥哥是会唱歌的，问题是，为什么在弟弟面前他唱不起来，他不敢跟弟弟去较量？如果他真的是爱这个小姑娘的话，他再没有把握也会有信心，也会认为自己是天下的第一歌喉。而且，如果这个女孩子真的是爱他的话，哥哥嗓子怎么样并不重要。但问题是为什么他在弟弟面前胆怯？只能有一个解释，就是他知道翠翠爱弟弟，而不是爱他，他跟弟弟去公平竞争，是竞争不过的，所以他觉得，他只能走车路，用父母的钱，或者用媒人的方法，或者走爷爷路线，“媒妁之言，父母之命”，用常人的方法来完成这个婚姻。而弟弟和他不一样，沈从文说弟弟是个诗人，有诗人气质，很浪漫，他以为哥哥真的是认为唱歌比不过他，所以要代唱，把一场很严肃的爱变成了一个游戏。这个游戏开始哥哥还有点自信，但后来他是主动退出了。

我们再看翠翠。翠翠在梦里听到了歌声，然后歌声把她浮起来，放到了一个悬崖上，她摘了她平时一直已熟悉的虎耳草。这段文字，沈从文写得非常空灵优美，这个梦也非常甜蜜、非常美丽，可是翠翠却始终找不到归属感，醒过来的时候，她不是说：“得到了虎耳草，我可不知道把这个东西交给谁去了。”(第 14 章)小姑娘朦胧中感受到歌声的美，但是她不知道对象是谁，所以她无法知道自己的爱情究竟属于谁的。她最终还是没反应过来。

问题是出在二老身上。二老的诗人气质导致了一个严肃的爱变成了一场不严肃的游戏。因为弟弟是在帮哥哥唱，这种爱的信息传递过程发生了障碍，所以得不到小姑娘的回应。小姑娘面对了这场游戏，心有灵犀无法达到、无法沟通。所以她只感到漂浮，有一种美的东西被她感受到，可是不知道对象是什么，她没有醒过来，一直在做梦，没有相应地去唱，其实作品里面写了好几次翠翠与傩送的错过。第一次傩送爱上这个小姑娘是在抓鸭子的时候，请小姑娘到家里去，小姑娘以为他请她到妓院里去，她就拒绝了。第二次唱歌，他因为想着帮哥哥唱，就扰乱了信息传递，翠翠又没有回应。第三次是摆渡，他希望小姑娘来给他摆渡，可是小姑娘看到他以后惊慌失措，面对这个爱人她逃走了，所以最后老爷爷赶来帮他摆渡。从故事来说，每次都是两个人对不上，阴错阳差，扯开了。这个男孩子虽然爱这个女孩子，可是他始终得不到女孩子相应地给他的回报，最后他就失望了，走了。翠翠其实一直活在沉默和压抑当中，她的奔放、豪迈、野性一直被压抑着，这种压抑使她连爱的语言都不会表达。也就是说，这个人的生命能量根本就没有打开，而本来打开她生命能量的责任在二老，但是二老的各种信息传递没有点燃翠翠的生命，所以这里就出现了悲剧。

再深究一步，到底为什么会出现这样的悲剧？我觉得沈从文表达的悲剧是性格悲剧，就是人性悲剧。悲剧从古希腊时就有一个基本定律：人跟不可抗拒命运的冲突，就是你怎么努力，你都不可能挽回天意。如果一个人出去不小心被车压了，这不叫悲剧。悲剧往往指的是一个很能干的人，没有缺点的人，高尚、无畏，他按照自己的理想努力地去做，可就是跟天意冲突，天意不让他成功，他再努力，最后不可抗拒地还是失败了。比如项羽就是一个悲剧英雄，力大无穷，讲信誉，可是，这样的人最后失败了；刘邦明明是个无赖小人，是个流氓，可就是硬把英雄项羽给打垮掉了，这就是项羽的悲剧。到了近代社会，人们已经不相信命运，不相信英雄，认为人不会是没有错误的，不可能是完美的，可是人由于各种不可抗拒的过失导致了不可挽回的失败也是一种悲剧，比如像《雷雨》。《雷雨》里的每个人都有错误，蘩漪有错误，周朴园也有错误，周萍也有错误，他们由于这种错误的不可抗拒性因素，使自己最后失败了。这样的错误也是一种悲剧。

《边城》中，翠翠这样的悲剧可以说她是没有过失的，她是浑然未开的一个自然生命，一个自然物，她所做的一切都是“非人为的”，可是在非人为的过程当中，碰到了人为的心机，或者说人为的机巧。那么，这些人为的机巧是什么？如果我们上升到一个高度来说，大家都可以理解。从神话原型来说，一个天地未分的浑沌，浑沌本来是没有天地，是非常自然的东西，可是当时南北二帝，一个叫忽，一个叫儵，这都是表示速度，表示迅速的意思，我们今天说就是表示时间，南北二帝觉得浑沌太好了，每次去都热烈招待他们，就要报答他（浑沌大概也不需要报答的），那两个人出主意了，说这个浑沌没有眼睛，没有鼻子，没有七窍，我们就给他把七窍凿出来，所以这南北二帝就帮他“开窍”，一个凿眼睛，一个凿鼻子，给浑沌脸上凿了七个洞,结果浑沌就死了。[1] 浑沌死掉以后,清的上升、浊的下降,就变成天地。本来天地不分,是一个浑浑然然的东西,可是你要把它当一个人去凿眼睛,凿鼻子,这个浑浑然然的东西由于人为的七窍就死了,浑沌死掉,就分成了天地。我觉得,这个故事非常有意思,它是代表了中国古代道家哲学的一个精髓,就是说,自然的东西是不能去开窍的,它只是按照天地的规律运行,人为的机巧一去摆弄,它就出问题了。

这个悲剧如果你把它转化为一个现实上的悲剧,它是很小的悲剧,爷爷也好,大老二老也好,都不是坏人,都是好人,好人犯错误,就是因为大家互相之间非常缺乏了解,又不善于表达,内心的爱情表达不出来,缠来缠去,后来出毛病了。但如果上升到哲学的高度来说,它是个大悲剧,就是自然和人为之间的一个大冲突。这种冲突的背后蕴涵着沈从文的两种审美理想的冲突。美有两种,一种是自然的美,一种就是人为的美,即艺术的美。自然的美是绿水青山,像桂林的山清水秀,或者说浩瀚的沙漠、大海,它是天生在那儿,不需要人为去加工。但人毕竟不能仅仅局限在看自然的东西,人需要创造一种美来满足自己。比如说,桂林的山水很漂亮,可是人不可能永远在桂林山水中,桂林山水是带不走的,他可以用照相机把它拍下来,或者写诗写散文把它记录下来,或者做桂林山水盆景,等等,这就是艺术。沈从文在《边城》里面想尽力摆脱人为的东西,尽可能地向自然靠拢,只不过他不可能全做到自然的美,因为艺术本来就是人为的、人事的,沈从文即使故意夸张地描写少数民族的仇杀、写湘西的浪漫等等风情,其实也是一种人为的机巧。他写知识分子的生活,比如《八骏图》等等都有几分做作。《边城》也一样,沈从文竭力要表现的自然也有着人为的因素,他的主观性是非常强的:"我要表现的本是一种'人生的形式',一种'优美,健康,自然,而又不悖乎人性的人生形式'。我主意不在领导读者去桃源旅行,却想借重桃源上行七百里路酉水流域一个小城小市中几个愚夫俗子,被一件人事牵连在一处时,各人应有的一分哀乐,为人类'爱'字作一度恰如其分的说明。"[2]就是说他不是在模仿自然,他要有所寓意,有所表达的,这一点常常为学沈从文者所不及,他们为优美而优美,自然成了纯美的风景,文字背后的张力没有了,境界自然也谈不上。

---

① 《庄子·应帝王》:南海之帝为儵,北海之帝为忽,中央之帝为浑沌。儵与忽时相与遇于浑沌之地,浑沌待之甚善。儵与忽谋报浑沌之德,曰:"人皆有七窍以视听食息,此独无有,尝试凿之。"日凿一窍,七日而浑沌死。

② 沈从文《习作选集代序》,收《沈从文选集》第5卷,四川人民出版社1983年,第231页。

三、由启蒙到民间

我把巴金的《电》与沈从文的《边城》放在一起讲，并不是因为这两部作品出于巧合而同时诞生，而是因为它们的并置包含了文学史的一个分界，新文学到了1930年代发生了一个新的变化。谁都看得出，《电》与《边城》不是一类作品。在今天，《边城》所得到的欢迎与《电》受到的冷落是一个明显的对比，但是，早二三十年就很难说，在我读书的时候，巴金的《爱情的三部曲》是家喻户晓的，一般的中学生都会去读，但《边城》则没有人知道。当时对巴金的作品有一套非常现成的评价标准和批评术语，而对《边城》，即使读后觉得它写得很美也不知道如何去论说它。虽然那时对巴金作品的评论标准，什么反封建啊、向往革命和光明啊、寻找革命道路啊，我看也是不对的，但还比较贴近，能够歪打正着，而对《边城》那样的作品，除了美啊，山水美啊，人情美啊，就说不出什么来。今天我们从文学史的角度来看《边城》，我觉得根本的问题是民间立场的引进。

巴金的创作立场和创作风格，都是从"五四"新文学的启蒙主义传统上一路发展而来的。巴金说他是"五四"新文学运动的"产儿"，这话一点也不矫情，巴金的思想是无政府主义，它是社会主义思潮的一部分，是从"五四"运动所提倡的"个性解放""人道主义"发展而来，只是更加激进而已。《家》里高家三兄弟里，觉民是个"个性解放"主义者，而觉慧是个社会主义者(无政府主义者)，所以觉慧比觉民要激进得多，而且这也是"五四"启蒙主义文化的必然结果。过去有人把"五四"运动分成三个"五四"：1915年的启蒙运动、1917年的新文学运动和1919年的爱国学生运动。其实这三个"五四"是一脉相承的，启蒙运动的目的就是通过宣传新的生活理想来洗涤旧的生活方式，这就必然需要用文艺的方式来普及，普及以后又必然要唤起民众的行动，三个"五四"之间有着严密的内在逻辑发展，就像法国的启蒙运动最后必然会带来启蒙主义文学和浪漫主义运动，然后又必然会带来法国大革命一样。只是中国的启蒙到革命发展得太快，一切都不很成熟，才导致了以后知识分子的大挫折。为什么说是挫折？就是启蒙本身还没有深入人心，知识分子启蒙本来依据理性的力量，希望人能有理性的自觉，按照这种自觉来合理地、科学地安排生活，其实人不仅是有理性的动物，还受到非理性的支配，当启蒙主义者揭开了压在心底、人们理性之上的迷信的盖子，唤起的不仅仅是人的理性，同时还必将会把非理性的一面也唤起来了。人一旦被唤醒了，就不可能再加以控制和奴役了。这就是革命时代的到来。

鲁迅对于民众的态度不是“哀其不幸怒其不争”吗?那么,怎么争呢?鲁迅在《阿Q正传》里特地写了农民造反的心理,就是阿Q要造反啊,他做了一个梦,人家革命党要他去革命了,于是他第一件事就是考虑怎样抢东西,第二件事就是想哪家女人漂亮,他就去抢来做妃子。这就是革命啊。鲁迅可以说把农民的弱点和弱势看得入木三分。这就是启蒙主义的悲哀。这是指消极的一面,也有积极的一面。鲁迅到晚年临死前写了一篇《起死》,收在《故事新编》里面,这个小说非常奇怪,他写的是庄子。庄子神通广大,会把人起死复活,他看到一个骷髅,吹了一口气赋予了这个骷髅新生命,这个骷髅就活过来了,他自己一算,还是在商纣王时代的,当时已经死了五百多年了。但问题是,这个人一旦复活,就不按照庄子的理念去安排了。他还光着身子,要穿衣服,他没东西吃,肚子饿,还要吃东西。所以他就拖住庄子,说,你既然把我复活了,那你就要负责我的生活,要给我吃,给我穿,否则,我怎么办?你又干嘛把我复活起来?庄子说,这个我不管了,我只是给你生命,至于怎么活,你自己去活。骷髅就说,那不行,如果这样,我第一步就剥你的衣服。所以,庄子最后没有办法,只好叫警察来了。

当一个启蒙主义者面对真正的威胁的时候,他不得不去求助于国家机器了,因为他已经没有这个能力来应付他所创造出来的这样一种生命的要求。这是个非常有意思的故事,我觉得,鲁迅虽然是用一种非常油滑的笔调来写的,可是,在这个作品里面,他是很深刻地在思考他们启蒙主义者所走过的路,因为鲁迅这一生都是在“哀其不幸怒其不争”,可是,当人们真的起来争的时候,启蒙主义者该怎么办?这个问题鲁迅没有思考完,在1936年就死了。所以,这是一个过程,但这个过程发展到了左翼文学,已经完全不能再回到启蒙主义了,虽然它里面还包含了启蒙。所以我们也可以读到很多模仿苏联法捷耶夫的小说《毁灭》的作品,作品里知识分子总是一个被嘲笑的对象,其实这个知识分子本应该承担了唤起民众的启蒙的作用。

从鲁迅到巴金,从启蒙文学到左翼文学,都存在这么一种困境。“五四”以来建立起来的以“启蒙”为共鸣的文化格局被打破了。1930年代的中国文学创作进入了无名状态,启蒙不再是唯一的声音了。一方面是来自商业市场的冲击和影响,以新旧市民为主要读者的市民文学得以迅速发展,精英文学也开始向市场靠拢,出现了形形色色的海派文学,其中最主要的就是以林语堂为代表的软性杂志的风行一时,使启蒙文学在传播和接受上面临了新的挑战;同时在另一个方面出现了以政治反抗为主题的左翼文学，以固定的意识形态为视角来重新整合和描写中国社会，传达出明确的政治革命的目的。这样一类文学创作是启蒙文学发展的一个极端，但它的发展也把启蒙文学逼到了走投无路的地步。巴金以及以巴金为代表的一个启蒙文学的创作主流，常常被文学史家命名为自由主义作家、民主主义作家、人道主义作家等等，其实他们是“五四”新文学主流的启蒙主义文学的继承者，他们与稍后的以胡风为代表的左翼文学内部的启蒙主义文学联合起来，成为“五四”新文学传统在1930年代的真正的继承者和发扬者。他们创作中所遭遇的环境的压力和自身的困境，使他们的道路越来越艰难。《电》的过于政治化的宣泄手段和绝望的激愤的情感世界都反映了这种困境。

启蒙主义者的困境在于他对于自己所坚信的理想或者启蒙的结果产生了怀疑，或者他看不到自己所坚信的信仰能够在中国有所结果，这种困境不仅仅使人绝望，也使人自省，重新调整自己的立场和信仰。这也是无名文化状态下的多元立场的特征之一：笼罩时代的大一统的时代主题已经瓦解了。我注意到，1930年代的新生代作家，他们的文学创作道路出现了明显的分化，除了巴金和他的一派作家坚持走启蒙的道路外，除了有一部分更加激进的作家走左翼的道路，还有一大批很有才华的作家开创了新的作家立场和创作道路，我把他们的创作新立场归结为民间的立场。沈从文、老舍、李劼人、萧红以及稍后的张爱玲等等，都是其中最有影响的代表。他们所处的生活环境和时代环境不完全一样，但他们之间是有着明显的共同特点：他们改变了主流文学“由启蒙到革命”的创作方向，回避讨论知识分子本身在现代中国的处境问题，把创作视野转向了普通的民众社会，但也决不是左翼文学那样以某种意识形态来图解民众的生活，他们揭示出被启蒙主义无意间所遮蔽的民间世界的真相，探讨民间承受苦难的能力，并且努力把社会底层的生活真相不带有知识分子目的地展示出来。换句话说，这一批作家不再以高高在上的启蒙者的立场为荣耀，而甘愿把自己看做是他们所努力描写的民间世界的一分子。

当然不能排除这批作家中有一些创作仍然带有强烈的批判色彩和意识形态，但是总体上说，他们的创作以描述民间世界的生活风尚为主要审美对象，他们的批判色彩与意识形态都被包容在民俗审美的形式里面，并且为文学创作带来了崭新的艺术世界：沈从文的湘西社会、老舍的北京市民社会、李劼人的四川民间社会、萧红的呼兰河的农村社会以及张爱玲笔下的都市民间社会，等等，都是以前的新文学创作中所缺乏关注的空间。他们的叙事、语言、题材、观念都焕然一新,以新的民间的立场和民间审美观念为新文学注入了新鲜的血液,改变了原来偏重于知识分子自身题材的"由启蒙到革命"的狭窄性,把文学创作引入了一个更为广阔的"由启蒙到民间"的新天地。巴金的《电》与沈从文的《边城》,这两部同时产生的文学史上的杰作,就是有那么一种意味:1930年代的文学终于从共名走向了无名、从启蒙转向了民间,一部是启蒙文学的发展的极端,一部是民间的新世界的展示。当然沈从文前面还有老舍与李劼人;巴金的《电》也远不是启蒙主义文学的尾声。它们的共同诞生只是表明了一种多元共生的局面的形成,这也是1930年代文学繁荣的真正标志性的事件。

如果以这样一种民间创作思潮的角度来读《边城》,我以为还可以从两个方面来理解这部创作的特点。首先是沈从文的民间创作立场。沈从文是京派文学的中坚力量和最重要的小说家,在1930年代,他是林徽因、朱光潜等京派高级知识分子沙龙中的主要人物,但他却好以"乡下人"自居。从他初到北京时连标点符号都不会用,到执拗地躲在又霉又窄而且寒冷的公寓中把文学当作宗教一样虔诚地信奉着,再到1930年代成为著名的高产小说家,沈从文的经历像湘西那片土地一样富有传奇性。和同时代的许多知识分子不同,沈从文没有接受过正规的现代化教育,他生活在比较偏僻的农村,又在兵营中当过差,看过兵士们割韭菜一样地杀人,后来只身到北京开始充满艰辛的文字生涯。当然,没有高等学历并不等于沈从文就没有文化,他有的是另外一种知识和教养,它们从湘西的土地和人情中来。在题为《我读一本小书同时又读一本大书》一文中,他写道:"我的心总得为一种新鲜声音,新鲜颜色,新鲜气味而跳。我得认识本人生活以外的生活。我的智慧应当从直接生活上吸收消化,却不须从一本好书一句好话上学来。"①山水给了他灵性,大自然铸就了他的心性。在这些之外,有着苗族血统的他还能隐隐地感受到一种沉重的历史压力,他是一个苗人,苗民的文化一直受到中原文化的压制,历史上的中央王朝一直靠屠杀来建立对苗人的统治。在严酷的民族矛盾中,当地人形成了独有的个性文化和生活方式,沈从文也形成了自己的生死观:生与死之间就像一张纸轻轻地翻过去。湘西的文化风俗和日常生活的无数细节,构成了沈从文不可磨灭的内心记忆,而作为小说家的沈从文则一直努力要把已失去的民族记忆唤起。

---

① 沈从文:《我读一本小书同时又读一本大书》,收《从文小说习作选》,上海良友图书公司1945年,第608页。

与自由、舒畅的乡土记忆截然不同的是，来到北京以后，都市生活带给沈从文的是紧张的压抑感。沈从文到大城市以后，始终有一种被排斥感，这种排斥一方面促使他对都市人的品行、趣味进行了强烈的抨击，另一方面也是一种反作用，越是被排斥，他就越想挤进这个阶层。他自称“乡下人”就别有意味。他说：“说乡下人我毫无骄傲，也不在自贬，乡下人照例有根深蒂固永远是乡巴佬的性情，爱憎和哀乐自有它独特的式样，与城市中人截然不同！他保守、顽固、爱土地，也不缺少机警却不甚懂诡诈。他对一切事照例十分认真……”[①]沈从文的骨子里总带着这几分“乡下人”的自负，而这自负又因在都市中所受到的各种压抑而越来越加强。1920年代在北京的时候，他很穷，没有钱生火只好把被子裹在身上写作，没有饭吃，没有名气，处于社会的底层，孤苦和寂寞蚕食着他的心。在他早期的创作中，经常有作品写到自己的怎么不名一文，被房东催着交钱的事情。但沈从文与都市、与主流社会并非完全对立，相反他非常羡慕，甚至渴望现代社会。他不断地给名流写信，希望建立联系，获得提升。在这过程中，他与现代评论派的作家学者非常亲近，如陈西滢、凌叔华、徐志摩等。徐志摩不断地提携他，后来又得到胡适的赏识，一个没有学历没有文凭的人正式进入大学教书，慢慢就进入了主流文化界。但另外一个方面，他整天与那些留英留美的知识分子混在一起，肯定会受到压抑。那些留学生互相都看不起，留学英国的就瞧不起留学美国的，而沈从文连大学的门都没有进过，自卑的心理肯定是严重的。他受了窝囊气，就把反抗的情绪全转移到文学中：知识分子软弱和怯懦，那我偏偏给你看一些野蛮的、有血性的东西。这就构成了他特有的创作立场。我们也可以把这种立场看做是民间的立场。虽然他描写的湘西世界只是他在都市中的一种记忆和想象，而并非真实世界的本来面目。在写《边城》过程中，沈从文曾回过家乡，当时他就非常敏锐地发现以往情景早已不复存在了，“表面上看来，事事物物自然都有了极大进步，试仔细注意注意，便见出在变化中堕落趋势。最明显的事，即农村社会所保有那点正直素朴人情美，几乎快要消失无余，代替而来的却是近二十年实际社会培养成功的一种唯实唯利庸俗人生观。”[②]不难发现，沈从文因为在现实世界里受到压抑，为了反抗现实生活，想象出一个并不存在的世界，这里我们也可以理解他的民间立场包含了什么样的内容。

---

① 沈从文《习作选集代序》，收《沈从文选集》第5卷，第229页。

② 沈从文《〈长河〉题记》，收《沈从文选集》第5卷，第235页。

其次是民间的审美理想。沈从文对湘西世界的独特感受与审美判断、特有的心理机制与表达方式使沈从文也形成了自己独特的文体,沈从文是中国现代文学史上少有的“文体家”,在小说文体探索上他一直葆有热情,他在大学里讲创作课时,经常写一些不同类型的小说作为讲课的范本。他自己对文字一直很自信,一直到1956年,已经搁笔多年,他还很自得地说:“我每晚除看《三里湾》也看看《湘行散记》,觉得《湘行散记》作者究竟还是一个会写文章的作者。”[①]现代汉语的语法某种意义上是从英语过来的,沈从文语言却很少有欧化现象。“五四”时的作家还不习惯用宾语、补语、状语,口语与文体不能结合。但有两个作家是很独特的,一个是老舍,一个是沈从文。老舍是一口清脆响亮的京腔;而沈从文的语言是“一部分充满泥土气息,一部分又文白杂糅,故事在写实中依旧浸透一种抒情幻想成分,内容见出杂而不纯”,[②]它有点黏糊有点啰唆,但读上去非常自然,营造了一种比较优美的现代白话的节奏。但更重要的是所谓“文体”,不仅仅表现在语言上,背后还有一个世界观在支撑着。王晓明在以《“乡下人”的文体与“土绅士”的理想》为题论述沈从文的小说文体时,敏锐地指出并一再强调,作家文体的形成是“他对自己的情感记忆有了一种特别的把握”“对对象的把握是和这对象本身一同产生的,你甚至很难把它们截然分开。”[③]沈从文的文体体现在把湘西文化转化为一种人生态度,以一种悠扬的文化节奏来看现代人的生活。它们往往是软性子,慢条斯理的,有种“无风舟自转”的感觉。《边城》开头的文字就很舒缓,像是一位老人坐在那里不紧不慢地向你讲述他极为熟悉的这块土地:由四川过去湖南,有一条官路,官路到哪有个小山城,小山城哪处有小溪、白塔和一户独户人家,家里有什么人。层层套叠,层层剥开,不是那种跳跃的,而是平缓、沉静、朴素的。沈从文的叙事与现代生活节奏脱离了关系,与现代生活不合拍,这就使他的文体变得特别空灵,甚至有虚幻的感觉,好像一片晴空,特别蓝、特别亮,又很幽远。你可以用“明丽”“清纯”来形容它,而这种文体的背后,有着他对世界、对人生的看法。沈从文的文体包含了以湘西世界文化为参照系的对现代文明的态度,他以文字的澄明与现实世界的肮脏分开,以原始性的力量,原始、粗犷、美好的风俗冲击着现实的虚伪和无力。如果要归纳,我也只能把它归

① 《从文家书》,第255页。
② 沈从文《〈沈从文小说选集〉题记》,收《沈从文选集》第5卷,第261页。
③ 王晓明《“乡下人”的文体与“土绅士”的理想》,收《二十世纪中国文学史论》第2卷,东方出版中心1997年,第364页。

纳为民间的审美态度。

最后我还想说明一下：新文学史上的“民间”这一大创作思潮的形成，在不同的历史环境下表现出不同的特征，这已经为很多文学史研究者所论定。对于这一问题，我本人的认识是有所改变的，原来，在我探讨1950年代文学现象时，我曾经提出的一个看法是，“民间”是在抗战以后才逐渐出现在文学史上的，以前因为启蒙主义为主题，所以“民间”是被遮蔽的空间。我推出这个结论是因为我坚持把1937年的抗战视为文学史的分界，前一阶段归纳为启蒙主义的文化规范下的文学；抗战后才进入了战争文化规范，而民间的因素只能在战争中才会逐渐进入文学史的视野。以前的启蒙主义文化规范下，民间是被启蒙的对象，而它本身则是一个被忽视的盲点。但后来证明我的看法是有误的。首先是读了美国的洪长泰教授出版的博士论文《到民间去》，他讨论的恰恰是“五四”到1920年代的新文学知识分子的民间运动。虽然他所探讨的民间与我所归纳的文学史上的民间的创作思潮并非是一回事，但是，他所研究的这部分民间运动毫无疑义是我所要阐述的文学史上的民间思潮的源头之一。其次是王光东教授的博士论文，着重阐述了“五四”到抗战的文学史上的民间思潮，这是我所无法回避的。他以大量的例子来纠正我的观点，证明“五四”以来民间一直是知识分子所关注的空间。虽然在对民间的论述与定义中，我觉得他过于宽泛而且缺乏比较深入的理论探讨，但是民间本来就不是一个纯文学的范畴，讨论民间本身就包含了对于民俗、民间日常生活以及知识分子价值取向等一系列非文学因素的涉及。包括我在讨论“五四”时期知识分子的三种价值取向的划分，本身也涉及了对“五四”时期民间思潮的讨论。但是无论如何，我仍然想说明多层次的民间思潮，在探讨过程中是不能混为一谈的。我们前两章讨论了鲁迅与周作人的不同道路和不同的价值取向，曾经涉及过周作人的民间岗位价值的确立，这一民间立场使他后来进一步去关注民俗学理论和民间资料的收集，再进而相信民间文化中的国粹的价值，这都是以后逐渐引申出去的意义，与后来创作领域出现的民间思潮既有一定的联系，但并非是同一层面现象。所以我能够确认的真正自觉显现民间立场以及新的审美倾向的新文学作家是从老舍与沈从文开始的。而1930年代的《边城》的出现，标志性地显示了民间创作思潮的完成。这一创作流派，随着沈从文的学生汪曾祺的创作进一步在当代中国的文学创作中发扬光大，形成了新的民间创作思潮。

（《中国现当代文学名篇十五讲》，北京大学出版社，2003年）

沈从文与 20 世纪中国

张新颖*

很高兴来“批评家讲坛”作这么一个讲演。我想一开始就说明我的意图。大家可能注意到了题目中的“与”这个字，它是一个表示关系的连接词：我想用沈从文的例子，把这个关系突出出来，变成一个问题，进入我们的意识，进而我们能够注意、能够思考、能够讨论这样的问题。一个人和他身处的时代、社会构成什么样的关系，本来应该是有自觉意识的，可是现代以来的中国，也许是时代和社会的力量太强大了，个人与它相比简直太不相称，有悬殊之别，要构成有意义的关系，确实困难重重。这样一种长久的困难压抑了建立关系的自觉意识，进而把这个问题掩盖了起来——如果还没有取消的话。不过总会有那么一些个人，以他们的生活和生命，坚持提醒我们这个问题的存在。

这样说听起来多少有点抽象，我还是赶紧进入到这个题目的具体情形中来。

一、有来路，才有自我

沈从文是大家都熟悉的名字，我们学现代文学，总要讲到他这个人和他的作品，可是，我们到底对他熟悉到什么程度？我们熟悉他的什么？沈从文生前，总是有感到不被理解的痛苦，20 世纪 30 年代创作高峰时期美誉加身的时候，他就有这种强烈的感受，更不要说后来遭遇挫折和磨难的漫长的人生路途当中了。1961 年，沈从文在一篇没有完稿的文章的开头，写下了这样两句话：“照我思索，

* 张新颖，复旦大学中文系教授，主要从事中国现代文学研究和当代文学批评，著有《二十世纪上半期中国文学的现代意识》《沈从文的后半生》等。

能理解‘我’。/照我思索，可认识‘人’。”[①]沈从文身后，这两句话分四行，刻在一块大石头上，立在凤凰城沈从文墓地。这话里当然有不被理解的郁闷，更表达了渴望理解的心情，而且，给出了理解的途径和方法。

那么，“照我思索”的“我”是怎么回事？显然这是一个关键。“我是谁？我从哪里来？我往哪里去？”这一连串伴随着人的自我意识而生的古老追问，到现在似乎已经变成了陈腔滥调。对于每一个个体来说，这样的问题如果脱离具体的生命情境来抽象地讨论，都可能是茫然无效的。

在20世纪中国，有一种典型的——因为普遍而显得典型——关于自我的叙述，就是在生命经验的过程中，猝然遭遇到某种转折性的震惊时刻，因而“觉醒”。这种“觉醒”是“现代”的“觉醒”，因为造成“觉醒”的力量，直接或间接地来自现代思想和现代理论。它可能是无政府主义思想，也可能是自由、民主、平等的观念，还可能是科学主义、公理论、进化论，当然还有马克思主义，甚至是后来的无产阶级专政下继续革命的理论，等等。“觉醒”的意思是说，以前浑浑噩噩，糊里糊涂，蒙昧混沌不成型，“觉醒”之后恍然大悟，焕然新生。以“觉醒”为界限，以前的“我”不是“真正”的“我”，现在的“我”才是“真正”的“我”；甚至说，以前根本就不知道有“我”，现在才感觉到“我”的存在。这种类型的叙述很多，已经成为一种经典模式，不仅在文学创作里经常读到，在作家的自叙性文字里也屡见不鲜。如果我们把眼光从文学领域扩展开去，很容易就会发现，这不单单是一种文学模式，同时是更为广阔的现代文化和现代社会的一种叙述模式。

当然，这没有什么奇怪。个人的震惊性经验是和古老中国的“觉醒”共振而生的，社会的现代转型和个人的现代塑形互为因果，互相呼应。从单个人的角度来看，这个现代的“我”似乎主要是由现代思想和现代理论所促生和塑造的，它的根源不在生命本身，而是外来的力量。它的确立是断裂式的，否定了“觉醒”之前的阶段才有了“新我”，因而它是没有自身的历史的。

这种断裂式的“觉醒”没有发生在沈从文身上。他的“我”，不是抛弃“旧我”新生的“新我”，而是以往所有的生命经验一点儿一点儿积累、一点儿一点儿扩大、一点儿一点儿化合而来的，到了一定程度，就可以确立起来。这样确立起来的自我，有根源、有历史。如果我们从这个意义上看《从文自传》，就会发现这本书不仅好玩，有趣，而且或显或隐地包含了理解沈从文这个人和他全部作品的基

---

① 沈从文：《抽象的抒情》，《沈从文全集》第16卷，第527页，太原，北岳文艺出版社，2002。

本信息。

这部自传是 1932 年暑假在青岛大学用三个星期写成的，你可以想象那种一气呵成的状态。这一年沈从文三十岁，已经闯荡文坛十年，取得了不俗的成绩，赢得了一定的声名，但是最好的作品还没有出来。我们不妨提出这样的疑惑：为什么这么早就急着写自传？除去有人约稿等外在因素，他写这部作品的个人的内部冲动是什么？

自传从生长的地方写起，那个小山城如今以风景秀美著称于世，沈从文起笔写的却是它暴政血腥的起点和历史：它本就是为镇压边苗叛乱而建。从逃学的顽童到部队里的小兵，成长过程中种种平常人难以想象的经历，慢慢地“教育”出一个逐渐成形、不断充实、层层扩展的生命。这种“教育”，来自三个方面：自然、人事和历史文化（沈从文称为“人类智慧的光辉”），天地人文交融浑成，共同滋养出一个结实的生命。“我”是从哪里来的？“我”是怎么来的？生命的来路历历在目。自传写到二十一岁离开湘西闯进北京即戛然而止，自我的形象已经清晰地确立起来了。

不是说沈从文到北京的时候就有了这样明确的自我意识，而是说，在此后经过大约十年的多方摸索之后，到写《从文自传》的时候，沈从文重新确认了这个自我。可以说，正是借助自传的写作，沈从文从过去的经验中重新确认了使自我区别于他人的特别因素，通过对纷繁经验的重新组织和叙述，这个自我的形成和特质就变得显豁和明朗起来。自传的写作，正是沿着自己生命的来路追索自我。自传的完成，就是对这个自我的确认的完成。过往的经验和历程之所以有意义，之所以要叙述和值得叙述，就是因为要靠这个过程才能把自我确立起来。在这里，你可以看到一个基本的不同，断裂式的“觉醒”的“新我”是靠否定自己的历史而确立的，而沈从文的自我是通过肯定自己的历史而确立的。

之所以要确立这样一个自我，对于一个年轻的写作者来说，是为已经可以触摸到的将来而准备的。此后，最能代表这个自我的作品就呼之欲出了。果然，《边城》和《湘行散记》接踵而来。

《从文自传》是一部文学自传不错，但是今天，回看沈从文的一生，如果仅仅把这本书的意义局限在文学里面，就可能把这本自传看“小”。对于更加漫长的人生来说，自我确立的意义不仅仅是文学上的；这个确立的自我，要去应对各种各样的挫折、苦难和挑战，要去经历多重的困惑、痛苦的毁灭和艰难的重生，而且要在生命的终结处，获得圆满。

20世纪的中国动荡多变，每一个自我都不断面临着时代潮流波折起伏的考验。某个时期的某些思想和理论所催生和塑造出来的自我，如何应对思想、理论潮流的一变再变？特别是，如何应对时代现实的巨大转折？应对的依据在哪里？种种考验，对沈从文这样的自我也同样严峻，他的本能反应始终是叩问和探究由自己生命的实感经验所形成的自我，从自我的历史中找到当下和将来的存在方式。

不是说沈从文确立了自我，这个自我就固定住了，因为实感经验在时时增加，生命的来路在刻刻延长，新的问题层出不穷，也会激发出对自我的新的询问和新的发现。譬如，1946年，针对说他"不懂'现实'"的批评，沈从文写自叙长文《从现实学习》，回顾从事文学以来的种种人事和社会经验，心路蜿蜒清晰而伸至当前，同时也强烈地暗示出以后的命运。

每到大的关口，沈从文会习惯性地勘探自我的来路，以此帮助辨认出现在的位置，确定将来的走向。《从文自传》写在创作的巅峰状态即将出现的前夕，仿佛是对沈从文最好的作品的召唤；《从现实学习》于纷纷扰扰的争斗中强调个人在时代里切身的痛感，对自己的文学未来及早做出了悲剧性的预言。1949年，在至为剧烈的时代转折点上，在个人精神几近崩溃的边缘，沈从文又写了两篇自传——在完全孤立无援的时候，他唯一所能求助的，是那个自我。这两篇自传，一篇是《一个人的自白》，一篇是《关于西南漆器及其他》，是一部大的自传中的两章，沈从文计划中这两章之间还有八章。很多人没有读过这两篇自传，作者生前没有发表过，《沈从文全集》根据手稿整理收入，我想，有心的读者通过这个非常时期的特殊写作，一定能够对沈从文其人其作产生更为深切的感受和贴近的理解。

沈从文一生中的自传性文字不只我上面提到的这些，长长短短还有很多。如果把不同时期的自传性文字对照起来读，会看到他这个自我的一脉相承的核心的东西，也会看到在不同的现实情形中、在个人的不同状态下的不同侧面和反应。

二、人，没有装到新文学的框子里面

我在复旦大学开一门"沈从文精读"课，开了很多年，每次讲的第一个作品，都是《从文自传》，明白了沈从文的自我的来历，明白了这个自我的不同，才有可能明白沈从文的文学。

大家都熟悉新文学开始时期一个掷地有声、影响深远的理论，即“人的文学”的倡导。我们看沈从文的文学，不妨就从人谈起。我要说，沈从文作品里的人，和时代潮流里的新文学里的人，不一样。

新文学是新文化极为重要的部分，它对“人”的重新“发现”，是与现代中国的文化启蒙紧密纠缠在一起的。在相当长一段时间里，新文学担当了文化启蒙的责任，新文学作家自觉为启蒙的角色，在他们的“人的文学”中，先觉者、已经完成启蒙或正在接受启蒙过程中的人、蒙昧的人，似乎处在不同的文化等级序列中。特别是蒙昧的人，占大多数。新文化要改变甚至改造中国社会文化的基本状况，这蒙昧的民众就成为新文学的文化批判、启蒙、救治的对象。

沈从文的湘西人物，农民、士兵、水手、妓女，如果放进这样一个大的文化思路和文学叙事模式里面，大多应该处在被启蒙的位置。但沈从文没有跟从这个模式。他作品的叙述者，和作品中的人物比较起来，并没有处在优越的位置上，相反，这个叙述者却常常从那些愚夫愚妇身上受到“感动”和“教育”。而沈从文作品的叙述者，常常又是与作者统一的，或者就是同一个人。

当这些人出现在沈从文笔下的时候，他们不是作为愚昧落后中国的代表和象征而无言地承受着“现代性”的批判，他们是以未经“现代”洗礼的面貌，呈现着他们自然自在的生活和人性。沈从文对这些人“有情”，爱他们，尊敬他们，他能从他们身上体会到生命的努力和生存的庄严，体会到对人生的忠实与对命运的承担。

沈从文也不是有意去颠倒启蒙和被启蒙的关系，而是他根本就没有这样的观念。我在前面说那种现代的“觉醒”没有发生在沈从文身上，而“觉醒”是和启蒙连在一起的，沈从文也没有经历过那种醍醐灌顶式的启蒙。《从文自传》最后一节题为《一个转机》，叙述的是在湘西军队的末期，一个印刷工人带来新书新杂志，沈从文读后感到新鲜异样，决定去北京闯荡另一种生活。这无疑是“五四”新文化的余波在个人身上产生的震动，说成影响是可以的，而且是彼时彼地的强烈影响，但要说成是启蒙，就过头了。那个工人告诉他，“白话文最要紧处是‘有思想’，若无思想，不成文章。当时我不明白什么是思想，觉得十分忸怩。若猜想得着十年后我写了些文章，被一些连看我文章上所说的话语意思也不懂的批评家，胡乱来批评我文章‘没有思想’时，我即不懂‘思想’是什么意思，当时似乎也就不必怎样惭愧了”。当时放下《花间集》《曹娥碑》，看《新潮》《改造》，“我记下了许多新人物的名字”，“崇拜”他们，而且觉得“稀奇”，“他们为什么知道那么多事情。

一动起手来就写了那么多，并且写得那么好。可是我完全想不到我原来知道的比他们更多，并且过一些日子我会比他们写得更好”。就是作出去闯荡一个更大的世界的决定，也并非全然出于新书刊的影响，而与从小就形成的性格、与不断渴求新鲜养分来滋育和扩充自我的心灵状态有更加密切的关系，“尽管向更远处走去，向一个生疏世界走去，把自己生命押上去，赌一注看看”。[①] 这样也就容易理解，沈从文自己就是个没有被启蒙的人，他怎么会在作品里居高临下地去启蒙家乡的父老子弟。

现代思想、现代理论当然不仅仅是启蒙的话语，其他的理论也一样，如果带着理论的预设去看人、看世界，就把人、把世界框在一个框子里了，同时也把自己框在了框子里。沈从文不是一个把自己用理论武装起来的人，而是一个把根扎在自己的实感经验中的人，并且带着实感经验的历史和累积的感情来看人、看世界。沈从文上创作课的时候经常说一句话，经当年的学生汪曾祺转述后，成了常被引用的写作名言：“要贴到人物来写。”我感觉不少引用这句话的人其实并不怎么懂得这句话。看起来是说写作方法，其实牵扯更重要的问题：怎么才能“贴到人物”？带着理论的预设是不行的，因为理论预设就产生了距离，贴不上；没有切身的感情，不能从心底里自然而然地生出亲近感、亲切感，也贴不上。从根本上说，这不是方法的事，而是心的事，能不能贴到人物，取决于有没有一颗对日常生活和日常生活中的普通人贴近的“有情”的心。

在这里我想给大家看沈从文信里的两段话，这封信是1935年写给巴金的。沈从文和巴金是一生的好友，也许正因为是诚恳的朋友，30年代两人常常争论问题，沈从文才会这么直率地说出他的意见：

> 我以为你太为两件事扰乱到心灵：一件是太偏爱读法国革命史，一件是你太容易受身边一点儿现象耗费感情了。前者增加你的迷信，后者增加你的痛苦。
>
> 你不觉得你还可以为人类某一理想的完成，把自己感情弄得和平一点？你看许多人皆觉得“平庸”，你自己其实就应当平庸一点。人活到世界上，所以称为伟大，他并不是同人类“离开”，实在是同人类“贴近”。你，书本上的人真影响了你，地面上身边的人影响你可太少了！你也许曾经那么打算过，

① 沈从文：《从文自传》，《沈从文全集》第13卷，第361、362、364页。

> “为人类找寻光明”，但你就不曾注意过中国那么一群人要如何方可以有光明。一堆好书一定增加了你不少的力量，但它们却并不增加你多少对于活在这地面上四万万人欲望与挣扎的了解。[①]

这两位朋友是两个不同类型的作家，沈从文对巴金的批评，未必全有道理，从巴金的立场上完全可以反驳。我想请大家注意的不是对巴金的批评，而是从这个批评里面体会批评者自己看重什么和不看重什么，明白他的亲疏远近：离书本理论远，同实际人生近，与凌空的高蹈疏，和地面上身边的平凡亲。

沈从文的文学过去了这么多年，为什么还有蓬蓬勃勃的生命力？单从他作品里的人物来说，是他没有把这些人物放到框子里，没有用这种或那种理论的彩笔去给他们涂颜色，没有自以为可以给他们定性、定等级，没有把他们变成符号。他们有生气，是生命自身由里而外散发出来的生气。而且，沈从文并不因为自己对这些人物非常熟悉就自负能够“把握”他们，他曾经在给张兆和的信里说：他来写他们，“一定写得很好。但我总还嫌力量不及，因为本来这些人就太大了”。[②] “太大了”，这是一个多么重要的感受——对生活中的人，对生气饱满的存在。有不少作家自以为可以“把握”他笔下的人物，就是因为他没有生命“太大了”的感受，他把他们限制、规范在他自己的理解能力和感受能力之内，当然就“把握”得住了。

三、文学里面有天地，比人的世界大

20 世纪的中国文学，基本上可以说是“人的文学”，我的意思是说，“五四”以来，文学的世界，基本也就是人的世界，个人、集体、民族、国家，欲望、权力、制度、文化，这之间的纠缠、联结和冲突，无不是人的世界的纠缠、联结和冲突。

这有什么问题？人不是社会关系的总和吗？文学不就是人学吗？

沈从文的文学世界，却不仅仅是人的世界，而要比人的世界大。简单地说，沈从文的文学里面有天地，人活在天地之间；大部分的现代以来的文学，只有人世，人活在人和人之间，活在社会关系的总和里面。

---

① 转引自刘红庆《沈从文家事》，第 109 页，北京，新星出版社，2012。

② 沈从文：《湘行书简 · 水手们》，《沈从文全集》第 11 卷，第 129 页。

前面说过，沈从文生命的“教育”，得自于自然、人事和“人类智慧的光辉”三个重要的方面，三项并列，说得比较清楚。但这个说法其实是个从俗的、妥协的说法，从现代人的俗，向现代人对于自然的理解妥协。原本在沈从文那里，自然和人事、历史文化，并没有像在我们今天的理解中那样处于分离的、并立的状态，在他的文学构图中，人事常常就是自然有机的一部分。能说明这个问题的例子很多，举一个比较特殊的，出现在沈从文一生中最心神澄明的经典时刻，那是1934年1月18日，在家乡河流的行船上，沈从文感动异常，彻悟“真的历史是一条河”。这一段文字我以前引用过好几次，建议大家有心的话找来《湘行书简》念一念，看看你会产生什么样的感受。这条河在沈从文的感受里，已经把自然和人类的哀乐，和智慧、文化、历史，都融通为一体了。

天地这个概念，和自然相通，但不是自然；和人事相关，却高于人事。读沈从文的文学，如果感受不到天地，会读不明白。譬如说《边城》这篇传播广泛的作品，里面有些非常重要的东西，没有这种感受，就漏掉了。

《边城》的故事很简单，但有个问题我们不能忽略：为什么“朴素的良善与单纯的希望终难免产生悲剧”？为什么在人事的安排上，从翠翠父母到翠翠，都那么不能如人意愿？这个问题，老船夫深深地思考过。“祖父是一个在自然里活了70年的人，但在人事上的自然现象，就有些力不从心了。”“这些事从老船夫的角度来说谁也无罪过，只应‘天’去负责。翠翠的祖父口中不怨天，心中却不能完全同意这种不幸的安排。”①也就是说，“天”有意志、有力量安排人事，干预人间。更重要的是，“天”的意志并不在乎人的意愿。这也就是所谓“天地不仁，以万物为刍狗”。

在众多关于《边城》的评论中，沈从文似乎只首肯过刘西渭（李健吾）的一篇，这篇文章里有这么一段：“作者的人物虽说全部良善，本身却含有悲剧的成分。唯其良善，我们才更易于感到悲哀的分量。这种悲哀，不仅仅由于情节的演进，而是自来带在人物的气质里的。自然越是平静，‘自然人’越显得悲哀：一个更大的命运影罩住他们的生存。这几乎是自然一个永久的原则：悲哀。”②

这一段话，每一句是一层意思，所有的意思又交织在一起，仔细想起来很复杂。如果人物本身就含有悲剧成分，那么悲剧就不是——或者至少不完全

① 沈从文：《边城》，《沈从文全集》第8卷，第90、66页。
② 李健吾：《〈边城〉——沈从文先生作》，郭宏安编：《李健吾批评文集》，第56页，珠海，珠海出版社，1998。

是——在事情的发展变化过程中产生的，也就是说，即使能够改变事情发展变化的过程，也未必就能够避免悲剧；人物自来的气质里就有悲哀，那是因为，自来就有一个笼罩着他们的命运。可是，悲哀为什么会是自然“永久的原则”呢？

我们不妨反过来，用小说为这段评论作个“注释”，来看这样一个简单的情境就够了：作品开篇，描述茶峒地势，凭水依山筑城，河街房子莫不设有吊脚楼，“某一年水若来得特别猛一些，沿河吊脚楼，必有一处两处为大水冲去，大家皆在城上头呆望。受损失的也同样呆望着，对于所受的损失仿佛无话可说，与在自然安排下，眼见其他无可挽救的不幸来时相似”。[①] “无可挽救的不幸”之所以“无可挽救”，是因为它出自高于人事能力的意志，“边城”人对此只能“无话可说”，“呆望着”。他们“呆望”不幸，也即是对天地不仁的无可奈何的体会、默认和领受，“呆望”的神情，也因为体会、默认和领受而可以说是自身悲剧成分和自来悲哀气质的外现。

自身悲剧成分和自来悲哀气质既然是把天地不仁“内化”为个人命运的结果，那么，天地不仁在这里就不是一种表面的感慨、一种责任的推诿、一种无知无识的愚昧、一种知识和逻辑的推论。这个世界有它的悲哀，这个世界自来就带着悲哀的气质在体会、默认和领受。

但是这还只是一面。这个世界有悲哀不假，可我们读这部作品，还是会强烈地感受到明朗、刚健的力量和生生不息的气象。“天地有大德曰生”，天地化生的力量永无止息。白塔倒了，可是又重新修好了；老祖父死了，翠翠却由此明白了从父母到自己的很多事情，人生自然上了一层；那个“使翠翠在睡梦里为歌声把灵魂轻轻浮起的青年人”还没有回来，“这个人也许永远不回来了，也许‘明天’回来！”——你看沈从文写最后一句，用了个感叹号！

在这里我顺便说几句沈从文的景物描写。沈从文也用景物这个词，但这也是从俗和妥协的说法。沈从文作品中的景物，通的是自然，自然又通天地，一层一层往上，所以是无限生机。而我们通常所说的景物，是图像化了的东西，是我们的眼睛或者相机截取了的片段；即使我们能够通过片段的景物联想到自然，那也是近代以来我们所理解的自然，是被我们对象化的东西，我们把人当成主体，把自然当成主体的对象。所以我们虽然欣赏和赞叹沈从文的景物描写之美，欣

① 沈从文：《边城》，《沈从文全集》第8卷，第90、66页。

赏和赞叹沈从文作品中的自然美，却不容易领会他的自然观中与“天地有大美而不言”相联的天地大美，与“天地有大德曰生”相联的天地大德，当然也就更不容易理解与“天地不仁，以万物为刍狗”相联的天地不仁。天道、地道、人道，人道仅居其间，我们却只承认人道，只在人道中看问题，只从人道看自然，自然也就被割裂和缩小为人的对象了。但其实，天地运行不息，山河浩浩荡荡，沈从文的作品看起来精致纤巧，却蕴藏着一个大的世界的丰富信息，自然在他的作品中，岂止是这样那样的景物描写？

我还想借这个话题说一个词：人性。因为我发现，非常多的人谈论沈从文作品的时候，喜欢用这个词。沈从文自己也用这个词，《习作选集代序》里面说自己创作的几句话经常被引用：“我只想造希腊小庙……这神庙供奉的是‘人性。’”[①]我想提醒的是，沈从文是在一个比人大的世界里说人性的，和我们通常所说的人性论的人性不同，和我们通常在人的世界里说人性不同。他为什么老是要说他对人的理解和城市中人、和读书人的理解不同呢？一个根本的原因是，城市中人、读书人对人的理解，只是在人的世界中理解人，只是在人是社会关系的总和中理解人，而他却会觉得，人不应该仅仅局限在社会关系的总和当中。他感受里面的人性，一定包含着与人居其间的天地运行相通的信息。人不能把人束缚在人里面，而与天地气息隔绝。

四、守“常”察“变”，寻“本根”持“白心”

前面提到，沈从文的作品曾经遭受“没有思想”的批评。讲到这里，我想我们已经不可以这么说了。前面讲的，难道不包含重要的思想因素、思想方式和思想感受吗？不过我们也要理解为什么会有那种批评，而且不回避这个问题。这些年我碰到不少喜欢沈从文的朋友，读沈从文的作品觉得很美，辩驳说这就够了，文学为什么一定要有思想呢？可是，我觉得这样说还不行，这等于是把问题取消了。沈从文的作品确实是有思想的，而且，不理解这些思想的话，就没有办法很好地理解沈从文。

什么是思想呢？我们通常把思想当作名词，而在20世纪中国，和这个名词搭配的动词，特别常用的一个，是“接受”，“接受”什么什么思想。这也就是说，对

---

① 沈从文：《习作选集代序》，《沈从文全集》第9卷，第2页。

于一个人来说，思想是外来的，而不是从自身的种种经验和认识里产生的。你接受了，你就有了。思想这个东西，在20世纪中国显得特别重要，它绝不仅仅是个体的需求，更是集体的需求、社会的需求、时代的需求，所以你有了还不够，还要看看别人有没有，别人有的是什么，和你有的一样不一样。

沈从文不会把现成的什么东西拿来套到作品里头，所以他的作品经不起有现成思想的眼光打量。就说《边城》吧，它不就是一个世外桃源、一首田园牧歌吗？和现实的社会、和迫切的时代，有多大关系？

我想借助鲁迅来谈这个问题。鲁迅青年时代就痛切地感受到当时的中国是“本根剥丧，神气旁皇”，这是《破恶声论》[①]一开篇就直指的要害，不管是国家、民族，还是个人，没有“本根”了，六神无主，无所适从。那么从哪里找回“本根”呢？我们都知道鲁迅对中国传统做过非常激烈的批判，他认为中国的传统坏了，而且越到后来越坏，传统是个大染缸，经过这个染缸一染，本来是好的东西也变脏污了。现在就是传统一路发展而来，变成如此不堪的局面。那希望在哪里？按照这个思路，希望所在，是没有经过传统污染的东西，青年鲁迅追溯到了“古民白心”。“古民”在这个传统之前，他们的心灵还没有经过染缸的浸泡，染上乱七八糟的颜色，还是素朴纯白的，我们应该从这里找到“本根”，恢复“神气”。鲁迅的这个思想，留给我们的问题和困难是，我们在传统的下端，“古民白心”在传统的前端，中间隔着几千年的历史，我们怎么跳过这么长的时间，和“古民白心”对接上？

这个难题中的时间距离，在沈从文那里置换成了空间距离：我们没法回到遥远的古代，但我们可以去现在的偏僻之地，找到“古民白心”。“礼失求诸野”，把“礼”字换掉，思路还是“求诸野”的思路。很早以前我读《边城》，还把它当成一个封闭空间里的故事，与外面的世界没有什么关系；现在再去看，就觉得这样看把这个作品看小了。你看作品是怎么开始的：

> 由四川过湖南去，靠东有一条官路。这官路将近湘西边境到了一个地方名为“茶峒”的小山城时，有一小溪，溪边有座白色小塔，塔下住了一户单独的人家。这人家只一个老人，一个女孩子，一只黄狗。[②]

---

① 鲁迅：《破恶声论》，《鲁迅全集》第8卷，第28页，北京，人民文学出版社，1981。
② 沈从文：《边城》，《沈从文全集》第8卷，第61页。

这个叙述是说有这么一条路，沿着这条路能够找到这么一个地方和这地方的人。有路，就不是封闭的了。沈从文画这幅路线图，是假设外面有人来，由外而里的，是给外面的人来找这里用的，是“求诸野”的路。《边城》不是陶渊明的《桃花源记》，桃花源似真似幻，“不足为外人道也”，就是按照做下的标记再去找，“寻向所志，遂迷不复得路”，哪里找得到；沈从文却肯定了边城这样的地方的存在，你看开头这么短的几句话，突出的句式是存在句，重复用了好几个“有”字（还省略了几个）：有路，有小溪，有白塔。也就是说，“求诸野”是可能的，找得到朴野淳厚的生命、刚健善良的心灵。为什么要找？为的是民族的“本根”和“神气”。所以，《边城》以及差不多全部的湘西作品，它们所表达的，并不仅仅是沈从文个人的乡愁，并不仅仅是一个乡下人在城市里过得不如意而用记忆来安慰自己，它们有更大的用心。触着了这个大的用心，我们才能理解《边城》题记的最后为什么会这么说：“我的读者应是有理性，而这点理性便基于对中国现社会变动有所关心，认识这个民族过去的伟大处与目前的堕落处，各在那里很寂寞地从事于民族复兴大业的人。这作品或者只能给他们一点怀古的幽情，或者只能给他们一次苦笑，或者又将给他们一个噩梦，但同时说不定，也许尚能给他们一种勇气同信心！”①

沈从文和鲁迅对于传统的看法非常不同，“过去伟大处”的“过去”是包含着悠久的传统在内的；“目前堕落处”的“目前”，指的是他所置身其中的现代以来的中国，“本根剥丧，神气旁皇”是“堕落”的原因，也是“堕落”的表现。沈从文喜欢用“常”与“变”的交互作用来描述时代，有“本根”就有“常”，有“常”就不怕“变”，怕就怕没有了“常”，那就只能在不断的“变”中，仓皇失措，“神气旁皇”。《长河》集中处理“常”与“变”的问题，表达了沈从文非常深重的忧思。很遗憾，这部作品没有受到足够的重视。

《长河》写的是现代“来了”之后的种种情形。在 20 世纪中国，现代是“时代大力”，而且似乎是“神圣”的“大力”，因为很多人觉得这个是不容置疑的，有所疑惑就往往被视为落后、守旧、固执，甚至是倒退和反动。但问题是，现代到底是什么？现代究竟怎么样？沈从文是个“乡下人”，“乡下人”的一个特点是不相信理论，而相信实际，相信他亲眼所见、亲身所感的东西，也就是“亲证”。现代不是不可以分析，不可以具体化的。举一个很小的例子：辰州府地方要成立一个新式

① 沈从文：《边城〈题记〉》，《沈从文全集》第 8 卷，第 59 页。

油业公司，用机器榨油，取代原有的几十处手工作坊式的油坊。这两种作业方式之间的冲突，似乎是“现代与传统”、“新与旧”、先进的生产方式和落后的生产方式的冲突，其实这不过是表面现象而已。在这样的关键地方，沈从文一针见血地指出，这是官与民争利。新式油业公司实行股份制，持有股份的是省里委员、军长、局长。买进桐子他们可以自己定价，卖出桐油也是他们自己定价。资本、权力、利益结合了“新式文明”，巧取豪夺，长驱直入。这分明是野蛮，现代的野蛮。这样的例子不需要多举，今天一个多少有点儿现实经验和感受的中国人，都会有体会。

沈从文忧心忡忡的是，在现代的“大力”下，原本朴素的性格灵魂会不会被压扁扭曲，“白心”会不会被浸染上各种各样花里胡哨的颜色，在漫长的历史中所形成的生活的完整性会不会遭到破坏。“变”是无可避免的，但“变”是不是一定要取消“常”，现代是不是一定要把“本根”也消除掉？这个思想不应该被套进传统和现代二元对立的模式里去，沈从文所要维护的不是只属于过去时代的东西，而是现代以及现代以后的将来也应该存在的东西。

沈从文和鲁迅两个人看上去很不一样，但是在他们的文学深处，却能够发现某些重要的甚至是根本的一致性。可以说，沈从文正是一个保持和维护着青年鲁迅所揭示的“本根”和“白心”思想的作家，他的文学，也不妨说成是持守“本根”和“白心”的文学。

五、选择、位置：偏之又偏，实得其正

40年代是沈从文思想上最为痛苦的时期，和现实的冲突越来越厉害，和时代的剧烈变化越来越不合拍，到1949年，他神经所能承受的压力达到最高点，以致一度精神失常，以自杀求解脱。恢复后改行做文物研究，成就了后半生的事业。

沈从文改行，是时代压力和自主选择共同作用而产生的结果：如果可以分开来说，放弃文学，多是由于政治上的原因；做文物研究，则是自主选择。有人说，沈从文胆小，离开了意识形态关注的领域，躲进了文物里面；也有人说，沈从文聪明，离开了是是非非的漩涡，明哲保身。这恐怕多是不了解沈从文的人，以己度人得出这样的印象。

前面提到过沈从文1949年精神极端紧张的时候写自传，其中一章是《关于

西南漆器及其他》，描述和分析美术，特别是工艺美术与自己的密切关系。从少年时代起，这种关系不断深化，由爱好和兴趣，发展到对世界、生命、自我的认识和体会，并且逐渐内化为自我生命的滋养成分，促成自我生命的兴发变化。也就是说，到后来，文物对于沈从文来说，已经不仅仅是“对象”了。沈从文在这个时候梳理出自己生命的这么一条线索，显然对自己即将作出的选择，已经有了明确的意识。如果你还记得《从文自传》的倒数第二章《学历史的地方》，写他在筸军统领官陈渠珍身边做书记，日常事务中有一件是保管整理大量的古书、字画、碑帖、文物，“使我对于全个历史各时代各方面的光辉，得了一个从容机会去认识，去接近”，[①]你一定会惊叹生命的密码早已暗示了未来的信息。不过，沈从文三十岁时候的叙述是兴之所至地触碰了一下这个密码，他自己也并不完全明白其中的含义；1949 年再来重新发掘这条埋藏的线索，就是非常自觉的了。所以你看，沈从文的文学是从自己生命的来路而产生出来的，沈从文的文物研究也一样，也有这么一条生命的来路和自我的根据。

不仅有自我的根据，而且还要自我在这个领域里安顿、扩展、充实、成就；不是到这里遮风避雨、苟且偷生的，而是要在这里安身立命，创造另一番事业。

但是，在轰轰烈烈的时代潮流中，选择这样一个偏于一隅的角落里的位置，意味着什么？

我讲三个场景，请大家体会。

第一个，是沈从文 1949 年 12 月一篇文稿里描述的“家庭剧”：两个初中生的儿子，晚上做爸爸的思想工作——

> “爸爸，我看你老不进步，思想搞不通。国家那么好，还不快快乐乐工作？”
>
> “我工作了好些年，并不十分懒惰。也热爱这个国家，明白个人工作和社会能够发生什么关系。也长远在学习，学的已不少。至于进步不进步，表面可看不出。我学的不同，用处不同。”
>
> ……
>
> “到博物馆弄古董，有什么意思！”
>
> “那也是历史，是文化！……”

---

① 沈从文：《从文自传·学历史的地方》，《沈从文全集》第 13 卷，第 356 页。

……

于是我们共同演出了一幕《父与子》，孩子们凡事由“信”出发，所理解的国家，自然和我由“思”出发明白的国家大不相同。谈下去，两人都落了泪……①

第二个场景，在济南。1956年10月10日，沈从文到山东师范学院，门房问他是干什么的：他说，“什么也不干”。门房笑了。他在文物室看了两个钟头。上午散学，千百个学生们拥挤着出门去食堂，他也在中间挤来挤去，没有一个人认识。他觉得这样极有意思；又想，即使“报上名来”，也没有人知道他是谁。不知怎么一转念，想到了老朋友巴金，“如果听说是巴金，大致不到半小时，就传遍了全校”。接着又有点负气但到底还是泰然地想道——

我想还是在他们中挤来挤去好一些，没有人知道我是干什么的，我自己倒知道。如到人都知道我，我大致就快到不知道自己究竟是干什么的了。②

第三个，在上海。1957年5月1日，国际劳动节，沈从文从外滩边上的饭店窗口看外白渡桥和黄浦江，画了三幅速写，同时又用文字作了描述。第一幅，“五一节五点半外白渡桥所见”：

江潮在下落，慢慢的。桥上走着红旗队伍。艒艒船还在睡着，和小婴孩睡在摇篮中，听着母亲唱摇篮曲一样，声音越高越安静，因为知道妈妈在身边。

第二幅，“六点钟所见”：

艒艒船还在作梦，在大海中飘动。原来是红旗的海，歌声的海，锣鼓的海。（总而言之不醒。）

---

① 沈从文：《政治无所不在》，《沈从文全集》第27卷，第40－41页。
② 沈从文：《致张兆和》（19561010），《沈从文全集》第20卷，第19页。

第三幅：

> 声音太热闹，船上人居然醒了。一个人拿着个网兜捞鱼虾。网兜不过如草帽大小，除了虾子谁也不会入网。奇怪的是他依旧捞着。[①]

我们应该意识到这个时间和地点所提示的时代气氛和性质。时代的宏大潮流汇集和裹挟着人群轰轰隆隆而过——外白渡桥上正通过由红旗、歌声和锣鼓混合成的游行队伍——这样的时刻，沈从文的眼睛依然能够偏离开去，发现一个小小的游离自在的生命存在，并且心灵里充满温热的兴味和感情，这不能不说是一个奇迹。翻检那个时代的文学艺术作品加以对照，就会对这样的奇迹更加惊叹。

如果不嫌牵强的话，我们可以把沈从文“静观”的过程和发现的情景，当作他个人的生命存在和他所置身的时代之间的关系的一个隐喻。说得更直白一点，我们不妨就把沈从文看作那个小小的艒艒船里的人，“总而言之不醒”，醒来后也并不加入到“一个群”的“动”中去，只是自顾自地捞那小小的虾子。沈从文的“小虾子”，不用说，就是他投注了生命热情的杂文物。

我想不必再描述更多的场景了。此后的岁月，60 年代，70 年代，沈从文只能是越来越艰难，境况越来越恶劣，下放到湖北之后连最起码的研究条件都丧失了，还念念不忘他的杂文物，带着一身病，凭着记忆写文章。

我们后知后觉，站在今天回望，能够知道一浪高过一浪的时代潮流做了什么，时代潮流之外的沈从文做了什么。而且我们还应该反思，潮流是由多数人造成的，潮流里的人，经过了那些年代，他们得到了什么，失去了什么。20 世纪以来的多数中国人，争先恐后，生怕落伍、生怕离群。其中的知识分子，本该是比较有理性的，有独立精神的，有自主能力的，但多数却只养成了与时俱进的意识和本领。落潮之后，能够看得比较清楚了，多数人又把一切责任推给时代，不去追问自己在时代里选择了什么位置，做了什么事情。

沈从文文物研究的具体情况，今天没有时间细讲，但有一点要指出来，就是他关注的种类繁多的杂文物，大多是民间的、日常的、生活中的工艺器物，不但与庙堂里的东西不同，与文人雅士兴趣集中的东西也很不一样，大多不登大雅之

① 沈从文：《致张兆和》(19570502)，《沈从文全集》第 20 卷，第 177－178 页。

堂。他自己更喜欢把他的研究叫做物质文化史研究，为了强调他的物质文化史所关注的东西与一般文物研究不同，他关注的是千百年来普通人民在日常生活中的劳动、智慧和创造。这个关注点，和他的文学的关注点是一样的，沈从文的文学世界，不正是民间的、普通人的、生活的世界？但是，这不是文物研究的主流，不被认同，甚至被排斥，以至于被认为是“外行”。50年代历史博物馆布置了一个“内部浪费展览会”，展出的是沈从文买来的“废品”，还让他陪同外省同行参观，用意当然是给他难堪。沈从文1978年调到社科院历史所，此前历史博物馆的领导说，沈从文不是主要人才，要走就走。你看，沈从文从事物质文化史研究，不仅他这个人要承受现实处境的政治压力，他的研究观念还要承受主流“内行”的学术压力。反过来理解，也正可以见出他的物质文化史研究不同于时见的取舍和特别的价值。

做文物研究，已经是偏离时代潮流了；做的又是“算不上文物”的杂文物研究，连文物研究的主流也偏离了。可谓偏之又偏；但是呢，偏之又偏，实得其正。当然，换个角度，不从时代和潮流的立场来看，也许沈从文从来就没有偏过，始之于正，也终得其正。

六、题目下面的题目

自我、文学、思想、走入历史文化深处的选择和实践，这些不同的方面，一个人用他的生命贯通起来了。这个生命有很强的连续性，有迹可循，不会今天这样明天忽然那样；这个生命又很倔强，如同“无从驯服的斑马”。生命方方面面的展开和实践，不可能封闭在生命的内部完成，总是和置身其中的社会、时代发生各种各样的关系。但发生什么样的关系，发生什么样的关系不仅对个体生命更有价值，而且对社会、时代更有意义，却也不只是社会、时代单方面所能决定的，虽然在20世纪中国，这个方面的力量过于强大，个人的力量过于弱小。不过，弱小的力量也是力量，而且隔了一段距离去看，你可能会发现，力量之间的对比关系发生了变化，强大的潮流在力量耗尽之后消退了，而弱小的个人从历史中站立起来，走到今天和将来。

沈从文如果活到现在，2012年，就一百一十岁了。今天讲他和20世纪中国，好像都是讲过去的人事。其实很难说我们已经可以把20世纪历史化了。我的本意，也不是来讲无关于当下的历史人物和历史知识。这个讲演的题目，召唤着你、我、我们的某些意识和思考，如果有人隐约感受到这个题目下面还有题目，譬如类似于“我们与21世纪中国”“沈从文与我们”这样的，我会觉得，这个题目讲对了。

（《当代作家评论》2012年第6期）

沈从文研究海外篇

沈从文、中上健次对比研究

城谷武男* 著　张　耿 译

援用/对比篇

拙著把沈从文与中上健次作比较，在这基础上对沈从文加以理解，是试验性质较强的尝试。这里是依据中上健次的《物语的系谱》，在关于地域和出身等几个项目上做比较和对照。通过这些比较和对照来探讨两者在文学上的类似与不同，从而达到把握沈从文文学之本质的目的。本篇要首先对援用和对比作为第一阶段研究，对两位作家的类似与不同之处做出明确的结论。然后，在拙著的（二）《本质推论篇》里再对本质做论证。

一、只见树本，不见森林

沈从文（1902－1988年）为什么没有加入中国左翼作家联盟（左联），或者换一个说法，为什么他对马克思主义怀有戒心，不轻易随和地提倡所谓阶级概念呢？提出这种疑问本身好像就有点不合时宜。这是由于长期下来，用阶级这个神话般的概念来封闭民族概念，从而造成了这种状况。

自然这不是对这个疑问的回答。而作者要说的是，这个问题的根子埋得有多深，是我们大家应该认识到的。左联的背后有共产国际。对共产国际应该站在世界史的观点上作重新评价，是另外的一个问题。加入了左联即是好的，没加

* 城谷武男(Shiroya Takeo)，教授，*Hokkaido Bunkyo University*，日本.

入便是不好的，这种判断方法在共产党政权的中国是有过的，但是在日本的，这种判断方法应该先放一边。也就是说，在做判断之前，先要探索客观事实和当时的环境。

首先必须对下列问题做调查，即 1928 年至 1930 年之间沈从文的动向、[①]沈从文与胡也频和丁玲的关系、沈从文和胡也频文学的比较，以及沈从文文学和新月派的不同，等等。这些需要调查，因为它们是中国近代文学史这棵大树上的树干和树枝。触摸大树的树干和树枝是研究的重要课题。即使这样，因为内外多种因素，连这方面研究的进展也是不大。

是要看森林，还是只看森林里的树木？今后沈从文研究时，没有这样把立场观点定好，作者认为研究的意义会下降。共产国际如何如何并不重要。要在与世界文学的水平、方向和所关心的问题相比较之下，沈从文文学的相对位置如何，这种评价关系才是需要重点考虑的。要是将沈从文研究局限在中国近代文学这个框子内，就有可能被中华文化圈的浮藻缠住手脚而失去更广泛的眼光。

比较文学的常规手段，一般是会首先采用法国式的方法对相关各方面做“实证主义的，历史性的”观点的研究。可是在本论文里，作者却要采用美式的对比研究手法而推出一个假设性的学说。这个做法出自于作者的直接灵感。这是要重视对“文学上的内在价值”[②]的研究，而且允许把“渊源，影响，名声等等与事实无直接关系的文学事项也做比较”。把本文的内容暂时定为是“假设性的”，是因为不光是沈从文，中上健次也是一位刚开始被作为研究对象的作家，把这两者做互相比较对照是有胆大妄为之嫌。

可是，作者为什么要出如此妄为之举？虽然沈从文与中上健次的时代和出生民族完全不同，两者间应该是毫无相关，但是作者还是可以感觉到两者间有非常相似的“某种”东西，而“有些”地方却是完全不同的“某种”。这个“某种”到底是什么？这“某种”里面是不是会隐藏着沈从文文学的本质？基于这种迫切的想象，作者开始了这个工作。

虽然说这是一个想象，但是如果按一定的程序和方法做下去，作者认为还是有可能得到相当程度的所获。方法是先设一个标准，根据这个标准来判断怎样的是为相似，怎样的是为不同。本篇先做到这一步。之后，对两者的文学上的本

---

① 不仅如此，以下论文还提出应该追溯到 1925 年。《一九二五年春北京时期的沈从文，胡也频和鲁迅》(黄媛玲《未名》第十一号，1993.3)。

② 引自《比较文学的展望》(亀井俊介《讲座比较文学第八卷比较文学的理论》东京大学出版会 1976.3)。

质做探讨，从而引导出对沈从文的评价。而如何对本篇开头所提到的疑问做解释，是要在《本质推论篇》解决。

二、《故事的系谱　八个作家　第一章　佐藤春夫》中上健次

这是《国文学》(1979 年 2 月刊)所发表的标题。至 1985 年 6 月刊为止，断断续续连载了 19 次。先是佐藤春夫，之后是谷崎润一郎、上田秋成、折口信夫、圆地文子等，是没有完成的作家评论。这些评论所写的时期是与中上健次从写小说转变为写故事的转变期相同，是他的作家评论，也是他的文学评论。

这里把中上健次的这一系列评论提出来，是因为作者认为，这些内容比起对谈或者随笔，虽然没有完成，却更完整、根本地体现了中上健次的文学论点。作者的目的，是使用中上健次本身所认为故事应具备的各条件来对沈从文进行考察。既然他用了故事这个词，说明他对所谓近代小说提出了疑问。我们在考察沈从文的时候，现代这个框架对沈从文意味着什么，要采取中上健次的视点，对这个问题做论证。

中上健次的这一系列的评论里的论调，是要打破“近代文学里所充满的以人间中心主义为中心以及所谓‘文学’主义的迷茫妄想”。人间中心主义又可以说是人道主义，而把“文学”用符号括起来，意思是说，认为文学是为了对“如何度过人生”这种问题做回答的这种论调是虚伪和狂妄。在这个水平上来认识文学的话，对几百年来作为抑压机构的法律与制度是理解不了，更没有可能去改变颠覆它了。法律与制度就可以用“故事”这个词来代替。“现在正是来检验这个故事之真伪的时期。正如马克思写《德国意识形态》，写《资本论》那样，需要有引起变革的那种故事评论。需要《资本论》那样的故事评论。”这样看的话，“故事”这个词有很多含义，有几乎任何地方都可以用得上的功能。法律和制度只是其中的基本概念，故事可以指国家、自然、差别、资本、佛教、神道、纪州、熊野、春夫、中上健次、出版资本、通俗等等不局限于小说之一切的事物都可以包含在内。

对中上本身来说，“故事”是一个什么东西呢？对这个疑问作者要先放在一边，而要把中上的佐藤春夫论先做考察。在这期间也就会把中上所说的“故事”的意思逐渐显示出来。

中上在他的连载第一回就把佐藤春夫拿上来。这里面一定会有想到这是因

为他是同乡，住处也相距不超过500米，又是作家的前辈的原因。可是，如果只是说他们在生活上是同乡，都是纪州新宫人，这种世俗上的亲近感觉是没有什么意义的。作为连载第一回的主人公，这里包含着有他的“故事论”的本质。作为在评论谷崎润一郎和折口信夫之前的序章，他就是再好不过的作家和诗人了。佐藤春夫很爱时尚，模仿西欧，有近代的形象，初看和“故事”不会有什么关联。

中上在他的评论开头引用了春夫的《愚者的死》。这是春夫为悼念一位名为大石诚之助的新宫的医师所写的诗。大石诚之助有博士的称号，是在大逆事件时被牵涉而死于刑场。“明治四一年七月三十日，大石诚之助等邀请幸德秋水，共约八个人在熊野河行舟捕虾，而被捏造是暗中商量用炸弹暗杀天皇。而这个大逆事件”对“新宫和出身于新宫的人都造成了巨大的影响”。这诗里的第二段，“这里是大多数人制作的庄严的章程；背叛者必死吗”，不光指的是大石诚之助，“背叛者不是别人正是春夫，被杀的亦是春夫”，中上是这么讲的。“春夫亲眼见到了纪州这个国家，纪州这个作为国家的战争，又亲眼见到了纪州的灭亡，于是在20岁时就已经变节了”。应该注意到两点：一点是“纪州这个国家”，另一点是“20岁时就已经变节了”。

“纪州新宫又是指纪伊国牟娄郡熊野的小乡”。纪州熊野，是自从神武东征而“熊野的山神”败走之时起，“失败者以及被压迫者的怨恨，这些失败者们不时地相聚、谈絮，这些集合起来形成一股力量，在观念上建筑成一个国家”。“也就是说，这里是以失败者、被压迫陷害者、残疾人、畸形人和死者的视线来建设的国家。”这个国家如果看得见，一定会和所谓以用章程为基础的“国家”相抵触的。这里是充满这种故事的这样的土地。中上把熊野称为“充满瘴气的土地”、“黑暗国土”“树木之国”“根之国”“隐国”等等。

那么，什么叫“变节”呢？“一般所谓的变节，是指抛弃马克思主义。这里却不是指的这个。而是指把纪州新宫出身这个事实暂时埋藏在自己心里。”“再进一步说，关于纪州，春夫是处在《破戒》里的丑松那种状态。要是一谈起纪州，这个故事、那个故事讲起来，是会毁灭自己的。变节，就是对这个事实的发现。”“这个故事”会是神武东征或者有间皇子，[1]“那个故事”又会是大逆事件。总而言之，由于是纪州新宫出身，就不免对社会的事实与现象，特别是在对国家权力这

① 《故事的系谱》(《国文学》所收)里写的是大津皇子。《纪州　木之国·根之国的故事》(角川选书　一九八六.四.二十)302页举了有间皇子的例子，所以采用。另外，《故事的系谱》的引用全部引自(《国文学》)。

个问题上面有“过敏”反应。中上健次甚至把“变节”说成是刻在春夫额头上的烙印，就像是刺在奥斯威辛集中营里的犹太人手臂上的号码一样。可是，中上又说这个“烙印”和自己相比，其程度是要“擦清眼睛认真去看才能分辨出来”那么轻微，从而表示出自己的焦躁。这里会是中上健次和佐藤春夫的分歧点。

接下去，他又评论了春夫的小说《田园的忧郁》，在这里又明显地显示了他的另一种烦躁。总之他要说的是这篇小说《没有故事情节》，只是要“避通俗而行”。从“讴歌自然风景”这一点上讲，又只能把它叫做故事。春夫“几乎没有意识”到纪州新宫是“麻风病的城市，是黑暗的、阴森的、下贱的地方”。只看到“太阳不能更光辉，天空不能更蓝”，却没有注意到“血糊、血泥和脓水也已透明地浮现出来了”。医生家庭出生，身为长子的春夫，“从小熟读汉诗汉文”，与“兴旺时期的木材商人在气质上气脉相通”，自然不会看得到与“灿烂”“时尚”“奔放”等等格格不入的“充满血糊、血泥和脓水”的纪州新宫。中上曾说过，他对春夫的烦躁，就是在这一点上。相对自然，春夫是写了一部《田园的忧郁》这种“败北的”小说。

以上我们跟着中上健次把《故事的系谱　第一回》的佐藤春夫论过了一遍。这里呈现出对含有败北之烙印的历史性的地域的认识和态度上的不同。用中上健次特有的“故事”这个用词来总结的话，他要对覆天盖地似的庞大的国家权力（故事 a）、“不得不进行反抗的”地方（故事 b）和自然（故事 c）以及被迫要对现实进行认识、作选择的当地出生的作家（故事 d）做追究。所谓“故事”，是意味着《一种具有强大力量的存在》。这么理解的话，就知道“小说”这个词太软弱，而非用“故事”不可。

《故事的系谱》在这以后的章次，用“故事的笨猪”“故事的白痴”等用词来批判谷崎润一郎的差别主义，对上田秋成，“由于出生之谜或身体残废”原因“对法律制度有抵抗心理”产生共鸣，对折口信夫，注目到其以《死者之书》为题材里的声色描写而论述了幽灵世界和附身，对圆地文子的“戏剧的智慧”“老翁在共同体里的发现”进行评论。

三、沈从文和中上健次

沈从文是湖南省西部湘西人。主要从 1920 年年末至 1930 年年底开展作家活动。1949 年之后留在大陆生活，进行古代服饰研究。著有小说、散文、评论和传记等许多作品。许多优秀作品，是以湖南地方为舞台，主人公都是一般平民。

描写的虽然都是很悲惨的现实，但又不过分流露感伤情调，建立了他自己的作品意境。他的作品是对中国一个时代的一个侧面做了深刻的描述，给中国研究提供了有力的资料。沈从文是含有土家族和苗族血统的汉族人，到成年为止是在这三个民族的混合地域生活成长。这可以说是他的特点。他和左联五烈士之一的胡也频以及得了斯大林奖章的丁玲是亲密的朋友，但是思想上却分道扬镳。在交往上是和新月派比较亲密，文学上也得到了鲁迅的认可但没有见过面。在北京生活时期培养了许多文学家。还有要点一下的是他曾经被要求搬去台湾但拒绝之后他的作品在台湾被禁止发行。

中上健次出生于1946年，1992年46岁时早逝。[①] 是和歌山县新宫市人。"真正的父亲姓铃木，因为是母亲的私生子，冒名为木下(Kinoshita)。高中时又改姓为中上(Nakaue)。18岁时到东京后，大家都叫我中上(Nakagami)，我也就自称是中上(Nakagami)了。说实话，中上(Nakaue)这个名字觉得很生疏。后父中上，对母亲带来的我就和自己生的孩子一样对待，非常慈爱，从没有什么为难处。但我总觉得中上这个名字分量很重。虽然读音不同，写出来却是一样的汉字。即使这样，仍然是拘泥，中上(Nakagami)这个发音给了我一个抽象的感觉，使我安心。可以说世界上是没有合适于我的姓氏的。"《纪州　森林之国・根之国》的《天王寺》里是这么写的。"世界上是没有符合我的姓氏的"指的是，像他这样在母系社会和共同体里过来的人，连自己的身份如何定义都是成问题的。

幼年期他就生活在"故事的世界"[②]里。上小学的时候，儿童的业余活动时就看幻灯片或戏剧，"和平常母亲家长们讲的故事相比，是些更具有现实社会意义的内容"。[③] 除此之外，还泡在图书馆里的"文字"[④]世界。也可以说，当时的"负责教育"的人，有"创造新的价值的"[⑤]热情。他是在战后民主主义的影响下长大的。

1959年，快要小学毕业之前，大他12岁的同母异父兄弟上吊自杀，之后经常有提起他的兄弟生与死。

中学、高中时期，喜欢古典音乐。与佐佐木干郎对谈时又说高中时对"萨德

---

① 关于中上健次的出生与经历，是引用永岛贵吉在《国文学》(1985.3)(1991.12)和《ユリイカ》(1993.3)发表的年谱。

② 《对谈——路地的消失与流亡》(柄谷行人.中上健次，《国文学》1991.3)，19页。

③ 《对谈——路地的消失与流亡》(柄谷行人.中上健次，《国文学》1991.3)，19页。

④ 《对谈——路地的消失与流亡》(柄谷行人.中上健次，《国文学》1991.3)，19页。

⑤ 《对谈——路地的消失与流亡》(柄谷行人.中上健次，《国文学》1991.3)，19页。

侯爵、路易—费迪南—塞利纳、热内”倾倒，到东京以后“最喜欢的是兰波”。① 高中毕业以后，说是去补习而前往东京，接触爵士音乐、新左翼等，以《文艺首都》为中心进行文学活动。

1970年24岁结婚，与此同时开始在羽田机场做地勤的公司上班。“我真正开始上班，实行具体、实际的劳动，还是从在羽田工作那时才开始的。当时感觉的是很奇妙。和以前的生活一刀两断。在那之前，几乎算是流浪，什么事情也不做，总是向父母亲要钱。之后就没有接受父母的任何支持，全靠自己的劳动来生活”。②

他的作品的题材，主要来自故乡纪州，内容上关于血缘、地缘的倾向逐渐鲜明，1976年的作品《岬》得芥川奖。用“路地”这文学用语来描写被歧视部落。之后接连发表了描写以自己的出生和经历为题材的《枯木滩》和《天涯海角——至上之时》，以及描写其母亲的《凤仙花》等有反响的作品。这些作品里包含有血统的苦闷、父系和母系、乱伦。共同体的崩溃、熊野的自然等等。

同一时期，参加了许多的对谈等，发表自己的文学观。这些多收集在《中上健次全发言》里。其间发生的一件事是1977年，为了从正面认识歧视和被歧视问题，他到纪州熊野旅行取材，内容在《朝日周刊》杂志上连载发表。在该杂志举行的与野间宏和安冈章太郎的座谈会上他说到“以前有一个我认识的年轻作家，他和其他四五个人在一起时说过‘大家或许知道，我是部落民。可是请大家知道，这是不公开的’”，后年他又说到这件事，“那时我说的是不对的。那讲的其实是我自己”。③

他的这种对自己故乡所进行的解剖分析方法，或许是受到了福克纳影响，或者是向乔伊斯学的。中上的“路地”，便是福克纳的约克那帕朵法或者乔伊斯的都柏林。可是当时表面上“路地”已经丧失，这迫使中上在方法和观点上进行转换。1977年开始旅游美国、韩国，后来又去了欧洲、亚洲、中东等。眼光放到了贫民街、犹太人区、少数民族、土著民族、吉普赛人等。这些民族发出的音符混合起来，形成一种复调音乐。当然加西尔·马尔克斯的玛肯德也被收集在他的“势力范围”里面。总之，他开始更广泛地放眼看到了所谓第三世界和被压迫阶层的人民。

---

① 《年代文学可能吗》(《中上健次全发言Ⅱ》集英社，1980.7.10)，59页。
② 《对谈——路地的消失与流亡》(柄谷行人.中上健次，《国文学》1991.3)，18页。
③ 《对谈——路地的消失与流亡》(柄谷行人.中上健次，《国文学》1991.3)，21页。

而另一方面，中上健次不仅在横的面的方向上有广度，而且在纵向上，也就是说，向社会文化的角度上所说的古层上也有追究。受歧视部落的存在与天皇的存在是同一个层次的问题。受歧视问题是社会问题，又是文化上的问题。他把这个问题的发生、成形与发展从民俗学、文化人类学等等观点来作整理，而且对从神话变为到故事、绳文人的后代及其意识形态等问题都显示了关注。可能因为这样，传说、继承、古怪、外界、灵魂世界、巫、凭依等都被意识性地成了他的思考对象。

以上是关于中上健次的简单介绍。他正是在准备对许多庞大的课题做探讨时病逝。他的去世是太早了。

四、对　比　一

(1)“逃学”和“山学校”——出生地的自然环境

纪州有山、有河、又有海。可是，中上健次的作品里，虽然有《岬》和《枯木滩》等等与海有相关的标题，但是却没有实际描写大海。《大岛》是讲的关于一家渔民的，可是描写大海的部分很少，《奇迹》里的《Ikuo 外传》的舞台是沙滩，《到大海去》写的是去海边，没有讲在海上的事情。《奇迹》的《Taichi 的诞生》里面，Tomono-Oji 变成大鱼在深海里的游泳那一段，算是难得的关于大海的描述。对中上健次来看，大海是封闭的场所，在“故事”里面只有山与河才是有具体性的自然。

而对于沈从文，自然就是指的山与河。虽然后来，青岛的海景对沈从文在哲学上的考察有帮助，但是自然就一直是山与江河。小时候的凤凰县是这样，从军去的地区也是这样。

两人的自然，都几乎没有平地。生活是靠打猎，采野果或砍柴。这些都很相似。福克纳也有描写美国南部的自然和产业，但不如他们之间的类似性强。沈从文上小学时经常“逃学”，[①]而中上健次也有“山学校”。[②] 这种单词的存在，本身就很有意义。两者的作品里都有经常描写在河里游泳。沈从文的《雪》所描写

① 《我读一本小书同时又读一种大书》(《从文自传》，生活社　1943.12.10)。
② 《第一件发生的事情》，“我和伙伴们约好去做山学校”，“假学校的山学校”等等用语。

的猎户的生活非常朴实，说自然是美丽不如说是很严酷。纪洲的《拉木马》[①]里描写的是蛇和蚂蟥也充满危险。

两者在自然的描写上和其他作家相比也是很出色的。光考察这方面也可以写成一篇论文。可是这里不加更多的讨论。

（2）湘西与熊野——出生地的历史和风土

湘西自古被汉族蔑称为蛮族，是武陵蛮、五溪蛮等民族居住的地方。古代可以追溯到春秋战国的楚国。就像楚对周那样，不管什么时代，都是受汉族或中央政府统治的区域。楚国曾经有一段时间武力增强，拥有过庞大的领土，但没有像秦、汉、隋、唐那样成为形成统一的帝国，而是和他国共存。关于楚族与苗族之间的关系，有很多学说和争论，结果不很清楚，但是可以明确地讲，楚与汉族在语言和风俗上是有不同的文化背景的。

还有，有类似屈原这样的失败者的遗恨，超越时空，笼罩了湘西。屈原是这种人物的杰出代表。反复地进行"抵抗"而被屠杀的非汉民族人民，他们的遗恨飘荡在空中，停在树上，藏在山洞里。这样看，湘西和纪州是多么相似。重新把中上的文章看一看，"失败者以及被压迫者的怨恨，这些失败者们不时地相聚而做的谈絮，这些集合起来形成一股力量，在观念上建筑成一个国家"。湘西可说是中国的充满瘴气的"树木之国""根之国""隐国"。

（3）父系和母系——关于出生

我们从他们的自然看到风土，接着要考察他们的出身和生活环境。

大家都知道沈从文的祖母是苗族人，母亲是土族人。祖父沈洪富没有儿子，祖母便就让沈洪富的弟弟沈洪芳娶了苗族姑娘，生了两个儿子。然后领了第二个儿子做养子以接后代。假定说他的叔祖父是汉族人，他的父亲便是二分之一的汉族。土家族的母亲其父母是否都是土族，没有详细的考察。如果是的话，沈从文的血统便只是四分之一的汉族了。从血统上可以这样看，沈从文可能意识上觉得自己是苗族人，但是从家庭形态上看，他却很明显地是随着父系，所以是

① 《凤仙花》的〈町〉里有描述。指搬运木材用具的拉夫。

汉族。母方的祖父黄河清是当地最初的贡生，母亲显然是知识阶层。从这些《从文自传》里的记载，很难想象黄家是土家族。[①] 凤凰县的土族很早归顺，有被任命的土司，也可以参加科举。当时的开明可能与通化归顺是同义词，母方的文化几乎已汉化，土家文化或者已经丧失。[②] 无论如何，母方教育的影响可能很大，但这并不是说沈家是母系，而应该是说向汉族社会的同化的倾向逐渐强大。汉族社会是父系社会，其祖父一代所做的事情反映了这个事实。

中上健次的母亲有过三个丈夫。第一个丈夫的孩子她没带，只带了和第二个丈夫之间生的儿子健次去第三个丈夫的家，养育了健次和与第三个丈夫生的孩子。母亲是家庭的中心人物，显然是一种母系的状况。中上把新宫的受歧视的部落叫作路地，这些部落有定住的地方，不是所谓的"非定住人"。可是，他们"几代都是在纪伊半岛漂泊"，[③]比起农民、商人、渔民等定住性不高，不受一夫一妇制度的局限，却又持续地保持了古时的村落共同体的体制。譬如，"夜爬"（指男人夜晚独自到女子屋里），"卸笔"（指指导男子初次性交），以及庙会时举行的戏剧之后有的一些风俗，[④]都说明有母系制度存在的可能性。如果不是这样的话，中上小说里说描写的性的泛滥是不会有的。

可是两者的问题是自我认同问题。是血统的问题。中上是私生子，但并不是所谓的庶出，所以他没有一些作家常有的对父亲的厌恶或因是庶子而见不得人的苦闷。可是，对生父的存在有着血统上的爱憎。这是他否定不了的事实。而沈从文虽然隔了代，他却本身继承了苗族女性的血液。中上在少年期间家庭生活里已经在这个问题上受过心灵上的创伤，沈从文应是自二十岁之后逐渐在这方面受到刺激。血缘是不可思议的。它会侵蚀个人的意识的。

(4) 变节与受歧视，或者，"乡下人"与路地——与出身和成长的关系

作家的内面和思想的形成，是取决于本人的出身，幼年时期的家庭环境，以

---

① 1982 年，沈从文在东京向中国文学研究学者公开说其母亲是土族。这事实意义重大。《沈从文祖籍家世初考》（钟亚萍《吉首大学学报》1989.3.25）做了实证性的工作，提供了很多宝贵的资料。但是没有提到黄家是土族等。

② 作者论文《凤凰县的世界》。第 54 页。

③ 《纪州　树木之国.根之国》终章 301 页。

④ 《非常民的民俗境界——村落社会的民俗与差别》（赤松启介　明石书店　1989,3 第三版）所收的两篇《性的民俗境界性》《共同体和'性'的继承》。关于新宫，还参考了《熊野山海民谷考》（野本宽一，人文书院，1990.11）。

及成长过程中其出身经历对本人的影响程度。这一章里要对两人的内心世界做考察。

“乡下人”在沈从文的作品里出现非常多。“乡下”这个词也经常出现,用法一样。两者分别不仅指字义上的“乡下人”和“乡下”,同时还有苗人和苗人住的村落的意思。这当然需要实际考证,这里先指出来。

那么,他为什么没有明白地用“苗人”呢。中上健次关于路地的一段描写可以用来做回答。“我在自己的小说里,很明确地讲到,受歧视的部族在日本这个构造里最核心的部分——小说里要是用受歧视部落这个词,读者就会从政治的和社会的眼光去读作品。为了防止这种对作品有毁灭性打击,我就预备了这道防线。总之就是这样,我就用路地这个词了——”。[①]

“受歧视的部落是日本这个构造里的最核心的一部分”这句话里的日本把它换成中国,一切就更明白了。也就是说,中上健次是把可以目视到的定时炸弹很显眼地到处散布,而沈从文却把定时炸弹深深埋在地下而从外表上是看不见的。这是因为沈从文害怕自己会踩上自己散布的炸弹而牺牲。这和“变节”有关系。“变节”是很清楚的,是脱离战线,是从沈岳焕转变成沈“从文”。像字面那样调转方向。这和马克思主义没有关系。可是沈从文却同时进行了二重性的中上健次所说的“变节”。关于苗族,“先是把这事实隐藏起来”“要是一开口讲到(苗族),这个故事和那个故事,是会毁灭自己的。‘变节’,就是对这个事实的发现”。“这个故事”是指关于祖母的事情,“那个故事”可能是指《从文自传》里记载的许多关于苗人大屠杀那事。对于别人是把事实隐藏,而对自己是把眼睛遮起来不看,应该是这样的“变节”。他曾是当少年兵,亲眼见到过拷问和屠杀“乡下人”。即使不是苗族,见到听到许多人死的事情后,心里会涌上厌战厌恶军队的感情。这也是需要掩盖的。沈从文是在“军”事这个旧世界和“文”学这个新世界上,迫使自己做选择,其结果是从湘西脱逃到北京。身是军队兵员而厌战或反军队,这是不会得到容许的。当然要掩盖住这种感情。“同时”是指 1922 年 20 岁的时候,“二重”是指祖母的血统和厌战。

更进一步地说,在北京的生活,酝酿了他的受歧视的感受性,重新认识“乡下”和“乡下人”的含义,触发了深深隐藏在心底的自己的血统的意识,使他最后把“乡下人”和“苗人”连接起来。这样来对自己重新定位。《自传》改订的时候他

---

① 《小说家的想象力》(《文学界》,1992.10)。

加笔叙述自己祖母，这就说明了他的这种思想。[①] 中上健次于1991年11月发言说“我本身是日本被歧视部落出生的，是被歧视的部落民”。[②] 能到达自己讲出来这个地步，是经过曲曲折折的经历。这和沈从文很相似。但是，如果沈从文要这样把自己作为是苗族或有苗族血统的人来定位，他去参加军队，是不免要承担责任。他是部队的成员，是协助军队屠杀了自己同胞。这是逻辑上的结局。可是“自传”里没有谢罪，也没有显示出罪恶感，只是平平淡淡地描写。简直可以说《自传》是避风港。可以说这是作为汉族人是阵前逃亡，作为苗族人是逃避责任从而要取得公民权。

中上健次又是怎么样的呢？“说实话，对歧视这个问题的认识，并不是来自亲身的直接的经验，不是土生土长，挣扎的就写出来的。而是到东京之后，开始形成新的人格，通过书籍文章这个空间然后达到这个对差别的认识。”[③]可以说是“从观念中建立主题”。[④] 客观地讲，沈从文少年期是站在歧视者一边，到北京以后的亲身体验使他“逐渐达到这个对差别的认识”。

我们应该看到沈从文的由于两面性所造成的复杂性，以及中上健次的纯洁性。这种不同应该对他们的文学会造成不同。

五、对　比　二

接下去，要从《故事的系谱》选择几个佐籐春夫论时没能提到的问题。这些问题在所谓的“以人为中心”的近代小说里是被忽视或漠视，或者至少只是支流。这些要在下面1)做考察。作为产生这些问题的土壤的共同体以及意识上和空间上的古层要在下面2)考察。两者在考虑沈从文上都是很有效的。

(1) 故事，俯身，黄泉

“故事”在谷崎润一郎论是主题。他是很稀有的讲故事的好手。沈从文也是

① 据小岛久代《〈边城〉试论》注九，这发现在1981年版改订时候。还需要和1941年版作对照。《沈从文小说习作选》(上海良友印刷公司，1936)和《从文自传》(东京・生活社，1943)里还没有发现对祖母和祖母一家加笔描述　东京・生活社版是根据1941年改订版，还是海贼版现在不清楚。战争时期，日本对敌对国家的作家的作品是在怎样的状况下出版，是令人惊奇的。

② 《小说家的想象力》(《文学界》，1992.10)。

③ 《中上健次的古层》(四方田犬彦.夏石番矢　前有摘录《ユリイカ》)171页。

④ 同《中上健次的古层》(四方田犬彦.夏石番矢　前有摘录《ユリイカ》)171页。

一样。幼年时期他从附近的婆婆婶婶听了许多故事，[①]各地的军队生活也带给了他许多传说、传闻、故事、笑话、奇谈等等。可以想象这些会造成他和重视写实性的近代小说有不同，而且在作品里表面化。

譬如说，几年前把《萧萧》这个作品称为小说作者还很不以为然。当时，作者没有认识到像中上健次那样的观点，所以对作品的结局很不满意。简单地说，《萧萧》是故事，不是小说。[②] 这样看下来，沈从文的作品的解释方法必须重新考虑。在方法上中上健次把小说和故事之间的争执表现在作品《地之天涯，至上之时》里。沈从文也应该对方法是有意识的。所以今后对他的创作方法要相当注意，也可成为研究的对象。

凭依是指死者或死者的灵魂寄附在巫师身上，借巫师或萨满身体来说话。中上在论折口信夫时谈到《死者之书》，"折口运用声音来表现从阴间到现世的移动。折口他本身是萨满，操作声响，把阴间的对话展现到现世来了"。[③] 中上自己也创作了龙婆（Oryuunooba）这个人物来做专门传述，她是接生婆，他赋予她全部权利，还让她为死者作代言人。而从沈从文来讲，《阿金》的主人公阿金，《三个男人和一个女人》里的"号兵"或"豆腐老板"等作品人物被女人俯身也是那样。还有，青春时期的女子的"落洞"[④]（落入洞窟，被洞神招进）造成一种精神恍惚的状态，这也是俯身的一种。

现代小说是以现世为舞台的，用小说形式来描写阴间是不好办。中国有长久的写志异，志怪的历史，作家争前恐后地写鬼怪似乎很平常。可是当代的作家认为描写那种荒唐无稽不可思议的事情是不科学，所以有忌讳不写。这其实也是文学大革命和五四运动的基本思想。沈从文也应该是五四运动所赐生的作家，可以想象他不会去爱好这些不科学的东西。可是另一方面，沈从文的军队生活和在边境地带的经历使他经常体验到生死的场面。他的作品里以死为题材的很多。以苗族为题材的《龙朱》和《神巫之爱》，把民族固有的神仙和风俗与思想和生活结合起来，表现了原始的力量和异国情调的秀美，形成了沈从文文学的特征之一。对于中上健次，他认为科学的小说过于软弱，所以把有关神灵的材料加

---

① "六岁至八岁时，家中一个老阿O，对我说出许多故事"（《生之记录》《晨报副镌》第五十四期 1926.3，68页）。阿O注释为阿伢。还可参照下列文献。《沈从文作品的湘西方言注释》（靡华菱《吉首大学学报》1992.12，第十三卷，总第四十.四十一期）有了这种扎实的基本研究，沈从文研究才成为真正学问。

② 拙文《〈萧萧〉小论——诸版本之间的不同及其含义》。《沈从文研究》104页。详见159－161页。

③ 《故事的系谱.八个作家，折口信夫（下 Ⅳ）连载十》（中上健次，《国文学》，1983.10） 147页。

④ 《凤凰》（《湘西》人民文学出版社，1983.1）。

进去。两人出于不同的原因，做相同的事。

在日本的古典里寻找神灵怪异，或者在佛典里找寓言，这不光一般大众是这样，以故事为基础写作的像沈从文和中上健次这样的作家也有这么做的。认识到这一点也是有益的。

(2) 共同体，古层

在(1)里所考察的故事、俯身、阴间等等的根源，都是在共同体里面。有关某种事物的传说和故事只是在一定的地区流传。生活空间是有受限制的。这可能是按行政区分，按产业种类分，或根据祭祀风俗不同来分别。沈从文的故乡是镇竿，后来改名凤凰县。地方虽小，因为地处要道，却是军事城市。小说《我的小学教育》和《福生》等很生动地描写了这个城市以及生活在那里的儿童。再加上它周围是“苗乡”，所以在文化上还有独特的意义。

中上健次出生于纪州新宫。新宫是相对于本宫的名词，比如说有熊野速玉大社和熊野本宫大社这样的名称。成长的地方是春日町的长屋，也就是中上健次所说的路地。这里的日常生活在他的自传小说里描述了很多。这里是以神社为中心的城镇。庙会是有名的。是个城下街(以城郭为中心而形成的城市)。但更是神社街(以神社为中心而形成的城市)。

凭依是神仙鬼怪降临，在苗族或日本的民间是很熟悉的现象。镇魂、祭祖先等是民间一般举行的仪式和习俗，也是一种宗教，是由共同体举行的。城市居民一般不会碰到的，但会有很大的约束力。同时整个共同体会来保护各人的生活。所谓共同体，含有许多旧的东西。近代的思想家，包括马列主义的信奉者，都把这种共同体看作是封建社会的根据地，认为必须摧毁。

但是，沈从文与中上健次之共同点是他们都怀疑这种共同体，更扩大地说，湘西和熊野这样的地域在政治上或社会上会起变化。沈从文认为湘西的特征，要追溯到楚国[①]时代。而中上健次认为歧视问题的根本，不仅是天皇制度问题，也许还是要追溯到绳文人或弥生人时代的历史性的民俗学上的问题。

脱离共同体，在精神上是很不容易的。如果认为这种共同体是有价值，当然

---

① 譬如《沅陵的人》(《湘西》所记载)的末尾。另外，刘一友还在他的许多论文里指出沈从文受楚文化的影响很大。

就不会参加一起去破坏它。对共同体的旧态和保守性也不会性急地去否定。

六、缘 木 求 鱼

根据在《故事的系谱》的范围内的对比，可以暂时得出以下结论。采用中上那种超越近代小说概念的观点方法，可以看到的范围更宽广了。从佐藤春夫论，先提取出生地的特性。湘西和熊野都是与国家有过“抵触”的地方。而且，是否承认自己是“抵触”时的败方会决定自己的立场。出身是带有重要意义的。是关系到血统的。沈从文和中上健次，两人不谋而合地和血统有联系。其一是有关种族上的血统混合，其二是私生子。更进一步讲，会向非汉族的血统问题，向由于日本的特有的身份制度所造成的残渣而引起的歧视问题方面发展。形式不一样但是本质是一样的。当然，如何意识到被歧视，这个过程沈从文和中上健次大不一样。沈从文具有两重性，歧视和被歧视都有。血统、部落和民族的问题与共同体及其习俗、意识上的古层有关联。血统是通过要塞城镇和神社街这种共同体做媒介与古层深深结合的。最开头，两人都没有认识到，但是之后却有了强烈的意识。沈从文要追溯到楚代文化，中上要追溯到天皇制度或至山人、绳文人时代才有解答。希望这样的考察不会是缘木求鱼。

本质推论篇

一、援用、对比

通过比较对照，对事物作判别，是认识事物的基本方法之一。对相互间没有受影响的两个作家做比较，从这当中可以得出什么结论，这种方法是否恰当？虽抱有这种不安，却勇往直前地做了挑战。其结果就是援用、对比。而本篇是在对比篇的基础上，把重点放在沈从文上而把两者的本质进行进一步推论。标题为本质推论篇（以下略称为推论篇）。

比较对照这种方法是否能把沈从文这个作家认识得更深？这是写对比篇时的一个不安。在对比篇，已经对这个不安有了回答。什么地方相类似，什么地方不同，这已经比较明确，可以说是有了初步的成果。也就是说，出生地的风俗特点和两人在血统上特有的问题都已浮现出来了。如果只是把沈从文单独论述，很可能这些问题就显示不出来。

不安的第二点。法国是比较文学的祖师。法国的科学的实证性的方法比较严密，使人安心。但是这种方法是否能把作家的本质找到却是另外一个问题。在日本也有运用这种方法对中国文学进行研究的，而且有了宝贵的成果。① 在沈从文研究上，用这种方法的②也是有的。另一方面，使用美国式的对比方法，在日本对中国文学进行研究也是应有的尝试。如果能够找到充足的可以用来比较的材料，美式的比较研究方法也应该有可以使用的余地。作者实践了这种方法，是否适当，这就需要今后研究家们做评价。有一点可以说的是，作者在执笔对比篇之前所抱有的不安和对可能受批判的恐惧心理，现在已经完全没有了。

对比篇借用中上健次《故事的系谱》所包含的作家论、文学论而展开论述。这就是把对比篇又称为援用篇的原因。中上健次评论了许多作家。对比篇根据其中对同乡作家的佐藤春夫的评论，能够把熊野新宫和湘西镇竿的特征做了比较，阐明了湘西和熊野都曾是和各自的国家有过抵触的地域。③ 再者，借用了中上健次评论佐藤春夫在20岁时遭遇大逆事件而“变节”，④从此联想到沈从文于20岁时转武从文，祖母是苗族人，以及有厌战心理这两个隐私，⑤从这些隐私引出了所包含的意义。另外，进一步地考察了沈从文和中上的血统问题。也就是说，考察了他们出身少数民族和被歧视部落民的问题。

以上是从佐藤春夫论得到的结果。之后还把中上对其他作家的评论中提取了其他几个问题，从而做了比较。其中主要的是两人对共同体、古层的回归倾向。⑥

本篇和对比篇相比，要更深入地直接对两人的作品进行研讨。首先提出了

---

① 伊藤虎丸氏关于佐藤春夫和郁达夫的比较，北冈正子对鲁迅作品的取材源的探索，刘岸伟关于周作人与永井荷风的比较。

② 小岛久代的对《月下小景》之中有关佛教的故事的取材源的探索和考察。

③ 为了与沈从文做对比，福克纳是经常被拉出来的作家。大概是因为他的作品舞台都是同一个地区。或者也可能是因为有分北部和南部那种意识的关系。如果是着眼于地域性的话，应该着重研究描写殖民地或被压迫民族的作家。一直注重都柏林的詹姆斯，应该得到更多的瞩目。再者，还应该注意到不能过分强调纪州“和国家有抵触”的方面。还应该知道纪州支持德川幕府的意识很强，现在还是很保守的地区。

④ 这里的“转向”和“所谓抛弃马克思主义思想不是一个含义。而是指把出生于纪州这个事实隐藏于身体内面”。（中上健次《故事的系谱》第一回。旁逗点是中上所注）

⑤ 援用对比篇之四，对比 4）转向与被歧视，或“乡下人”和“路地” 出生和成长历程的相关联。

⑥ 古层这个词来自《中上健次的古层》（四方田犬彦．夏石番矢，前出《ユリイカ》）。

几个主题,围绕这些主题对两人在政治上的禁欲性做考察。之后要论述两者在对待近代社会的立场观点上的不同。最后就要对沈从文文学的本质性作推论。

二、性 与 生 命

沈从文有描写城市生活的作品,但极大多数的作品是写“乡下”或“乡下人”,①而出色杰作都集中在这里面。中上健次也是一样。他有以东京为舞台的《赞歌》这样的小说,但其他大多数的作品都是以纪州为舞台。也就是说,一方是描写以苗族文化或湘西地方的文化为背景的人民的生活、人物和“故事”,另一方是以生活在“路地”的人民及其生活为题材,写下了虚实交错的超现实主义的作品。

这样,可以说两人的共同点之一是他们都描写了生活在社会底层的人物。然而这里要特别提出的是,应该注意到两人的题材里有许多性的描写。要加一点的是,沈从文的作品有较多提示性的含义,而中上健次的性只是补助性的。在日本,追求性描写的作家很多,不一定需要强调中上健次。但是,之后可以看到,把中上拿来做比较,可以更鲜明地把沈从文文学里的性的意义显示出来。

在中国近代文学作家里面,沈从文的“性”描写,可以说有点到了异常的程度。被郭沫若谩骂为“桃红色的作家”,②也是因为中国的表面上的禁欲主义的原因。1928 年发表的作品里,有很多是全面地把性和爱做主题。这时期的前后的作品也是这样。③ 比如,《夫妇》《雨后》《萧萧》等,有在山野里青天白日之下坦然进行性行为的描写,表现了原始性的开放。健康而且爽快,充分表现了年轻男女的开朗情怀。甚至可以说有把郁达夫的阴森情调④完全蒸发去掉的功劳。

那么,在中国这个对性描写非常忌讳的国家,沈从文为什么要这样顽固地持续下去呢?虽然需要更详细的调查验证,但是大概可以举出三个理由。首先应该是不到三十岁的未婚年轻人的共同特征。性成为最关注的事情并不是不正常

---

① 一般是指乡下,但也有人指出这可能是指“苗人”居住的地方和“苗人”。

② 《斥反动文艺》(《沈从文研究资料》上,1991 年)。

③ 《雨》《采蕨》《怯汉》《十四夜间》《柏子》《第一次做男人的那个人》等。

④ 郁达夫在“沉沦”里赤裸裸地写出了自己在性欲上所遭受的苦恼。这篇作品受日本私小说的影响,充满阴森的气氛。凌宇在《从边城走向世界》193 页提到,沈从文是有受郁达夫自传小说的影响。

的事情。第二个理由是由于对于城市生活的厌恶而导致对湘西文化的理想化，或者是对于湘西的乡情怀念。这种情绪和对于性比较开放的湘西文化[①]比较容易地会结合起来。反过来说，他是尝试借助这种对性很开放的状态来捕捉生命的活跃性。第三个理由是当时弗洛伊德和艾利斯风靡一时而且受到认同的时代。[②] 得到这个东风，沈从文应是高高扬帆。也可以说，他是在作品里实践了打破儒教的道德观的尝试。

"五四"时期的许多作家，注重家、恋爱、旧袭和自我个人等课题。沈从文对性的固执，其文学史上的意义在于，他把这些课题里具有象征性质的性的问题，全面地提示出来。换一句话说，其他作家牵涉到性的问题，不免扭扭捏捏，或者避道而行。可是沈从文却从容大方地从正面对待加以描写。又可以说沈从文这位作家，是通过性的问题来与近代相对峙。这是连鲁迅也没能染指的问题，他已经正面提了出来。作为"五四"运动的后期的作家，把这个剩下的主题勇敢地担当了下来。

另一方的中上健次有近乎处女作的《像是爱情》(原题《爱抚你的手指》)和《赞歌》两部小说。前者是迫使自己正视性问题，后者是把对性的许多侧面的探讨作为故事的主题。也就是说，在性描写上，后者是前者的极端。但是，即使是《赞歌》，也只是把机器人伊扑当作性的万能工具，而真正的目的是在别的地方。他的其他一些作品里的关于性的描写，或多或少都使人感觉到是被用做小道具。对中上来讲，性，在人性和解放思想的角度上曾是很迫切的主题。而今这个问题已经有了解决，不需要重新大做文章。所以在他的作品里性描写也只是一种室内装饰。近代过去之后的时代是他的出发点。

这样看来，这里好像是他们之间的根本上的区别，但同时也是他们的共同点。所以说是共同点，是指他们通过性，对生命和生命力进行确认的实存主义思考。沈从文的《丈夫》就是这方面的代表作。为了生活，不得不让妻子卖身。这是极端悲惨的地方的故事。这样的悲惨，却反而把生活与性的相邻接性很鲜明地表现了出来。中上的《轻蔑》是首先要提到的作品。"卖的不是性本身，而是对

① 《湘西苗族实地调查报告》(石启贵，湖南人民出版社，1986)180页。《湖南风物志》(张翅翔等，湖南人民出版社，1985)200页。

② 鲁迅翻译了厨川白村的《苦闷的象征》。因为这本书，文坛上对弗洛伊德的关心高涨。(《沈从文—建筑人性神庙》，吴立昌，复旦大学出版社，1991)。关于艾利斯，周作人有了援用。"周作人揭发了道学之伪道德的非道德性。借艾利斯之口说了自己要说的话。结果导致他自己俯身于艾利斯"(《东洋人的悲哀，周作人与日本》刘岸伟，河出书房新社，1991)，初校本时，读《无声之恋　—沈从文的〈神巫之爱〉》(彭小妍/中泽智惠译，《野草》第五三号)。其《自由恋爱》那一章对本小节有启示。

性的梦想。抱有这个很彻底的意识"的"裸体酒吧的舞女"与旧贵族后裔是有着"相思相爱,男人女人,各有半边天"的关系。"嫁到了男人的故乡,一起生活"。这里面有很多不是用做商品性和爱。但是,即使这样的"性和爱",还是赢不了当地乡下的"生命与生活"。《轻蔑》就是这样的长篇小说。

这里举的例子,是说明"性"会赋予"生命和生活"强烈的实存性。两个作家一看似乎很相像,可是又有很明显的不同。[①] 卖的"不是性本身,而是对性的梦想"、"相思相爱,男人女人,各有半边天"、旧贵族后裔娶"裸体酒吧的舞女"等等,旧时代的日本不会有,即使现代也很难得发生。只能是小说里才有的故事。20 世纪30 年代的中国,更难想象会存在中上所捕捉到的社会状况和思想意识。一个是刚刚进入近代,另一个是刚要离开近代,可以说这是两人生活的时代的不同而造成的不一样。即使这样,两人都把性看作是生命和生命力的象征或表现。包括为了生活而把性做买卖,性是生命和生活的营养。

三、有否恶棍以及生和死

沈从文不会写恶棍,而中上是勉强硬做地写恶棍。

沈从文的小说里有出现过彻头彻尾的坏人吗?我是找不到的。恰恰相反,比如说其代表作《边城》等里出场的人物,一个一个都是善良无比的好人。《从文自传》里《怀化镇》和其他两篇有相当残酷的事实描写,但考虑到写的是军队的事情也就不是意外的了。

中上又是怎么样?从《枯木滩》的"浜村龙造",到《奇迹》的"年轻人",这种那种坏事无所不为。吸毒、赌博、打架、强奸、杀人等等。是描写恶棍无赖汉的第一流的小说。坏事之极是杀生。《奇迹》里有描写出场人物 Taichi 杀狗偷铜那一段。虽然有点长,引用如下。

> 老龙婆(Oryuunooba)问礼如,杀牛宰马,割肉剥皮,靠做这些谋生的,都有杀生之罪吗?吃肉的、穿皮鞋的人呢?
>
> 礼如回答说他们都是有罪的。

① 可以认为中上是试图让以性和爱结合起来的女子去改变乡下的现状。不是靠金钱,而是要靠精神上的赞同来改变现实。真的可以说性的地位是高涨了。

那，杀牛宰马、割肉剥皮的人比吃肉穿皮鞋的罪更重吗？

礼如被问呆了。带着脑瓜子里理不出头绪时就有的不高兴的脸色，回身坐到佛像前，嘴里一边唠叨着屠杀场里做工的男人们的名字，开始念经。老龙婆（Oryuunooba）从后面看着礼如，心里想着：要是佛和礼如都说那些不用看流血，又不用听到家畜死前的嚎叫的人犯的罪是轻的话，这世道就太不公平了。想到这儿，禁不住学着那些不敬神的年轻人的玩笑许愿的口吻念了一句，“满无阿弥陀佛！”。[1]

从“这世道就太不公平了”可以知道这里提出了被差别问题的根本。或许可以认为他是站在恶人正机的观点上，对 Ikuo、Taichi 等短命的无赖怀有怜悯之情。更进一步，他创作了“继承了中本家族一统血脉的年轻人”来做不得不杀生的所有人的代表，祈求救济。中上在作品中逼迫“路地”的年轻人陷入黑社会等近乎绝望的环境，从而把生与死表现得更加鲜明。更不用说老龙婆，她既是接生婆，又是当地传述人，和半俗半僧的礼如是夫妇，也就是生与死的象征。

对于沈从文，生和死并不是这种创作出来的事情。沈从文在他的军队生活和湘西时代，其生就与死极其相近。比如《黔小景》《山道》《夜》，都是写旅行者和当地人的交流。有的是早晨起来，房主却已经死了。或者是另一个房间里发现有死人。又有的是先出门的人遭到袭击，再也回不来，等等。使人意识到生与死是只隔一重纸。沈从文的实际生活所经过的时代、地区、环境和体制，是与死紧紧相连，完全没有创作的必要。

与这有关联的是，沈从文的作品里没有出现恶棍无赖。也许是由于实际生活太黑暗，作品应该给人们尽量带些光明。也有可能是由于沈从文本身的人格素质。或者他也描写过恶棍等，可是在审阅时被删掉。[2] 这本身就证明，坏人物不是存在于文学作品里，而是在现实社会上。人民大众由于疾苦而发的呻吟与呼唤似乎是平平淡淡地，甚至有时是被写的很热闹。正因为这样，反而使读者感受压制。可以说这正是呼吁求解救的文学。

总结起来，生死、生命、生命力、生存等，都是沈从文和中上所瞩目的主要题材。可是两者之间在表现手法上有相当大的不同。双方都是写社会底层的人

① 原文可能指把“南无阿弥陀佛”故意错成“满无阿弥陀佛”。

② 《记丁玲》也是这样。《长河》就被国民党宣传部大批删除过。

物。一方是让“苗人”地区的人物出场，而另一方是把“路地”那被歧视地区的人们做主人公。一方是让主人公做好人，而另一方却让主人公做反面人物。在创作方法上有区别。简单地说，这里的不同可以归根于时代的不同。一方是开始进入近代，而另一方已经准备离开近代。原因正是在这里。

四、对政治的禁欲态度

以上，在研讨了沈从文和中上的两三篇作品的基础上，认为两人的不同是由于他们所生活的时代和状况的不同，生活的地区和所处的体制的不同而产生。更直截了当地说，是因为他们生活的时代相对近代是一前一后。

中上的作品没有受到别人的指责，但是沈从文却遭到了铺天盖地的批判。对沈从文的那种非政治性的思考方法和行动模式的批判，是由于时代、地区、环境和体制的原因而造成的。而从中上健次和沈从文本身来讲，除了一些细节以外，两者非常类似。不管外部世界是怎样，而他们却都把自己封闭在文学世界里面。

> 自己到底是什么？是母亲的儿子，是姐姐的弟弟，当然是这样的了。即使是这样，总是不喜欢这个事实，觉得不舒服。和姐姐们之间，确实只有单方是连着血脉的。姐姐们的父亲，并不是他的父亲。弦叔叔也并不是他的真叔叔。即使隐藏着也好，表面做作也好，事实就是事实。他一边走着，一边期望着能和那个男的碰面。就像他的姐姐有个去世了的父亲，他也有一个。是人，是动物就会有雌有雄。是雄的那一方的亲属。(《岬》)

向这种探索自我同一性问题的作家，宣传类似于抢夺政权，打倒剥削分子等等，是没有用的。沈从文写《边城》的动机，是为了追悼祖母的灵魂，也是为自己赎罪。这样的解释，[①]是把存在于沈从文心底里那种对自我的强烈追求明确出来。即使能夺取政权，能打倒敌人，却仍然洗不净身体里流的少数民族的血，作为雄那一方之父亲也不能换掉。他所关注的不是政治，而是个人和个人的

① 《〈边城〉·传输的故事》(今泉秀人 《关西大学中国文学会纪要》第十三号)论述沈从文在《水云》里谈到执笔《边城》的动机时，“我‘过去’负责”的真正意思，从而加深了对《边城》的读解。

内面。

另一方面，很难想象他们会永远拘泥于这种一次性的、自我的、血脉的现实，总会想方设法把它普遍化、抽象化和理论化。这样的过程就会在少数民族的、部落的差别上表现出来。在人权思想比较薄弱的地方，不仅是轻视、蔑视、歧视横行，而且有更具体的歧视行为。他们认为夺取政权和打倒敌人是解决不了这些问题的。这是因为歧视被歧视问题的根源很深。沈从文本能地感觉到了这一点。中上认为被歧视问题是社会问题和文化问题，沈从文应该也是一样。他认为湘西是永远不会改变。[①] 虽然 1957 年回乡时他撤回前言。[②] 这应该考虑到 1957 年是经济上比较高潮的年度，而且，我们研讨的是从事文学活动时期的沈从文。从他认为歧视问题是文化问题这方面看，可以理解他和政治的联系是少的。

中上健次是自来东京后对歧视和被歧视的认识转变成思想性、观念性的问题[③]。沈从文也是自他到北京之后有了这样的变化。两人的变化其原因也许是由于贫困或由于文化水平变化。两者具体的原因有可能不一样。即使两者间在本质上有不同，他们还都是被歧视地区的出生。因为出生地区被歧视，之后的事情就发生了。如果只是说是由于农村出身的话，这问题就转变成身份上的差别，或阶级斗争这个类型的问题，意识和感情就停在这些上面。这样的话，就到达不了那种混淆难分复杂的被差别的概念。那里是多种民族的混合居住地区，不光有阶级上的压迫和被压迫的关系，还有民族间的互克关系。而且两千多年来，有过多次重复性的武力镇压和反抗。是这样的一种地方。沈从文是背负着其地域和风土的重压。这样的作家是其他没有的。

可是，当我们再仔细地看一下沈从文在其所处地方的所站的立场上看，他的地位又却是微妙的。从统治者的眼光上看，湘西，特别是凤凰县，是用来安抚周围其他地区的地方，是压迫周围各地的。沈从文及其祖先是属于安抚那一方的。即使当沈从文在北京生活时有被压迫意识，但他在湘西的时候却客观上又是压迫者。而中上健次的熊野和新宫，在他的意识里是被完全支配的地区。中上本身也是属于受压迫的阶层。这方面他和沈从文是很有对照性的。

---

① 《箱子岩》(《湘西散记》)“然而细细一想，这些人根本上又似乎与历史毫无关系。从他们应付生存的方法与排泄感情的娱乐上看来，竟好像今古相同，不分彼此”。

② 《新湘行记》(《沈从文散文选》，人民出版社，1982)。

③ 《新湘行记》(《沈从文散文选》，人民出版社，1982)。《中上健次的古层》(四方田犬彦.夏石番矢，前出《ユリイカ》)《中上健次的古层》，171 页。

关于他们的身世，也有相似的比较。对于中上，不管他由于自己的父亲而如何苦恼，这都是他自己的问题。对别人不会有危害。他只是要面对自己是受差别部落的出生这个事实，要终身背着这个包袱生活下去。而沈从文，身体里流着苗人的血，可是由于户籍上却是汉族，就以汉族的身份从军，参加“清乡”。他在《我的教育》里写的是“土匪”，《自传》里是“乡下人”。从来没有是“苗人”。可是，在“苗人”居住的地区里，如果说是杀了两千“老实[①]的乡下人”的话。里面也许有苗人在里面。那部队里因为有“苗人”的“连长”，所以不好说这是汉族镇压他民族。可是从历史上看，还是负有支配少数民族的作用。虽然那时他还年纪小，后年重新回忆当时，一定会有自责之念。这里是和中上有区别的。

沈从文在地域和血统上所带有的两面性，就不得不使他在政治的言行上非常谨慎。这大概就是他采取的政治上的禁欲态度。也就是说，放弃澄清血统和解决歧视的努力并不是主要的，更重要的是为了他自己的保身，他需要和政治保持一定的距离。这可能是沈从文的谜，也是他的宿命。

即使这样，并不可以说沈从文是对现实袖手旁观。相反，他从两个方面在文学上进行了彻底的探求。一个方面是对古层的追溯，[②]另一个是生命力的希求。这两个方面不是单独地进行，而是互相交叉而行的。也就是说，对古层的追溯，就是向湘西的回归，是化入“苗乡”。那里是旧、好、美的宝库。那里是神仙住宿的地方，是泛神论的世界，也就是楚国、是给生活带来生命的气息的地方。在湘西寻求生命的存在和力量，描写了各种各样的人物形象。其结果，每当他描写那活生生充满活力的人物形象时，那舞台总是湘西，那主人翁总是苗族人。这意味着与城市化逆行，和近代化是格格不入的。

中上健次和沈从文一样，在政治上是采取禁欲态度。但是其色彩很不一样。政治与血统问题、差别等文学上的问题关系性比较薄。这一点上两人的看法是相类似的。中上没有区域和血统上支配和被支配的两面性，在政治上应该可以采取积极性的态度。但是，时代和社会不同。沈从文与中上健次生活的时代相隔四十年。他们之间的差别是，与政治相关的文学和与文学相关的政治的差别，从充满生命危险的时代和社会生活过来的人和政治与文学互相独立的时代和社会里生活的人之间的差别。

---

① 老实，也指恭顺。

② 对古层的追溯，是指对意识古层之追溯。而意识之古层，就是神话，是不含有神仙的神话，是指鬼神附体的状态下的呓语，是死后的世界或死者的家园。

五、走向现代与脱离现代

这里就要讨论这四十年的时间间隔所带来的不同。地理上日本与中国自然不同，但更取决定性作用的应该是他们进行文学活动的时期不同。

沈从文八十六岁，中上健次四十六岁。寿命有长短，可是他们从事文学活动的时间却都是二十几年。沈从文是从1920年后期至1940年后期。中上健次是1960年后期至1990年初为止。

先把沈从文文学的经过重新确认一下。

沈从文自己曾经讲过，除了中国古典文学之外，他还潜心学习莫泊桑、狄更斯、契诃夫等欧洲作家。后期引进"意识流"的方法，和受弗洛伊德的影响，以意识之下的意识做题材，[1]致使其作品难以理解。与其说是后期，不如说是1940年所写的文章，多是含有哲学的思索。除了这些后期作品，包括《阿丽思中国游记》和以佛教传说为题材的《月下小景》里所收集的作品之外，基本上都是采用了现实主义手法。

这四十年间，深入乡间民众寻求题材，通过理解把握从而达到对人类根源的普遍性的认识的方法有了很多进展。就像是约克那帕朵发[2]得到普及。中上在使用这方法时是自觉的，和充满信心的。但是，沈从文和福克纳是同一时代的人物。他还没有能完全地把创作的主题只放在湘西。通过创作以达到对湘西的认识，这种方法还没能下意识地建立起来。因为这样，对湘西的描写，分散成又有散文又有小说。小说的主题又分有湘西的乡下和城市，描写方法有现实主义又有"意识流"等等多种多样。而且，许多的评论活动也使他消耗了许多精力，政治上的压力又妨碍了作品《长河》的完成。其结果，造成了他40年代的创作活动的衰退。

如本节开头所述，现对从文和中上文学活动的时期注目。从1920年中期至1940年中期的二十年是从文的实际上的文学活动期间。20世纪30和40年代正值抗日战争和国共内战的战火之间，真正是政治上有二重三重的许多重要课题的政治的时代。历史上所划分的含有广泛含义的近代这个期间里，日本帝国主

① *The Odyssey of Shen CONGWEN* (Jeffrey C. Kinkley, Stanford University Press, 1987) p. 227.
② 福克纳作品的舞台地点。

义的侵略、中国国内的民族矛盾、阶级矛盾等等政治方面的部分应该说是很突出。身在这种时期而且不附属于任何特定的集团，要在这种情况持续从事文学活动是非常艰难的。何况是他要针对的是性、生命以及意识之下的世界等等与当时政治斗争无大相关的主题，坚持下去是很需要勇气的。对“五四”运动留下的各种各样的问题持续考察也是很重要的工作。即使在这样的环境下，沈从文持续性地在性的问题，以及乡土问题上进行活动，在乡土问题上，也就是在描写少数民族的方面取得了成果。

而另一方面，中上健次的活动时期是 1960 年后期至 1990 年开头。这期间内，战败国的日本在新宪法的基础上进行民主与和平的国家建设。同时还有恢复国家经济的艰难工作。最后终于在经济上达到了世界领先的地位。这样剩下来的任务就是向真正的近代化迈进，或者换句话，即是脱离近代化。近代化不仅仅是指表面上的价值，内面的价值也同样需要。两者都得到，才算是真正地实现了近代化。按照这个想法，不要说四民平等，连被歧视的“路地”都没有解决，这么能算是近代化了？所以他的小说题材全是纪州熊野，而且特别集中在“路地”。他的作品采用同一人物在复数作品登场的[①]手法。这是向福克纳学的，巴尔扎克之后没有人用过。与福克纳不同的是，他的手法不是单纯连续或平行，而是每部作品都向更高的层次发展。中上健次能够写成恶棍小说，充分说明了他对自己的自信和责任感。以毒攻毒，以恶治恶，拯救世界。当然不能说中上所创作的年轻的匪徒恶棍都是无产阶级，[②]却都是中上健次制作的独特人物。他是全力以赴在这上面花费心血了。否定之否定，比单纯的肯定是更强烈的肯定。这是我们经常有体验的。

中上试图离开已接近尾声的近代，或者说是要从近代欧洲的死胡同逃脱。对于所谓科学万能的思想认识持怀疑态度，想要对近代的界限有突破。《异族》大概是要在小说里创造出被歧视人民之间的纽带。是有划时代的意义的。

沈从文应该是很认真地学习研究了近代欧洲文学，但是却还没有能建立起自己的创作方法。1940 年代，沈从文是不管在内面或是外面，都走进了狭路。他没能像 20 年代和 30 年代那样写下有影响的作品了。所谓受弗洛伊德影响而创作的“魔”的系列作品，又像是小说又像是散文，既像是文学又似乎是哲学。如

① 《詹姆斯和〈尤利西斯〉》(丸谷才一《星眼镜》集英社，1976)，193 页。

② 《多样化的现代文学》(前面参照《中上健次全发言Ⅱ》集英社)，512 页。和大江健三郎的对谈时提到了无产阶级的人物形象。

果说这是写的意识之下的世界的话，在中国应是过早的实验。

总结起来，沈从文向欧洲近代学习，为了在中国实现近代化而奋斗。可是另一方面，为与上海和北京这样的城市格格不入而苦闷，而文学上最后又有很大部分未能归属于欧洲近代文学那种类。换句话说，他虽是羡慕近代，但是属于旧的基层的湘西却俨然存在，而在这基础上建立起来的作品却充满活力，留下了优秀的成果。

《中国古代服饰研究》这个沈从文的庞大工程，这里面包含的文学上的意义是什么，是要由年轻的一代的学者来研究。

六、血 浓 于 水

沈从文的文学是可以这样以下定义。沈从文的文学，志向于近代，摸索近代，最后却未能达到目的而遭受挫折。可是同时他的文学又成了土著民族、少数民族、黑人、拉丁美洲和非洲文学的开拓者。通过多种多样的研究考察所知，这是由于他来自被欺压的地区，他的文学是感受到强烈的歧视的文学。他的文学没有得到这样理解的原因，是由于以左联为中心的文学史观以及喜好异国风情的好奇心情所导致。福克纳名驰天下，而沈从文却成无名人士，不仅是由于是否得诺贝尔奖，还和是否笔耕至晚年很有关系。出版界的大陆和台湾间长期的断交，使人们把作家的存在也忘却了。偏向一方的文学史需要重写。

可是，要把他的文学称为受压迫人民的文学，却还存在几个问题。

(1) 首先，因为他出身的民族不明确，从而产生的意识上的问题。因为他的混血，不好说自己是汉族或苗族，所以不得不用中华民族这个笼统的概念。[①] 这可能是事实吧。

(2) 他之加入湘西地区的军队的意义是什么？而且要提出来的是他在这里所表现出来的无自觉性。加害者还是受害者，关系不明朗。对自己的言行不够负责任。

(3) 在没有明确阶级和民族的关系的情况下，就把城市和农村的关系全面展开和重叠。结果造成混乱。

---

① 在拙著《〈边城〉主题考》有指出“他的血统使人们想起了超越三族的作为普遍性的人或人类的意识”。可是其中间有中华民族的概念。

(4) 40 年代创作上的衰退的原因,是外界上政治上的因素为主,还是由于创作方法上没有突破,或是对自己的文学是受歧视人民的文学的事实认识不够?这给今后的研究留下了很大的余地。

总之,他的文学不仅内容上有很大的潜力,而且在方法上他进行了多种的尝试,并显示了很高的可能性。正当要收获的时期,却遭受了强大的政治风波,断绝了他的文学生命。这是极其可惜的。

最后,沈从文对是否接近马克思主义犹豫不决。根据以上考察和推测,对沈从文来讲,比起对阶级性,他对民族性所怀有的感情、意识和观念更强,由于这个原因所以没有能很直接地就投入马克思主义。至少他已看透了要用"阶级"的观点来解决民族问题这种魔术的底子。

三重混血,以及他隐匿自己身世,使他对把事物简单化成"阶级"关系而进行解决的这种手法怀有很强的抵抗心理。需要有面包和水,但更需要追求血的源流。因为血是浓于水的。不管他的马克思主义的阶级思想是强还是弱,是他开垦了湘西这块土地,使他能很生动地描写出那里受歧视的人们的身影形象。可以说是宝地自然地出了宝。又可以说是他从笔耕开垦得到了意外的收获。

附记

著者在"对比篇""推论篇"写作过程中,得到了法学部山本佐门教授提供的许多关于和歌山县的信息,在此表示衷心的感谢。

战争时期下沈从文作品中的“梦”与“现实”①

——以《梦与现实》(1940)、《摘星录》(1941)、《看虹录》(1943)为中心

今泉秀人*

一、战争与女性

正如大家所知道的那样,20 世纪 40 年代的中国正值抗战时期。抗日战争的八年间,因为中国社会的中心被日军占领,首都迁往重庆,人们纷纷逃往西南地区。在这样的大移动中,很多人成了难民,人们的日常生活被全部打乱、破坏掉了。当时人们在混乱中所经历的辛酸与操劳是无法言表的。

1937 年 7 月 28 日北京沦陷,沈从文(1902—1988)也很快离开了此地。首先抵达的是武汉,然后经由长沙来到了昆明。一直到 1946 年 8 月才回到北京。这九年里沈从文一直生活在战时所谓的“大后方”。在这里,要特别指出的是,沈从文在昆明度过了他从 35 岁到 44 岁的时光,而他在这一时期里,基本上是以西南联合大学副教授和教授的身份度过的。

说到沈从文,他虽然出身于一个没有任何像样文凭的小兵,但是自从从湖南省内地湘西只身一人来到北京以后,就练就成了一个在 20 年代的北京、30 年代的上海名声大噪的职业作家。并在抗日战争结束后,成为赫赫有名的北京大学教授。如今,沈从文作为一位白手起家的人物为众人所知。但是,事实上,他真正成为大学院士,是从战争时期的西南联合大学开始的。

关于沈从文的这段经历让我们从头说起。沈从文最初开始做教师工作是在

* 今泉秀人,日本大阪大学言语文化研究科。

① 本论文是基于 2012 年 11 月 10 日在日本神户大学召开的《战争与女性》国际学术研讨会上发表过的内容而发展过来的。用中文来写的时候,承蒙大阪大学博士研究生杨灵琳女士的帮助,在此鸣谢。

1929年。在这一年里，沈从文在上海和胡也频(1903—1931)、丁玲(1904—1986)一起着手出版社的经营，结果他们负了一千元以上的债。后由徐志摩(1896—1931)的建议和推荐，沈从文以小学学历被当时的校长胡适(1891—1962)聘任为上海一所最高学府的讲师。后来沈从文与民国的学院学术制度有很深的瓜葛，也是从他1931年为维持生活，赴青岛大学任新文学的讲师这一重大转折点开始的。当时被南京国民政府教育部任为国立青岛大学首任校长的杨振声(1890—1956)，希望在青岛创立中华民国新的学术中心。在杨振声的构想中，学术中心的核心力量之一就是“新文学”的教学。据当时的学生徐植琬所述：“青岛大学开办之初就大力延揽高水平的师资，这是保证高质量教学水平的前提。如中文系主任闻一多，英文系主任是梁实秋，沈从文当时在中文系任教。”①可是不到两年后杨振声离开青岛大学。之后，沈从文又应杨振声之邀到北平，于1933年开始参与了国民政府国防设计委员会中小学国语教科书的编辑工作。该工作由杨振声主持，朱自清(1898—1948)、沈从文协助。这项工作给沈从文带来的人脉与履历，之后必定成为其在西南联合大学获得职位的有力后盾。

从20世纪30年代初开始，一直否定党派性，轻蔑文学的商业主义，只依据自己艺术的正当性坚持创作的沈从文，其经济基础，就是来自文艺杂志的投稿、编辑，以及作为副业的大学文学创作讲师这一工作。对于在大都市辗转生存的沈从文来说，抗日战争所造成的中国社会基盘的衰退不得不直接联系到生死存亡的问题。因此，编辑国语教科书的工作，成了沈从文，尤其是在战争期间，生活上的主要支柱。加之，沈从文向“大后方”的移动，也是因为来自教育部颁发的“秘密通知”。② 也许可以说，是当时的战火让沈从文进入了民国的学院学术制度的。

施蛰存(1905—2003)对于当时沈从文的状态是这么说的：“当时教育部成立一个教材编审委员会，杨振声负责编审各级学校语文教材，就延聘从文在那里工作。由此，从文有了一个固定的工作，有月薪可以应付生活。但这样一来，写作却成为他的业余事务，在他的精神生活上，有些主客颠倒。于是他不得不挤出时间来从事写作。”③这样的话，可以说因生活上的必然性，沈从文集作家、文艺编

① 徐植琬《一段70年前的记忆　回忆杨振声校长》(未刊文稿)。引用自李培刚编著《杨振声编年事辑初稿》(黄河出版社，2007)，102页。

② 吴世勇.沈从文年谱[M].天津.天津人民出版社，2006.

③ 施蛰存《滇云浦雨话从文》，颜家文编《长江不尽流》(湖南文艺出版社，1989)，49页。

辑者、学院人员三位于一身，不得已成了在内部产生了某种分裂的创作者。由于1932年在青岛所写的《从文自传》、1934年发表的《边城》等优秀作品，他的名声的确是越来越大了，但是，实际上作家的精神生活却不安定，文学上也在慢慢地往孤立、孤高的存在这一方向上偏。中日战争爆发之后不久，沈从文为了编辑教科书，跟杨振声等一系列接近民国教育部的知识分子一起离开北京纷纷内迁。1939年在昆明，沈从文被聘为国立西南联合大学师范学院国文系副教授，担当新文学的教学。1943年沈从文成为西南联大的教授，1946年受聘于北京大学，回到北京任文学院教授。直到1949年，一共十年多的岁月，他一直处于中华民国具有代表性的最高学府的内部，并且在大学的国语和新文学教学的核心地位上继续着自己的创作。其结果就是，创作活动整体上不能保持从容不迫的心情。并且随之而来的是，作品的实验性格、对自己的创作和态度进行自我解释的文章、对社会的批判和阐释以及抗辩的要素，这三点呈漩涡状逐渐增大。

就是这样的沈从文，在1939年8月3日刚就任于西南联合大学副教授的时候，在该大学师范学院国文学会的演讲稿《小说作者和读者》中对其创作环境以及创作意识的状态进行了很好的表述。在这篇文章里，他就“小说是什么”这样的终极问题进行了如下阐释。这个问题可能除了对于小说以外，也表明了沈从文在20世纪40年代的创作活动的出发点上对自己的认识。

> “个人只把小说看成是‘用文字很恰当记录下来的人事’，这定义说它简单也并不十分简单。因为既然是人事，就容许包含了两个部分：一是社会现象，即是说人与人相互之间的种种关系；二是梦的现象，即是说人的心或意识的单独种种活动。但是第一部分不大够，它太容易成为日常报纸记事。但是第二部分也不够，它又容易成为诗歌。必须把‘现实’和‘梦’两种成分相混合，用语言文字来好好装饰、剪裁，处理得极其恰当，方可望成为一个小说。”①

尝试着将上面的文章与以下的常常被称为代表沈从文30年代创作意识的文章进行对比，了解一下他立场的变化。

① 沈从文《小说作者和读者》，《战国策》第10期(1940.8.15)，后收入《沈从文全集》第12卷(北岳文艺出版社，2002)。引用自《沈从文全集》第12卷65页。

> “我就是个不想明白道理却永远为现象所倾心的人。我看一切，却并不把那个社会价值搀加进去，估定我的爱憎。我不愿问价钱上的多少来为百物作一个好坏批评，却愿意考查它在我官觉上使我愉快不愉快的分量。我永远不厌倦的是‘看’一切。宇宙万汇在运动中，在静止中，我皆能抓定她的最美丽与最调和的风度，但我的爱好却不能同一般目的相合。我不明白一切同人类生活相联结时的美恶，另外一句话说来，就是我不大能领会伦理的美。接近人生时，我永远是个艺术家的感情，却绝不是所谓道德君子的感情。”①

大概在实际上，沈从文对美的感觉、审美的意识，在40年代创作上并没有变化。但是在写《小说作者和读者》的这一时期里，他已经不仅是“‘看’一切”的“艺术家”，而且是一个要解说小说的分析家。换言之，在沈从文的意识里“小说作家”应对社会完成的任务是这样的：

> “为的是作家在某种意义上，是比较能够用开明脑子在客观上思索人生，研究人生，而且要提出一种意见表示出人生应有些事与普通动物不同的，他又思索，他要表现。一个人对人生能做较深的思索，是非爱憎取予之际，必然会与普通人不大相同。这不同不特要表现到作品上，还会表现到个人行为态度上！
>
> 所以把写作看作本来就是一种违反动物原则的行为，又像是件自然不过的事情。为的是他的写作，实在还被另外一种比食和性本能更强烈的永生愿望所压迫，所苦恼。他的创作动力，可说是从性本能分出，加上一种想象的贪心而成的。比生孩子还更进一步，即将生命的理想从肉体分离，用一种更坚固材料和一种更完美形式保留下来。生命个体虽不免灭亡，保留下来的东西却可望百年长青。（这永生愿望，本不是文学作家所独具，一切伟大艺术品就物不由同一种动力而产生。）愿望既如此深切，永生意义，当然也就不必需普通读者来证实了！他的不断写作，且俨然非写不可，就为的是从

---

① 沈从文《女难》，《从文自传》上海第一出版社，1934。后收入《沈从文全集》第13卷（北岳文艺出版社，2002）。引用自《沈从文全集》第13卷323页。

工作的完成中就已得到生命重造的快乐。”[①]

二、主题作品

20世纪40年代初，沈从文积极地尝试了一系列以“性”为主题的小说。根据他的想法来看，“性”是人类肉体中存在的“美”的根源的因素。而“性爱”的冲动在人类现实活动的个人心理之最根部，[②]为了希求与生命直接相接的“美”，成为“人性”的根源。

但是，这样的沈从文，他的人生观、审美观并没有在战争中的中国社会得到广泛理解。岂止如此，以“性爱”为主题的那些作品成了沈从文在中华人民共和国建国前夜受到彻底的政治批判的一个最直接的理由。[③]

以“性爱”为主题的一系列作品，恐怕应该是被收集在1945年左右以《看虹摘星录》为题的小说集中发行了吧。或者极少数有可能的确被出版了。不过，到目前为止，《看虹摘星录》的存在还有待考究。但是，沈从文留有一篇名为《〈看虹摘星录〉后记》[④](1945)的文章，本论文就以这篇文章为线索，假定这部“虚幻”的作品集《看虹摘星录》中收录的是《梦与现实》(1940)、《摘星录》(1941)、《看虹录》(1943)这三篇小说。在此假设之上，打算从内容以及构成上，依据小说集将沈从文想要表现的主题大致分为两个系统。

首先是《梦与现实》。这篇文章在1940年以李綦周这一笔名发表在香港《大风》杂志上。[⑤] 两年后的1942年，改题为《新摘星录》发表在《当代评论》(西南联合大学编辑发行)上。1944年，再次改题为《摘星录》发表在桂林的《新文学》杂

---

① 沈从文《小说作者和读者》，《战国策》第10期(1940.8.15)，后收入《沈从文全集》第12卷(北岳文艺出版社，2002)。引用自《沈从文全集》第12卷71页。

② 关于在1940年代沈从文受弗洛伊德学说的影响，参阅于吴立昌编《精神分析的狂潮：弗洛伊德在中国》(江西高校出版社，2009)。

③ 郭沫若《斥反动文艺》，《大众文艺丛刊》第1辑(1948.3.1)。“作文字上的裸体画，甚至写文字的春宫，如沈从文的《摘星录》、《看云(引用者注：这大概是“虹”误为“云”)录》，及某些‘作家’自鸣得意的新式《金瓶梅》，尽管他们有着怎样的借口，说屈原的《离骚》咏美人香草，索罗门的雅歌也作女体的颂扬，但他们存心不良，意在蛊惑读者，软化人们的斗争情绪，是毫无疑问的。特别是沈从文，他一直是有意识地作为反动派而活动着。”(引用自《中国新文学大系1937—1949·第二集·文学理论卷二》上海文艺出版社，1990，762页)

④ 天津《大公报》(1945.12.8，12.10)。后收入《沈从文全集》第16卷(北岳文艺出版社，2002)。

⑤ 据裴春芳辑校《沈从文小说拾遗》，《十月》第2期(2009.3.10)说，这篇小说首次出现以李綦周《梦与现实》，于《大风》第73-76期(1940.8.20，9.5，9.20，10.5)上。后载入《十月》第2期(2009.3.10)。

志上。[1] 因此，后来一说到《摘星录》，《梦与现实》就被当做《摘星录》来看了。实际上，现在最有权威性的《沈从文全集》也是把这篇《梦与现实》题为《摘星录》而收录着的。[2]

一方面，原来的《摘星录》，就是在最初阶段被题为《摘星录》的“原《摘星录》”（本论文以下把这篇原来的《摘星录》称作“原《摘星录》”），也是以李綦周这一笔名发表在1941年的《大风》上的。[3] 不过，到了2009年才被裴春芳发现，并在《十月》上介绍了全文，原文从刊登以来至此，很长一段时间被人遗忘了。

因为这篇“原《摘星录》”与1943年以上官碧笔名发表在《新文学》上的《看虹录》，[4]在内容上有所共通，在形式上也有继承发展的关系。所以我认为《看虹录》很有可能就是由“原《摘星录》”发展而来的同一系统的像姊妹篇似的作品。下面就各作品进行一下较为详细的表述。

三、“梦”与“现实”

首先，来看看表现了其中一个主题的《梦与现实》这部作品。这是一篇中篇小说，写的是一位年轻而美丽的女子因战火逃到了一座可能是昆明的内地城市来生活。文章中表现了这位女子每日无目的，无所事事的烦闷。全文一共六章，登场人物没有名字。前半部分的三章，通过最靠近这位女性心理的第三人称的叙述，表述了她的交友关系。其中主要表明了她与一位“带男性的女友”以及其他六位男性交往的过程。后半部的三章主要由直接引用对方给该女性写的信来组成。从《梦与现实》这个题目本身来看，可能将上述的1939年沈从文的《小说作者和读者》那篇演讲稿里所提到的构成小说的两大要素（“梦”的现象和人与人之间的“现实”社会的现象）直接作品化了。但就小说本身来看，小说前半部分中女主人公对自己以及他人进行认识的这一主观意识的部分应该可以理解成“梦”。后半部分中对方给该女主人公写的信，是通过好几个第三者的视角将女

---

[1] 据裴春芳辑校《沈从文小说拾遗》，《十月》第2期（2009.3.10，5页）说：“此篇后以《新摘星录》之名重刊于昆明《当代评论》第3卷第2-6期，复以《摘星录》之名重刊于桂林《新文学》第1卷第2期。”

[2] 收入《沈从文全集》第10卷（北岳文艺出版社，2002）。

[3] 据裴春芳辑校《沈从文小说拾遗》，《十月》第2期（2009.3.10）说，这篇小说首次出现为李綦周《摘星录》，于《大风》第92-94期（1941.6.20，7.5，7.20）上。后载入《十月》第2期（2009.3.10）。

[4] 上官碧《看虹录》，《新文学》第1卷第1期（1943.7.15）。后用“沈从文”的笔名重刊于《文选月刊》第2期（1946.4.1）。过了很长时间后，又载入《吉首大学学报（社会科学）》第13卷第3期（1992.9）。现在收入《沈从文全集》第10卷（北岳文艺出版社，2002）。

主人公的存在给客观化了。这一部分应该可以理解为“现实”。读者通过小说中“梦”与“现实”明确表明出来的龃龉，可以体会到潜伏在女主人公深处的，而且根据自己的主观无法用语言表述的深层意识，或者说，可以体会到女主人公心理的无意识的部分。

这个无意识的部分，实际上就是她日常生活中被压抑，或者是被现实所异化的部分。这篇小说暗示了这一部分与性爱有着非常密切的关系。读者从这篇小说表面上的描写中看不见明示女主人公性交涉的言表。但是读者通过小说前半部分和后半部分内容的不协调之处，很容易意识到女主人公的性经历。

以下文章引用自《梦与现实》的前半部分的第二章。

“战争改变一切，世界秩序在顽固的心与坚硬的钢铁摧毁变动中，个人当然也要受它的影响。多数人因此一来，把生活完全改了，也正因此，她却解决了一个好像无可奈何的问题，战争一来，唯一的老朋友亦离开了。

（下略）

战事缩短了中国人对空间的观念，万千人都冒险向内地流动，转移到一个完全陌生地方。她同许多人一样，先是以为战事不久就会结束，认定留下不动为得计。到后来看看战事结束遥遥无期，留在原来地方毫无希望可言，便设法向内地走去。老同学北方本来有个家，生活过得很平稳有秩序，当然不赞成走。后来看看战争持久下去了，而随同上了路。内地各事正需要人，因此到地不久两人都在一个文化机关得到一份工作。初来时自然与许多人一样，生活过得单纯而沉闷。但不多久，情形便不同了。许多旧同学都到了这个新地方，且因为别的机会又多了些新朋友，生活便忽然显得热闹而活泼起来。生活有了新的变化，正与老同学好客本性相结合，与她理想倒不甚相合，一切‘事实’都与‘理想’有冲突，她有点恐惧。

（下略）

老同学新同事中来了一些年青男女，‘友谊’或‘爱情’，在日常生活日常思想中都重新有了位置。一面是如此一堆事实，一面是那点微弱理想，一面是新、一面是旧，生活过得那么复杂而累人，她自然身心都感到十分疲倦。‘战争’两字在她个人生命上有了新的意义，她似乎就从情分得失战争中，度过每一个日子，本来已经好像很懂得‘友谊’和‘爱情’，这一来，倒反而糊涂了。一面得承认习惯，即与老同学相处的习惯，一面要否认当前，即毫无前途的当前。持久下去自然应付不了，她不知道如何一来方可自救。一个女子在生理上既不能使思索向更深抽象走去，应付目前自然便是忍受、忍受，到忍受不了时便打量，‘我为什么不自杀?’当然无理由实现这种蠢事。‘我能忘了一切多好!’事实上这一切都忘不了。”①

通过作品可以看出导致她这种内部的压抑与异化的外在条件是战争的黑暗。也就是说，女主人公在大后方这一特殊的环境下，一半被内部化了的现实(社会强迫她进行自我规定)，与个人内部的真实(被压抑的潜藏着的对性爱的欲望)之间产生了乖离、矛盾与冲突。而这些迫使她发生了自我异化，并且陷入了彻底的闭塞状态。

这个闭塞状态，恐怕发生在“梦”与“现实”之间的分裂和矛盾上，也跟战时中国一部分同样处于沈从文那样的位置上的知识分子的抑郁有共同之处。

四、主题拓展

和上述的《梦与现实》不一样，直言“性爱”这一要素，还可以作为小说集《看虹摘星录》的另一个主题来提出。作为这一主题的系列作品，我还想将“原《摘星录》”与由此发展而来的《看虹录》进行一下比较论述。

两篇文章都具有共通性的场面。就是无论哪一篇，都是以一个与外界隔离的房间作为舞台。② 而且，无名的登场人物——这个房间里美丽的女主人与来访的男性客人——之间的性方面的交涉，是一边从状况上进行现实的描写，一边以寓言故事为核心，在这一点上是共通的。另外，还有一个就是，访客通过谈话和书刊这些媒介将女主人潜藏在心里的对于“性爱”的需求给逐渐在她心理上意识化了，并且最终得到了其肉体。但是不同的是，在之前的“原《摘星录》”当中，男女交涉的情节为主线。而之后的《看虹录》却不同。全体被构造为三章，客人与女主人交涉的部分被作为一本书的内容放到了第二章里。第一章的“我”是一个作家，在除夕之夜，因受到梅花香味的吸引，来到了一个屋子里。在暖炉旁发现了这本书，并翻开了第一页。第二章就是对全书的引用。其内容是：一个雪

① 李綦周《梦与现实》《大风》73－76(1940.8.20－10.5)。后改题为《摘星录》收入《沈从文全集》第10卷(北岳文艺出版社，2002)。引用自《沈从文全集》第10卷349－351页。

② 前一篇的地点背景是北京，后一篇的是除了有一个老式牌楼以外的事情都不详的地方。

天，在一个燃烧着暖炉的温暖的屋子里，访客与女主人进行着谈话。谈话中充满了包含着性暗示的内心独白。另外，访客在第二天早晨给女主人留了一封信。这封信出现在两人围绕着访客所写的关于某个熟练的猎师与美丽的牝鹿之间的富有肉感的故事而展开的谈话之后，信里描写了访客头一晚与女主人性交后对女主人肉体的赞美。最后的第三章又回到了第一章，读完这本书的"我"回到了自己的房间，在远离现实的空想中述说着自己创作的热情，由此完成了整篇。在第三章里有一点暗示的成分，即"我"读的那本书的内容，其实就是"我"写的故事。但其第三章概念性的描述非常难理解。

另外，"原《摘星录》"中的男女故事让人读起来感觉像是突然被扔到了读者的面前一样。但是，《看虹录》却不一样。阅读了《看虹录》之后，通过像上述这样一层套一层的结构，再加上通过"我"这样一个外在的视点"阅读"了故事以后，整个故事被客观化了。同时，读者在"我"的分析与评价的过程中也能得到享受。从这种小说的发展来看，也许可以认为，这样的结构化强烈地表明了沈从文的某种意图。这种意图就是，将其自身内部的主题积极地向外部社会拓展开去。

五、艺 术 价 值

对于20世纪40年代的沈从文来说，在追求自己所信仰的艺术价值，与战时中国社会所追求的效劳抗战国家主义党派的作家理想象之间的乖离与龃龉绝不是小事。在现实社会与自我之间产生的无法修复似的不和，让作为沈从文自身内部产生创作原动力的火焰的"性爱"，成了其在自身创作观念上一贯信仰与追求的生命力与人性根源的"美"的本质。

我在这里完全没有将举出来的小说的内容与作者的实际情况和行为进行直接对应的打算。因为，对于沈从文来说，小说就是在自身的"梦"（内面）与中国的"现实"（社会）间的位置上，做出"适当"的调停表现而已。

西南联合大学在20世纪40年代作为昆明这一"大后方"的文化中心地的核心，是一个特殊的、自由的、较为内向的充满着学院学术气息的空间。正因为沈从文不得不（或者希望）被编入这样的特殊空间，所以他觉得自己孤立在战时中国社会上。同时西南联合大学的学术空间又给予了沈从文孕育、保护自己实验性的独自的文学表现的条件。

最后，我想以下文作为本文的结论：在战争的"现实"中，沈从文的"梦"，在他以“性爱”为主题的一系列的小说中，通过女人的灵与肉这个形象得到了一种独特的艺术表现。换言之，为了沈从文，这个形象是调停他当时的“现实”与“梦”的媒介体。

沈从文在《〈看虹摘星录〉后记》里写过以下文章：

> “也许再过五十年，一个年青读者还希望从我这些仿佛艳而不庄作品中，对于某种女人产生一个崇高优美的印象，但是作者本人却在完成这个工作时，俨然即已死去了。虽死而依旧存在，当前存在于衰弱疲乏心脏跳跃上，明日存在于故事章句段落间，未来存在于年青男女为爱所中时的叹息与微笑里。一个人生命之火虽有时必熄灭，然而情感所注在有生命处却可以永不熄灭。”①

① 沈从文《〈看虹摘星录〉后记》，天津《大公报》(1945.12.8，12.10)。后收入《沈从义全集》第 16 卷(北岳文艺出版社，2012)。引用自《沈从文全集》第 16 卷 347 页。

从“气味”的追随者到“音乐”的崇拜者

——沈从文《七色魇》集的彷徨轨迹[①]

津守阳[*]

一、“美不能在风光中静止”

1854 年 2 月 27 日，罗伯特·舒曼(Robert Schumann)在极度精神衰弱的状态下跳莱茵河企图自杀，被数名船夫救起。回到家的舒曼把他的遗作——“从头到尾充满着极其温馨情调”[②]的钢琴变奏曲(此曲在日本以其俗称《天使主题变奏曲》而更为知名，该俗名是从德语 Geistervariationen 翻译过来的)——献给因怀孕暂住在朋友家的妻子克拉拉。之后，舒曼被送入恩得尼希(Endenich)的精神病院，并在此地终老。马塞尔·布里翁(Marcel Brion)在《舒曼与浪漫主义时代》里这样描述了他一生的最后一个时段：“舒曼的悲剧在于他的疯狂症候似乎提高了他的创造力。在这一时段内他连续不断地作曲，其中有些作品拥有一种天上的美，而他自己，即使在他身上一个接一个地降临着崇高得‘在人世间是听不到的’旋律，但因为无法用笔把它停留下来，而一直处于苦恼之中。他觉得不让这些无限的音乐停留在他笔端的，就是他的理性。他预感到这些音乐只能出现在当他的疯狂把理智破坏掉的那一瞬间，即只能出现在一种至高的叹赏与绝

---

* 津守阳，神户市外国语大学教授。

① 此文原题为《〈におい〉の追跡者から〈音楽〉の信者へ——沈従文〈七色魘〉集の彷徨と葛藤》，载于《中国研究月報》Vol. 67, No. 12, 2013 年 12 月号，后来中文版载于《汉语言文学研究》2016 年第 4 期，只是由于篇幅有限，进行过部分删减。此次重新翻译全文。本论文由 JSPS 科研费 25870629 资助，是在爱知大学举办的“大分裂时代的叙事——大陆·台湾·香港·马来半岛”国际研讨会(2013 年 8 月)上宣读的论文基础上修订而成。报告时，承蒙在场的诸位教授提出各种宝贵意见，在此深表感谢。

② 青柳いづみこ《音楽と文学の対位法》，みすず書房，2006，第 46 页。作为一位钢琴家，青柳认为此种“温馨”反而显得更凄惨，因为表面上一点都没反映出作曲家内面的疯狂。

望之中，他的不安和苦恼因而越发加深”。[①] 因无法用笔抓住恍惚间掠过耳朵里的神秘乐曲而感到的这种绝望，也正是后期浪漫主义文学家 E. T. A. 霍夫曼(E. T. A. Hoffmann)笔下的主人公，乐队指挥约翰・克赖斯勒(Johannes Kreisler)所具有的。[②]

我一想到带着一种自卑，而自称为二十世纪“最后一个浪漫派”[③]的沈从文，在自杀前后的苦恼时，就不由得想到舒曼和霍夫曼的主人公所遭遇到的绝望。40 年代的沈从文不也因为“心之所注，亦如虚幻中因雨而绿，且开花似碎锦，一片芬芳，温静美好，不可用言语形容”[④]而一直感到困难吗？他不也正因为经常感到无法让“抽象的美”停留在自己的笔端，留下了这样一声著名的叹息吗？

> 表现一抽象美丽印象，文字不如绘画，绘画不如数学，数学似乎又不如音乐。因为大部分所谓“印象动人”，多近于从具体事实感官经验而得到。这印象用文字保存，虽困难尚不十分困难。但由幻想而来的形式流动不居的美，就只有音乐，或宏壮，或柔静，同样在抽象形式中流动，方可望能将它好好保存并加以重现。[⑤]

沈从文在文章中开始大量地提及音乐与绘画，大概是 1940 年代以后的现象。正如下文所述，目前已经有不少研究指出，沈从文部分作品有意追求一种音乐美和绘画美，而且这些追求就是他在 40 年代始终渴求的“抽象美”的表现之一。[⑥] 但系统地阅读《烛虚》《看虹录》《七色魇》集等 40 年代的代表性作品，我们依稀可看出，沈从文对音乐性或有关听觉的追求(如描述自然物声音，讨论有关音乐本质或具体音乐家以及音乐作品，模仿交响乐的小说结构，提及有关民间音乐等)与对绘画性或视觉性的追求(如仔细描述对象物形体、轮廓、颜色等因素，

---

① マルセル・ブリオン著，喜多尾道冬・須磨一彦訳《シューマンとロマン主義の時代》，国际文化出版社，1984 年。

② 舒曼年轻时爱读霍夫曼作品，他的许多钢琴曲就着想于霍夫曼小说题目。参看青柳いづみこ，p. 58。

③ 《水云——我怎么创造故事，故事怎么创造我》，《文学创作》第一卷第四期，1943 年 1 月 15 日。

④ 《烛虚・五》，原载 1940 年 9 月 14 日香港《大公报・文艺》。引自《沈从文全集》第 12 卷，北岳文艺出版社，2002 年，第 25 页。

⑤ 《烛虚・五》，第 25 页。

⑥ 参看范智红《世变缘常——四十年代小说论》人民文学出版社，2002 年；邓齐平《用形式表现意象：沈从文 40 年代的文学追求》(《吉首大学学报(社会科学版)》第 28 卷第 3 期，2007 年 5 月)；商金林《湘西音乐美术与沈从文创作之关联》(《北京大学学报(哲学社会科学版)》第 45 卷第 2 期，2008 年 3 月)；曾峰《沈从文的文学创作与西方古典音乐》(《中国比较文学》2009 年第 3 期)等。

讨论有关绘画本质或具体画家及美术作品等)并非一成不变。作家似乎是频繁地在文字、绘画、音乐这三种表现媒介中彷徨,不断尝试不同的方式,试图选择最适当的表现方法。上述的"文字＜绘画＜音乐"这一著名的公式化认识,也可说是通过往返于三种媒介的写作中提炼出来的。而这样的苦斗到了最后一刻,即1949年,作家几乎放弃了绘画－视觉性的因素,音乐－听觉性因素就开始明显地占了上风。他在到处听到"杜鹃悲啼"的精神衰弱中企图自杀,获救后,又借助西方古典音乐的力量来找寻"回复"的路。换句话说,他40年代的苦恼似乎并不仅仅是因为无法捉住降临在自己印象中的"抽象的美",而更多是在应该用怎样的感官媒介来获得并适当地表达这些流动的印象。而作者在音乐性和绘画性之间的彷徨,是与这个苦斗紧密相关的。

由于作品的艰涩风格和作者过于复杂错综的思考逻辑,沈从文昆明时期(1938—1946)的创作到目前为止,仍然是一个有待进一步梳理的领域。随着近年来沈从文研究整体的深化,对这一领域的研究也有所增进,但我们还远说不上已经充分理解了沈从文该时期"文学实验"的全貌及其在文学史上的意义。本文以"音乐、听觉性描述"和"绘画、视觉性描述"之间的选择为视角,尝试整理分析该时期沈从文的实验性文学追求。具体而言,即试图从《七色魇》集中掘发沈从文40年代苦斗的意义,并探寻其昆明时期所发生的变化的本质。

二、沈从文与音乐、绘画的姻缘

分析《七色魇》的具体内容之前,我们还需要把握围绕沈从文和音乐、绘画的概况。众所周知,沈从文格外喜爱这两种艺术,尤其是音乐。我们现在去湖南省凤凰县参观从文故居,还可以看到他晚年爱用的老式唱片机。[①] 所谓"文字不如

① 此外还有更多证据能证明沈从文对音乐的喜爱,如:沈从文1930年致王际真的信中就写道,自己"顶欢喜欢提琴,以为非常动人"(《沈从文全集》第18卷,第39页)。1934年他"与马思聪,梁宗岱三人同听音乐","三个人听了七小时的悲多汶等全套曲子","影响到此后的一些工作,特别是几本书,一些短篇,其中既充满乐曲中的节奏过程,也近于乐曲转移成为形象的一些试验。"(1951年11月19日致张兆和信,《沈从文全集》第19卷,第179页)又据儿子沈虎雏的证言,沈从文在昆明西南联大时,经常参加一个欧洲人开的西方古典音乐唱片鉴赏会。根据稻畑耕一郎有关傩堂戏的研究和原凤凰县旅游局长田时烈的回忆,沈从文也同样热爱家乡湘西的傩堂戏、高腔等传统戏剧音乐。参见曾峰《沈从文的文学创作与西方古典音乐》,《中国比较文学》,2009年第3期;福家道信《音を手がかりとして——〈雪晴〉の場合》,《近畿大学語学教育部紀要》4卷2号,2004年12月;稲畑耕一郎『神と人との交響楽:中国仮面の世界』,農山漁村文化協会,2003年;田時烈著,福家道信译《沈従文先生、最後の帰郷の日々》,《湘西:沈従文研究》,第3号,2001年11月,第1-13页。

绘画，绘画不如音乐”，这些话对沈从文的读者来说并不惊奇，因为与此类似的感慨在沈从文40年代的文章里频频出现，并且他还经常举出莫扎特、贝多芬等西方音乐家和仇十洲、八大山人等中国古代画家的名字，来表明自己对音乐及绘画的喜爱。在企图自杀的前夕，他对音乐的推崇越发增大。下面我们试看一下他的手稿《关于西南漆器及其他》。按《全集》和《沈从文年谱》的说明，此文生前未发表过，在首页旁有他的自注，“解放前最后一个文件”。按《全集》编者说明，这里的“解放”意为“解脱”，写完此文后不久，沈从文试图自杀，被家人发现而获救：

> 我有一点习惯，从小时养成，即对音乐和美术的爱好，以及对于数学的崇拜。……至于对音乐和美术爱好，来得实源远流长。从四五岁起始，这两种东西和生命发展，即完全密切吻合。初有记忆时，记住黄昏来临一个小乡镇戍卒屯丁的鼓角，在紫煜煜入夜光景中，奏得又悲壮，又凄凉。春天的早晨，睡梦迷糊里，照例可听到高据屋脊和竹园中竹梢百舌画眉鸟自得其乐的歌呼。此外河边的水车声，天明以前的杀猪声，田中秧鸡、笼中竹鸡、塘中田鸡……以及通常办喜事丧事的乐曲，求神还愿的乐舞，田野山路上的唢呐独奏——一切在自然中与人生中存在的有情感的声音，陆续镶嵌在成长的生命中每一部分。……唯有音乐能征服我，驯柔我。一个有生命有性格的乐章在我耳边流注，逐渐浸入脑中襞折深处时，生命仿佛就有了定向，充满悲哀与善良情感，而表示完全皈依。音乐对我的说教，比任何经典教义更具效果。也许我所理解的并不是音乐，只是从乐曲节度中条理出“人的本性”。一切好音乐都能把我引带走向过去，走向未来，而认识当前，乐意于将全生命为当前平凡人生卑微哀乐而服务。①

这份手稿的文体不像其他40年代的散文那么晦涩难懂，文意十分明确。从此我们可以看出，沈从文对音乐的喜好和崇拜，正如作者自己所说那样“源远流长”，而且好像一直贯穿于沈从文的文学生涯。此文中对各种声音的描述，不禁让人联想起他20－30年代代表作中那些杰出的声音描写。黄昏来临下的凄凉鼓角声，让我们仿佛站在翠翠(《边城》(1934))的旁边，跟她一起倾听端午节的打

---

① 《关于西南漆器及其他：一章自传——一点幻想的发展》，写于1949年3月6日，《沈从文全集》第27卷，第21页。

鼓声，又仿佛眼前再次涌现出《湘行散记·鸭窠围的夜》(1934)的水边风景，令我们享受到"长潭深夜一个人为那声音所迷惑时节的心情"。[①] 求神还愿的乐舞，也是作者早在《还愿——拟楚辞之一》(1926)中试图用民歌风表现过的，后来他又一次在小说《凤子·神之再现》(1937)里进行过详细的描述和赞赏。一提到咿咿呀呀的水车声，读者马上会联想到《从文自传》(1934)、《我的写作与水的关系》(1934)里那个总喜欢逃学，天天泡在河里的淘气男生。至于早晨睡梦里听到的鸟歌声，也同样让我们想到《主妇》(1937)和《雪晴》(1944)的开头，那使主人公坠入许多迷糊幻想的斑鸠声。在此基础上，我们再关注一下作者补充的"也许我所理解的并不是音乐，只是从乐曲节度中条理出'人的本性'"这一句话吧。这句话当然令人想到《习作选集代序》(1936)中的著名宣言："我要表现的本是一种'人生的形式'，一种'优美，健康，自然而又不悖乎人性的人生形式'"。

如此看来，许多注意到沈从文和音乐关系的论者——包括写作这份手稿时的沈从文自己在内——认为音乐性是涵盖沈从文文学整体的重要因素，似乎是相当自然又相当中肯的。[②] 可是在建立"沈从文的音乐性"或"沈从文的绘画性"这些视角之前，还有不少问题需要我们去检讨。第一，我们是否真的可以那么轻易判断，沈从文 20－30 年代作品的声音描述和频频出现在 40 年代的赞赏音乐的言说，是直接连贯并具同一性质的？若真是完全的同一性质，那为什么直接提到"音乐"字眼的言论几乎都集中在 40 年代的散文或文论，而且，这些"音乐"基本上又只限于西方古典音乐呢？[③] 第二，话说回来，那么多评论都认为沈从文的创作到了 40 年代中期有了相当大的转变，甚至完全失去了原来的风格，[④]难道

① 《湘行散记·鸭窠围的夜》，《文学》第 2 卷第 4 号，1934 年 4 月。

② 持有此观点的论者有商金林、曾峰、邓齐平、李欣仪、谭文鑫等。其具体论述下文会提及。

③ 曾峰也这样指出："沈从文是一个著名的西方古典音乐迷，通常情况下，他谈到'音乐'时，根据上下文，大都是指西方古典音乐而不是中国传统音乐，一般也不是民间音乐。"(《西方古典音乐与沈从文的"美的宗教"》，《湖南科技学院学报》第 31 卷第 6 期，2010 年 6 月)。有意思的是，沈从文自己对这点或许也有些自觉，他在《〈断虹〉引言》中有过这样的论述："艺术史发展的检讨，历来多认为绘画，雕刻，以及比较近代性的音乐的伟大成就，差不多都源于一种宗教情感的泛滥。"可见在沈从文的范畴中，只有"比较近代性的音乐"才有资格称为艺术，能够和绘画、雕刻相提并论。

④ 王晓明认为，"昔日那个被沉重的记忆压得坐卧不宁的年轻人，已经变成了一位温和沉静，面呈淡淡忧色的中年教授，靠那年轻的乡下人的幻想提供养分的独特文体，自然就难免要随之枯萎"(《"乡下人"的文体与城里人的理想——论沈从文的小说创作》，《文学评论》1988 年第 3 期)。许多学者如 Kinkley、凌宇、贺桂梅等都认为，沈从文 40 年代的创作开始了新的实验性追求。Jeffrey C. Kinkley, *The odyssey of Shen Congwen*, Stanford, Calif. : Stanford University Press, 1987；凌宇《沈从文传》，北京十月文艺出版社，2004 年(1988 年初版)；贺桂梅、钱理群等《沈从文〈看虹录〉研读》，《中国现代文学研究丛刊》，1997 年第 2 期。

就音乐性而言，他的文风是例外地一贯不变的吗？第三，除此以外，我们似乎还有必要考虑沈从文在 1949 年被逼到自杀和搁笔的原因。对于这个原因，目前各位论者的见解并不一致。凌宇比较注重外在政治的压迫，认为左翼文人的批判攻击使沈从文陷入恐慌。[①] 小岛久代在此基础上，强调沈从文在对新政府和新中国的看法上与妻子张兆和之间发生的间隔，使得他在家庭里也变得孤独，进入一种心理压抑状态，导致企图自杀。[②] 一直到现在，中国学界一般所公认的，好像有些倾向于这种强调外在原因的看法，即政治压迫逼沈从文搁笔。但是近年来有些新的研究更强调外在内在两个原因是并存的，并指出更直接的原因还是在内部。Kinkley 说，沈从文在后期文学中所追求的现代派等手法收获不大，也是重要原因之一。[③] 张新颖强调沈从文昆明时期的散文创作与 1949 年自杀前后言说的相似性，指出："我们也必须承认左翼文化人的激烈批判使沈从文心怀忧惧，……一九四九年沈从文的'疯狂'，这些因素都是直接的，确实难辞其咎。……另一方面，从沈从文自身的思想发展来说，也有其内在的缘由。……沈从文至昆明时期思想上已经出现巨大迷茫，陷入苦苦思考的泥淖而难以自拔。……原本不长于抽象思考的沈从文，却在这个时期思考起'抽象'的大问题来，而他所说的'抽象'，其实是与具体的现实紧密相连，因此也总是与具体的现实搏战不已，……他承受不了，所以'发疯'了。……把这一时期沈从文所表述的内心思想图景——如上述一段文字——和一九四九年'生病'期间的'呓语狂言'相对照，我们会在很多地方发现惊人的相似"。[④] 钱理群极其详细并全面地探讨了内在和外在因素，就中指出沈从文的文学困境，即他感到，以其 19 世纪末作家那样惯于追求"美与静"的审美情趣，已无从配合 20 世纪"动的"时代和社会。[⑤] 笔者认为，目前研究界渐渐开始对贯穿于沈从文 40 年代的创作以及心理上的内在因素十分关注，有些研究者试图从多维视角探讨其复杂微妙的内涵，笔者希望本文可以为这方面的探讨稍做贡献。考虑到上述三个值得怀疑的问题，沈从文所言"文字不如绘画，绘画不如音乐"，与其说是他心甘情愿地被音乐"征服"的

---

① 凌宇《沈从文传》，第 340 - 344 页。

② 小島久代《沈従文の自殺未遂事件及び両〈家書〉の異同について》，《明海大学外国語学部論集》第 14 集，2002 年 3 月，第 7 页。

③ Jeffrey C. Kinkley, *The odyssey of Shen Congwen*, p. 279.

④ 张新颖《沈从文精读》，复旦大学出版社，2005 年，第 183 - 184 页。

⑤ 钱理群《1949 年以后的沈从文》，王晓明等主编《热风学术》第三辑，上海人民出版社，2009 年，第 115 页。

"自白",还不如说是背后藏着创作者深刻苦闷的凄苦证言。如果作家真是从一开始就对好音乐"完全投降认输",音乐真能"治疗"他的"疯狂",那当初在整个40年代的创作过程中,他又何必苦恼到如此地步?

回到原题,我想简单总结一下有关沈从文文学的音乐性和绘画性的研究现状。目前有不少研究着眼于"沈从文和音(乐)"或"沈从文和绘画/美术"这两个视角,尤其对音乐性的提及更多一些,如:邓齐平《用形式表现意象:沈从文40年代的文学追求》(《吉首大学学报(社会科学版)》第28卷第3期,2007年5月);商金林《湘西音乐美术与沈从文创作之关联》(《北京大学学报(哲学社会科学版)》第45卷第2期,2008年3月);曾峰《沈从文的文学创作与西方古典音乐》(《中国比较文学》2009年第3期);同《西方古典音乐与沈从文的"美的宗教"》,《湖南科技学院学报》第31卷第6期,2010年6月;谭文鑫《用"人事"作曲——论沈从文〈边城〉的音乐性》(《中国文学研究》2010年第2期);李欣仪《论非艺术形态"音乐"对沈从文的影响》(《求索》2011年第10期)等。这些研究基本上都统一看待沈从文前期和后期有关声音(音乐)的因素,认为音乐性因素是沈从文作品的一贯性质,这或许因为太多受到作者强调一贯重视音乐这种言论影响的缘故。因此,这些研究自然而然地都倾向于对40年代有关音乐的哲理性思考给予较高的评价。其中曾峰的研究实证性最高,在此简单的介绍一下其论点。该文从沈从文的散文、文论、序跋、书信、日记等资料仔细搜集有关音乐的言论,指出了沈从文在创作方法上是极为重视音乐性的,而且音乐对作家具有"治疗"的作用。该文接着从音节的刻意反复、音乐曲式的模仿等视角来分析《柏子》《丈夫》《看虹录》等作品里显现出的音乐性追求。该文搜集的作家言论资料很全面,笔者也受益不少,但该文的立脚点还是与其他论文一样,只注重作家推崇音乐这一点,有点忽视音乐/声音有时候也给予作家一种苦恼。① 笔者个人认为,或许只有通过分析沈从文30年代以前和40年代以后对待音乐时的态度差异,并以此更清晰地把握作家的苦恼,才能理解为什么就在自杀前后这一时刻,沈从文的

① 比如说,曾文举了沈从文精神失常时的日记,指出作家对《蝴蝶夫人》巧巧桑的悲剧有共鸣,以此证实《边城》的结尾回响着巧巧桑的唱段《等候》的主题。但笔者认为这举例方法有点忽视原文的语境,因为该日记显示出,音乐和声音给予他无限的凄苦。沈从文写道:"十分钟前从收音机中听过……〈蝴蝶夫人〉曲,……一些音的涟漪与坡谷,把我生命带到许多似熟悉又陌生过程中,我总想喊一声,却没有作声,想哭哭,没有眼泪,想说一句话,不知向谁去说。……夜静得离奇。……翠翠,翠翠,你是在一〇四小房间中酣睡,还是在杜鹃声中想起我,在我死去以后还想起我?"沈从文在作品里向来很喜爱"静"和"沉默"的感觉,但在这里却对"静"感到恐惧,对音乐和声音显得过度敏感。关于沈从文对声音这样矛盾的感受,会在第四章详述。

耳朵里出现了如此多的“杜鹃”悲凉鸣叫。①

与音乐相比，沈从文的绘画性这一题目受到的关注更少一些，如：张海英《沈从文的小说创作与中国传统画》（《暨南学报》第23卷第2期，2001年3月）；彭建成《绘画与沈从文的文学创作刍议》（《文艺生活（艺术中国）》2009年11期）；徐跃东、滕小松《沈从文小说的中国传统绘画性显现》（《湖北大学学报（哲学社会科学版）》2006年02期）等。研究情况还是与对音乐性的研究相似，基本上都注重作家对绘画美术的喜爱，另外有些学者还指出，沈从文的人物描写符合中国传统画的写意法（张海英等）。但笔者认为更重要的是，沈从文在接受音乐和绘画两种艺术时，对西方艺术竟显示出如此不同的态度。众所周知，油画等西方美术同样构成西学东渐的一个重要势力，民国时期的文学杂志上，经常能看到西方美术著名作品的介绍。但沈从文基本上很少提及油画等西方美术作品，与其对西方古典音乐的推崇比起来，显得不可思议的冷淡。这到底意味着什么？这是个有待进一步研究的重要课题。

三、呈现在《七色魇》集中的音乐——绘画之间的彷徨

下面要从“音乐性－听觉因素”和“绘画性－视觉因素”的线索来尝试纵观《七色魇》集。《七色魇》的结集过程相当复杂，这里先介绍一下基本情况。按《全集》编者注：“1949年初，作者曾以《七色魇集》为书名，编成一作品集，未曾付印。其中包括《水云》及作者以‘魇’为题的6篇作品，即《绿魇》《黑魇》《白魇》《赤魇》《青色魇》与《橙魇》等。”现在我们在《全集》第12卷能看到由编者新编的《七色魇》集，但由于《橙魇》与《赤魇》分别是中篇小说《凤子》（1932—1937）和《雪晴》（1945—1947）系列作品的一部分，故这两篇收入《全集》第7卷与第10卷。笔者在以下行文中提到“《七色魇》”，是就原有出版计划而未曾付印的7篇作品而说的。《七色魇》集有一个特点，就是收入作品的创作时间段较长。下面的列表是按照写作与校改时间整理的《七色魇》的发表情况。先不说由作者进行的三番两次的校改过程，就说每篇作品第一版本的最初发表时间，其中最早的《神之再现》（即《橙魇》原型）在1937年7月，即离开北平逃难到昆明的前一个月就发表了，

① 关于出现在作家书信及日记里的“杜鹃”的鸣叫，参看小島久代《沈従文の自殺未遂事件及び両〈家書〉の異同について》。

而最晚的《青色魇》则在1946年秋天的北平完成。如果把《雪晴》系列其他作品的创作以及对于《青色魇》的校改都考虑在内的话，有关《七色魇》的整个创作时段超过了十年之久。众所周知，沈从文总喜欢对自己的作品进行频繁地校改，这在《七色魇》也不例外。或许因为当时西南的出版情况并不理想，审查制度也相当严格，沈从文甚至比以往越发频繁地对各个作品进行重写、校改和重发。

对沈从文昆明时期或40年代的文学研究，向来比较集中于其后期湘西作品《长河》(1938)、《湘西》(1938)，以描述手法的实验性和"色情性"引起不少争议的《看虹录》(1941)、《摘星录》(1942)，以及全篇充满哲理思索的日记体散文《烛虚》(1940)、《潜渊》(1941)。相比之下，对《七色魇》整体的关注较少，其中唯一例外的是《水云》。①

作品题目	写作时间	发表时间	杂志	卷	写作地点
凤子(一及九)	1932.3[邵]	1932.4.30－6.30	文艺月刊	3卷4期－5,6期合并号	(青岛)
凤子题记	1934.5.27	1934.5.30	天津《大公报·文艺副刊》		(北平)
神之再现(《凤子》之十)(《橙魇》原型)		1937.7.1	文学杂志	1卷3期	(北平)
水云——我怎么创造故事，故事怎么创造我	1942.12[邵]	1943.1.15－2.15	文学创作	1卷4期－5期	(昆明)
绿·黑·灰(《绿魇》原型)	1943.12.10[邵]	1943.12.21－1944.1.11	当代评论	4卷3期－5期	(昆明)

① 对此集中的个别作品，虽然为数不多，还是有值得注意的重要研究，如：吴立昌《用脑子走路——〈绿魇〉赏析》(吴立昌主编《沈从文作品欣赏》广西教育出版社，1988年)；小島久代《〈青色魇〉考》(《明海大学外国語学部論集》第15集，2003年)；张新颖《〈黑魇〉：精神迷失的踪迹和文学理解的庄严》(《沈从文精读》复旦大学出版社，2005年)等。可是以整部《七色魇》为主要对象的研究较少。目前为止，规模分量上最齐全的是许君毅《"故事"的变形和艰难重构——〈七色魇〉文集研究》(福建师范大学硕士学位论文，2009年)，该文算是第一篇集中讨论《七色魇》的研究。本报告的整理有不少得益于该论文，但在对"故事"重构和政治压迫的看法上，尚有所不同。另外，《水云》因为有较强的作家创作谈的性质，也涉及《八骏图》《边城》等重要作品的写作背景，所以长期以来不少研究都提及该文。可是不少研究不太注意《水云》的叙事所体现出的复杂性和多元性，直接抽出一些句子来做证明自己主张的材料，有些断章取义之嫌。

续　表

作品题目	写作时间	发表时间	杂志	卷	写作地点
绿魇		1944.2.1	当代文艺	1卷2期	昆明
黑魇	1943.12月末一天	1944.5.15	时与潮文艺	3卷3期	云南呈贡
白魇	1944	1944.5.15	时与潮文艺	3卷3期	（昆明）
水云——我怎么创造故事，故事怎么创造我	1944.5.3	1944.9.15	时与潮文艺	4卷1期	重庆
赤魇（《雪晴》一）		1945.3.20	昆明《观察报·生活风》	第20期	（昆明）
赤魇（《雪晴》一）		1945.6.14	重庆《益世报·益世副刊》		（昆明）
橙魇（原名《神之再现》）		1946.1.15	时与潮文艺	5卷4期	（昆明）
橙魇（原名《神之再现》）	1945.6	1946.8	春秋	3卷2期	昆明桃园新村
水云——我怎么创造故事，故事怎么创造我	1946.5重校				（昆明）
雪晴（《雪晴》二）	1946.10.12重写	1946.10.20	经世日报·文艺		
雪晴（《雪晴》二）	1946.10.12重写	1946.11.4	中国日报·文艺周刊		
青色魇		1946.11.24	天津《益世报·文学周刊》		（北平）
绿魇	1946.3.26改校	1946.12	现代文录	第1集	北平
巧秀与冬生（《雪晴》三）	1947.3月末	1947.6.1	文学杂志	2卷1期	北平
黑魇	1943.12月末一天	1947.8.1	知识与生活	第8期	云南呈贡

续　表

作品题目	写作时间	发表时间	杂志	卷	写作地点
白魇一	1947	1947.8.16	知识与生活	第9期	北平
传奇不奇(《雪晴》四)	1947.10[吴]	1947.11.1	文学杂志	2卷6期	(北平)
水云——我怎么创造故事,故事怎么创造我	1947.8.28 校正[全]	1947	单行本《王谢子弟》		北平
青色魇(重校)	1947.12.31[吴])				北平

(注:为了考察方便,《凤子》各章和《雪晴》系列的作品也放进去了。加了阴影来标记每篇作品初次发表的情况,以便辨别。没有任何标记的写作时间和写作地点,均根据作品原载时作家标注在文末的时间。有些暂时无法看到原载杂志的作品,笔者按吴世勇《沈从文年谱》(天津人民出版社,2006年)、邵华强《沈从文年谱简编》(花城出版社,1991年)、《沈从文全集》等资料补充时间,并分别以[吴][邵][全]来标注。)

(一)《神之再现》(1937)——"音乐"的浮上

以"魇"字取名的第一篇《绿魇》发表于1944年,由此推断,作家编集《七色魇》的念头,大概始于1943－1944年间。可是如果要讨论《七色魇》里面的音乐、绘画因素的话,我们就应该从隔了五年之后突然被补进去的《凤子》第十章,即1937年的《神之再现》开始。因为如果把《神之再现》和后来在1945－1946年间重写、改名并重发的《橙魇》仔细对照,就知道两个版本相差并不远,就本文要讨论的"音乐"因素而言,几乎没有太大变化。[①] 1945年的版本所改变的主要有三点:第一,原是用"城里来的客人"指称主人公的第三人称叙事,改变成"我"的第一人称叙事。笔者认为这一变化很重要,准备后面详论。第二,主人公,即来湘西勘察矿山的工程师去看矿场的场面中间,加入了一大段文字描述当地生产水银的详情和矿工的家庭生活,里面还写到矿山前不久遭土匪洗劫焚毁的事,有点让我们想起"'从深处认识'的情感来写战事"[②]的《长河》笔法。第三,结尾加了一段40年代昆明的生活描写,而把整篇故事改变成一种框架故事:"到真正醒来

① 由于暂时无法看到载于1946年1月《时与潮文艺》的版本,因此用载于1946年8月《春秋》的版本进行了校对。

② 《水云——我怎么创造故事,故事怎么创造我》,《文学创作》第1卷第5期,1943年1月15日。

时，隔壁郑太太敲碎了一个寒暑表，主妇买了一升新栗子，……住的村子既名叫桃源，什么离奇不经的事自然都可发生，原来我做了个新黄粱梦！”[①]这个操作把原来的故事，即“神”降临于神秘湘西的传奇故事，完全改变成一种更普遍的人生寓言，橙色的“梦魇”。也就是说，这篇原来为了强力构筑湘西世界充满魔性的魅力而设计的《凤子》第十章，[②]也由此脱离了1932年《凤子》的磁场，而作为40年代《七色魇》的一部分来形成回溯“过去”的“梦”之一。

回到原题，来看看没有修改的有关音乐的部分吧。《凤子》是一部未完的中篇小说，内容大概可分为两部分。前一半讲述刚失恋受伤的年轻人“我”，来到一个海边城市（拟为青岛），见到一位绅士和名叫“凤子”的神秘女性。绅士得知这个年轻人来自湘西后似乎感到很亲切，谈起自己以前探访湘西时的经验。后一半移到绅士讲的故事，主人公换成年轻时的绅士，这位“城市来客”工程师来湘西在总爷家做客。他通过与总爷进行哲理性的讨论、接触当地女性以及鉴赏巫师还愿仪式等，更新了对女人、对神、对人类等概念的认识。《神之再现》作为《凤子》的最后一章，描述了巫师还愿仪式的场面，还包括大量“城里来客”和总爷之间的讨论。而值得我们注意的是，“抽象”“神”“音乐”“情感”“自然”“教育”“声音”“颜色”“光影”“素朴”“美”等，这些一直被认为是点缀40年代哲理性散文的主要观念和关键词，统统都已出现在《神之再现》里面。按照本报告的视角，其中尤其引起我们注意的，就是对“音乐”“声音”或“画”“颜色”的重视，似乎正是这个时候在沈从文文章中开始浮现。例如（下划线为笔者所加，下同）：

> 觉得来到这个古怪地方，真是一种奇遇。人的生活与观念，一切和大都市不同，又恰恰如此更接近自然。一切是诗，一切如画，一切鲜明凸出，然而看来又如何绝顶荒谬！是真有个神造就这一切，还是这里一群人造就了一个神？本身所在既不是天堂，也不像地狱，倒是一个类乎抽象的境界。我们和某种音乐对面时，常常如同从抽象感到实体的存在，综合兴奋，悦乐，和一点轻微忧郁作成张无形的摇椅，情感或灵魂，就俨然在这张无形椅子上摇

---

① 应该注意，“我做了个新黄粱梦”这一句也插在重写于1943年的《绿魇》结尾。

② 关于沈从文有意构筑湘西世界的讨论，参看赵园《沈从文构筑的“湘西世界”》，《文学评论》，1986年第6期；拙文《沈従文の女性形象にひそむ〈郷土〉——白い女神か、黒い田舎娘か》（《東方学》第113輯，2007年1月，中译版为《“乡土”是怎样炼成的——沈从文白与黑乡村少女形象的内涵》，《文学评论丛刊》2013年第2期。

荡。……感官崭新的经验，仿佛正在启发他，教育他。(128 页)

看看刚才的仪式，我才明白神之存在，依然如故。不过他的庄严和美丽，是需要某种条件的，这条件就是人生情感的素朴，观念的单纯，以及环境的牧歌性。神仰赖这种条件方能产生，方能增加人生的美丽。缺少了这些条件，神就灭亡。我刚才看到的并不是什么敬神谢神，完全是一出好戏；一出不可形容不可描绘的好戏。是诗和戏剧音乐的源泉，也是它的本身。声音颜色光影的交错，织就一片云锦，神就存在于全体。(143 页)[①]

此外，我们还不能忘记《神之再现》全篇始终围绕着当地人唱山歌民歌的习俗，可说寸步不离。去矿场的路上，"城里人"问随同来的小伙子平时做什么玩儿，小伙子的回答就是"唱点歌逗引女孩子"。路上还见到小牧童，用双关语气唱起歌来跟他们打趣。走到了一口井边竟碰到一群女孩子洗衣服，其中最能唱歌的"歌师傅"女子跟小伙子开始对唱，轮流讽刺对方。后来在巫师的法场上体验到的全是严肃的音乐和歌剧，庄严的法事完毕后，还让"城里的客人耳朵边尚嗡嗡咿咿的响着平田中的鼓声和歌声"，让他的"情感还迷失在先前一时光景里"。

上面已经指出，沈从文 30 年代的代表作也有相当多的声音和颜色描述，而且在作品里的效果相当杰出。可是 30 年代杰出的声音、颜色描述有一个明显的倾向，就是重视"静"和"远"，而且基本上不用过多的形容词去修饰。试看由赵园评论为"听夜"的散文杰作《湘行散记・鸭窠围的夜》(1934)里的声音和灯光描述：

黑夜占领了全个河面时，还可以看到木筏上的火光，吊脚楼窗口的灯光，以及上岸下船在河岸大石间飘忽动人的火炬红光。这时节岸上船上皆有人说话，吊脚楼上且有妇人在黯淡灯光下唱小曲的声音，每次唱完一支小曲时，就有人笑嚷。什么人家吊脚楼下有小羊叫，固执并且柔和的声音，使人听来觉得忧郁。……此后固执而又柔和的声音，将在我耳边永远不会消失的。我觉得忧郁起来了。我仿佛触着了这世界上一点东西，看明白了这世界上一点东西，心里软和得很。……河面静静的，木筏上火光小了，船上的灯光已很少了，远近一切只能借着水面微光看出个大略情形。另外一处的吊脚楼上，又有了妇人唱小曲的声音，灯光摇摇不定，且有猜拳声

① 《神之再现(凤子之十)》，《文学杂志》第 1 卷第 3 期，1937 年 7 月。

> 音。……羊还固执地鸣着。远处不知什么地方有锣鼓声音,那是禳土酬神巫师的锣鼓。……水面上却起了另外一种声音。仿佛鼓声,也仿佛汽油船马达转动声,声音慢慢地近了,可是慢慢地又远了。这是一个有魔力的歌唱,单纯到不可比方,也便是那种固执的单调,以及单调的延长,使一个身临其境的人,想用一组文字去捕捉那点声音,以及在那长潭深夜一个人为那声音所迷惑时节的心情,实为一种徒劳无功的努力。①

我们可以注意到,这里提到的声音和光影都指向柔和、模糊、单调等性质,而且声色来源似乎都在离叙述人有距离的地方。在这里,作家要宣扬的不是人事的"有声有色",而是"由有声唤起的寂静",就像在《边城》(1934)描画爷爷的歌声"反而使一切更寂静一些"那样,显出"此时无声胜有声"式的美学。如此重视"静"和"远",不是因为作家感觉自己和湘西世界之间隔着一层膜,而正好相反,是因为作者在享受让远处模糊的声光激起自己想象的能力,让他在幻想中对这些人寂静中的哀乐凝眸,而且相信这就是唯一能接近乡下人内面的方法。② 换句话说,这里的"远"就悖论地表示着作者还有些相信自己有能力用文字接近目前人们生活的深处。作家似乎还未明确意识到,接受这些"声色"的就是自己的听觉和视觉,所以并没有必要故意地宣扬"音乐"的魅力,也没有必要强调自己感官所受到的印象。③ 虽说《神之再现》也只是出现在《湘行散记》3 年之后,属于 30 年代的作品,但其对"音乐""颜色"和自己"感官"的关注,已与《湘行散记》存在着明显的差异。这或许能证明,1935－1936 年在创作上的"沉默"与"思索"所带给这位作家的影响之大。④ 至

---

① 《湘行散记——鸭窠围的夜》,《文学》第 2 卷第 4 号,1934 年 4 月。

② 30 年代的沈从文如何描述乡下人内面,是一个很重要的,还待研究的课题。有关讨论参见拙文《〈郷土〉を溶かす内面の空白—沈従文の女性像から》(《現代中国》第 81 号,2007 年 9 月);TSUMORI, Aki,"Rethinking the Sorrow behind the "Silent Smile": Shen Congwen's description of the inner sentiments of his characters and why he identified himself as a "country people", International Symposium: Shen Congwen and Modern China, Harvard University, 25－26 September 2015, Cambridge, US.;同《沈從文のフェティシズム——髪のエクリチュールと身體化される〈都市/郷土〉》,《中國文學報》第 87 册,2016 年 4 月。

③ 虽然《湘行散记》里频繁举出人们歌声的动人处,可是至少在字眼上,只有"声音""鼓声"和"歌声",而没有"音乐"。"黄昏薄暮,落日沉入大地,天上暮云为落日余晖所烘炙,剩余一片深紫时,大帮货船从上而下,摇船人泊船近岸,在充满了薄雾的河面,浮荡的催橹歌声,又正是一种如何壮丽稀有的歌声!"《湘行散记——辰河小船上的水手》,《文学》第 3 卷第 1 号,1934 年 7 月。

④ 沈从文在散文《沉默》(《文季月刊》第 1 卷第 6 期,1936 年 11 月 1 日)里说:"我沉默了两年。这沉默显得近于有点自弃,有点衰老。……我不写作,却在思索写作对于我们生命的意义。"贺桂梅在讨论《看虹录》和 40 年代文风时,重视这两年的创作停顿。参看贺桂梅、钱理群等《沈从文〈看虹录〉研读》。

少可以说，沈从文重视“音乐”，是始自《神之再现》的。

（二）《水云》的两个版本（1943—1944）——感官的释放，寄予文字的最后希望

不过在把“神之存在”和其“庄严和美丽”生存的条件限定为“人生情感的素朴，观念的单纯，以及环境的牧歌性”，即湘西世界范围内这一点上，《神之再现》还仍然属于与 40 年代作品完全不同的层面。[①] 沈从文真正开始关注感官的壮丽世界，要等到写于 1942 年的《水云》。《水云》是比较特别的作品。它一般被认为是自传性散文，但其中虚构或幻想的部分并不少，也看似第一人称心理小说。同时里面包含着各种对作家过去作品的解释，因此也有人看作创作谈。而且出现在里面的几个“偶然”（即“我”遇到的女性），因和沈从文实际人生上碰到的婚外恋悬疑相符合，曾引起不少争议。[②] 总之，不管怎样看待这篇作品，我们很容易被作家设计的虚虚实实卷进去，很难看透这篇作品的整体面貌，这就是讨论《水云》这篇作品时的困难之一。《水云》的故事脉络和其所呈现出的泛神论、自然观、生命哲学等思想均复杂错综。这可说是一个很多元的文本，每一个解释者按照不同视角能显现出它不同的面貌。《水云》有几个版本，重要的修改就在于 1943 年《文学创作》版和 1944 年《时与潮文艺》版之间。本段要沿着《水云》的故事脉络来探讨其听视觉描述。

从故事内容来讲，主要线索有两条：主人公“我”与几个“偶然”的接触之间的情感历程，以及两个“我”之间的五次对话。这两条故事线索紧密相连，有些像巴赫的复调音乐，两种不同的旋律在互相追逐和渗透中渐渐地呈现出《水云》的中心命题——“美不能在风光中静止”。在第一条线索上，“我”在青岛、北京、昆明等地方遇到几个“偶然”，或被她们的“青春肉体”感到炫目，或被她们“优雅而脆弱的印象”

① 《神之再现》所宣扬的音乐是湘西民间文学，而不是 40 年代后经常赞赏的西方古典音乐，也应该源于此。

② Kinkley 既承认《水云》的真幻交错的风格，又认为《水云》是“直接写沈从文婚外恋情的”“一份辩解书”，指出几个“偶然”背后的两个原型就是诗人高青子和青岛大学校花俞姗（Jeffrey C. Kinkley, *The odyssey of Shĕn Congwen*, p. 256, pp. 359 - 360）。刘洪涛认同 Kinkley 的说法，并认为《七色魇》以颜色为标题的手法来自高青子的小说集《虹霓集》（1937）（刘洪涛《沈从文小说新论》，北京师范大学出版社，2005 年，第 235 - 241 页）。裴春芳在强调沈从文后期作品自传性的基础上，举出众多考证来反驳研究者多“把高青子视为沈从文中年爱欲漫游时期最主要的人物”的现状，推断《水云》和《看虹录》里的爱欲对象就是沈从文的姨妹张充和，引起了更多争论（裴春芳《虹影星光或可证——沈从文四十年代小说的爱欲内涵发微》，《十月》，2009 年第 2 期，第 30 - 38 页）。

感到诱惑。“我”在两个取舍——要保留幸福婚姻的“幻影”，还是要任自己“情感”奔放——之间徘徊，后来经过了一段“理性的我”败北的经验，最后所有的“偶然”离开了“我”，我就决心重新用一支笔描画出从“偶然”身上认识到的“生命”之美。而第二条线索则由“对生命有计划对理性有信心的我”（即本文主角）与“宿命论不可知论的我”（即主角独自思索时以熟悉的声音来出现的另一个自我）之间的对话构成。但是这两个自我的立场不是很固定，尤其是前一个主角“我”，通过五次对话和与“偶然”们的邂逅，逐渐的脱离只相信理性的乐观态度，也承认每一个“偶然”所展览给自己的“光辉和色泽”，就会让自己感觉到“生命的庄严”，从而在故事的结尾，“我”在“明亮”的心态下重新拿笔开始写作。同样，“不可知论的我”虽然也始终保持着世故的冷嘲口吻，一贯地否定与嘲笑另一个自我的积极人生态度，可我们得注意，他同时也是作品里唯一能理解主角烦恼人格的角色。不像“单纯、素朴”的新妇（张兆和），也不像不理解故事的“真”和“美”之间区别的“偶然”，他是因为明明知道“我”对“生命”的过于敏感就是个“弱点”，怕这个弱点在一个“美丑换题时代……用简单空洞口号支配一切的时代”就会过时落后，所以才再三地给“我”冷嘲式的劝告。

研究界往往认为《水云》深受弗洛伊德影响，并指出这两个自我的对话意味着“内心真实的我”和“表面伪装的我”，即自我和本我的分裂，情感与理性的战争。① 可是在这里似乎更应该强调歌德的影响。从上述整理可看出，《水云》的两个自我的分裂对话与其说是情感与理性的战争，还不如说是一种互相辩证的势力，而且正如“不可知的我”在文中把另一个我戏称为“唉，我的浮士德”那样，是有意拟作为浮士德和靡菲斯特之间的关系。② 有意思的是，沈从文的老友冯至也在同一年在西南联大文史学会上演讲了有关靡菲斯特的论文《〈浮士德〉里的魔》，③但对靡菲斯特和“理性”的认识上，两个人的看法看似一致而又不尽相同。冯至的理解逻辑性更强一点，他根据歌德的《诗与真》解释道，靡菲斯特是个缺少“幽灵（Daimon）”的“一个消极的本质”，是个过于实际、理智、虚无的现代魔鬼。靡菲斯特不承认“人类里有一种积极的力量，也就是幽灵的力量”，看不起人类一切“高贵的努力”。因此，按冯至的理解，《浮士德》所呈现出的思想就是：靡菲斯特象

① 许君毅《“故事”的变形和艰难重构——〈七色魇〉文集研究》，第 84 页。

② 沈从文怎样接受歌德的影响，是个有趣的题目。沈从文最早提到浮士德，似乎是 1934 年的《湘行散记——老伴》（《文学》1 卷 4 期）里的“难道我如浮士德一样，当真回到了那个‘过去’了吗？”但《水云》里提到《歌德传记》和《浮士德》，应该更多得益于同时期在西南联大开始正式研究歌德的冯至的影响。

③ 《学术季刊》第 1 卷第 3 期，1943 年。

征着因过于理智而否定一切伟大事物价值的现代诱惑，人能够通过对靡菲斯特的反抗，来显示自己对最高价值的，对“不可能的事物”的追求。[①] 而沈从文版浮士德的立脚点则含有更多的踌躇和悖论。故事里的“我”到了结尾，决心要“在文字中重现”过去的生命，但他受到的“教育”不是由对靡菲斯特诱惑的反抗而来的，相反，是在不可知论者“另一个我”（即靡菲斯特）的教导下，放下原先的理智偏重主义，接受几次由“偶然”引起的“情感的抬头”的结果。虽然沈从文跟冯至一样否定过于“理性”而消极的人生态度，也由此显示出“对人生平凡否认的精神”，[②]可是沈从文的靡菲斯特并不是代表世故和理智的敌人，而是把人类引诱到“情感发炎”的引路者，可以说是人类的同谋。“我”和“另一个我”之间并没有像歌德原作和冯至论文那样形成强烈的对立关系，也正是在这样一个对立消灭的场域中，《水云》的命题“美不能在风光中静止”得以出现。这句话明明是靡菲斯特与浮士德赌赛中的重要条件“停住吧，你是这样美！”的有意变奏或回答。可是，《浮士德》的命题是浮士德向往着自由王国的状态下叹息道的，因此反而强有力地歌颂了人类拥有的积极力量。《水云》的命题却凸显出，任何力量无从停住这世界的“美”的瞬间。在此重点已经移到“美”本身，人在“美”之前只能沉醉和皈依，除此之外无能为力。

这样的故事情节展开上，感官描述与文字—音乐—绘画的拮抗一直扮演着很重要的角色。前文已指出《水云》在 1943 至 1944 年间经过了修改，这修改可以概括为两个方向：增加听视觉的描述和强调“形色气味”，以及凸显命题“美不能在风光中静止”。《水云》有一个特点，就是大量的景物描写。而且不管描写对象是自然景物还是人物“偶然”，沈从文的笔调已不会像 30 年代那样是节制的白描。这一次他的描写带着许多颜色表现及修饰语，显得更奔放更充实，而且都指向着“壮丽”这一方向，整个景物变成富有意味的“风景”。[③] 这里简单地对比一下《从文自传》和《水云》中的段落（《水云》根据 1944 年修改版，印刷不清晰处用□来代替）：

---

① 有关冯至对歌德的研究与认识，参看佐藤普美子《彼此往来の詩学——馮至と中国現代詩学》，汲古書院，2011 年，第 329 頁。本论文日文版此处原有对冯至和佐藤论点的误解，借这次机会纠正了这些错误，并对冯至和沈从文的差别补充了一些新的分析。在此感谢佐藤教授的指正。

② 《水云》（1944 年版），《时与潮文艺》第 4 卷第 1 期，1944 年 9 月 15 日，29 页。《文学创作》版没有此部分。

③ 张新颖用《边城》为材料，指出沈从文的“景物描写，很浅，不深刻，没有深度……他好就好在没有深度”，并讨论沈从文与自然的关系（张新颖《沈从文精读》）。王德威在《从头谈起——鲁迅、沈从文与砍头》（《小说中国》，麦田出版社，1993 年）讨论沈从文的叙事方法倾向于“寓意”表达，就是提到这一论点的嚆矢。笔者上述的看法也以此为基础。

就为的是白日里太野，各处去看，各处去听，还各处去嗅闻：死蛇的气味，腐草的气味，屠户身上的气味，烧碗处土窑被雨以后放出的气味，要我说来虽当时无法用言语去形容，要我辨别却十分容易。蝙蝠的声音，一匹黄牛当屠户把刀剸进它喉中时叹息的声音，藏在田塍上土穴中大黄喉蛇的鸣声，黑暗中鱼在水面泼剌的微声，皆因到耳边时分量不同，我也记得那么清清楚楚。(《从文自传·我读一本小书时同时又读一本大书》1934)[①]

青岛的五月，是个稀奇古怪的时节，……阳光热力到达了地面，天气即刻暖和起来。树林深处，便开始有啄木鸟的踪迹和黄鸟的鸣声。公园中分区栽种的梅花、桃花、玉兰、郁李、棠棣、海棠和樱花，正像约好日子，都一起开放了花朵。……地上一切花果都从阳光挹取生命的芳馥，人在自然秩序中，也只是一种生物，还待从阳光□取得营养和教育。美不能在风光中静止，生命也不能在风光中静止，值得留心！……我的目的正是让不能静止的生命，从风光中找寻那个不能静止的美。……一面即用□前这片大海教育我，陶冶我的生命。时间长，次数多，天与树与海的形色气味，便静静地溶解到了我绝对单独的灵魂里。……心脏跳跃节奏中，俨然有形式完美韵律清新的诗歌，和调子柔软而充满青春狂想的音乐。……因为海上的云彩实在华丽异常。有时五色相煊，千变万化，天空如张开一铺活动锦毯。有时又肃静纯洁，天空但见一片明莹绿玉，别无他物。这地方一年中有大半年天空中竟完全是一幅神奇的图画，充满青春的嘘息，煽起人狂想和梦想，看来令人起轻快感，温柔感，音乐感，情欲感。(《水云》第一节)

可以看出，《从文自传》的罗列式景物描述有些类似于《湘行散记》，字面上尽量节制过多的“描写”，也尽量避开由作者来限定这些景物的“意义”何在。这段描写之所以能强烈地引起我们读者的想象，是因为平淡无奇的罗列中反而透露出荷兰画派式的怪异兴奋，激起无限的解释可能。[②] 而且我们要注意，包括《从文自传》在内，沈从文早中期的景物描写里面，捉住“气味”的表现——尤其是死

---

① 《从文自传》，第一出版社，1935 年 5 月(1934 年 7 月初版)，23 页。

② Martin Jay 引用 Svetlana Alpers 的讨论指出，痴醉于笛卡尔式透视法的意大利文艺复兴，把其目的重点放在“讲故事”上，而荷兰美术的“描写术”更喜欢“描写能够看见的事物表面，尽量抑制对故事和典故文本的讲述”。参看 Martin Jay, “Scopic Regimes of Modernity”, Hal Foster ed., *Vision and Visuality: Discussions in Contemporary Culture*, The New Press, 1988. 日译版为マーティン・ジェイ《近代性における複数の〈視の制度〉》，ハル・フォスター編《視覚論》，平凡社ライブラリー，2007 年。

蛇、雨后土窑等古怪得无可形容的那种——几乎是必不可少的，而到了《水云》就不一样。虽然叙述者频繁地主张“形色气味”的重要性，尽力宣扬自己是要理解“现世光色声味”的人，但在实际的描写当中，除了“芳馥”“芳香”等极其普通的形容外，基本上看不到任何捉住独特“气味”的部分。同时还要注意，“音乐－听觉”虽然比“气味－嗅觉”还受重视，但也同样处于只有字面上的赞赏，缺乏实际用例的状态。结果，尽管叙述人强调“我的一切官能都在一种崭新教育中，经验了些极纤细微妙的感觉”，在《水云》文本里能担任这“教育”重任的，实际上只有属于视觉性的描写。① 尽管如此，由故事结构及小说副题可知，这是一篇不外乎有关“我如何写故事”的故事，“我”始终不放弃“用文字重现”生命的愿望，因此故事的结尾也回到那里。“音乐－听觉”和“图画－视觉”的因素虽然逐渐得到释放，但还未到把文字追逐到边缘，让作家失去对文字的信心的地步。

（三）《赤魇》《雪晴》到《青色魇》(1945—1946)——做画家的梦及其放弃

经历了《长河》的挫折后，在作家重新挑战湘西世界的《赤魇》(1945)和《雪晴》(1946)中，《水云》呈现出来的对感官的乐观信任开始进入另一种状态，显现出作家“无可形容对象”的焦虑。② 并且，属于同一系列的《赤魇》和《雪晴》两部作品，似乎分别代表着听觉与视觉，形成一种代理者之间的战争。

《赤魇》有一个副题叫做“我有机会作画家，到时却只好放弃了。”仿佛要反映出主人公“我”要作画家的欲望，文本中继续充满着各种视觉性描述，而且频繁地使用“见得”“远望”“近望”“可看见”等表达叙述人视角的词语，比《水云》还浓厚地表现着“我”的个人视角感觉。既然如此，是什么让“我”不得不放弃“画家梦”呢？就是听觉。《赤魇》中听觉描述比视觉描述多得多，而且与30年代的描述不同，加上了各种修饰语和叙述人的解释，这里的听觉描述已升华为唯一能接近

---

① 搁了一年后执笔的《绿魇》(1943年12月10日执笔)里也可以看到同样的情况，作家同样强调各种感官，但实际描写上，只有视觉占上风。这个现象应该与视觉论从来探讨的视觉在现代所占的优势紧密相连，还有必要从现代中国文化与文学中各种感官所占的位置来讨论。在本文结语部分会简单地提及这个问题，但笔者还未能对此建立深入的理解，留待下次机会另论。

② 这份焦虑的表现过程如下：首先还认为“因为大部分所谓‘印象动人’，多近于从具体事实感官经验而得到。这印象用文字保存，虽困难尚不十分困难”(《烛虚·五》1940年)；后来，“只觉得一片绿色，一组声音，一点无可形容的气味，综合所作成的境界，使我视听诸官觉沉浸到这个境界中后，已转成单纯到不可思议。企图用充满历史霉斑的文字来写它时，竟是完全的徒劳”(《绿魇》1943年)；最后，到了《赤魇》《雪晴》《虹桥》等里面已认命似地放弃，认为文字和绘画同样无能为力。

“生命本身”的感官媒介。换句话说，在这里沈从文可谓终于依稀捉住了用听觉重新构造世界的方法。试看《赤魇》的听觉描述：

> 一条溪涧由东山岨绕过，流经长垣外，再曲折盘旋沿西边几个村子，消失到村后。虽相去那么远，仿佛还可听到雪水从每个田沟缺口注入溪中时的潺潺声。村中应有的碾坊、油坊、庙宇、祠堂，从房屋形制和应占位置上，都可一一估计得出。……一个年长同伴接着又把话支开，“嗨，你们听，村子里什么人家讨新媳妇，放炮吹唢呐，打发花轿出门！”试听听，果然笳声悲咽断续中，还零零落落响了一阵小鞭炮。我摇摇头，因为对于面前景物的清寂，和生命的律动，相揉相混所形成的一种境界，已表示完全的皈依。……一种新的启示与发现，更不免使我茫然失措。原来正在这个当儿，在这个雪晴清绝山谷中，忽然腾起一片清新的号角声，一阵犬吠声。我明白，静寂的景物虽可从彩绘中见出生命，至于生命本身的动，那份象征生命律动与欢欣在寒气中发抖的角声，那派表示生命兴奋而狂热的犬吠声，以及在这个声音交错重叠综合中，带着碎心的惶恐，绝望的低嗥，紧迫的喘息，从微融残雪潮湿丛莽间奔窜的狐狸和獾兔，对于忧患来临挣扎求生所抱的生命意识，可决不是任何画家所能从事的工作！我的梦如何能不破灭，已不大像是个人可以做主。[1]

这可以说是对自然生命的律动和“声音—听觉”的完全皈依。因此，读者接着看到作为第二节的《雪晴》时，如果看到其开头就是这样印象深刻的两个叫声，就会期待《雪晴》还延续这一个听觉优势的叙事方法：

> “巧秀，巧秀，……”
>
> “可是叫我？哥哥！”
>
> ……
>
> 竹林中一片斑鸠声，浸入我迷蒙意识里。一切都若十分陌生又极端荒唐。雪晴。清晨。[2]

---

① 《赤魇》原载于昆明《观察报・生活风》第20期，1945年3月20日。因为《观察报》未见，本文依据《观察报》的《沈从文全集》第10卷，403-405页。

② 《雪晴》原载《经世日报・文艺》，1946年10月20日。引自《沈从文全集》第10卷。斑鸠声是贯穿在沈从文《主妇》(1937)、《水云》(1943)等作品的重要意象，有关讨论参看福家道信《音を手がかりとして—〈雪晴〉の場合—》，第6-12页。

可事实上，《雪晴》的文本很快就显出“视觉”观察优势的返潮，叙事仿佛又一次被做画家的梦夺回去：

> 屋主人的老太太，银白头发上簪的那朵大红山茶花，在新娘子十二幅红绉罗大裙照映中，也依然异样鲜明。……我眼中被屋外积雪返光形成一朵朵紫茸茸的金黄镶边的葵花，在摇动不居情况中老是变化，想把握无从把握，希望它稍稍停顿也不能停顿。过去一切印象也因之随同这个幻美花朵而动荡，华丽，鲜明，难把握，不停顿！……十七岁年纪，一双清亮无邪的眼睛，一张两角微向上翘的小嘴，一个在发育中肿得高高的胸脯，一条乌梢蛇似的大发辫。说话时未开口即带点羞怯的微笑，关不住青春秘密悦乐的微笑。且似乎用这个微笑即是代表一切，生命存在的意义和价值，以及愿望的证实。……我心想，那双清明无邪的眼睛，在这个万山环绕不上二百五十户人家的小村落中，看过了些什么事情？……我倘若还不愿意放弃作一个画家的痴梦，真的画起来时，第一笔应捕捉那双眼睛上的青春光辉，还是应保留这个嘴角边温情笑意？……我得看看雪晴浸晨的庄宅，办过喜事后的庄宅，那份零乱，那份静。屋外的溪涧，寒林和远山，为积雪掩覆初阳照耀那份调和，那份美，还有雪原中路坎边那些狐兔鸦雀径行的脚迹，象征生命多方的图案画。①

最值得注意的，就是引文中间有关乡下姑娘巧秀的描写。对于这个巧秀的形象，有些论者认为这已经不再是《边城》式熟悉的文体，王晓明认为主人公“看巧秀就像对待《看虹录》里的那位妇人一样”。② 王晓明的见解，是为了证明沈从文已经失去了乡下人的心态而完全变成了“下乡野游的绅士”，用这一个身份眼光来看世界。但这一点“变质”除了叙事者身份改变以外，似乎还能说明别的事实。这里构成巧秀外貌的每个身体因素，并不是在 20－30 年代无法找到的，而是到处可见。一双清亮无邪的眼睛来自翠翠（《边城》1934），一个在发育中肿得高高的胸脯来自《箪人谣曲》(1926)的大姐，一张两角微向上翘的小嘴和一条乌梢蛇似的大

---

① 关于葵花意象在《萧萧》与《边城》的象征性，参看辺土名朝邦《沈従文の〈蕭蕭〉について》，《樋口進先生古希記念中国現代文学論集》1990 年，中国書店；今泉秀人《〈辺城〉・伝達の物語—沈従文と民族意識—》，《関西大学中国文学会紀要》第 13 号，1992 年 3 月。

② 王晓明《“乡下人”的文体与城里人的理想——论沈从文的小说创作》。许君毅《“故事”的变形和艰难重构——〈七色魇〉文集研究》和福家道信《音を手がかりとして—〈雪晴〉の場合—》也同样指出巧秀形象令人想到《看虹录》的女性描写。

发辫则来自阿黑(《阿黑小史》1928),巧秀可以说是 20－30 年代湘西少女形象的综合体。那到底是什么让不少论者感到与往年湘西作品不同的感受,觉得《雪晴》更像《看虹录》呢?笔者认为,那就是过多“我”个人视角的干涉和过于“凝视(gaze)”的官能感觉。我们应该注意到,收在《七色魇》里的每部作品,从文体上看,可说是散文也可说是小说,但最重要的共同点就是,所有的作品都采用以“我”为主角的第一人称叙事。就像上述有关《橙魇》的修改过程一样,就算是利用佛经故事翻案的《青色魇》,前后还加了框架故事的外框,来处理成“我”的思索内容。40 年代的他仿佛被“我”的视角束缚。他渐渐放弃了原来用倾听和嗅闻这两个行为来直接激起自己幻想翅膀的“向人生学习”的方法(《从文自传》),越到后面越注重视觉性描写,开始从固定不变的“我”的视点来定点观察。他越对对象“凝眸”,就只能越变成与对象之间永远隔着一层膜的现代的、理智的“观察者”。① 或许这就是沈从文在《七色魇》里所呈现出的最本质的变化,同时也似乎是个最大的危机。

虽然如此,如果沈从文能坚持《水云》式对“自我”充满悖论的审视,或者《看虹录》《赤魇》式在各种感官之间有张力的凝视,或许会有得到某种突破的一天,或能像穆旦那样表现出分裂的、现代的“我”,或能做出可供给钱钟书通感论实例的作品。② 然而,沈从文对于视觉的固执和追求,就到这里戛然而止了。作家在《青色魇》(1946)里讲述的是一个失去美丽眼睛的王子的故事,其命题就几乎类似于对“观察”的断念:“眼无常相,凡美好的都不容易长远存在。情感实无固定性,亦少再现性,只信仰永存”。③ 因此《赤魇》系列的后两部作品《巧秀与冬生》

① 西方现代占优势的视觉模式是文艺复兴的透视法,而 Martin Jay 指出,这是个非肉体的、理智的、固定的、单眼睛的“凝视(gaze)”(Martin Jay,“Scopic Regimes of Modernity”)。Jonathan Crary 称之为“暗箱视觉(the camera obscura model of vision)”,指出其背景是“客观地观察世界”的概念,并主张其优势到了 19 世纪前叶,因受到科学技术的发展而衰退(Jonathan Crary, *Techniques of the Observer : On Vision and Modernity in the 19th Century*, Massachusetts Institute Technology, 1990. 日译版:ジョナサン・クレーリー著,遠藤知巳訳《観察者の系譜:視覚空間の変容とモダニティ》,以文社,2005 年)。暗箱一定需要一个“密室”,有了这个空间才能担保观察者的合理性。《看虹录》里的“密室中凝视”行为,看来也给沈从文对观察者的变身提供了另外一个例子。

② 关于穆旦的自我,参看梁秉钧《穆旦和现代的“我”》,王晓明主编《二十世纪中国文学史论・下卷》,东方出版中心,2003 年。

③ 《青色魇》原载天津《益世报・文学周刊》,1946 年 11 月 26 日。引自《沈从文全集》第 12 卷。至于“文字的放弃”与“信仰”的关系,短篇小说《虹桥》(1946 年 6 月)则有更直接的表现,在里面梦想成为画家的青年发现,文字和绘画都不是描画出自然伟大处的理想工具,结果是向自然皈依(参看贺桂梅、钱理群等《沈从文〈看虹录〉研读》;杜英《风景,抒情及其他:1949 年前后的沈从文》,《民族文学研究》第 5 期,2011 年)。在此,“信仰”“皈依”作为另一个关键词浮现出来。小島久代认为,《青色魇》的“信仰”是承载沈从文反对内战、梦想中华民族统一心情的载体(小島久代「『青色魘』考」)。沈从文的确在写作《青色魇》前后时期的杂文中,频频谈到对内战的忧虑,这应该是他当时最大的挂念。但笔者第四章试图从另一个角度探讨“信仰”“皈依”的内涵。

和《传奇不奇》，已不再追求感官描写的可能性，再次回到《长河》式对于人与社会之间关系的笔法。最后只留下了对听觉的关注——不是对生活中个别微细而柔和的声音的追寻和执着，而是对拥有明确旋律的"音乐"礼赞。1940 年代后半以后的沈从文从鸣鸟的鸣叫声听出"自然哲学，和高级数学，和热情诗歌三种混合物"(《霁清轩杂记》1948 年)，模仿交响乐的形式创作新体诗，在音乐中寻觅救赎。他说："好听的音乐使我上升"(《第二乐章——第三乐章》1949 年)。50 年代参加土改工作团赴四川时还和音乐家嵇振民一起试图给乐曲《土改团来到重庆》作词(1951 年 11 月 5 日致张兆和书信)，[①]对儿子也写道："(过去的)大部分故事，总是当成一个曲子去写的，是从一个音乐的组成上，得到启示来完成的"(1952 年 1 月 23 日致沈虎雏书信)。到了此时，"音乐"对沈从文已升华为"比任何经典教义更具效果"的"皈依"对象(《关于西南漆器及其他》)。

四、结语：徘徊于浪漫主义的两个取向之间的"我"

本文对《七色魇》这部作品集进行了走马观花式的初步分析。由于笔者研究进展的不足，对部分作品还未做到详细讨论，但相信通过本文的分析，仍能看出沈从文文学上苦斗的一个侧面。那么我们到底应该如何看待沈从文有关"音乐—听觉"和"绘画—视觉"的彷徨，以及随之出现的几个现象(嗅觉的衰退，追求及放弃视听觉，音乐的升华)呢？这些其实不是个别孤立的问题，而是应该放在更广泛的问题意识上，衔接着其他问题来讨论的大问题。笔者目前还没有能力充分地讨论这样一个复杂的问题系列，篇幅上也已经没有足够的空间，但现在想指出考虑这个问题可能的两个切入点，来暂时代替结论。

先说嗅觉的衰退吧。从沈从文创作史来看，30 年代的沈从文对"(自然界的)声音和气味"十分重视，让它们担任着代表"乡土性"的重要任务。比如说，沈在给李连萃的文集所作序文中写道：对"肮脏的愚蠢的兵，狡猾坏透了的小偷，一匹马疲倦了的姿态，……使平常人的眼不注意到的"，一个创作者应该"不单是有兴味去看，他还有用鼻子去分别气味，用手抚触感觉坚弱"，主张"创作不是描

① 对参加土改工作团时期的沈从文，参看张新颖《释读沈从文土改期间的一封家书》，《天涯》2006 年第 1 期。

写‘眼’见的状态，是当前‘一切官能的感觉的回忆’”(《连萃创作一集序》1931年)。在给王相林写的《〈幽僻的陈庄〉题记》(1935年)中则强调，小说是忘掉书本，忘掉文学史提出的名著，“训练一个人的耳朵、鼻子、眼睛”写作的，而且称赞王相林描写北方农村的作品，“莫不具有一种泥土气息，一种中国大陆的厚重朴野气息”。笔者曾经讨论过，“泥土气息”是民国时期有关乡土文学评论中频频出现的关键词，对沈从文作品也经常被使用。[①] 从上述两篇序跋可知，沈从文不仅自己接受了这个关键词，而且将之应用为象征“乡土中国”的词汇，并以此为根据地，来对抗他所一直厌恶的“在学校学习”的“城市知识人”。《从文自传》里的气味描写并非细小的修饰，至少到1930年代中叶，它们都位于沈从文创作手法的核心位置。

可是如果仅依据这点，就把“嗅觉的衰退，视听觉的兴起”解释为沈从文脱离“乡土性”的象征，“曾经的乡下人变身为绅士”的具体表现的话，这样的理解会把问题过于简单化。在这里我们要准备另一个切入点。这就是沈从文心理上产生“自然”和“人事”的隔阂，以及对“自然”的“(宗教)皈依”和反抗如此皈依的纠结心情。据笔者初步观察，包括《七色魇》在内的昆明时期的作品，除了体现音乐性和绘画性的拮抗以外，还能看到另外一个呈现作家矛盾心情的因素，即“自然”和“人事”之间的彷徨。伟大的“自然”总是他宗教性皈依的对象，他宁愿忘记既复杂又让自己迷惑的卑微“人事”，但又同时对“人事”恋恋不舍，无法把它完全忘怀。例如，在《潜渊(第二节)》里首先表明自己作为“乡下人”的特点和弱点正在于“为一切人生景象狂跳了三十六年，直到如今还依然在一切问题上一切现象上感动到不可想象，”但又同时表示对人事的困惑，宁愿沉迷于自然:“孩心与稚气与沉默自然对面时，如从自然领受许多无言的教训，调整到生命，不知不觉化成自然一部分。若在人事光影中辗转，即永远迷路，不辨东西南北，轻重得失。”[②] 这种矛盾的心情表现得最直接的，就是《绿魇》(1943—1944年)。《绿魇》分为“绿”“黑”“灰”三章，叙述者在第一章“绿”里，坐在象征伟大自然的“强烈阳光”和“一片绿色”中，漫无限制地去思索一切人工的事物和文明的意义何在。其内容由对自己手的观察开始，联想到手和文明和战争的关系，最后想到人类高

---

① 津守陽《沈従文における〈郷土〉の表象——近代文学による〈原＝中国〉像の構築》，京都大学博士論文，2010年。

② 《潜渊(第二节)》原载昆明《中央日报·平明》第172期，1940年2月17日。引自《沈从文全集》第12卷。

尚的情感和科学的力量。虽然“一片绿色早把我征服了”，可是为了“证明生命于绿色以外，依然能存在，能发展”，叙述者进入“黑”和“灰”篇章，展开在昆明的纠纷世界。

那么为什么“自然”与“人事”之间的矛盾能够成为理解“视听觉兴起”的切入点呢？第一，是因为“视听觉的兴起”最后的归结点“对音乐的皈依”，在昆明时期到1949前后沈从文作品的脉络中，几乎是与“对自然的皈依”同一个意义。在《绿魇》里，“思索继续思索”中感到疲倦的叙述者渴求“一点点好的音乐，巴哈或莫扎克”，希望让他在音乐的怀抱中“休息”。我们在《潜渊（第二节）》和企图自杀前后的作品《关于西南漆器及其他》《五月卅下十点北平宿舍》里也可以看到同样的渴求，作家总是在令人皈依的好音乐中寻找“休息”和“救赎”。我们不应该忘记的是，“休息”这个词一开始在《潜渊》或《七色魇》里还只意味着一般意义上的休息，显出作家希望在伟大的自然、好的音乐以及在“主妇（张兆和）”温柔的“微笑”中得到安宁的心情，到后来竟渐渐转变成对死亡的向往，开始意味着以自杀来脱离充满痛苦的“思索”的愿望。[①] 从昆明时期到新中成立前后的沈从文如此渴望“自然”、“音乐”给予他的“休息”，而这个“休息”又渐渐开始意味着“死亡”，如此看来，我们如果只关注他在新中国成立后文章中写出的对“音乐”的赞扬，并把它理解为一般意义上的“音乐爱好”，那不免过于天真。第二，回到嗅觉衰退这一问题，《从文自传》里少年沈从文用鼻子嗅出自然界各种事物以知道“人生”，可见30年代湘西作品中的“自然”和“人事”是融为一体的。[②] 可是后来，“伟大”而“无情”的自然和“混乱”的人事如此分裂，其原因还是应该考虑到沈在昆明时期的体验。在抗战结束后刚回到北平时所作《北平的印象和感想》（1946年9月）中，沈从文描写昆明为“没有一个‘人’”“街上到处走的是另外一

① 小岛久代早就指出，沈从文的“休息”明确表示着对死亡的愿望，参看小島久代《沈従文の自殺未遂事件及び両〈家書〉の異同について》，第6－7页。另外，对人事的“思索”与对自然/音乐的皈依/“信仰”的对比和矛盾，后来会发展到沈从文解放前夜指出的“思”与“信”对立的问题。沈从文在一封书信（《致吉六——给一个写文章的青年》1948年）中表明他的看法，认为以前的创作“由一个‘思’字出发”，即用笔由思索开始，但“此时却必须用‘信’字起步”，即在即将到来的新时代里，用笔必须从“相信/信念”开始。关于沈从文有关“思”与“信”的看法以及他建国前后的痛苦思索历程，参看钱理群《1949年以后的沈从文》。这份对立构图一直延续到沈从文的遗作《抽象的抒情》（1961年）。这个问题有必要从他的自然观、科学观、文明观内涵详细讨论，留待下次机会另论。对此观点，笔者在爱知大学“大分裂时代的叙事——大陆·台湾·香港·马来半岛”国际研讨会上承蒙哈佛大学王德威教授和明海大学小岛久代名誉教授的指点，在此深表谢忱。

② 张新颖、刘志荣也在他们的对话中认为，《边城》是“大于人的世界”的“天地不仁”的世界，“这里的人、人类历史乃至一草一木，正是“天地运行”的产物”，接近中国传统的“天地人”的宇宙。参看张新颖《沈从文精读》，第9－12页。

种人”的地方；[①]《从现实学习》(1946 年 11 月)中，又称昆明为阳光下“带刺的仙人掌即常常缠了些美而易谢的牵牛花，和织网于其间的银绿色有毒蜘蛛，彼此共存共荣”的“民主温室”，并回忆道：“举凡过去神权社会巫术时代的形形色色，竟无不在着长袍洋装衣冠中复演重生。”[②]这些带着冷嘲口吻的批评，与他在同时期的评论中真诚地提倡“实现民主”的姿态形成鲜明对比(《一种新的文学观》(1946 年 9 月)等)，几乎令人不相信是同一个人同一个时期写出的感受。这样矛盾的吐露表明，云南强烈的阳光和原始自然的体验，及其与战争时期人事上种种不愉快事情之间的鸿沟，给予了这位作家巨大的疲倦感。

我们仿佛应再一次回到《水云》里沈从文“最后一个浪漫派”的自称，去仔细体味其复杂内涵。正如对歌德的接受史所揭示的那样，现代中国对“浪漫主义”的接受比较集中在郭沫若式的热情、奔放、与自我爆发的那一方面。[③] 沈从文在《水云》中的自称也向来依这个方向被理解为对自然的朴素信仰、对抽象美的追求、浪漫的理想主义等取向。但有关西方浪漫主义的研究指出，浪漫主义本身是很无固定性质的，是一个容纳看似互相矛盾的各种取向的运动。浪漫主义里面有对自然、生命、热情和朴素的向往，但也同时有对苍白、病态、人工、颓废以及死亡的憧憬。[④] 沈从文在《七色魇》里的彷徨轨迹给我们一个启示，即《水云》的文本和“最后一个浪漫派”这一自嘲仿佛都可以解释得更丰富多元些。

最后，我想把本文的问题意识与整个 40 年代文学的问题相连接。不少研究者都指出，表现“抽象”追求在 40 年代无独有偶，可说是一种普遍的文学实验。[⑤] 沈从文的感官追求至少应在这个背景里定位。而且，感官描写的追求、诸感官之间的互相影响，以及音乐、绘画、和文学之间的关系这些问题，也应该置于现代诗学的几个重要讨论中进行考察。20 年代的闻一多和丰子恺讨论“诗中有画，画中有诗”，30 年代卞之琳、梁宗岱、穆木天等诗人接受象征主义“感应

① 《北平的印象和感想》原题《新烛虚》，载《经世日报·文艺》第 6 期，1946 年 9 月 22 日。后改题转载于《上海文化》第 9 期，1946 年 10 月。引自《沈从文全集》第 12 卷。

② 《从现实学习》原载天津《大公报·星期文艺》第 4－5 期，1946 年 11 月 3 日—10 日。引自《沈从文全集》第 13 卷。

③ 杨武能《百年回响的歌一曲：《浮士德》在中国之接受》，《中国比较文学》第 4 期，第 7 页。

④ Berlin, Isaiah, edited by Henry Hardy, *The Roots of Romanticism*, Chatto & Windus, 1999. 本文依据日文版：アイザイア・バーリン著，ヘンリー・ハーディ編，田中治男訳《バーリン　ロマン主義講義：美術に関するA. W. メロン講義，1965 年国立美術ギャラリー，ワシントンDC》，岩波書店，2010 年，第 24—27 页。

⑤ 参看钱理群主讲《对话与漫游——四十年代小说研读》，上海文艺出版社，1999 年；范智红《世变缘常——四十年代小说论》，人民文学出版社，2002 年。

(correspondances)”的诗论,[①]以及60年代钱钟书提出“通感”概念,都与这个问题有关。沈从文昆明时期的追求和贯穿于民国诗界的种种重要议题之间有很多共性。也就是说,沈从文的文学实验不但并非像新中国成立后受到批评的那样,属于孤立荒唐的行为,而恰恰构成了40年代文学令人惊奇的多样性的重要一部分。

① 参看佐藤普美子《彼此往来の詩学——馮至と中国現代詩学》第一部第四章与第五章;李丹《通感·应和·象征主义——兼论中国象征主义诗论》,《文学评论》2011年第1期。

沈从文名著《边城》的英文译本

金介甫 著　魏建武 译

沈从文的短篇小说《边城》，创作于1933年至1934年，中文首版连载于1934年。[①]《边城》译名包括 *Border Town*（作者译）、*The Frontier City*，*Une bourgade a l'é cart*（法语译名，意为一个偏远的小镇），*Le passeur de Chadong*（法语译名，意为茶山同的摆渡人），以及 *Die Grenzstadt*（德语译名，意为边境城市）。70多年来，《边城》在中国和全球范围内都被奉为沈从文的杰作。[②] 1930年至1949年期间，中国的传记辞典通常都将这篇小说称为沈从文的代表作（有些辞典似乎重复了之前辞典的立场，观点并非独创），明确强调它对于确立沈从文文学声望的首要意义。

《边城》有四种英文译本，它们都不只是对中文进行翻译，都具有高度文学水准。这些译本出现的时间间距较长，这对翻译的特点、译本问世对读者的吸引力及其接受度都有影响。这些译本依次为是：① *Green Jade and Green Jade* [Shen Ch'ung-wen]，1936年1月至4月发表于中国英文刊物《天下月刊》(*T'ien Hsia Monthly*)，译者是艾米丽·哈恩(Emily Hahn)[③]和辛墨雷(Shing Mo-lei，这可能是邵洵美的笔名)；② *The Frontier City*，1947年发表于乔治艾伦和出版社 George Allen and Unwin 出版的题为 *The Chinese Earth* [Shen Tseng-wen] 的沈从文小说集中，译者是金隄(Ching Ti，现在通常按照他的天津方言，写为拼

---

① 沈从文(1902－1988)的《边城》，首版于《国闻周报》。第一期发表于1934年1月1日，最后一期中的注释指出，沈从文直到1934年4月19日才完成这部作品。

② 希望在此对路易斯安那州立大学周刚教授表示感谢，她在2013年7月巴黎国际比较文学协会会议上组织了"全球沈从文"小组会议。本文即为此次会议准备。

③ 哈恩的中文名是项美丽。参见金羊网照片(2005－10－11)，[2013－10－24]http://www.ycwb.com/GB/content/2005－10/11/content_997084.htm。

音 Jin Di)与罗伯特·白恩(Robert Payne);③ *The Border Town*,1962 年首版于中国文学(*Chinese Literature*),这是北京外文出版社的一部月刊,译者为戴乃迭;④ *Border Town*,纽约哈佰·柯林斯出版社(HarperCollins)出版,译者是我。这些译本都没有收录沈从文这篇小说的著名《题记》,[①]虽然金隄与白恩为《中国大地》(*The Chinese Earth*)写的介绍中有数句注明出自这篇《题记》。中文题记最早在 4 月 25 日发表于天津《大公报》。沈从文在篇末注明他是此前一天完成的《题记》。

所有这些译者大多都认识沈从文本人,虽然也有极小的部分例外。邵洵美既是沈从文的朋友,又是欣赏他的出版商,从 1920 年代和沈从文共同成为新月社成员开始,有时还和他在文学上争论。沈从文很有可能认识艾米丽·哈恩,她是邵洵美 1930 年代的美国女友,当时主要的工作是为《纽约客》撰稿。杨宪益的妹妹杨苡曾是沈从文的学生。抗日战争期间,在沈从文的帮助下,日后将转为职业翻译家的杨宪益曾获昆明的西南联合大学邀请任教。不过,由于个人原因,杨宪益最终选择在中国西南的其他机构任教。[②] 杨宪益的妻子戴乃迭,出生于中国西方传教士家庭,成长于英国。杨氏夫妻两人最初相识于牛津,1949 年之后他们在外文出版社共同翻译了许多中国文学作品。这两位多产的翻译大家在后毛泽东时代仍然是沈从文的密友。金隄在抗战时期是沈从文在西南联大的学生。1981 年沈从文首次出国讲学并访问在美国的旧时亲友,他欣然见到了当时已经移居美国的金隄,并与罗伯特·白恩重逢。罗伯特·白恩是位英国出生的小说家、新闻记者和通俗历史学家,战后成为一位美国教授,抗日战争期间他也在昆明。白恩当时在西南联大教书,娶了沈从文亲戚熊希龄的女儿。我在 1980 年首次出访北京时,沈从文接见了我,因为我在哈佛大学的博士论文写的是他和他的作品。就我写的文学传记《沈从文传》(*The Odyssey of Shen Congwen*),他在 1980 年、1981 年(分别在北京和康涅狄克州哈姆登)和 1986 年,给了我对他做广泛访谈的机会。在每次访谈期间和之后,我与沈从文及其夫人张兆和一直保持着通信。

有几位同事和我翻译了沈从文作品,结集为《不完美的天堂》(*Imperfect Paradise*)出版,我此后又出版个人翻译的《边城》,沈从文 1983 年严重中风,后

---

① 沈从文《边城·题记》。
② 杨宪益《白虎星照命》,第 90、101－103 页。

来离世，我当然无法与他就当时的翻译事宜展开交流。1980 年代，我曾请沈从文说明与《边城》有关的一些湘西方言的语言用法及本土文化。我就这部小说了解到的最有意思的事情无疑是，沈从文将《边城》中的某些段落视为幽默性的，特别是第八章的"神仙"歌谣。数十年后，互联网提供了许多查询条件，我得以找到小说中更为具体的文化典故，它们多属通俗性而不是知识性；我发现，他虚构的当地人物中存在某些文化误读与误用，这的确隐含了他解释民俗观时具有玩笑、幽默甚至嘲讽的感情。他小说中的人物，头脑中充斥的不是高等文化中的人物，而是旧式章回小说中传说的轶事与口头故事，它们亦会和这些人物形象混淆在一起，这些事实体现出沈从文对社会现象的重要看法。我不知道上述其他主要译者是否就其翻译与沈从文有细致交流，但是，他们的某些歧异、似乎存在的错误以及对艰涩片段的省略，说明他们与作者并无大规模的合作。金隄与白恩的译本提到，他们翻译的作品是沈从文选的，《边城》便是其中之一。但是，他们没有说沈从文曾积极参与其翻译工作之中。其实，他们的译文在四部之中是最为松散的。沈从文不懂外语，所以，他自己不可能对任何译者的最终译文做过严格审查。而且，据我所知，沈从文的文章从未提到与什么译者合作。他倒是对自己的中文作品有过大规模修改。1949 年新中国成立之后，他令人侧目地修改了一些作品，使它们更具政治正当性；在后毛泽东时代，他以最老的版本为基础再次作了修改，编成了《沈从文文集》。不过，据我判断，他对自己选定的这些作品的最终修订比较微妙，大多涉及具体用词的权衡。

今天，翻译及翻译理论形成了重要的学术领域，由于中国希望通过训练新一代的中国本土的翻译家，提升其软实力，这一领域受到了大力的支持。徐慧敏在香港的博士论文中比较了沈从文各种作品的英译本，包括我和同事合作翻译的《不完美的天堂》，它已经作为书出版。我承认，我自己的"方法"基本上是一种试错法，虽然肯定受到各种有意与无意因素的影响。在实践中，可以用来翻译中文句子的有意义的英文句子非常有限，而我实际能够想到的更加有限。我尝试了我能想到的所有可能，进而选择我认为最好的选项。我猜想，所有译者采取的都是近乎同样的方式。当然，任何学者研究我们的"方法"，指出我们翻译的谬误与不当，甚至将我们进行归类，我都欢迎。毕竟，我是学者一方的。徐慧敏恰当地称我为学者型翻译家，与职业型翻译家相对应。我的研究为历史和中国文化，不是翻译理论。

我并不尝试对四种译本做深入而明确的比较，我将按照自己最为惯常的方式，从思想史家的立场，指出译本之间的一些显著差异、它们接受情况以及这些译本出现的环境的不同。我将设想不同译者的认知取向，我对自己有意取向的设想当然最为可靠，尽管并非无误。我也将考察，这些如何体现了这位中国作家及其中文读者与各个译者面向的英语读者的语言、文化及历史中蕴含的时代与文化变迁。我的反思与结论缺乏社会调查及相关研究，具有主观性。

一、译本比较

第一个译本的译者是艾米丽·哈恩与辛墨雷，一位母语为英语，不一定有出色的中文水平，另加一位或多位母语为中文的合作者，其中包括邵洵美，他可能是辛墨雷，也可能不是。[①] 这一译本确立了数项先例，多为后来的译者遵循。哈恩和辛墨雷的译本，以及其他三个之后的译本，没有改变中文原文的文句次序；即使原文段落很长，没有任何程度的分段更改；它们也没有做出其他与中文的直译差距太过明显的尝试；哈恩和辛墨雷给了这部作品新的标题，这是它们与中文原文最为显著的差别。《边城》所有不同译本都高度文学化——精良而优雅，采纳了对英国和美国读者都合适的中性语言用法（拼写为英式英语，[②]而哈恩版本中标点则是美式英语[③]），并未盲目地在文句中对字词的顺序亦步亦趋。但是，哈恩和辛墨雷的译本对沈从文中文原文的词句顺序的因循，有甚于之后的译本。我个人感觉，这一译本有些过于紧贴原文的用词，这可能反映了翻译的两步模式，其中，哈恩作为润色者不敢太过偏离其中文合作者的步调。歌谣的翻译因此受到了影响。译者明确视为过于表面、无法翻译或者不可理解的字词，不时会被省略，似乎它们并不存在。[④] 但艾米丽·哈恩在序言中反而为在文本中增加了额外的字词辩解：当我们遇到原文中某项习俗或对象，中国人熟悉而外国人并

---

① 该译本序言最后一行说，“我们感谢邵洵美（Zau Sinmay，邵洵美的罗马拼音。）不可估量的帮助与建议”。感谢来自“我们”，说明辛墨雷可能是第三个人，而不是邵洵美（Zau）的笔名。然而，尽管有这复数人称代词，序言的署名仍然只有“E. H”，这可能表示，感谢“Mr. Zau”先生其实是隐微地暗示辛墨雷即是邵洵美，尽管不是确定的说明。

② 除了我的译本，所有这些译本的拼写都是英式英语。

③ 例如，引号中出现句号。

④ 该译本第二个句子省略了沈从文提及的“湘西边境”古老帝制时代的官道，这不是大的省略，但是，再看下文，就能发现，译者似乎希望回避沈从文描绘的是边境或边界事件。在第五章开篇，中文原文说的是女孩与男孩月下对歌的习俗，该译本（180）则省略了正文中这是一种边境或边界习俗的陈述。

不了解，我们便在译文中（她的强调）增加了解释。[①] 她指出，沈从文的中文行文中本就“有许多这种解释，他自己也提供了许多说明，使得我们添加的三个解释并不突兀”。在正文中做出文化解释如今已是惯例，这是因为许多早期汉学家过于直接的翻译饱受评论，也是因为当代出版界认为脚注影响阅读，这与艾米丽·哈恩在其时代的做法不谋而合。其实，萨尔曼·拉什迪（Salman Rushdie）的《午夜之子》（Midnight's Children），是将印度与巴基斯坦的故事与现实呈现给抽象意义的全球读者，他便在正文之中解释了那些奇异的概念与习俗。这不仅是为国外读者而写，因为南亚读者也并非通晓小说中所有旁遮普（Punjabi）、马哈拉施特拉（Maharashtrian）和古吉拉特（Gujarati）的区域文化与语言因素。

哈恩译本中一个奇怪的疏忽是，她没有意识到，小说中老船夫用象棋的术语作比喻描述两种当地的求婚方法。男性追求者可以像车或者 rook（rook 是翻译象棋棋子“车”的标准英语），采取直截了当的方法，径直通过包办婚姻的礼节提亲，或者，他也可以以“马”的走法，跳过所有障碍，以夜晚对女方唱情歌求其欢心的方式，直接追求女方（即，没有她家庭的参与或者干涉）。这可以说是“骑士”的走法，或者，以更为字面的意义翻译中国象棋中的这个棋子，用 horse 翻译“马”，或者，按照我的翻译，译为“骑手（horseman）”。哈恩的译本仅仅将老船夫的话译为，“there is a road for carriages and a road for horses”。遗漏了象棋类比，并不仅仅是遗漏了这位乡下老人生动形象表达的能力，也是遗漏了爱情和婚姻如同一种高超策略游戏的暗喻。（这一比喻可能是沈从文的诗意创发，而不是当地现有的意象，尽管求爱夜曲确实是当地独特的习俗。）在我看来，哈恩及其合作者对象棋隐喻的遗漏表明他们没有与作者紧密讨论，即便说中文的译者对全文有高度的理解，这只能说明他是一位受过良好教育的读者，可他也许并不会中国象棋！

与中文原文最为离奇的偏离是将题目译为“Green Jade and Green Jade”。这一翻译出自小说女主人公翠翠的名字，现行的拼音是 Cuicui，或者按照哈恩和辛墨雷所用旧式威妥玛拼音（除了地名之外），Ts'ui-ts'ui。女主人公的名字在译文中首次出现时是 Ts'ui Ts'ui，意为“Green Jade and Green Jade”。尽管翻译或再版时更改作品的标题非常普遍，但是对英语读者来说，将《边城》翻译为重复的 Green Jade and Green Jade 不可避免地意味着某种复数。另外，“green jade”翠，

---

① 摇会的定期会议中通过掷骰子决定谁作会首，对此所作的解释即是一个例证，第 100 页。

在中文中是一个单字，而在英文中是两个单词。汉字的重复在女孩的名字中较为常见，并不意味着某种复数的东西，而在英文译本中将“Green Jade”重复似乎是双重的不当，双重地误解了中文对这一名字的理解。

金隄与白恩对沈从文这部名著的翻译，*The Frontier City*，可能是四部译本中最为优雅而具文学性。它绝对是最为简洁的译本，最不在乎再现原文中所有文化、文学或习俗的琐碎细节。该译本最能让英语读者信服《边城》确实是伟大的世界文学名著。不过，其译文的优雅与诗意应该是源自白恩对英语的娴熟，而不是沈从文行文中诗意的直接转译。与哈恩类似，白恩主要是两步翻译模式中的修订加工者。这使该译本最大限度地减少了中文的痕迹。举例来说，第十四章中，求爱的夜曲声里，翠翠在梦中飞到悬崖边采摘虎耳草，所谓虎耳草，我的翻译是“the ‘tigers’ ear’s — saxifrage”；哈恩和辛墨雷将翠翠重述梦境的话译为，“I flew to the bluff across the stream and gathered a great handful of tiger-ears”。这体现了哈恩在润色时紧贴中文原文的程度。中文原文确实用到了“飞”这个字，而植物名也确实有“虎”与“耳”字。不过，哈恩与辛墨雷省略了其中的“草”字，可能因为他们意识到，该对象应该是一种花，或者形态复杂的植物，而不是英语中的草(grass)。(还有其他中文花名在末尾用了“草”字，但指的不是草，例如，红花草，其实是一种中国野豌豆。)但是，哈恩与辛墨雷的读者可能根本没有意识到“tiger-ears”是植物。他们会想象它们可能是蘑菇，或者奇形怪状的石头、植物甚至动物粪便。金隄与白恩的解决途径为高度意译，让翠翠像一名母语为英语的女孩那样说话：“I was led by the voices along the cliffs of the stream，and there I found the tiger-lilies...”。这在英语中更有意义，以既有的诗意辞藻，将“虎耳”翻译成了花，普通英语读者凭借他们的词汇水平就可以识别的花。它保留了中文中对“虎”的指涉，可能也相应地保留了对吞食人肉的暗示，尽管它本该为比喻意义和性意义上的食人。金隄与白恩的翻译当然有其诗意的特质。这一译本并不那么精确，因为 tiger lilies 不是一种虎耳草属植物，而且，“tiger ear”所指的那部分可能是叶子，而不是花朵。(我在自己译本不受欢迎的尾注中做出了大胆猜想，这也是性暗示，熟悉植物的中国和西方读者都知道，虎耳草属植物能钻裂岩石。)

金隄与白恩译本优雅品质的代价是，译者径直删除了艰涩的字词，可能因为这些中文字词对受过高等教育的金隄来说都过于模糊，而不是因为翻译它们太过复杂。另外，《中国大地》中收录的金隄与白恩翻译的沈从文的《看虹录》，切割了中文原文中具有宗教意义的段落结构，他们的其他翻译也有这种缺点，尽管其中也有对沈从文某些意象的绝妙传达。[1] 不过，他们有些对《边城》特别表达方式的奇怪翻译，明显来自早先哈恩与辛墨雷的译本。这种相似太过接近，不可能是巧合。例如，与哈恩和辛墨雷的翻译一样，金隄等译有"a road for carriages and a road for horses"。正确译出象棋类比的是戴乃迭。正如我在我的译本前言中所说，我获益于戴乃迭的翻译，也受益于我之前的其他两部译本。

戴乃迭在完成她的译本时已经是一位高超而娴熟的职业翻译家。她的译本在前互联网时代的三部译本中最为精确。戴乃迭理解了象棋隐喻，准确地将虎耳草翻译为 saxifrage，虽然不那么诗意。她也有奇怪而误导性的翻译，她没有将第二章中的扒骰子理解为旧式民间借贷组织摇会中轮作会首的方法，而只是翻译为"dicing and gambling"，虽然哈恩和辛墨雷自己构造的表达可能过于冗长，他们倒是理解并向读者传达了原意。但是，戴乃迭没有像金隄和白恩那样译为水手们"赌他们的工钱"，我认为，这种翻译可以说是谬误。另外，与哈恩和辛墨雷一样，戴乃迭也将四川的"秀山"翻译成了一座山，而不是城镇或者县城的名字。当然，这两部译本也可以辩护说，它们的直译传达了原文风景如画的意义，译者确实知道"秀山"是城市名。戴乃迭的翻译证明，她对现代中国历史有最为清晰的认识，例如，在第十章，她翻译到："The town is garrisoned by a battalion reorganized from the old Green Battalion"。哈恩和他的中国合作者可能并不知道旧式的清代军事机构绿营，历史学家以英语称之为 the Army of the Green Standard；他们的翻译径直省略了沈从文对那支军队起源的追溯，也忽略了他们在革命后受到整编的史实。哈恩和辛墨雷仅仅称这支军队为"a company of soldiers"。英语读者，甚至有些清代历史知识的双语读者，都可能为金隄与白恩的翻译所迷惑："only a company of soldiers，from the Green Army"。在这一问题上，我的翻译为非中文读者补充了一些我认为在沈从文的时代受过教育的读者应该知道的背景知识，我相信"battalion"是准确的翻译，而不是"company"："a

[1] 金隄1980年代移民到了美国，他是我翻译《不完美的天堂》的最初合作者，是他提出了重编沈从文故事集的构想。该文集标题本为 New and Old，不过所选故事与《不完美的天堂》有很大的差异。计划中，我翻译的"The New and the Old"与在《不完美的天堂》一样，将列入卷首。我发现，金隄跟我一样，也是位"学者型翻译家"，有过之而无不及；我偏好更加自由的翻译。最初的计划之所以搁浅，主要是因为他本计划重印许多"The Chinese Earth"中的故事，只是略作修改，而1982年我们开始之后，哥伦比亚大学出版社增加沈从文自己写的新序言后就已经不加修改地重印了 The Chinese Earth。金隄和我后面就改做其他项目。

lone battalion of garrison troops reorganized from the Green Standard Army's farmer-soldiers of yesteryear"。说明他们可能是农民兼军人，是我自己作为译者采取的增译法——哈恩在其序言中即曾为这种添加做出辩护——它特别适用于沈从文所属地区及中国某些其他边远地区的绿营军人。

戴乃迭的译文优美动人，不同于1980年代其他作家的翻译，她翻译的《边城》没有困惑美国读者的英国方言。（美国读者没有在戴乃迭早期翻译鲁迅与前现代中国文学作品的两部卓越译本中发现英国方言。）与金隄与白恩的译本相比，戴乃迭的译本可能被认为更具"学院性"，可能不免更加平板。不过，她有个做法对多数沈从文的评论家和爱好者来说显得非常奇怪。她将小说翻译成现在时，而不是过去时。与时态变化较多的语言不同，中文并未标明动词时态。戴乃迭选择现在时，可能是想传达无时间性的田园意境。但是，这一时态定位在小说的英语版本中，太过与众不同，令人困惑；无论怎样，许多读者会认为，戴乃迭选择现在时，可能是要减少作品的怀古幽情，而使其更有现代主义色彩。另一方面，打破常规时态有助于避免他人将翻译批评为官僚翻译工场的产物，外文出版社的外国译者有时就是这样看待这一机构。我并不确切地知道，戴乃迭的翻译是否有中国合作者或上司出于各种目的的参与，无论好坏。我在1980年代也没有想到去问她，为什么杨宪益没有在这部作品的翻译中参与合作或者至少署名。

戴乃迭译本中可能体现政治正确性的地方，是她删除了牵涉哥老会的词句。虽然革命初期毛泽东本人曾经希望将哥老会纳入自己旗下，[①]但在新中国成立后，哥老会与其他类似的秘密组织一样，都成为新政权的敌人和绊脚石。戴乃迭的翻译也省略了第二章中提到的"龙头管事"，我则借用了社会学家和历史学家论及这一秘密组织特定级别首领时用的概念，将其直译为"the 'Dragon Head' lodge master"。沈从文在第三章中提到"掌水码头的龙头大哥顺顺"，我译为"Dragon Head Elder Brother Shunshun, now boss of the riverfront"。这是最为直接的翻译，对于明白人，这显然是指向某种秘密组织，尽管他们可能不能精确地联系上哥老会。由于这一秘密组织是区域性的，国际学界对它的兴趣仅仅在近几十年才开始增加，哈恩与辛墨雷的译本或者出于忽视，或者缺乏兴趣，在哥老会第一次出现时删除了有关管事的话，在第二次出现时仅仅提到"大哥顺顺"。金隄和白恩的翻译是"dragon-headed' junk owners"，将"龙头"两字当成了修饰

① 毛泽东《中央关于争取哥老会的指示》。

语，归属给了错误的人物，肯定会让普通读者对其意义产生迷惑。在第二次出现时，他们正确地称顺顺为码头管事，但却略去了“龙头”和“大哥”两个称号。顺顺在原文中是位非常正面的形象，戴乃迭的译文去除了他属于秘密组织的暗示，不仅是“保护”读者意识形态免受污染，也是保护沈从文，避免指责他颂扬封建主义游手好闲之徒。这一省略当然也保护了顺顺，以及哥老会，避免指责他们为恶乡里。与他所属的地方军队中的许多人一样，沈从文的各级指挥官甚至他自己的家庭，都确实与哥老会有许多联系，其中包括他的一位叔叔与他的父亲，不过，在一次会谈中，他向我否认他自己是其中一员。[①]

几年前，翻译家和学者威廉·麦克唐纳德（William MacDonald）向我指出，戴乃迭将沈从文的标题译为“border town”，意旨丰富，因为，与中文原题一样，它的意旨包括置身边界之上和流变之中，身在生死之间和童年成年女性（对翠翠而言）之间等广泛意义，意蕴相当深广，而非仅限于地理的范围。[②] 戴乃迭最早将沈从文这部作品翻译为“*The Border Town*”，我在这一点上遵循了她的前例。

我本人译文的好与坏，将留给他人评价。徐慧敏根据我的背景与翻译方式称我为学者型的译者，而不是职业型的译者，当然是对的。我试图使得自己的翻译简洁明了，符合我们时代读者的阅读习惯，尽量避免使用区域性的美式英语用法。但与其他译本相比，我的译文倾向于最大限度地包罗所有文化细节。只要觉得自己可以准确解释，我便不会不加审视。这无疑使我的翻译显得冗长。（为了顺应编辑对可读性的强调，我以尾注的形式解释细微的细节，正文中没有注释标记。）然而，我想指出，沈从文的杰作可以在两三个层面加以解读，就其文化典故而言也是如此。作为一首牧歌，这部作品是一部普遍的人类故事。举例来说，仅对中国20世纪早期历史有一般了解的读者，都可以感受这部作品诸多精微之处，包括择偶时的困扰、激情以及在许多文化中仍然存在的新奇的择偶方式。沈从文呈现的这一与世隔绝的边域社会独特的平静与“正常”，可能对这样一部背景设定于军阀混战时期的小说而言，显得有些虚假。也许确实如此，不过，有些

---

① 见金介甫（KINKLEY, J.），*The Odyssey of Shen Congwen*, pp. 29 – 30, 40. HAAR, B. J. ter, pp. 266, and 266n17, cites the Odyssey，包括沈从文自己对于哥老会身份的否认（我无法根据其他来源确认），但Haar怀疑沈从文能否立足于哥老会之外。让我困惑的是，Haar进而说，“二手文献（包括金介甫的）都将贺龙、沈从文及其小说主人公视为哥老会的成员”。我不知道Haar从哪里得到我认为沈从文是该组织成员的印象。没有进一步的证据，我只能依据沈从文的话；是否哥老会成员并非必然，而我始终觉得沈从文是真诚的。

② 1970年代中期的私人交流。参见MACDONALD, W.，“Characters and Themes in Shen Ts'ungwen's Fiction”。

评论家可能认为，这种理解过于挑剔。第二，如果读者理解了小说中出现的国家性而非区域性的隐喻、歌谣与通俗小说，无论是因为他们已经浸润了中国文化，还是已经阅读了我并不全面也绝不完善的尾注，他们都会感受到更多的精微，会有更多的感悟。我认为，这包括领会与小说中不断建构的悲剧相伴相生的逆向幽默。第三，小说的湘西地方色彩，可能仅仅对沈从文的同乡来说显而易见。但是，沈从文作品中一些独特之处，尤其是那些缺乏明确典故的地方（例如，士兵放出鸭子让平民抢回家过节）可能是沈从文本人的创造。

我在《不完美的天堂》（*Imperfect Paradise*）的序言中曾经说过，在某些情况下，当我在那本书中首次将沈从文的故事翻译成英文，我的翻译承担了一些创始的责任，这便要求意义的包容性，而不是一味简洁，以便后继的译者与读者能不为我与合作者详细解释的东西所困扰，而我们为了声韵辞藻而省略的内容读者将无力增补。但是，我的《边城》译文并非这部作品的首个译本。尽管如此，仍然保持了我旧有的习惯，即尽量深化对读者的文化“教育”（沈从文自己是否有此目的，下文将予以讨论）的同时还是能实现充分的优雅。总之，我觉得，我们时代有绝无仅有的便利，我能够提升翻译的精准与丰富。

这些便利包括，我有之前的译本可以参照，还有互联网的发明，使我能够通过电子邮件远程与提供湘西本土信息的人士及其他学者交流。我的译本也是首部受益于电脑文字处理的译本。[①] 新的信息手段都有其限度，与使用它们的人一样。由于翻译的是一部伟大而具有多面与多义特性的文学作品，情况更是如此。让我举两个例子说明互联网的价值与局限性，它们都根源于知识及其解释的模糊特性。由于互联网，我们开始能够掌握大量丰富的有关虎耳草的信息或常识，包括图片。虎耳草明显是中国大城市中备受欢迎的盆栽植物（我说“明显”，因为我只是从网络上得出这一结论）。图片则展示了不同的品种、颜色与叶子的不同形态。沈从文选择这种植物的时候，他想到的是什么进入了夜曲催生的翠翠的梦境？到底是它们的叶子还是花朵？读者理解的意义，也许与沈从文的意图无关，它们可能比任何译者传达的都更加多样、更加充满暗示。沈从文在访谈中曾经确认，小说中有弗洛伊德元素。我寻找过触摸虎耳草这一动作中可

① 专家们可能会说，无论是作为原创人还是作为翻译者，执着地随时修改词句的优点，可能会被由此带来的自发性的减少而抵消。另外，翻译工序分配的结果当然也是多种多样。印刷版本并不总是能够快速出版，不过，就我的翻译而言，HarperCollins 的速度倒是相当快，各位兼职编辑、主编提姆·达根（Tim Duggan）以及业内与行业最为卓越的翻译家葛浩文，都修改了我最终的词句。

能隐含的力比多意涵，但要从原文中引发更有意趣的含义，需要比我更富想象力的心灵。说到底，我可以确信，且不论这种植物的区域性品种，戴乃迭将它当做虎耳草属（saxifrage），在技术上当然是对的，其某些品种的叶子的确让人想起某种猫科动物。喜欢优雅与暗示的人可能仍然会青睐百合（tiger lilies）这种更具灵性的翻译，即便这种译法只是译者一时兴起。

由于未能频繁前往中国，另外的“新手段”便是湘西的新老信息提供者的帮助，他们通过邮件回答我的询问，特别是我的朋友糜华菱，他编订了一整部沈从文作品中湘西语言独特用法词汇表，对我们帮助极大。（当然，新版的沈从文作品中文全集使得这一工作成为可能，为像编订《圣经》或中国经典索引那样编订他的词汇表提供了便利。1980 年代之前，人们无法在中国图书馆中接触到沈从文的多数作品，即使是从期刊中寻找其最初版亦是如此。）尽管如此，我们仍然会遇到语义模糊的情况，也有这种或大或小的可能性，即，有些并非区域性语言习惯的独特用法，是沈从文个人奇思异想的产物。他创造了独特的叙事、形象甚至语词，更不用说奇特的句法结构。在分析这些问题的时候，我自然受制于自己对沈从文及其之前汉语的有限理解能力。可以肯定地说，沈从文的使命之一就是给中国与非中国读者以崭新的眼与耳，让他们以沈从文理解的方式和我们可能希望理解的方式中欣赏世界。

二、各种译本的诞生语境与接受情况

这就导致了四种译本的背景与更为模糊的接受问题。重大的社会与思想变化当然会有影响。20 世纪上半叶中国身处混乱与现代化进程之中，包括共产主义革命，及其之后海峡两岸对沈从文作品的几乎全面封禁，以及大陆一度对沈从文之类人物的文学、社会、思想与政治观点极端封禁。与此相伴的是，当时，中国与社会主义阵营之外的世界其他地方在思想上相互隔绝，处于敌对状态，中国大陆有计划地将个体与特定的意识形态及据称持有这种意识形态的人的相连接，确定其罪行，摧毁其人格，以有组织的宣传机器灌输大众政治文化。最后，在后毛泽东时代，沈从文的作品在中国大陆重新出现，沈从文本人（虽然不再是作为作家），也开始在中国内外露面；1986 年之后，台湾在政治松动后也开始重印他旧有的作品。随着后毛泽东时代中国与资本主义世界更为广泛的思想话语影响、民间的学术交流以及商业联系的重新兴起，1980 年代国内外中文读者中开始兴起了一阵短暂的沈从文热;随着冷战退潮,通信与商品的生产与消费的快速全球一体化趋势加强,中国大陆人文学界的话语权更加强大,更加独立(有时与在海外华人中更具影响力的全球性中文话语相互交织,或者如有些学者说的,受其渗透)。而现在,我们有了关于沈从文及其著作与影响的新的国家性与全球性话语。

让我们从倒叙开始。也许当代中国主流话语是将沈从文视为乡土作家。这一概念本身意义模糊,因为它让人在多方面想起具有乡村、区域或本土(或政治上的本土主义)等各种情感的文学。我基本上回避甚至尽量清除这种将沈从文定性为乡村、区域或者乡土作家的批评观,因为我觉得,它利用了毛泽东时代或者 20 世纪早期中国知识分子持有的那种有害倾向,即按照政治与论战目的将重要作家框定在某种模式之中。以单个修饰词给沈从文的作品定性,便是消除了其文学作品整体的多样与深度,更不用说还加上了 1970 年代与 1980 年代大陆与台湾的文学话语给乡土这个概念带来的历史与地区包袱。根据英语文学概念,称某一作家为“区域作家”或者这种价值的代表,即是将他或她贬在具有“普遍性”或“永恒性”的描写整体人性并以此教导我们的作家之下。我的《沈从文传》(*The Odyssey of Shen Congwen*),提供了许多有关沈从文背景与故乡的细节,可能加速甚至打通了他被称为某种区域作家的进程,尽管我觉得,湖南 1980 年之后的知识分子的解放可能也已走向那种路径的研究。新千年伊始,保靖酉水河谷的学者,与其学术“争鸣者”沱江凤凰学者,已经分别在尝试将翠翠分析为土家族或者苗族文化的代表,将她作为自己微型区域文化的代表。湘西包括吉首大学的学者与研究机构,自豪而理所当然地在新的沈从文研究领域有着显著的位置。我认为,特别是当他们研究区域文化问题的时候,他们比任何人都理解称沈从文为区域作家的危险,因为他们希望保持他的全国性地位。将沈从文或者任何其他作家定格的更为深远的问题在于,这种做法迎合了我们新大众信息文化中的刻板模式。

有关这些译本与接受情况的一个主要问题是,它们是否适应于一个将沈从文定义为某种作家的话语体系,诸如普世作家(当沈从文被称为牧歌作家,这种名号也是一种定格的做法)、民族作家(本质为中国作家)、区域作家(湘西典型)、乡土作家(代表高于城市价值的乡土价值)、内地作家(代表与北京、上海甚至长沙等政治中心不同的价值与文化)、边疆作家(赋予多数中国人都感到陌生的少数民族文化一席之地),或者,有时作为军旅作家(营造对武装部队士兵的同情,不过不是崇尚武力或者纯粹的男性气质)。众所周知,沈从文称他自己为“乡下人”,我想,不是说他本不是城市人,更重要的是说他并不老练或者圆滑,尽管并不一定敌视外来影响。沈从文 1920 年代的早期“军旅故事”中士兵角色带着令人吃惊的粗野观念与习性,明显是要“教育”他的那些城市读者,中国内地军队的真实现实如何,包括负面情况是什么样的,同时彰显士兵身上相对于北京和上海旧式士绅与商业新贵的闪光之处。他当然也赞美了自己的故乡,他暗示当地的妓女都比其他地方的更加纯洁。他可能试图让他的城市读者理解他的故乡或者乡土中国,在印刷媒体偏爱城市文化的时代恢复后者的声誉。

《边城》可以符合任何以及所有这些批评话语体系。不同的译本如何影响小说的定位呢?就此而言,哈恩和辛墨雷的译本的影响可能最为明显,他们力图避免使英语读者将这部小说视为地域或边疆文化的代表,尽管这一译本在它加入对摇会、风水等的解释时曾经有意地努力再现非中文读者所不熟悉的中国文化。哈恩在序言中明确表达了她的意图:“我们对标题作了非常灵活的翻译,原标题本应是‘The Border Town’或者‘The Outlying Village’(注意:没有“frontier”这一概念——金介甫),我们对此作了修改,因为这些意义的标题更接近蛮荒的美国西部或者英格兰北部,而不是四川[①]。”更明显的是,沈从文曾经提及,小说的背景为边界或边疆地区,但这一译本径直删除了这些细节。在第二章中,沈从文写到,在茶峒“这小小边城”里“居然”还有妓女,但是哈恩和辛墨雷省略了这一解释,因为他们省略了对边城这一位置的指涉。(他们在下一章开头必要时提起过边界习俗。)他们的译本因此似乎是有意让小说展现拥有其自身独特文化的“中国”,弱化沈从文是叙述一种特殊边界或地域文化这一事实的分量。也许他们希望去除任何显示这是蛮荒美国西部甚至英格兰北部那种“落后”、“粗陋”或者“野蛮”文化的迹象,使之成为那个国家时尚的南部。

哈恩与辛墨雷因此好像强行“驯服”了沈从文小说中的边界城市暨边疆城市。这种倾向非常微妙,可以说,与他的其他作品相比,沈从文自己也弱化了小说中地域或少数民族文化的分量。例如,与其早期作品相比,《边城》中的方言更少了。哈恩根据沈从文出版不久的自传,在序言中详细说明了沈从文本人在“城市中国”视为“野蛮”的地区当兵的“粗陋”往事。但在谈及其作品时,哈恩强调了

① 天保等人在四川有冒险的经历,但茶峒明显位于湖南边境。这些译者可能认为,相对于湖南,英语读者更熟悉四川。

他阅读中国和西方经典的经历(尽管据说他对这些经典有抵触)。这是将沈从文定位为一位世界文学作家,“完美小牧歌”的创造者,沈从文自己在其序言中正是如此呈现《边城》,他没有回避这一文学类型与希腊罗马的联系,因为他直接将其作品称为“希腊小庙”。[①] 此外,哈恩与辛墨雷的译本似乎希望将沈从文的创造性提升到其地域源头之上。

正如我在自己译本的前言中所说,20 世纪 30 年代的另一种语境性因素,会对小说的接受、翻译甚至创造性造成影响。1931 年,赛珍珠出版了《大地》,这是一本畅销书,同时也是一部关于中国未受污染的美好乡村人物的独特小说,也有一位强大的女性角色。这部小说赢得了 1932 年的普利策奖,当年即已翻译成了中文。在这部小说备受好评的改编电影于 1937 年发行之前,在赛珍珠次年获得诺贝尔文学奖之前,赛珍珠的主要小说已经成为“代表”中国农民形象及其苦难的某种世界权威,虽然 20 世纪 20 年代与 30 年代整体上是一个各种中国知识分子与乡村改革家“发现了”中国乡村及其沉默而逆来顺受的居民的时代。赛珍珠是在中国传教的美国传教士的女儿,尽管中文是她的第一语言,她却不是中国人,所以,一个“外国人”赢得如此高的地位,对于中国文学家来说,是并不光彩的事情。

作为一个正面的例子,赛珍珠成功地重塑了中国乡村人物的国际形象,尽管电影版以后才出现,但她的成功,可能是激励沈从文创造《边城》的众多原因之一,由此,他通过将其当地“乡村”人物气质加以抽象化和同质化,将其提升为乡村中国精神的代表,虽然他选择的是年轻人择偶这一并不具代表性却在欧美影响甚巨的主题。另一种可能是,《大地》在海外不断攀升的成功与文化权威,促使哈恩与辛墨雷以英语这一《大地》获得其国际成功的语言,翻译了沈从文的伟大小说。诚然,《边城》在 1930 年中期的中国已经是颇受欢迎、备受赞誉的小说,足以作为哈恩和辛墨雷翻译的理由。正如我在自己译本的前言中所说,沈从文的声誉达到了顶峰,但他这部牧歌杰作的英文版本或许也可以解读为赛珍珠眼中中国乡村生活作品的更为本真的中国回音。赛珍珠和沈从文的小说都展现了中国乡村人物的淳朴、文化上的淡泊与道德上的“纯净”,其女主人公都绝不输于男性。《大地》的情节远比《边城》更具社会悲剧色彩。沈从文的作品可能特别需要解读为一种牧歌之地,它反驳着将中国视为苦难与军阀蹂躏的土地的国际看法。

① 沈从文《边城·题记》。

这部小说可以解读为一首赞歌，赞颂“乡村人物”，赞颂他们似乎与上层社会相反的自选配偶及其他自发形态的习俗，赞颂他的故乡，它拥有自身韧性与民俗传说，在龙舟节等全国通行的地区习俗除外，又剥离了极具地域与民族特性的因素。

金隄与白恩将沈从文的作品集命名为“*The Chinese Earth*”便表明，他们也不可能没有想到《大地》。1947 年中国陷入最终的内战，这一年《中国大地》在英国出版，其翻译时间应该已经持续了数年。抗战之后年月的混乱和颠沛流离可能让人们觉得，他们是在抗战之时的昆明开始了他们的翻译，纵然他们并未在那里完成。这一译本的介绍中没有暗示中国即将“改变颜色”。金隄与白恩的译本，有更多省略和缩减，比哈恩和辛墨雷的译本更进一步的是，它将地方文化普遍化了，将其对人性的描绘、性别与代际关系的刻画普世化了。最终的成果确实是一部世界文学作品。如同哈恩与辛墨雷，金隄与白恩在他们的介绍里对沈从文奇异而贫穷的背景表示了尊重，但在其译文之中几乎没有提及这一背景。他们的译法与用词倾向于消除地域、民族与军旅等主题。

很奇怪，戴乃迭的译本出现在共产主义革命之后，尽管是在大跃进后给知识分子松绑的 1962 年小阳春。正如前所述，它删去了政治上不正确的细节。但，它即使未遵循毛泽东时代在一切事物中体现党的路线，不允许中间人物存在的要求，也没有什么可以顾虑。实际上，1962 年，如邵荃麟提倡的那样，中国文学的政治领导们鼓励在新的社会主义小说作品的人物中增加中间人物，即那些既有负面特征也有正面特征的形象。戴乃迭严谨的译本延续了将沈从文的小说呈现为中华民族社会作品的传统，极少显示其可能造成分歧或将读者导向资本主义品味嫌疑的地域特征。小说中的人物很少是农民，但主人公翠翠与她祖父都是贫穷的乡村人物，而小说推崇的地方秘密组织头目顺顺，据说加入了 1911 年革命正确和进步的一方。主要是在后毛泽东时代，鲁迅塑造的旧中国乡土话语重新兴起（这在最近台湾与此毫不相干的有关现代文学的讨论中流行了起来），刘绍棠、孙犁直至当时刚刚重见天日的沈从文等老辈作家的创作由此得到了推重。

虽然中国学术界一直对他感兴趣，沈从文热也已经几近退潮。沈从文主要是作为乡土文学的创造性先驱重新进入文学史。人们可能预期，我的翻译会将《边城》置于乡土话语之中，这是因为我最初即在地理与历史方面对作为创造性作家和退伍老兵、地方历史编纂者的沈从文感兴趣，亦是因为我借助我对沈从文的访谈，以及借助常常是他故乡的乡土作家发起的沈从文及其故乡研究热，致力于译出当地文化的细节。尽管我对许多乡土特色的说明局限于注释之中，人们也许有充分的理由认为，无论乡土这一概念是否强调的是这部作品对乡村或特别是区域细节的注重，我的译文最能体现《边城》作为乡土文学作品的特点。但是，1990 年代之后，我开始反对将沈从文狭隘地视为乡土作家的倾向，所以，我尽可能地在所有地方都传达人物、其环境及其个体困境的普世性，而不是特异性。我对 1980 年到 1990 年代标准的教科书观点对沈从文单向化的反对，其实是回归了之前译者将这部小说呈现为普世人类奋斗与苦难故事的立场，这个奋斗与苦难故事的象征意味着既是沈从文自身独创性的产物，也趋向暗指传统中国式或西方式的形象塑造手法。我在前面已经论证，这部小说相对于沈从文的所有其他作品来说，都更加抽象，更加具有非地域形态。与在其他地方一样，沈从文在此是一个具有表现力与文学性的新国语的塑造者或创造者，既摈弃了旧式文言与“通俗”用语（成语与俗语）的四字短句，也摈弃了明清章回小说与晚近鸳鸯蝴蝶派小说的词汇与语言习惯。除此之外，许多早期译本明显无法领会并因此径直省略的特殊文化典故，我现在通过 21 世纪的中文网络能够轻易发现，它们其实是旧式通俗小说中的人物与事件，有时这部小说中的虚构人物自行编造了相关传说，或者做了错误的解释。这在新开发的网络中也很容易查找。但是，这些人物和似是而非的传说来自全国流行的小说与怪力乱神的奇谈，而非仅为区域性的。因此，即便是乡土特色，也有的是散布在中国城市的通俗文化与全国的道听途说，而不是奇异的区域或民族文化。以中国人仍称的“纯文学”的标准看，我的英文版是让作为牧歌、悲剧、喜剧、社会风俗小说或者其他非常规文学体裁的《边城》增色还是减色？这必须留待更加客观的判断。

影响小说译本接受的最后一个，也是任何一个时代都很重要的因素，除了译者有意与无意的倾向之外，是四个时代的出版大环境。有关第一个译本的影响的数据现在几近于无，不过，在金隄与白恩等稍晚的学者，即使身在战乱时期，还清晰知道第一个版本有多大影响。第一个译本出版于上海的一家英文期刊，《天下月刊》(*T'ien Hsia Monthly*)，它对流连在欧美大学图书馆中丰富中国馆藏的汉学家产生了莫大的影响。我不知道中国大地的印数，我猜想，它最大的影响是对外国大学的中国研究方向学生而言，1961 年夏志清以其 *A History of Modern Chinese Fiction*（《中国现代小说史》）重燃对沈从文文学的兴趣，在此之后选择现代中国文学进行研究的学生特别受这一译本影响。然而，*The Chinese*

Earth 及其哥伦比亚大学出版社1982年重印本很难说是畅销书。1962年，戴乃迭翻译的《边城》，首版于北京期刊《中国文学》(*Chinese Literature*)，1981年于同一期刊再版；1981年也有熊猫丛书，将它和沈从文的其他三篇故事以及沈从文的表侄黄永玉的一篇散文放在一起出版。这一译本应该在全球范围内有所流通，不过仍然主要流向西方的大学图书馆及其他国家的各类阅览室中。我的《边城》译本在亚马逊等网站发售，对沈从文作品爱好者来说比较著名，但也不是畅销书。《不完美的天堂》(*Imperfect Paradise*)对沈从文多样创造手法进行广泛呈现，因此有些大学的中国翻译文学课程将其列为必读教材，销量因此达到了数千。

正是英语小说的商业市场推动着中国小说在当今全球化资本主义市场的流行。商业出版社通常按照经济标准选择原稿及其译者，这些标准常常包括时代风尚与各种减少翻译成本的方式。多数翻译作品都得不到商业市场的青睐。[①]有大学出版社承担了这一负担，为学术界的读者与学者型翻译策划者服务，他们需要通过出版取得终身教席。因为《边城》曾经有过翻译，而我的学术兴趣在于“呈现”伟大作家所有丰富多样的创造性，我将《边城》排除在我最初的翻译项目之外，这一项目随后出版了《不完美的天堂》。重译《边城》需要的功夫相当于翻译数部短篇小说。我后来还是承担了翻译《边城》的工作，因为，有一家大出版社承诺会出版，并且是纳入一套由著名的葛浩文先生发起并监制的新丛书中出版；出版社许诺进行推广(做得不错)，提供专家级的编辑，以及有艺术水准的封面。他们甚至提供翻译稿酬，尽管签合同的时候降低了。可惜的是，由于以销售为标准，这一丛书很快中止；由于经济原因，它很快就被取消了。我确实非常有幸，能够通过出版机会转瞬即逝时出版《边城》。我对于原著价值的理解，和无论谁或多少人会读它我都抱着的自己足以胜任这一任务的希望，当然是我决定承担这一翻译工作的决定因素。历史系和中文系的教授都知道，翻译作品在学界很少被认为有多少价值。

我对沈从文《边城》四种译本的研究是印象式的，本文主要探讨我认为与四部译本相关的知识、社会与国际关系等方面的不同背景，可能是我作为历史学家的兴趣使然。现在看来，有趣的是，由于在沈从文一生很长时间里，其作品在中

① 难以解释的是，就以英语写作的作品而言，即便其英语行文跟从中文翻译过来的一样(像哈金早期的作品)，读者仍然青睐这种作品，胜过对莫言等大家的精彩翻译。

国大陆和台湾其实都被封禁，即便在香港和海外的华人社群中，其中文版本也不流行，沈从文的文学声誉很大程度由于西方和日本的读者掌控，而且多数是经院读者。夏志清与聂华苓等评论家阅读的是沈从文作品的中文原文，但多数对沈从文作品感兴趣的教授不是中国人，他们感受沈从文的创造性可能都是通过翻译。现在情况不再如此。中国大陆自身大学体系培养的人，一般拥有美国研究生学位，他们现在主导了欧美沈从文及其作品研究文章与书籍的出版。同时，沈从文与多数并不以英语写作的作家一样，学院内对他们的关注才是他们不断为世人所知的首要原因。如果中国文学作品要向更为广泛的读者传播的话，英译仍然非常重要。但至少暂时看，这些译本对于文学评论与比较文学的重要性似乎已然降低。

参考文献

BUCK, PEARL S. *The Good Earth*. New York: John Day, 1931. 379 p.

HAAR, BAREND J. TER. "The Gathering of Brothers and Elders (*Ko-lao hui*): A New View." In BLUSSÉ, Léonard, ZÜRNDORFER, Harriet, et al. (eds.). *Conflict and Accommodation in Early Modern China: Essays in Honour of Erik Zürcher*. Leiden: E. J. Brill, 1993, 259 - 283.

HSIA, C. T. *A History of Modern Chinese Fiction, 1917 - 1957*. New Haven, Connecticut: Yale University Press, 1961. 674.

KINKLEY, JEFFREY C. *The Odyssey of Shen Congwen*. Stanford, California: Stanford University Press, 1987. 478.

MACDONALD, WILLIAM LEWIS. "Characters and Themes in Shen Ts'ung-wen's Fiction." Seattle, Washington, 1970. Ph. D. dissertation, University of Washington. 458.

MAO ZEDONG. Appeal to the Society of Elder Brothers (July 1936). In *Chinese Society and Anthropology*, 1989, vol. 21, no. 4, 99 - 101.

糜华菱. 沈从文作品的湘西方言注释. 吉首大学学报, 1992, no. 3, 211 - 218.

沈从文. 边城. 国闻周报, January-April 1934, vol. 11, no. 1/2, no. 4, and nos. 10 - 16. 沈从文文集, vol. 6, 73 - 163. 香港三联, 1982 - 1985.

SHEN CONGWEN.《边城》题记[Preface to *Border Town*]. 天津大公报, 25 April 1934, 文艺, no. 61. vol. 6, pp. 70 - 72. 香港三联, 1982—1985.

SHEN CONGWEN. "Green Jade and Green Jade." HAHN, Emily, and SHING Mo-lei 辛墨雷 (trans.) In *T'ien Hsia Monthly*, 1936, vol. 2, no. 1, 87 - 107; vol. 2, no. 2, 174 - 196; vol. 2, no. 3, 271 - 299; vol. 2, no. 4, 360 - 390.

SHEN CONGWEN. *The Frontier City*. In *The Chinese Earth: Stories by Shen Ts'ung-wen*. CHING Ti and PAYNE, Robert (trans.). New York: Columbia University Press, 1982. [London: Allen and Unwin, 1947.] 190 - 289.

SHEN CONGWEN. *The Border Town*. YANG, Gladys (trans). In SHEN CONGWEN. *The Border Town and Other Stories*. Beijing: Panda Books, 1981[1962]. 5 - 101.

SHEN CONGWEN. *Imperfect Paradise*. KINKLEY, Jeffrey C. (ed.). KINKLEY, J., LI, Peter, MACDONALD, William, MASON, Caroline, POLLARD, David (trans.) Honolulu: University of Hawai'i Press, 1995. 537.

SHEN CONGWEN. *Border Town*. KINKLEY, Jeffrey C. (trans.). New York: Harper Perennial, 2009. 169.

徐敏慧. *English Translations of Shen Congwen's Stories: A Narrative Perspective*. Bern:

Peter Lang，2013. 207.

杨宪益. *White Tiger: An Autobiography of Yang Xianyi*. Shatin，N. T.，Hong Kong：The Chinese University of Hong Kong，2002.

三湘土地上的弗洛伊德理论构想：论沈从文小说《萧萧》的翻译[①]

欧阳桢 著 韩 蒙 译

沈从文的短篇小说《萧萧》是中国现代小说中最“传统”的故事之一，也是最“现代”的故事之一，这样的表述看似矛盾，却有其原因：“传统”是指故事发生的背景是有着传统习俗和生活方式的湖南西部乡村地区，而“现代”则是指对于传统包办婚姻的否认以及故事中特有的弗洛伊德式的前提。[②] 萧萧是一位 11(足)岁(虚岁 12)的姑娘，在一次包办婚姻中成为其雇主的儿媳妇，雇主的儿子只有 2 足岁(虚岁不到 3 岁)，因此萧萧不得不同时扮演着保姆和奶妈的角色。15 岁时她被一个乡下农夫诱奸，招致男孩母亲的雷霆大怒。按照中国传统的规矩，自杀是从该困境中解脱的唯一办法，但在这个被她抚养大并将成为她的丈夫的男孩的恳求下，萧萧得救了。

刘绍铭先生(Joseph Lau)于 20 世纪 70 年代邀请我翻译这篇文章。[③] 我接手了这项任务，并在短时间内完成了翻译，但是我并没有将我的译文交给编辑，

---

① 本文初稿于 2013 年 4 月 5 日在多伦多举行的美国比较文学协会会议上进行发表，修订版在 2013 年 7 月 18—24 日于巴黎举行的国际比较文学协会第 20 次大会上发表，我在此向我以前的学生、我的朋友 Lie Jianxi 致以谢意，他在本文的编辑和书目整理方面提供了许多帮助。

② 一些资料显示弗洛伊德的思想早在 1910—1920 年间就已经传入中国。杰弗里·海斯(Jeffrey Hays)曾经写道：1910—1920 年间，中国留学生将弗洛伊德的理论引入中国，学生们习惯为他们进行社会变革的要求进行辩护。欧逸文(Evan Osnos)也曾在《纽约客》中提到弗氏理论早在 20 世纪 20 年代就已译介至中国。学者高觉敷认为心理测试或许可以抵制中国的迷信风潮，尽管有些两性方面的理论非常“荒谬”。沈从文在 1929 年发表《萧萧》时可能受到了弗洛伊德思想的影响。金介甫(Jeffrey Kinkley)曾写道：“可以肯定的是，沈从文在抗战爆发前曾经阅读过弗洛伊德作品的中文译本。”(p. 350).

③ 记录在刘绍铭，夏志清(C. T. Hsia)和李欧梵(Leo Lee)发表的名为《中国现代中短篇小说选》的文集中，该文集由哥伦比亚大学出版社于 1981 年出版，并收录在哥伦比亚中国文学史(纽约：哥伦比亚大学出版社，1995；第二版，2007)中。

因为虽然我努力将故事中的每一个细节处理得尽善尽美，但在其中一处细节上我一直没能找到处理方法：她是如何称呼这个虚岁还不到3岁就娶了她、由她一直抚养长大的小男孩呢？[①] 以往翻译采取的方法虽然保证了文字上的准确性，但较为呆板，也不具有说服力，并在两方面对故事造成了破坏：第一，即使中文中“弟弟”经常用来表示男性儿童，英语中并不会把男性儿童称呼为“Little Brother”；第二，无论小男孩处于她的照料下还是成为她的丈夫，故事中萧萧一直使用“弟弟”这一称谓称呼小男孩，而英语中的“Little Brother”并不能完全涵盖其中的含义，因为一方面在英语中人们并不会用“Little Brother”称呼男性儿童，另一方面英语中妻子也不会用这样的称谓来称呼丈夫。同时，英语中的“little”和汉语的“小”之间在语义上也有细微的差别：两者都可以表示“小”或者“年轻”的意思，但是汉语的“小”表示两者比较更加年轻，而英语中的“little”与兄弟姐妹一类的词组共用时，则表示“三个或者三个以上的兄弟姐妹中年纪最小的”（与“middle”和“big”相对）。

起初我无法在英语中找到这样的称谓，既能合乎常理地称呼一名儿童，同时这样的称谓也能将这名儿童的丈夫身份自然而然地表现出来。显然，这个问题的关键在于小男孩对于萧萧来讲既是小弟弟也是她的丈夫，因此，从萧萧对小男孩的称谓中我们可以窥视到（至少可以隐约体察到）俄狄浦斯式的身份矛盾：一种“儿子”与“爱人”身份混同的矛盾。[②]

两年之间，我一直没有上交我的翻译文本，因为我觉得之前的翻译版本都不尽如人意，无论是把“弟弟”翻译为“Little Brother”还是将其字面直译，两种翻译策略都会将文中的俄狄浦斯式的身份矛盾刻画出模糊或刻板的感觉。[③] 而且，“Little Brother”的问题在于这样的称呼对于一个孩童来讲太过正式，听起来不合常理，并且含有误译的成分：汉语中“弟弟”表示的是两兄弟中年龄较小的一

---

① 聂华苓（Nieh Hua-ling）曾经写道：“《萧萧》讲述的是一个虚岁12岁的姑娘与一个虚岁3岁的小男孩成亲的故事。”（p. 106）这里中文“虚岁”的概念往往与西方的“岁”的概念相冲突。“虚岁”并不是从出生当天开始计算的，而是依据一个人存活的阳历年数而定的，因此按照虚岁的计算方法，每个人在出生之际就已经是一岁，比西方的计算方法多出一岁。有些在农历新年前出生的人有可能在一个月之间就变成了虚岁2岁（出生时算虚岁1岁，农历新年后又增加1岁）。

② 尽管金介甫花费几页的篇幅讨论沈从文小说中的弗洛伊德主题，但其主要关注的是《边城》（1931）中的故事，并未提及《萧萧》。王德威也讨论过《萧萧》，但并没有考察其中的俄狄浦斯情结。文棣（Wendy Larson）在《从阿Q到雷锋：弗洛伊德和革命精神》一书中列出一章“20世纪早期中国的心理学和弗氏性学理论”，也没有考虑《萧萧》中的俄狄浦斯情结（尽管他两次提到俄狄浦斯情结）。

③ 徐敏慧在《沈从文小说的英译》一书中写道：“戴乃迭女士通过‘文本内拼音’和‘文本外脚注’的形式保留了原文的格式，传达了文本的意义。”我认为这是一种误解。

位，而不是体型较小的一位。读者会误以为作者强调的是“弟弟”的体格而不是他的年龄。虽然许多人看来，年少时两兄弟中年轻的一方身材往往会比较矮小，但事实并不总是这样。严格地说，若按照这样的思路进行翻译，“弟弟”的正确翻译应为直译“younger brother”而不是为“little brother”。而“Didi”这样的字面直译几乎可以看作根本没有翻译：英语读者不可能通过这样的翻译从对话者的关系中产生任何情感的共鸣。①

另外，英语和汉语不同的一点是，汉语中的“弟弟”既可用作称谓语也可用作为指称语，而在英语中“younger brother”和“little brother”则一般只用作指称语，人们可以说“He is my younger brother.”或者“He is my little brother.”但几乎不会将某人的弟弟直接称呼为“younger brother”或“little brother”：“younger brother”从不会被用作称呼语，而“little brother”在为数不多的使用场合中往往带有讽刺意味，比如在“小约翰”中。

在思考了一段时间后，我想出了解决这一问题的方法：我可以称他为“Sonny”。这样的称谓对称呼一个小男孩来说是非常自然而贴切的，同时也非常适合作为妻子称呼丈夫时所用的称谓（甚至是昵称）。接着，我将这一修改应用于我的译文并上交了我的译本。一段时间后，我又冒出了一个译法：将“弟弟”翻译为“Junior”。这个译法在我看来（至少一开始是这样的）也同样适用于两种情况，但经过反思后，我发现这一译法虽然较为流畅自然，也貌似有一定的说服力，但有两处不足：第一，“Junior”一词多指向于社会地位较高的家庭（至少在美式英语中是这样），因为只有富裕阶层和精英阶层才会将后代冠以自己的姓名，并在名后标注罗马数字“Ⅱ”（口语中则念为“Junior”）。这显然不符合湘西农户的身份。另一方面，与“sonny”相比，“Junior”一词亦未能体现出故事中暗含的俄狄浦斯情结。

我们可以对“弟弟”这一称呼的几种不同的翻译版本进行比较，来感受一下因用词不同而产生不同的阅读体验。

故事在开头告诉我们，萧萧姑娘称呼她的丈夫为“弟弟”，尽管他们并不是真

① 尽管中文中“小”有“身材短小”和“年龄不大”两层含义，但用于姓氏前时，通常指“年龄不大”。即便是葛浩文这样经验丰富水平高超的译者也会犯这类错误。在翻译莫言的小说《变》时，他的译文“‘Little Mo,’Zhang said... Little Tian and I will take the Yan-Wei Highway back to camp”中两处“小”的翻译都应处理为“young”而非“little”。田虎是一名来自山东的卡车司机，绝对不能称得上“身材短小”。“小莫”同样也是一名年轻的卡车司机，身材也并不短小。

正的姐弟关系。1938 年李宜燮译本的处理方式为"After her entry into this household, she called him 'little brother', as was the general custom." 1929 年戴乃迭的翻译是"Following the local custom she called him Didi — younger brother." 两种翻译都未能展现出称谓语所强调的关键含义：萧萧实际上扮演的是男孩的代理母亲的角色，但同时她又是男孩的妻子。

因此，我的译文如下：

地方规矩如此，过了门她喊他做弟弟。

When she entered the household she called him "Sonny," according to local custom.

作为一种称呼，特别是对小男孩的称呼，"Sonny"一词与"Little Brother"、"Younger Brother"和"Didi"相比更加符合英语习惯，同时也非常适合妻子称呼丈夫。

实际上，无论萧萧和小男孩是处于孩童阶段（萧萧 14 岁，小男孩只有 2 岁）还是刚刚步入成年，萧萧对丈夫的称呼对于故事中凄美氛围的营造至关重要：她像一位母亲那样将自己的丈夫抚养长大。在下面这段文字中，李宜燮和戴乃迭的译文就并未将这种隐含的俄狄浦斯情结翻译出来。

摘南瓜花或狗尾草戴到小丈夫头上，或者亲嘴，一面说，"弟弟，哪，再来。"

李宜燮的翻译

... adorning his little pate with pumpkin flowers or dog's tails she had plucked, and, while caressing him, she would say: "Brother, brother, there there! Another kiss!"

戴乃迭的翻译

She would stick a pumpkin flower or a blade of foxtail grass in his hair; or, between kisses, coax him, "There Didi, don't cry."

我的翻译

... to pluck pumpkin blossoms and dog-grass to crown Little Husband with, or to soothe him with kisses and sweet nothings: "Sonny, now there, hush, there, there."

故事的魅力一部分在于萧萧多重身份集于一身：代理母亲、育婴女佣、所看护对象的伴侣。这些关系虽带有俄狄浦斯情结的色彩，但却不是真正的乱伦。它们散发出的是原始的田园牧歌式的气息，而不是卑鄙肮脏道德沦丧的意味。萧萧与小男孩成亲的感情基础是萧萧对他的关心和疼爱。

下面三种翻译都捕捉到了萧萧母性的一面：

丈夫哭到婆婆无可奈何，于是萧萧轻脚轻手爬起床来，睡眼蒙眬走到床边，把人抱起，给他看月亮，看星光；或者互相觑着，孩子气的嗨嗨，看猫呵，"那样喊着哄着，于是丈夫笑了，玩了一会，慢慢合上眼。

李宜燮的翻译

When he cried so that her mother-in-law was at her wits' end to know how to manage him, Hsiao-hsiao, her eyes all dim and sticky, would rise with nimble hands and feet. Approaching the bed, she would hold him up so that he could see the glow of the lamp and the glitter of the stars, or she would shower kisses on him.

戴乃迭的翻译

If she failed to soothe him Xiaoxiao would tiptoe over, bleary-eyed, to carry Didi to look at the lamp [moon] or the stars. She might kiss him again or mew like a cat, until she got him to smile.

我的翻译

... Xiaoxiao had to crawl out of bed bleary eyed and tiptoe in — brushing the cobwebs out of her sleepy eyes — to take the boy in her arms, and distract him with the lamp (light of the moon) or the twinkling of the stars. If that didn't work, she'd peck and whistle, make faces for the child, blather on like a baby —"Hey, hey, look — look at the cat, until her husband broke out in a smile.

然而，从下文看，前两种翻译在称呼语的处理上（至少是在英语层面）把萧萧塑造得更像一位姐姐而非一位母亲。

可是这时节萧萧手上所抱的丈夫，不知为什么，在睡梦中哭了，媳妇于是用作母亲的声势，半哄半吓说，“弟弟，弟弟，不许哭，不许哭，女学生咬人来了”。

李宜燮的翻译

But at this moment Hsiao-hsiao's husband, who was in her arms, cried for some unknown reason in his dreams. She assumed a motherly tone, half coaxing and half scaring him: "Tiny brother, do stop crying! If you don't, girl students will come and bite you."

戴乃迭的翻译

Just then, for no clear reason, Xiaoxiao's husband sleeping in her arms started crying. In a motherly way, half teasingly, she threatened, "Don't cry, Didi, you mustn't cry or girl students will come and eat you!"

我的翻译

At the time, Xiaoxiao was carrying her husband, who, apparently for no reason, broke out of a sound sleep crying, Daughter-in-law used the tones of a mother and, half in reassurance, half in remonstrance, said: "Sonny, Sonny, you mustn't cry, the voracious coeds are coming!"

从“Didi”(直到现在英语读者还会不自禁地想起贝克特《等待戈多》中的流浪汉)变为“Sonny”，小说中萧萧和小男孩之间凄美单纯的俄狄浦斯式的关系随着这一称谓语的转变自然而然地表现了出来。

小说中的俄狄浦斯主题并不是牵强附会，而是从作者的叙述中自然而然地流露出来的。例如，在描述萧萧照顾小男孩时，叙述者一直把小男孩称作“丈夫”，而萧萧的母性也在她对小男孩做出的一举一动中展现了出来。

萧萧好高，一个人常常爬到草料堆上去，抱了已经熟睡的丈夫在怀里，轻轻的随意唱着那自编的山歌，唱来唱去却把自己也催眠起来，快要睡去了。

Xiaoxiao grew very tall, and she would often climb the sloping sides of the haystack, carrying in her arms her already sleeping husband, softly singing self-improvised folk melodies.

在湘西村落中，这种母子、夫妻杂糅的关系是非常自然的，并不像西方一样将其视为古怪异常的关系。若将萧萧对小男孩的称呼处理为“Little Brother”，文中俄狄浦斯情结的意味就被彻底破坏了。

《萧萧》不仅仅描述了腐朽荒谬的包办婚姻，更深刻体现了弗氏关于母子关系的理论构想。萧萧对于她眼中的“弟弟”而言俨然是一位母亲，两者年龄差距极大却又形成了包办婚姻的关系，这样的情节安排正与弗氏的想象不谋而合。然而一般看来，弗洛伊德的理论在20世纪初的中国并未像其在美国那样得到广泛认同(这一点从许多方面来看是正确的)。那么沈从文究竟对弗氏理论有多了解呢？作为史料极为丰富的沈从文传记的作者，金介甫(Jeffrey Kinkley)写道：“沈从文是了解西方心理学的。他在20世纪20年代接受了周作人关于性心理学的观点(源自霭理士的学说)，并阅读过张东荪关于心理分析的入门级读物。”

沈从文也承认“……促成这个发展的，还显然有弗洛伊德、乔伊斯等等作品支离破碎的反映”。

弗氏的俄狄浦斯情结似乎并不仅仅活跃在沈从文笔下的湘西村落，还活跃在莫言史诗体小说《丰乳肥臀》中的山东东北高密县。叙述者在回忆儿时为母亲抚养看护的情景时刻意描绘了孩童吮吸母乳时的情色场面，采用的是成人充满情色欲望的叙述视角，而非儿童纯真无瑕的叙述视角。然而与性相比，这部小说更多关注于母亲的哺育和多产，葛浩文将小说题目翻译为“Big Breasts, Wide Hips”，译文虽好，却在某种程度上曲解了原文的意义：只强调了与性相关的情色意味，未能体现出汉语所想强调的另一层含义。“丰”并不只代表胸部丰满，更需突出其哺育的功用；“肥”也并不只代表臀部翘挺，更需突出其适于生育的特征。如能翻译为“Luscious Breasts, Fertile Loins”，上述的含义则能更好地表现出来。毕竟小说的主旨是凸显中国母亲的形象，而不是将女性定位为性欲活动的对象。

人们会不自禁地怀疑男性后代从其他男性(无论是其他男生还是其父辈)处学习性事的普遍行为并不能为此处单一的、突出男性冲动而忽视女性感受的叙述视角提供证明。在中式传统中，富裕家庭往往配有为主人的男性后代进行性启蒙的侍女，而在贫穷的家庭中，性教育(如果有的话)一般是由性行为中最为无知却极为享受的年轻男性完成的。

通过审视“三湘土地上的弗洛伊德理论构想”(或者更确切的是“中国大地上的弗洛伊德理论构想”)，我得出一个重要结论：伊甸园的寓言故事在中国本土的神话语境中并未能成为经典范式，性行为也并未被贴上“原罪”或“逾矩”的标签。性行为是人的自然天性，而非检验勇气或美德的创伤测试，也并未像西方传统那样带有深刻的原罪色彩。婚外性行为当然应另当别论，然而中国传统婚姻的机制与西方也大不相同：中国传统婚姻中有妃嫔侍妾（通常在富裕家庭中），因此通奸只是对妻子而言，对丈夫算不上什么冒犯。

在沈从文出色的故事叙述力和想象力下，萧萧与小男孩之间的年龄差成为花狗引诱萧萧尝试性事时将其合理化所用的借口。当然，不论是沈从文还是他笔下的花狗，他们的叙述都是含蓄而委婉的：

> 那花狗……就给她唱“十岁娘子一岁夫”。那故事说的是妻年大，可以随便到外面作一点不规矩事情，夫年小，只知道吃奶，让他吃奶。

这样的策略取得了成功，虽然与歌谣中不同的是，故事里的“小丈夫”已经断奶了，但是歌谣和小说中年龄差还是一样的。故事中花狗的借口也在萧萧身上起了作用：花狗诱奸了萧萧。[①]

在萧萧和小男孩之间母子—夫妻关系的衬托下，花狗的行为显得更加卑鄙，因为他不仅诱奸了一个纯真的姑娘，而且犯下了通奸的罪行（尽管女方的丈夫更像是她的孩子而不是伴侣）。从下文中看，小男孩与萧萧之间的亲密感情几乎无异于母子。

> 丈夫早断了奶。婆婆有了新儿子，这五岁儿子就像归萧萧都有了。不论做什么，走到什么地方去，丈夫总跟到身边，丈夫有些方面很怕她。当她如母亲，不敢多事。
>
> Her husband had long ago been weaned. Mother-in-law had a new

① 在中国乡村地区，传统意义上的人名和绰号以“白描”为主，并不以“政治正确性”为标杆：有些人背脊畸形，不止会被称为“驼背”，更会被戏称为“罗锅”。这一点在《萧萧》中也是有所体现的：小说中的诱奸萧萧使其怀孕并最终将其抛弃的恶棍农夫名叫“花狗”，李宜燮翻译为“Spotted Dog”，戴乃迭将其处理为“Huagou”。英语中的“Spotted Dog”会使人联想起一位印度领导人，与中文的“花狗”相比，其意义内涵要丰富很多。然而其名称本身只是要表达“有斑点的狗”，并不带有任何侮辱性的色彩。而在中文中，我认为“花狗”中的“花”代表皮肤的状况（他的身上可能有麻点），“狗”则更侧重于对人的侮辱。如果在汉语中“花狗”这一表达经常带有轻蔑色彩，那么退一步说，这里也应暗指农夫“花狗”的品行粗鄙无礼。因此我认为，“Spotted Dog”无法传递出农夫地位低下品行败坏这一信息，而“Motley Mutt”能更好地弥补这一点。

son, and so her five-year old — Xiaoxiao's husband — became Xiaoxiao's sole charge. Whatever happened, wherever she went, her husband followed her around. Husband was a little afraid of her in some ways, as if she were his mother, and so he behaved himself.

这篇对《萧萧》详细的解读并非文本表层的繁琐研究，因为如果缺少了对文本内部动态机制的关注，翻译就会迷失方向。翻译也并不是单纯的解码过程，否则任何文章就只会有一个译本，文学翻译需要倾听文本内部的逻辑，而不是依靠字典的释义。字典的释义适用于日常使用，而文学文本则需要把日常的用语用出不同寻常的意味。

（2013 年 7 月 4 日于印第安纳州布卢明顿）

参考文献

Eoyang, Eugene. "Hsiao-hsiao" by Shen Ts'ung-wen, translation, in Modern Chinese Stories and Novellas, 1919 - 1949, edited by Joseph S. M. Lau, C. T. Hsia, and Leo Ou-fan Lee (New York: Columbia University Press, 1981), pp. 227 - 236; "Xiaoxiao", reprinted in: The Columbia Anthology of Modern Chinese Literature, Joseph Lau and Howard Goldblatt, eds. (New York: Columbia University Press, 1995), pp. 97 - 110.

Jiang Tao, and Philip Ivanhoe. The Reception and Rendition of Freud in China: China's Freudian Slip. New York: Routledge, 2012.

Hays, Jeffrey. "Mental Health in China: History, Freud, Lack of Care and High Numbers," Facts and Details. 2008 (updated July 2011); http://factsanddetails.com/china.php?itemid=1720&catid=13; accessed 2013.3.15.

Kinkley, Jeffrey. The Odyssey of Shen Congwen. Stanford: Stanford University Press, 1987.

Larson, Wendy. From Ah Q to Lei Feng: Freud and Revolutionary Spirit in Twentieth-Century China. Stanford: Stanford University Press, 2009.

Literary Authority and the Modern Chinese Writer: Ambivalence and Autobiography. Durham: Duke University Press, 1991.

Lee Yi-hsieh [Li Yixie]. "Hsiao-hsiao." by Shên Ch'ung-wên [Shen Congwen]. T'ien Hsia Monthly, vol. 7 (August-December 1938), pp. 295 - 309.

Nieh Hua-ling. Shen Ts'ung-wen. Twayne's World Author Series. New York: Twayne's Publishers, 1972.

Osnos, Evan. "Meet Mr. Freud: Does Psychoanalysis Have a Future in a Totalitarian State?" Letter from China, The New Yorker, January 10, 2011; http://www.newyorker.com/reporting/2011/01/10/110110fa_fact_osnos; accessed 2013.2.14.

Wang, David Derwei. Fictional Realism in Twentieth-Century China: Mao Dun, Lao She, Shen Congwen. New York: Columbia University Press, 1992, pp. 242 - 245.

Xu Minhui. English Translations of Shen Congwen's Stories. A Doctoral Dissertation, The Hong Kong Polytechnic University, 2011.

Yang, Gladys. "Xiaoxiao" in: Shen Congwen, The Border Town and Other Stories. Beijing, China: Panda Books 1981, pp. 102 - 119 [Originally published in 1929].

作品与生命的转变

——关于沈从文的自我诠释文本

何碧玉* 著 郭欣赟 译

沈从文(1902—1988)出生于湖南西部一个偏远地区的军人家庭,曾在部队参军,后又从事文学创作并成为作家。也许正是因为他独特的人生轨迹,在中国现代作家中,[①]沈从文最大程度地挖掘了自传体的潜在性。《从文自传》[②]向我们记叙了他前20年的人生经历,虽然自传在西方文化以外的其他文化中并没有像某个法国评论家所宣称的那么罕见,[③]但不可否认的是,这部著作是中国文学自传类书籍中的一个成功典型,因为它没有因为纪实性特征而丧失了诗意。

更巧妙的是,沈从文在他的一些中短篇小说中故意对"我"进行了模糊的处理,既是叙述者、主人公,又可能是作者本人。这不仅是误导粗心的读者,也是使

---

* 何碧玉(Isabelle Rabut),法国国立东方语言文化学院。

① 此处遵循通常用法,"现代"的时间跨度为1911年辛亥革命至1949年新中国成立,1949年后称"当代"。

② 此文本收录于《沈从文文集》,三联出版社(香港)/花城出版社(广东),1984年,卷九,第100-224页。在之后的注释中,《沈从文文集》将简写为《文集》。法语译本由 Isabelle Rabut 翻译出版,标题为《Le Petit Soldat du Hunan》,Albin Michel 1992 出版(1996年于巴黎10/18再版)。

③ Georges May,《自传》(*L'Autobiographie*),法国大学出版社,巴黎,1979年。作者参阅了 Cyril Birch 主编的《中国文学选集(*Anthology of Chinese Literature*)》(纽约,Grov 出版社,两卷,1965—1972年)。他发现了名为《新自传艺术》的一章中包含有沈复和沈从文的作品节选。但他认为"在专家看来,这仅仅是孤立的几种情况,并不足以推翻自传是西方文化独有的一种特殊表达方式"(第18页)。在当时中国作家的自传作品中,以巴金和郭沫若为例,巴金的作品确实是回忆片段:见《忆》(1936年),收录在《巴金全集》,人民文学出版社,卷十二,北京,1989年,第337-445页。(文集包括以《巴金自传》为名的许多在1934年发行的文章;记叙作家早年经历的部分有英文翻译,译者为 Sally Taylor Lieberman:巴金,《早年回忆(Earliest Memories)》,《译文(Renditions)》香港,第38期,1992年秋,第27-55页);郭沫若,《少年时代》,海燕书店,上海,1947年(自传第一卷,法译版译者为 Pierre Ryckmans:Kuo Mo-jo, *Autobiographie : mes années d'enfance*, 伽利玛出版社,*Connaissance de l'Orient* 丛书,巴黎,1970年)。胡适希望在中国发展自传文学,他自己也预想叙述人生前四十年的经历,仅完成六章的《四十自述》,上海,亚东图书公司,1933年。

他们关注到写作的一个妙处，即把写作者的意象强加在公众心目中。《灯》也是写作诱惑力的一个精妙的寓言。[①] 一个过去经历和作者沈从文有着明显相似性的主人公，向一个年轻姑娘讲述他是在怎样的际遇下得到放置在书房里的一盏旧式煤油灯：他的厨子以前曾跟随他的父亲在部队南征北伐多年，因为经常断电就给他买来了这盏灯。这件奇闻逸事令叙述者——作者能够表达他对他置身的学术界的反感抵触，以及他对这位淳朴慷慨的士兵的惺惺相惜，从而倾吐出一个乡下人在城市生活中的迷惘。吸引年轻女人注意的策略获得成功，因为她被小说中描写的品格之美所打动，在几天之后穿上蓝衣服，就如厨子希望他主人要娶的那个女人一样。[②]

“我”想要哄骗年轻女人的企图并非是谎话连篇：相比于造作和肤浅的城市氛围，叙述者确实在这样一个粗俗的农民——士兵的社会环境中感到更自适。可是叙述者确实操纵着谈话对象，同时也操纵着读者，因为他有意识地在和女性对话时塑造自己的形象。这种对真相的扭曲就是自传的一种基本特点，而此类自我塑造也使自传更连贯一致，不至于陷入回忆和印象的一团乱麻中。在这种尽力重建的过程中，沈从文完成了对其人生经历必不可少的合理化，同时还“垂范”当世与后世。在此处难以分辨真实与虚伪，因为人无法像谈论一个陌生客体一样冷冰冰地描述自己，而这关系到他的生存计划和他想被人理解的方式。由此，自传相比小说具有更多造作和虚假的成分在其中。创作小说时，作者拥有更大的自由度来表达自己，无畏他人的目光，对自我形象也毫无损害偏见（在小说中，作者在理论上可以不被人知晓地自由表达，但这种自由是有限的：顽固的读者趋向于探寻小说中隐藏的作者形象）。在不同程度上，所有的自传都是作者试图避开读者的理解，抢先对自己做出阐释：在此我仅举两位中国作家的例子：郭沫若精心修饰其叛逆的形象，而沈从文则润色其不同于城市习俗的乡下人形象。

“……使我对于城市中人在狭窄庸懦的生活里产生的做人善恶观念，不能引

---

① 《灯》(1929 年)，《沈从文文集》第四卷，第 23 - 45 页。英译者为 Ching Ti 及 Robert Payne，收录于《The Chinese Earth, Stories by Shen Ts'ung-wen》，哥伦比亚大学出版社，纽约，1982 年(1947 年第一版)，第 22 - 40 页。

② 在另一篇小说名为《夜》(1930 年)的小说中，沈从文明确强调了叙事对于我们希望向他人呈现的自我形象，在书面以及口语中所扮演的角色的重要性：故事讲述了一群士兵无奈在深夜投宿于一个神秘“隐居者”的小屋里。叙述者也是士兵中的一人，他建议同伴轮流讲自己经历的故事来消磨时间，一方面是希望让独居老人开口说话，同时也想让他钦佩自己的“聪明才智”。叙述这一行为的作用因而不仅是消遣，而且也让叙述者敞开心扉。参考《夜》，《沈从文文集》第二卷，四川人民出版社，成都，1983 年，第 388 - 410 页。

起多少兴味，一到城市中来生活，弄得忧郁孤僻不象个正常'人'的感情了。"[1]

"就现在说来，我同任何一个下等人就似乎有很多方面的话可谈，他们那点感想，那点希望，也大多数同我一样，皆从现实生活取证来的。可是若同一个大学教授谈话，他除了说说从书本上学来的那一套心得以外，就是说从报纸上得来的他那一份感想，对于一个人生命的构成，总似乎短少一点什么似的，可说的也就很少很少了。"[2]

如果说在读者面前来进行自我建构的方式并没有什么别出心裁之处的话，沈从文还怀有一种特别的志趣，他并不忌讳在虚构——或半虚构——短篇小说中，将这种方式揭露出来。

但沈从文更进一步：在一篇知名度较低的文章中，他用近乎普鲁斯特的方式阐释了他的真实人格。这种尝试在中国作家中甚为罕见，几乎可说是独一无二的。其他中国作家通常仅限于在家庭、社会和历史的背景中去审视其个体存在，就如沈从文在其自传中所用的手法一样。沈从文于 1942 年 12 月完成了一篇题为《水云》的文章，长达四十页，并于次年出版。批评家凌宇认为这篇文章属于其"朦胧"期。[3] 沈从文和他北京大学的同事为躲避战争逃难到云南，由于支持"第四条道路"且反对国防文学，[4]成为尖利批评所攻击的对象。沈从文因为国民党不断阻挠其新小说《长河》的出版而焦心不已，[5]因而经历了一段自我封闭的时期，这在他的作品中也能感受到：凌宇关注到沈从文的散文有很多深刻的变化，从对外在世界的客观描述转向了对生命的沉思。[6] 这种内倾在《水云》中体现为更抽象和模糊的表述：关于自我的陈述更为自给自足，但它的澄明是前所未有的。这篇散文并非像包括《从文自传》[7]在内的多数自传一样是受人邀稿，由此可见它是创作冲动下的产物。

如何来界定《水云》这个文本的性质一开始就成了一个议题。作者在其中按

---

① 《Le Petit Soldat du Hunan(从文自传)》，第 120 页。

② 同上，第 159 页。

③ 凌宇，《从边城走向世界》，三联书店，北京，1985 年，第 338 页。《水云》的法译者为本文作者，1996 年出版，Bleu de Chine 出版社(巴黎)，全名为 *L'Eau et les Nuages : Comment je crée des histoires et comment mes histoires me créent*(《水云：我怎么创造故事，故事怎么创造我》)。

④ 一条在共产党、国民党和其他政治力量之外，为未投身政治知识分子所开的道路(《一种新希望》，《益世报》，1947 年 10 月 21 日)。沈从文批判国防文学全是由成见滋生的刻板作品。

⑤ 这部长篇小说的第一部分在 1939 年完稿，原先有四章，但未完成。此后几易其稿，不断遭到国民党的审查和删减。小说对政府的政策采取严厉的批判态度。

⑥ 凌宇，《沈从文散文选——后记》，人民文学出版社，北京，1982 年。

⑦ 第一出版社 1934 年版本。

时间顺序所涉及的与其自身经历相对应的事件无可置疑地使其具有自传的痕迹(虽然这条时间脉络并不清晰),但是作者只考察了他生命中的十年(大致从30岁至40岁),而且用有限的视角阐述其与创作活动相连的情感经历,这些局限从严格的原则上来说并不符合自传。考虑到这个原因,我们将这篇文章界定为自传体散文,虽然这种界定在中文术语中并无根据,《从文自传》和《水云》都被笼统归类为散文。[①]

这部作品不仅是作者对人生的反思,同时也是一篇关于创作的文章:正如副标题《我怎么创造故事,故事怎么创造我》所传达的含义。一位作家的作品标志着他的存在。生活和创作之间的混淆并无特别之处(作品中都处处流露出作家生活的痕迹),可是《水云》里人生与作品之间有双重的交叉:作家创作了作品,相应地,他的作品创造了他,而一般的自传中,作者都试图在其中解释作品是如何创作的。[②] 令人惊讶的是,叙述的内在边界约为1932年,而沈从文是从1924年末开始出版他的初期作品。从《从文自传》到《水云》,在情节上有一段空白,两者之间视角也因而发生了改变:《从文自传》写到1922年为止,那时沈从文来到北京,在旅客簿上可以查询到是用"从文"这个专门用以文学创作的名字来登记的。沈从文那时的文学创作还只是初具雏形,但读者用回溯的眼光去衡量作者的成功。[③] 我们固然可以在青年沈从文身上感受到作家的气质——他的敏感纤细、观察入微,对于书的兴趣——,除此以外,他投身文学的原因好像不外乎与环境决裂的决心,对社会晋升以及在新文学蓬勃发展年代参与其中的渴望。十几年之后,[④]沈从文以全新的自传目光来重新审视作家这一职业,此举并非是为了为其创作生涯辩护,而是为了分析他和自己奥秘语言的联系。他知道写作的动机和写作的作用有密切关系,如果不探索后者,必定受限于外部因素。因此,落笔书写的偶然时刻不再需要作为必然的起点。在这篇散文中,沈从文通过象征来阐释自我:水和云代表了生命的不确定性,他是借助这种不确定性,同时

---

① 对于中国文学的这一类别并无恰当的翻译,意指通常意义上的散文或者更为具体到抒情或哲思的描述性文章,包括随笔以及散文诗。参考 Isabelle Rabut, *Le Sanwen : essai de définition d'un genre littéraire*, *Revue de littérature comparée*,巴黎,1991年2月,第153-163页。

② Georges May 举例称"许多作家的自传的标题与其说是《我的人生故事》,倒不如说是《我作品的故事》来得更为确切"(*L'Autobiographie*,第35页)。

③ 他原名岳焕。选择笔名象征着他同青少年时期军旅生涯的决断。

④ 《从文自传》写于1931年或1932年。《水云》如前文所叙,完成于1942年。

也是通过反抗这种不确定性来自我塑造。文章开头的时间与地点（当他在山东海滨的青岛大学短居时）可能和他开始意识到自己深层的写作动机的时刻有紧密联系，但也具有很高的象征价值。

一、《水云》[①]

《水云》平行追溯了作者内心历程和他的文学生涯，前后跨度近十年，从青岛岁月（自 1931 年起）到作者创作这篇文章为止。文中有一些女性形象：沈从文未来的妻子张兆和，他从青岛给她寄去许多螺蚌，然后他们一同先到北京（1933 年），后来到昆明（1938）；还有一连串女性皆以“偶然”命名，沈从文笔下的某些用语暗示了他们之间的关系是柏拉图式的。[②] 这种恋爱轨迹体现出一种辩证：首先，由于害羞，他不惜一切代价地自我保护以避免情感冒险，其次，他陷入他称之为“情感发炎”中。这种情感漩涡将只有待激情褪去，或嬗变为抽象之美，才能缓和下来。

这两个方向的交错令人惊讶：沈从文作品中自传部分，尤其是侧重于家乡和军旅生活的回忆，从表面上看不受作家情感生活的太大影响。这个现象可以这样理解：对于作者而言，他所经历的情感教育从一个较为广义的方面来说，就是一种感觉教育。在沈从文的写作理念中，有情与理的辩证法：在文学创作中，情感很重要，但同时应被理智控制。他的情感冒险让他学会在这种辩证法中找到情与理的平衡。亦即一种美感的教育，由所遇到的女子所激发的感受性开启了对于美、爱情和世界更为普遍的认识。如果说他的情感经历偶尔能直接作为灵感的源泉，它们和创作的关系则是在本质上更为抽象和富有隐喻的。

二、问题的数据：一个基本的心理结构

从开头的几页起，作者就陈述了他人生经历的基本心理倾向：主导现实的

① 文章分析也收录于此文翻译的后记中，有轻微调整改动。参考 Isabelle Rabut，*L'Eau et les Nuages, ou l'Écriture comme art de se gouverner*，*L'Eau et les Nuages*，第 63－81 页（主要见第 69－80 页）。

② 沈从文的传记作者金介甫 Jeffrey Kinkley 提出这些“偶然”的存在问题，质疑其确切数量（是四位女性还是一位?）。其中涉及的一位女性可能是女诗人高青子，被视为沈从文在昆明的那个“朋友”，然而他们关系的本质却未确立。沈从文夫妇似乎对此一直讳莫如深。（参考 Jeffrey C. Kinkley，*The Odyssey of Shen Congwen*，斯坦福大学出版社，斯坦福，1987 年，第 76 注脚，第 359－360 页）。

欲望,“规划”的意志,拒绝被“偶然”和“情感”所控制。他在文中用水(此处是青岛的海)和云来象征这些流动的、不确定的事物。但是这个“对生命有计划对理性有信心”的我遭遇到另一个“宿命论不可知论”的我的强烈质疑。①

沈从文规划的意愿同时体现在两个领域:爱情与创作。“难道我和人对于自己,都不能照一种预定计划去作一点……”,理性的沈从文扪心自问,显露出了他对于情感冒险的恐惧。② 作为一个理性精神很强的人,沈从文最畏惧情感的不安游荡,婚姻就实时地为他带来对于生命稳固而确信地安心视角,正如他在文章中写道:“我是个云雀,经常向碧空飞得很高很远,到一定程度,终于还是向下坠,归还旧窠”。③ 此后他尽力提防激情,包括将注意力集中到“偶然”的缺点上,正如一个绝望的爱人听从奥维德的建议。

“因为我所体会到的‘偶然’生活性情上的缺点,一直都还保护到我,任何情形下尚有作用。不过保护得我更周到的,也许还是另外一种事实,即一种幸福的婚姻,或幸福婚姻的幻影。”④

在创作领域中,沈从文的统治意愿体现在一种他对于自己美学和道德准则的永恒依恋,他称之为“乡下人”的审美,这一点同他一直想要在他先前作品里呈现的自我形象也一致。这种意愿也体现在他有志于创造一个对应这些准则、摒弃外在标准的美学天地。

“我是个乡下人,走到任何一处照便都带了一把尺,一把秤,和普遍社会总是不合。”⑤

这就解释了为何他让读者即刻观察出他的爱憎:一方面,城里人——那些到青岛来享受春美的上海人,在他看来算是城里人恶劣的品种——矫揉的女人,庸俗世故,金钱至上,作风造作;另一方面,动植物的自然世界有着与生俱来的美丽,就像作者经常提起的“世界的声和香”。在这样一种让他讨厌的环境里,写作成为反击和抵抗:它意味着揭露和对抗世间的丑恶,同时更为重要的是创造一片天地来与之对立抗衡。

① 《水云》《文集》卷十,第 271 页。
② 《水云》《文集》卷十,第 268 页。
③ 《水云》《文集》卷十,第 286 页。
④ 《水云》《文集》卷十,第 279 页。
⑤ 《水云》《文集》卷十,第 266 页。

沈从文对于情感的怀疑与中国哲学传统中儒家与道家之学有着惊人相似性。① 一旦有机会阐释他自己的诗学艺术，通常都是间接地向同僚和新手作家表示建议的时候，他总是以古典价值捍卫者的姿态坚持情绪控制的重要性。

"你得学'控驭感情'，才能够'运用感情'。你必须'静'，凝眸先看明白了你自己。你能够'冷'，方会'热'"。②

这种与中国哲学和美学传统的明显契合并不意味着沈从文对于自我有一种约定俗成的感知。即使这种情感排斥在中国哲学中很常见，这同时也是沈从文的一种个人特质，虽然要区分其中的自然天性（秉性特质）和文化影响是非常困难的。无论如何，沈从文似乎找寻到了一些传统哲学思想的优势，比如道家，能够用这些哲学先贤思想来进行自我剖析。他把理性自我给怀疑论自我的让步描写成"新的道家思想"。③ 他的文章建立在两种极富哲学内涵的元素上：水象征着道，④云深受画家钟爱，因为云象征着物质的不确定性和易变性。⑤

三、陷入生命之中

在让有意识的自我和另一个自我进行对立的争辩结束以后，面朝大海，理性的我看似已经接受了另一个我的提醒和反对：

"你试想想看，能不能决定三点钟以后，从海边回到你那个住处去，半路上会有些什么事情等待你？这些事影响到一年两年后的生活可能有多大？"⑥

因此他准备接受偶然，但却没有就此放弃主导地位。

运用反语《八骏图》命名的小说是第一部明确地在理性和情感的辩证法中

① 参见汉代儒学家董仲舒"性"与"情"的对立论，以及道学家（庄子、王弼）对于情感的超脱。关于此主题，可参见冯友兰，《中国哲学简史》。

② 《情绪的体操》，1934 年，收录于《废邮存底》，《沈从文文集》卷十一，第 328 页。

③ "因为可让你明白偶然和感情将来在你生命中的种种，说不定还可以增加你一点忧患来临的容忍力——也就是新的道家思想，在某一点某一事上，你得有点信天委命的达观，你因此才能泰然坦然继续活下去"（《水云》第 269 页）。

④ 此引用参见 Max Kaltenmark *Lao Tseu et le taoïsme*，Le Seuil，coll. *Maîtres spirituels*，1965 年（第 71 页）："上善若水。水善利万物而不争，处众人之所恶，故几于道。居善地，心善渊，与善仁，言善信，正善治，事善能，动善时。夫唯不争，故无尤。"也照应孔子名言：智者乐水，仁者乐山（《论语》第六章）。

⑤ "云和雾，由水蒸气形成，具有山脉的形态，在绘画中云和山两者处于交互动态的变化过程之中"（程抱一，《Souffle-Esprit》，le Seuil，巴黎，1989，第 144 页）。沈从文 1940 年以《云南看云》为标题撰写关于云的沉思（《文集》，卷十，第 77－82 页）。

⑥ 《水云》，第 268 页。

创作的作品。沈从文在这篇文章中嘲讽了他在青岛大学的同事们的孤僻乖戾，尤其是他们的性压抑，在文中他写到一个年轻奔放的女子邀请叙述者（像沈从文一样也有一个远在他方的未婚妻）进行情感冒险。女孩子在沙滩上写道：

“这个世界也有人不了解海，不知爱海。也有人了解海，不敢爱海。”①

这部作品以双重抵抗为特点：不满足于抵抗附庸风雅、伪善言行和矫揉造作的庸俗环境，同时也寻求如何补救情绪的失控。起初，作者试图将自己隔离于他所厌恶的环境之外，他给未婚妻写信、寄螺蚌，换言之即是通过完成一个自愿行为，涉及选定的对象和符合他美学追求的实物：

“当时唯一可证实我是能够有理想照理想活下去的事，即使用手上一支笔写点什么”。② 我们可以从言外之意中推测这封信马上让他陷入孤独和情感缺失之中。面对这种新的危险，他通过对《八骏图》的撰写来进行理智的回答：

“我以为由我自己把命运安排得十分美丽，若势不可能，安排一个小小故事，应当不太困难。”③

不过这种控制是一个诡计，沈从文马上就发现在不知不觉间，他是情感游戏的受害者，被情感所操纵，这种情感可能是那个出现在小说和自传散文中的、在绿色草坪上穿着“黄绸袍子”的女人所激发的：④

“我无中生有，就日中所见，重新拼合写下去，我应当承认，在写到故事一小部分时，情感即已抬了头。”⑤

第一次经历以近乎失败而告终，宿命论的我总结道唯一的出路是愈发沉浸于“偶然”之中，因为她们为生命和写作提供了素材。

尽管如此，意志坚强的我也没有完全放弃斗志，又一次在周围功利主义的城市氛围中采取了抵抗。

“不知如何一来，一切人事在我眼前都变成了漫画，既虚伪，又俗气，而且反复继续下去，不知到何时为止。……回来时，我想除去那些漫画印象和不必要的人事感慨，就重新使用这支笔，来把佛经中小故事放大翻新，注入我生命中属于

① 《沈从文文集》，第六卷，第 192 - 193 页。
② 《水云》，第 271 页。
③ 《水云》，第 272 页。
④ 《八骏图》第 170 页，《水云》第 271 页。
⑤ 《水云》，第 272 页。

情绪散步的种种纤细感觉和荒唐想象。……我认为，人生至少还容许用将来重新安排一次，就那么试来重作安排，因此又写成一本《月下小景》。”①

合集中的九篇文章，只有命名为合集标题的第一篇《月下小景》不是取材于《法苑珠林》，沈从文用爱情激情的光辉来对抗物质价值至上（“银行支票的统治”），他并不犹豫改变寓言中原本的教诲意义。② 这些文章中的哲学思想鼓吹情感至上和生命冲力，而这种情感至上正是作者尝试去提防的，这正是矛盾的来源。我们马上会在别处再次看到这种矛盾，它实际上主导了沈从文的创作态度：用艺术来调和激情。

第二个时序场景是随着作者的订婚仪式及其后抵达北京而展开的。也就是此时第一位“偶然”出现，为了避免危险，作者即刻用升华的方式，把它所引发的情感唯美化：

“当发后的压发翠花跌落到地毯上，躬身下去寻找时，我仿佛看到一条素色的虹霓”。③

从第二次相遇之后，“偶然”提出艺术和生活之间的关系问题，她急于渴望弄清《八骏图》中的叙述者是否为作者本人，如是，作者是否确实背叛了她的未婚妻。沈从文的回答首先是区分开真实与艺术：艺术中最重要的是美，而想要在书中找到原型的读者所做的仅仅是揭露他的无知。尽管如此，他不免将以下两点置于矛盾的处境：他在观念上所鼓吹的情感冒险的美丽和他在现实生活中愿意承担的风险：“人应当还有个较理想的标准，也能够达到那个标准，至少容许在文学艺术创造那标准”，他宣称道，之后他向“偶然”保证这部作品仅仅是“（我）在海上受水云教育产生的幻影，并非实有其事”。④ 换言之，他并不想实现这些幻想，尽管作品中呈现的事物是如此美丽：沈从文还是打算站在法律和道德的角度，因为这种态度符合他理性的需要。

然而沈从文在会晤结束之际很激动，因为“偶然”试图模糊生活与虚构之间

---

① 《水云》，第 274 - 275 页。

② 《月下小景》，《沈从文文集》第五卷，第 42 - 190 页。《法苑珠林》继续了佛祖之前的人生。沈从文撰写的故事中，有一个讲述了一女子和一个残疾人偷情背叛丈夫，她希望丈夫能够同意她和这位残疾人一起像乞丐一样生活，还有一个是关于年轻寡妇爱上独眼跛脚的弹古筝人。

③ 《水云》，第 276 页。在虚构的笔调中（自传的基础如前文所述），小说《八骏图》也同样由升华而成：对于年轻黄袍女子在草坪上的描写如下：“没有一句诗能说明阳光下那种一刹而逝的微妙感印”（见上述引文，第 170 页）。

④ 《水云》，第 277 页。

的界限，她故意穿上的“绿底小黄花绸子夹衫”让人好奇地联想起小说中的女主人公。他觉察出他所主张的“泛神论”的风险——他对美和所有生存形式的崇拜——令他深思熟虑地找寻这些颇具诱惑力的“偶然”身上的缺点，同时遵循婚姻的美德，以此来规避危险。

换言之，沈从文觉察出如果说这些偶遇和它们所激起的情感滋养了他的文学创作，那么应该将它们和生活分开以保持他所向往的宁静。在这一矛盾的十字路口，这些“偶然”像是呈现在眼前的天意，却必须在日常生活中尽量限制她们的扰乱。创造美的同时而不受情感的束缚：这就是所要经受的博弈。

在第三个场景中，沈从文面对平衡幸福的夫妻生活和感觉缺失之间的不和谐。就是在这样的精神状态下，他创作了他最为著名的作品《边城》。这部充满诗意的作品描写了不幸的纯洁爱情和两兄弟之间的竞争。①

《边城》似乎是多重创作动因的成果，这些动因很难通过作者所使用的隐射和暗喻的寓言去厘清：他似乎在这部作品中摆脱了“情感上积压下来的一点东西”和过往的挫折，因为当下他的家庭生活是幸福的。唯一的成书原因在于一个公设，即所有作者经历的事物都必须以某种方式再现，而这有距离的现实即构成了艺术创作的第一手资料。

但是这部获得如此完满成功的小说是不是以微妙的方式表现一种对解放的呼喊？这就是批判的我所暗示的：作者本想在这部围绕过往的文章中——主人公是少年人，而且故事的发生地也在沈从文的故乡——用尽所有现实中自我压抑的欲望和激情。摆渡人孙女的故事似乎是情感的让步，由于仅围绕过往，因而甚为有限。事实上，《边城》是一部充满情感的作品，比沈从文大部分的作品都更为情绪化。很显然怀疑论的我并没有因此中奸计：

“这是一个胆小而知足且善逃避现实者最大的成就。将热情注入故事中，使他人得到满足，而自己得到安全，并从一种友谊的回声中证实生命的意义。可是生命真正意义是什么？是节制还是奔放？是矜持还是疯狂？是一个故事还是一种事实？”②

尽管对手（反驳者）具有攻势，但理性的我继续顽强抗衡情感的魔障。当文

① 法语版本译者为 Isabelle Rabut，标题为 *Le Passeur de Chadong*，Albin Michel 出版社，巴黎，1990.10.18 重版，1995 年）。

② 《水云》，第 282 页。

学灵感缺失的时候，其他的事务会代替它来控制飘忽不定的感性：书法——中国文人的传统科目，以及瓷器收藏。我们会发现关于海洋的比喻贯穿全文。

“我只重新逃避到字帖赏玩中去。我想把写字当成一束草，一片破碎的船板，俨然用它为我下沉时有所准备。我要和生命中一种无固定性的势能继续挣扎，尽可能去努力转移自己到一种无碍于人我的生活方式上去。”[①]

接下去便是沈从文所描述的危机开端，他借助医学的比喻，把这个危机称之为“情感发炎”。文章指出了理性的失败和第一次向“偶然”退让妥协，假如我们对作者的暧昧语言的理解是对的，这似乎是一个柏拉图式的激情：他认为“书中毫无故事，唯有近乎抽象的印象拼合。”[②]沈从文称完全沉浸于抽象之中：他将这种安排布局视作艺术的独到之处，特征即是“见出被压抑热情的美丽处”，这也是他“处理人事”的一个弱点——他这里暗示的也许就是他和那些女人的关系，因为他的唯美主义态度令她们困惑。[③]

相对于前几个场景，正是在接受这个“弱点”并克服它所激起的恐惧之中，大幅地向前进展：他自此便沉浸于“近乎抽象的印象拼合”，从相遇中吸取灵感，而非逃避。当时由三名“偶然”所实现的“爱情故事”，实际上都遵循同一个冥想模式：通过肢体、表情和沉默，来捕捉存在的神迹，也就是沈从文所说的“神”。几年之后，其中的一位“偶然”年长了些，对他变得更加“宽容”，他以“自己生命追求抽象原则”为名拒绝利用这种情况。[④] 他这一路所接触的“偶然”按他的说法都像书一样，而这些书中有比虚构作品更美丽的传奇在内。阅读这些书造就了他，但相反的是，他通过写作成形的视野又对他“识读”人和事件的能力产生影响。[⑤] 这篇散文的副标题指出的就是经历与写作的这一相互作用。

他将在这个基础上写作什么？大概小说《看虹录》(1943)便是一例，它讲述的是一个年轻女孩和她的访客之间的独处，其中的装饰和氛围同《水云》的这一场景惊人相似：

---

① 《水云》，第 283 页。
② 《水云》，第 284 页。
③ 《水云》，第 284 页。
④ 《水云》，第 287 页。
⑤ 《水云》，第 286 页。

“其时白日的阳光虽极稀薄，寒风冻结了空气，可是房中炉火照例极其温暖，火炉边柔和灯光中，是能生长一切的，尤其是那个名为‘感情’或‘爱情’的东西”①。

但作者本人也提起了一些作品，虽然这些作品似乎从情感困扰中解脱出来：

“我用这种‘从深处认识’的情感来写故事，因之产生了《长河》。”②

这部描写湖南西北乡村地区的虚构作品，旨在揭示贪婪而不合时宜的中央政权对这片原始乐土的蹂躏，是如何建立在作者和一些神秘“偶然”之间联系的基础之上呢？要探寻这些材料的深层统一似乎得从“神”来入手，这种由“偶然”所揭露的归于神圣的感知，把情感的平庸路径改变成了美学和精神的教育。

“即对于一切自然景物，到我单独默会它们本身的存在和宇宙微妙关系时，也无一不感觉到生命的庄严。”③

这就间接印证抒情是沈从文写作的特色和精髓，虽然他运用了各种风格和语调。

最终是“偶然”的相继离开，她们对只有“纯粹的诗”的关系渐渐感到挫败。作者从头到尾把她们的相遇以及文学创作联系在一起，因此有待整理总结前者和后者的关系。可是，如果说这些相遇仅仅参与了他个人的命运，那文学创作，因为需要公众的认可，是集体历史范畴内的。从反思灵感来源和机制，沈从文在最后几段转向了对于自己作家未来的严肃诘问。“偶然”的离开并没有给他造成任何痛苦，因为这些转变为“一撮白灰”④的经历，在记忆和写作中留存着痕迹，而这些痕迹却消除了情感的鲜艳色彩。但是作品本身和它所体现的情感却对应着一种可预见的，更是难以承担的消逝。随着历史的演进，可以预见未来的几年就会出现文学的政治化和统一化，“神”，即美的抒情表达，将会无可挽回地被禁用。沈从文至此便游移于两种不同的精神状态之间：他一面想排除万难以最大

① 《水云》，第 283 页。这篇小说（刊登于《新文学》，桂林，第一期，1943 年 7 月 15 日）的中文原稿于 1992 年被发现。英译由 Ching Ti 和 Robert Payne 完成，标题为 *The Rainbow*，刊登于 *The Chinese Earth*，第 177－189 页。

② 同上，第 288 页。四川出版社（《沈从文选集》第一卷，第 375 页）引用了其他两部作品，分别于 1939 年和 1942 年出版，它们也同作者的私生活无关，也没有揭示所谓的虚构性：关于作者故乡的印象集的《湘西》，和记叙家乡（沅陵）及两个兄弟的《云麓记事》。

③ 同上，第 288 页。之后有长篇的自然描写：沈从文那时居住在昆明郊区的农村。

④ 《水云》，第 293 页。

限度保存这些受威胁的价值，另一面，忧愁也促使他尽快“剔落灯花”，走向无可抗拒的结局。[①]

四、作品的一把关键钥匙

如果一种解读的有效性是建立在它是否能将一部作品的不同方面，甚至是矛盾的方面，相互照应起来，那么《水云》对尝试探究沈从文文学世界的研究者来说，无疑是一个重要的工具。自称为“乡下人”时，沈从文也先让他的读者了解到他作品中的现实主义、地方主义，以及诗意与斗争性。写作对他而言非常重要：那意味着以新贵之姿登上文坛并占据一席之地，心系近乎误入歧途的文明，来捍卫一种被视为落后的生活方式和精神风貌。对于自然的热爱以及在描写这片“土地”的回忆时所展现的天分，给这部作品的解读带来了丰富的论据。但《水云》中的注释使得作者的创作动机更趋复杂化，也打乱了他原本近乎深入人心的“乡下人”的简单印象。沈从文并未否认他身上的这一标签，但赋予了它另一种社会化程度较低的含义。他表现得像一个理性的人，同时也像个对美的事物十分敏感的唯美主义者。在这种相对辩证中，每种趋势都显示出它最优势的一面。对峙中，敏感的人格并未消失，但他升华为一个自然的哲学家。沈从文的作品也就成了由两种推动力交错而生的神奇产物：一种对事物和感性实体的强烈吸引力，以及一种同样强烈的退却和升华。只有这种解读才能使人理解乡村画家和朴实到近乎抽象的诗人是如何在一个人身上并存的。也只有通过这种理解，作者某些对于音乐的偏好以及情感在其作品中的地位的反思才能一一对号入座。

表现一抽象美丽印象，文字不如绘画，绘画不如数学、数学似乎又不如音乐。[②]

你们能欣赏我故事的清新，照例那背后蕴藏的热情却忽略了；你们能欣赏我

① 《水云》，第 297 页。
② 《烛虚》，《沈从文文集》第十一卷，第 278 页。

文字的朴实，照例那作品背后隐伏的悲痛也忽略了。[①]

更好在《水云》为我们研究沈从文自青年时期开始，直至最后的文学创作，提供了指引方向，当然我们难以预料如果他不曾被迫搁笔，他的创作会呈现怎样的发展。自我与现实的议题，就如文中所阐发的，构成了一个有说服力的解释，同时也能触及创作过程的核心。在第一阶段，直至三十年代中期，沈从文似乎主要在探寻自我，以及自我与现实的关系。梦幻的引诱依然非常强烈，可从他诉诸民俗学、民间传说，疯狂的爱情故事以及风流强盗中获得体现。[②]“散文”更有利于将现实诗化，显露出乡村的抒情意象。他这种对于和谐与美丽的探寻将在之后的《边城》中发挥到极致，他也尝试塑造所见证的残酷现实。而塑造的困难通过多样的，有时是极端的方式显露出来，他运用这些方式来对这些未经加工的原材料进行美学处理，时而夸张到近乎恐怖地呈现出来，时而将之置于主线情节之外。[③] 但是从总体上他已找到能够超越现实的残忍、而非逃避开它的方法：包括间接而曲折的回忆，在苦难或暴力中并置美丽或缓和的元素，后者经常是同自然和人物羁旅的沉思联系起来的；最后一个方法是还有一种解读是将野蛮作为生命力和求生本能的庄严的表现来解读。

在沈从文文学创作的成熟阶段，由《水云》所勾勒的创作路径包含一种自我与现实之间关系的翻转。他在写作和情感生活中也经历了相似的历程：他感到至此可以接受有所顾忌的激情冒险，但是以一种升华的方式，将感受性沉浸于“皱眉”和“偶然的微笑”，亦即在生活的动态中追寻美，因而从《水云》中可以发现沈从文的文学实践愈发向现实靠拢。“失去了‘我’后却认识了‘神’，以及神的庄严”：[④]由此，我们可以发现《边城》和《长河》相继成为其创作历程的关键阶段的象征，从《边城》这部以创作者为形象的小说中，我们可以看到一种情感、理想和憧憬破灭的投射，再到《长河》所描绘的三十年代末期的沅陵图景，同时也包含了政治斗争和经济问题。随着时间的推移，现实愈加被过滤，却也被赋予更多含

① 《从文小说习作代序》(1936 年)，《沈从文文集》第十一卷，第 44 页。在这篇文章中，沈从文将“激情”和“痛苦”归咎于乡下人的出身，“自然清新”和“简单风格”则是迟钝和乏味的城里人所推崇的文学品质。

② 参考例如《神巫之爱》，1929 年(一个受所有女人喜爱的萨满巫师的故事)，《沈从文文集》第八卷，第 242 - 300 页；《在另一个国度里》，1926 年(一个“落草大王”的故事)，《沈从文文集》第八卷，第 146 - 172 页。

③ 参考例如，第一种情况见《夜》；第二种情况见《菌子》，《沈从文文集》第八卷，第 85 - 98 页。

④ 《水云》，第 287 页。

义：同时放弃抒情和粗野的巴洛克，沈从文热衷于在周遭现实中发掘出与他审美相契合的事物，从中汲取一个美好的人是由什么所构成的，并坚信“凡是生命照例在任何情形中有它美好的一面”。[①]

五、结　论

因为《水云》并没有讲述作者的生活，而是叙述了生活与作品之间复杂交互的关系，因此我们探讨的这篇文章具有双重的价值：作为一部自传，以及作为对虚构作品中自传性内容的反思。在这第二点上，沈从文的话语以唯意志论为特色，尽管他显然赞同弗洛伊德理论中无意识的作用。沈从文向我们揭示了写作并非仅仅旨在纾解压抑的欲望，它也是对过去经历的加工，最终实现主体对于现实的掌控。用美学的记录来替代生活本身：这点同普鲁斯特的方式有些接近，[②]这使得沈从文远离了现实主义，而我们却经常将现实主义施加于沈从文的作品中。

如果我们认可心理结构比历史的突发事件更为重要，主观动机，甚至是无意识，也比环境外力的作用更深刻，那么《水云》就比沈从文的其他自传性作品在自我注解上走得更远。在“乡下人”这一简化而可疑的标签下，文章揭示了一种不为人所知的复杂人格。揭开秘密并不需要非同寻常的勇气，因为沈从文所沉溺的考验并不触及人格的任何禁忌（这点和爱情主题所令人产生的想法相背），而是他和现实之间的重要关系。这与其说是自白，更不如说是一次由美学的反思所引领的自我探索。归根结底，沈从文试图更多地以艺术家身份来描述自我，而不仅仅是单纯地从人的角度。他在多处谈及自我控制，这可与他的理论原则对应，并非出于偶然：沈从文此处表现出他逐步实现一种文学类型，这种文学类型是他的自身气质和中国传统文人的共通之处。

《从文自传》试图将人重置于时代之中并且支持某种生活方式，而《水云》则是摆脱了外在因素，从作者的气质和情感出发来阐明作品。两种视角并不必然

① 《小砦》，《沈从文文集》第七卷，第184页。

② 例如可以联系到普鲁斯特在 *Le Temps retrouvé*（《重现的时光》）中阐释到“将我所感受到的事物从黑暗中解放出来，转换成精神对等物”（*À la Recherche du temps perdu*，*Le Temps retrouvé*，（1927年）Pierre Clarac 与 André Ferré 编辑版本，伽利玛出版社，*Bibliothèque de la Pléiade*，vol. III. Paris，1954 [1980]年，第879页）。

对立：《水云》并不与自传相违背，自传中的抒情也预示着《水云》诗意而强烈的写作意图。但值得注意的是，这两个文本是以这个顺序完成的，沈从文在文学成熟期感到——确有其事——自己的作家生涯受到严重威胁，在这篇最大程度上寄托了事业信仰的《水云》中，他选择以艺术家的面目示人。因此自传对沈从文来说成了一件艺术品，而非为了补充作品，这也实现了他作为二十世纪“最后一个浪漫派”[1]在写作中升华的深刻决心。

---

① 《水云》，第294页.

沈从文的文学思想与中国现代文学的发展

Rosa Lombardi* 著　吴娟娟 译

本文通过研究沈从文散文文论反思 20 世纪早期的中国文学。沈从文在 20 世纪 20 年代至 40 年代创作了大量作品。他深信文学能改变中国的未来，专注于探讨独创性、创新性与想象力，并认为没有这些特征，作品就不能成其为文学作品。沈从文也鼓励年轻作者进行风格研究和实验，希望在这一受马克思主义美学理论影响越来越敏感时期创立全新的文学作品和诗性语言。

一、沈从文的散文与 30 年代的中国文坛

本文中分析并探讨的沈从文散文文论大多创作于 20 世纪 30 年代初至 40 年代中期。这个时期是中国文化及文学经历急剧变化的动荡时期，也是在这段时期内沈从文创作了他最为重要的作品。共产党执政(1949 年)后不久，由于对左翼文人的努力漠不关心，沈从文被郭沫若(1892—1978)批评为"反革命作家"。之后不久，沈从文逐渐停止了创作。①

尽管沈从文(1902—1988)多才多艺，是重要的作家之一，但他一度在中国文学中销声匿迹。直至 20 世纪 70 年代末复出之后②，他的作品才得以重新出版，

---

* Rosa Lombardi 是意大利罗马第三大学的中国语言文学副教授，研究中国现当代文学，曾翻译过当代作家莫言、苏童、虹影、王朔的小说和北岛、吉狄马加、席慕容、杨牧的诗歌。

① Guo Moruo 郭沫若，"斥反动文艺(Chi fandong wenyi)"(Let's condemn reactionary art)，人众文艺 Renzhong wenyi, 1948(3): 18 - 22.

② 1982—1985，《沈从文文集》(共十二卷)由花城和三联出版社在广州和香港出版，本文此后称作 WJ。1992 年《沈从文别集》(共 20 卷)出版，本文此后称作 BJ。BJ 由沈从文之子沈虎雏编辑，收了一系列沈从文从未发表过的作品。

之后受到中西方学者的广泛赞誉。

对沈从文小说的研究已相当多,[①]但鲜有学者研究他思考文学的散文,虽然这类文章在沈从文的创作中占了相当大一部分。[②]

中国评论家也往往只关注沈从文的生活和小说。[③] 一些评论家分析了沈从文的美学思想,目的是试图将他归为现实主义作家,从而为他的作品找到合理性。[④] 至今为止,没有任何西方研究是专门探讨沈从文的散文文论的。[⑤] 但是在我看来,这些文论非常有意思,因为我们从中不仅能看清沈从文创作的发展过程及其文学思想,也能对当时的文坛上的种种论战有所了解。

在20世纪初期,外国现代哲学理论和文学作品不断引入中国,马克思主义美学理论也在中国得到广泛传播,不仅深刻影响了之后的中国文学,也促使不断涌现的作家纷纷进行新的表达方式的实验与尝试,这些因素共同促进了文学论战的爆发。

在20世纪30年代的中国,文学实验与创新蔚然成风:有些作家推崇现实主义,有些偏爱法国自然主义,浪漫主义,主观主义,而有些则宣称主张艺术完全脱离政治的唯美主义或理想主义。几年之后,随着政治局面的变化,又有一些人宣称坚持马克思主义,并创作了深受政治信仰影响的作品。

抗日战争爆发前夕,中国知识分子讨论最多的问题是创作自由和语言变革(1934年)。创作自由这一问题由左翼作家胡秋原(1910—2004)提出,他认为艺术自由对创造力的发展至关重要,并反对文学成为政治的“留声机”。紧接着,苏汶发表“论第三种人”,支持胡秋原。“第三种人”是指不站在任何阶级立场上,既不属于无产阶级,也不属于资产阶级。苏汶(1914—1969)反对政治干预艺术,并指责左翼作家联盟对作家施以太多压力,虽表明了什么是“有用”,

① 至今最为详尽的沈从文研究要数金介甫的 *The Odyssey of Shen Congwen*, Stanford UP, 1987. 本书常被用来界定沈从文一些创作时期不确定的作品。

② 沈从文的许多写作,散文,书信,序言和书评当时发表在各种杂志上,后来汇总收在《沈从文文集》的最后三卷。

③ 比方说吴立昌的《沈从文传》,业强出版社,台北,1992. 吴在书中指出沈从文不可以被简单地看作一个现实主义作家。

④ 见陵宇的《从边城走向世界》,三联书店,北京,1985。

⑤ 西方沈从文研究也主要注重在沈的小说创作,像 David Der-wei Wang, *Fictional Realism in Twentieth Century China: Mao Dun, Lao She, Shen Congwen*, Columbia UP, 1992; J. Kinkley, “Shen Congwen Legacy in the Chinese Literature of the 1980's” and David Der-wei Wang, “Imaginary Nostalgia: Shen Congwen, Song Zelai, Mo Yan, and Li Yongping” in Widmer & Wang, *From May Fourth to June Fourth: Fiction and Film in Twentieth Century China*, Harvard UP, 1993.

什么是"无用",但忽略了写作的表达价值。1935年,左翼亟须与国民党形成抗日联盟,从而将充斥着爱国情怀、促进联合抗日的"国防文学"推向了论战的风口浪尖。[①]

沈从文没有鲜明的政治立场,他也不参与左翼组织的辩论。20世纪30年代至40年代,沈从文继续坚持文学必须不受外部压力的影响,无论该压力来源于严格的指令、政治程序还是市场需求。他还努力想发起一场研究作品内在品质而非社会最新趋势的批评运动。

1933年,沈从文反思文学创作并批评某些作家的作品很"轻浮",从而引发了文学界"京派"与"海派"之间的激烈论争。[②] 沈从文批评海派文学作品语言拙劣、风格平庸、话题狭隘(大都写爱情故事),同时也指责上海作家过于世俗化和商业化。沈从文试图通过这种方式,激起人们对文学、文学的目标和方法以及作家对自己作品的反思。[③]

但在我看来,沈从文散文文论中最引人入胜的是那些探讨严肃的文学议题,如作家的修养、风格、语言,主题以及文学目的的文章。这些文章大多以笔记或印象杂记的形式出现,一般不遵循严格的章法或理论框架,对文学理论也没有定论。然而,正是作为作家本身独特的经历和作家对写作的这种反思使得它们意趣盎然。

沈从文的散文文论大体可以分为四类:著作的前言或后记;作家作品批评或文学思考;鼓励年轻作家和诗人的书信,发表于当时报刊或他主编的期刊的书信;[④]以注释、笔记、杂记和内心独白等形式出现的文章。[⑤]

本文按时间顺序梳理沈从文的散文文论创作,探析隐藏其后的文学思想并试图呈现20世纪中期的中国文坛。

二、沈从文作品中的写实主义观和"诚实"

沈从文的作品是写实主义的。他认为写实主义是对现实的艺术描写,对

---

① 尽管有许多这方面的探讨,什么是"国防文学"并没有一个明确的界定。"国防文学"在抗日这一面旗帜下最大程度上联合持不同政见的知识分子。"国防文学"有两大标准:抗日和反封建。反对"国防文学"的作家被视为汉奸和叛徒。

② 见 沈从文,"论海派",WJ 12:158-162 (1934)。

③ 见 沈从文,"文学者的态度",WJ 12:148-154 (1933);"关于海派",WJ 12:163-165(1934);和"新文人和新文学",WJ12:166-171 (1935)。

④ 沈从文是天津《大公报》文学副刊的主编。

⑤ 见 沈从文,《水云集》,WJ10:260-331。

写作技巧的训练至关重要；他并不认同"现实主义"这一具有浓厚政治意识的概念。20 世纪 30 年代末风靡中国文坛的现实主义是教条式的：个人经验要么与集体融为一体，要么因脱离集体而轻如鸿毛，而写作风格和技巧却是次要的。

对人和生活的关注促使沈从文描写人的精神世界、梦境和灵魂。

正如许多"五四"后创作未艾的作家一样，沈从文坚信"新小说"将推动中国社会转型并为解决民族灾难提供借鉴。为此，文学必须成为再现并分析现实的工具，并能够反映人民的真实需求和愿望。"新人"的形成将推进社会革新的进程并加快中国进步的步伐。

在 1935 年的一篇文章里，沈从文写道：

> "这种人（新文人）相信人类应当向光明处去、向高处走。正义永远在他们胸中燃烧，他们的工作目的就是向生存与进步努力。假若每个文学作品，还许可作者保留一种希望，或希望他作品成为一根杠杆，一个炸雷，一种符咒，可以因它影响到社会组织上的变动，恶习气的扫除，以及人生观的再造。"①

沈从文的这种观点正与"五四"那一代人的呼求不谋而合。该观点首先由梁启超（1873—1929）在《论小说与群治之关系》这篇文章中提出，②并为胡适（1891—1962）之后提出"八项主张"铺平了道路。

沈从文虽认为这些主张很抽象，但同时也深受全新信念和理想的鼓舞。于是，20 岁的沈从文离开湖南，作别军队生活，来到北京读书学习，寻求救国之路。③

在创作初期，沈从文无疑深受周作人（1885—1967）和文学研究会主张的人道主义和人的文学观的影响。文学研究会是 1921 成立的文学团体，周作人恰是创始人之一。

周作人在 20 世纪 20 年代影响了包括沈从文在内的一大批作家，但可考证

---

① 沈从文，"新文人和新文学"，WJ12：169 - 170.
② 梁启超，"论小说与群治的关系"，《中国近代文论选》，北京，1981，157 - 181.
③ 沈从文，《从文自传》，BJ，《自传集》，176.

的信息却很少。个中缘由正如王继志在其论作中强调的一样,[①]即在抗日战争期间,周作人被指责为卖国通敌,之后他的作品长期被谴责并被遗忘。

众所周知,"人的文学"观促进了描写真实生活、碰触广泛社会问题的小说的产生,它们旨在唤醒个人良知,为中国的精神重生创造合适的条件。周作人受进化论影响,认为人是灵肉统一的。在他看来,人类的进化表明人拥有改善自身生存状况的本能。因此,文学必须展现普通人的生活和问题,注重揭示生活的具体状况;如此,读者便能认识到当下状况与理想生活的巨大差距,并不断变革完善。

此外,周作人区分了人的文学和非人的文学。所谓"人的文学",如莫泊桑的小说《一生》等,能维护人类尊严,改良社会;而"非人的文学"则往往为旧道德摇旗呐喊(如《肉蒲团》[②])。

在20世纪20年代出现的首批现实主义小说中,文学普遍成了道德和意识形态的宣扬工具。这些小说以白话文为创作语言,探讨的主题和问题受到严格限制,因此并未对艺术特色和作品表达留下重要的影响。

沈从文深化了周作人的人道主义理论,并认为文学能重新唤起人们对灵魂的关注并不断改善现实的生活状况。沈从文还区分了"生活"和"生命"两个概念。前者指人的动物本性,人和其他生物都具有,属于物种生存的范畴;而后者关系到精神本性。两者并不相对,相反,正如周作人的"动物性"和"理性"一样,处于动态关系中。

在沈从文看来,文学能拓展人的知识面,使人认识到超越基本需求和物质渴望的精神生活的存在,进而促使人开发其无穷潜力。沈从文在30年代末创作的散文中讨论过这些问题。那时他作为作家已小有名气,开始在武汉大学任教,创办了月刊《红黑》,并开始为一些文学期刊撰稿。[③]

早在1931年,沈从文就在一篇文章中探讨过文学的本质和目的,评论"五四"后第一个十年里的小说创作。他认为除了极少数作家,如鲁迅,郁达夫,许地山,叶圣陶和冰心等,大部分作家的作品都很幼稚肤浅、语言文白夹杂,行文粗糙不自然[④]。

---

① 见王继志,"论沈从文创作中的人道主义",《中国现代当代文学研究》,1988,6期,155-162.

② 见周作人,"人的文学",《新青年》,1918,6期,575-584;"自己的园地",《周作人文选》,上海,1994,50-51;和邓恭三,《中国新文学的源流——周作人讲校》,北平人文书店,1933.

③ 包括《小说月报》《人间》《现代评论》和《新月》杂志。

④ 沈从文,"论创作小说",WJ11:161-186.

究其原因，沈从文认为作家缺乏创作技巧，不能胜任（要探究的问题是如此广阔，而创作技巧却过于局限）。[①] 许多作家都出身于中上层阶级，对所描写的话题和现实生活知之甚少。此外，他们的作品缺少"诚实"，在情感上也不能引起读者共鸣。

正如邓腾克所言，[②]"诚实"的概念在儒家传统中早有呈现，代表着一种生活原则，即诚实的人才能与天合一，才能在与外界的交流中保持统一。

叶圣陶[③]在探讨内心世界（艺术家的）和外部世界的桥梁只有通过最终导向创作的个人发展历程才能建立时，也再次提到这一概念。

对沈从文来说，"诚实"是指艺术家在作品中创造生动情感，并流畅连贯地再现现实的能力。尽管沈从文坚信文学要活生生且真真实实，能反映现实生活，但他对 20 年代那些现实主义作品的批评，并不是在于这些作品的缺乏真理方面，而是在于缺乏艺术家的情感投入。在当时，"真理"标准日渐获得左翼文人的青睐。

沈从文评论道，即使许多作家开始关注一直处于文学边缘的社会底层和普通人的生活，但却仅仅描述他们的无知、冷漠和迫于物质匮乏的绝望生存。鲁迅在作品中以悲观、幻灭的笔调描绘了落后、保守的农民阶级，而沈从文则在他作品的主人公上（工匠、农民、船夫、士兵、土匪、妓女、小贩）倾注了深厚的情感和人道主义，将他们刻画的生机勃发、乐观向上。尽管存在弱点、会犯错，但他们能够深刻体验深沉而真挚的情感，如友谊和爱情。

三、技巧，语言和创作过程

与同时代的其他作家不同，沈从文认为文学的意义不只在于其内容。沈从文反对 30 年代流行的文学思潮，即作家只关注作品的内容和思想表达。与此同时，沈认为创作技巧对文学同样重要——正是创作技巧使文学成为艺术。这种观点在当时极为革新且富挑战性，与正统批评家论争正酣的话题格格不入，沈从

① 沈从文，"论创作小说"，WJ11：165.

② Kirk Denton, *Modern Chinese Literary Thought: Writings on Literature*, 1893—1945, Stanford UP, 1996.

③ 叶圣陶（1894—1988）。叶是文学研究会的创办者之一，《小说月报》的编辑，和儿童文学作家。Ye Sheng Tao, "On the Literary Arts," K. Denton, *Modern Chinese Literary Thought*, 162 - 168.

文因此被贴上了“形式主义作家”的绰号——过于注重作品形式而忽视内容。

在正统批评家看来(一直持续到20世纪80年代初),只有有着中产阶级倾向的作家才会注重作品的艺术技巧、语言和结构;作品形式与现实和历史无关。因此,写实主义也被认为是对现实的“模仿和复制”。特别是毛泽东《在延安文艺座谈会上的讲话》,[①]为文学模式和小说创作立下了条条框框,基本否决了创新表达形式的可能。

沈从文的文论注重文体创新,并试图创造新的文学语言。众所周知,20世纪初,将白话取代文言文并没有形成现代文学语言。20年代和30年代是个过渡期,作家创作的语言既有文言文的痕迹,又夹杂着白话、方言,句法形式也受西方翻译作品的影响。

那时期,一大批外国文学和哲学作品连同马克思主义哲学被引进中国,许多中国作家靠翻译这些作品谋生。

沈从文认为要创作文学作品,作家必须学会创作技巧。这技巧是写好故事大纲,研究并形成个人风格并熟练运用语言的最终结果,是创造平衡和谐的作品、实现形式与内容相统一的必要工具。[②]

在进行文学创作之前,作家必须要有一个准备过程,观察周围人事,获取人生体验的知识。这知识既包括外部世界,也包括作者的内心世界。通过这些知识,作家可以捕捉自然的任何声音、色彩、图案或形式,进而分析它们对作者情绪和感觉的影响,这即是沈从文所说的“情绪的体操”。[③]

作家在行文布局时需遵循“经济”原则,比如说,作家必须努力在作品中保持平衡,一方面要避免词语和表达累赘,另一方面又要避免过度简洁。这样创作出的作品自然浑然一体,真是“增之一分则太长,减之一分则太短”。

沈从文认为表情达意取决于词语的选择和运用。熟读古今书籍能为作者提供更多的学习和练习材料(词汇和表达应当随时随地存储到记忆里),[④]就如朗读诗歌可以让人们重新感知语言的音乐美。如果创作要如有魔法般感染人,[⑤]

---

① 见 M. Goldman, *Literary Dissent in Communist China*, Harvard UP, 1967. 毛1942年在延安文艺座谈会上的《讲话》为新中国成立后的文艺政策奠定了基础。毛提出文学作品要为大众(工农兵)服务。实际上,政府严格控制知识分子的创作活动,打击思想独立的作家。

② 沈从文,“谈创作”,WJ11: 313-315 (1934);“论技巧”,WJ12: 104-107 (1935);“答词八”WJ12: 44-45 (1936).

③ 沈从文,“情绪的体操”,WJ11: 327-330 (1934).

④ 沈从文,“谈创作”.

⑤ 沈从文,“答词十”,WJ12: 34 (1935).

并给读者留下不可磨灭的印象，作家必须具有渊博的语言知识(执笔于手要能灵活调动各种官能捕捉声音、色彩和香味，亦能在现实、记忆与想象之中自由驰骋)。[1]

要达到此境地，作家必须不断地学习和习作，同时也必须将创作看作是神圣的，需要付出百分之百的诚心和努力。

因此，沈从文认为创作并不能奇迹般一蹴而就，不学无术的天才也创作不出作品，相反，创作是坚持不懈地研究与实验的结果：

> “我总以为这个工作比较一切事业还艰辛，需要日子从各方面去实验。作品失败了，不足丧气，不妨重来一次；成功了，也许近乎凑合，不妨再换个方式看看。”[2]

他认为作家的使命是不断地探索创造力，大胆尝试各种风格和体裁。

培养创造力也意味着要创新故事情节，避免落入俗套的窠臼，要有全新的开头和结尾，不管是轻松喜悦还是英雄主义的悲壮。[3]

沈从文的作品类型宽泛，创作手法多样：如在《若墨医生》里，对话是全文的主要元素；而在《腐烂》中，全文无对话，故事也主要靠“意识流”展开；《月下小景》则是一个幻想故事；《湘西》又是旅行杂记。

沈从文在30年代创作的作品很大程度上打上了政治环境的烙印。尽管他努力保持温和立场，并将注意力集中在纯文学问题上，但他还是严厉批评了政治宣传和商业文学，以及南京国民政府强制实行的抑制性措施。当时对言论绝对自由的呼声异常高涨，沈从文多次公开谴责国民党在30年代推行的非法的禁书制度，[4]而在胡也频[5]和朋友丁玲[6]被捕后，沈从文又痛斥南京国民党的恐怖政策。

沈从文将文学的僵化归咎于左翼在1936年和1937年间强加给文学的政治指令。他认为文学作品不应基于教条化的公式，这样产生的作品都差不多。他

① 沈从文，“幽僻的陈庄—题记”，WJ11：38－40

② 沈从文，“从文小说习作选 — 代序”，WJ11：42.

③ 沈从文，“答词八”，WJ12：44.

④ 沈从文，“禁书问题”，WJ12：327－333.

⑤ 沈从文，“记胡也频”，BJ—友情集：38－106.

⑥ 沈从文，“丁玲女士被捕” 和“丁玲女士失踪”，BJ—记丁玲，32－35，36－39.

鼓励发起一场运动，促进作家保持独立思考并投身创作更多作品。只有这样，才可以创作出有独创性的作品，表达作者个人而非某政治团体的观点。[①]

在30年代末和40年代初的创作中，沈从文再次强调，作家如果要写出超越民族利益和界限的中国文学作品，必须潜心投身于创作。

但语气似乎更加冷静和温和，这也展示了沈从文一直想要向别人解释、阐明并鼓励大家创作的愿望。他的文风也逐渐变化，在更加抒情和描述性的散文里时不时点缀一些对生活的思考和感想。明显展示了他对政治局势的担忧。对即将到来的事态，沈从文充满恐惧和忧虑，因为它将阻碍20世纪初期以来的文化和创新进程。

四、小说主题和文学的“真”：实验主义和精神分析

在1941年发表的一篇文章中，沈从文重提有关短篇小说的话题，几年前他在一次会议上就讨论过。[②] 同时，他重申文学的性质是处理“人事”。“人事”在这里极其广义，“包含了两个部分：一是社会现象，是说人与人相互之间的种种关系；一是梦的现象，便是说人的心或意识的单独种种活动”。[③]

他认为把人事和梦相混合，处理恰当，并用语言文字好好装饰，才可能成其为小说。

正如前文所说，恰当阐述主题并不意味着简单地描述外部现实，也不是具体地呈现事实，而是尝试让真实生活的内部逻辑在小说里淋漓尽致的展现。沈从文认为文学的“真”表现在流畅连贯地呈现主题和情感上。“真”要高于作为其起点的写实主义，并将幻想、作者的想象和表达、内心世界、梦以及作品的内容作为创作的基石。

沈从文的写实主义作品以及创作于30年代后期的短篇和散文均表明他钟情于分析感觉、内心世界、人物的心理以及无意识活动。20年代传入中国的心

---

① 沈从文，“作家间需要一种新运动”，大公报——文艺，1936年，10月25日；也见炯之（沈从文笔名）“讨论反差不多运动”，大公报——文艺 1937年，2月21日；沈从文，“文坛的团结与联合”，国文周报，13期，45.

② 沈从文，“短篇小说”，WJ12：113－127（1941）。沈在此文中提到他1940年写的另一篇文章，“小说作者和读者”。

③ 同上，114－115.

理分析理论很可能吸引了沈从文，而这多亏了他的两位朋友，即朱光潜和施蛰存。朱光潜(1897－1986)是著名的文学批评家，翻译了弗洛伊德的一些文章；施蛰存(1905－2003)是现代派，更确切地说，是新感觉派的领导者，而新感觉派深受心理分析理论影响。①

沈从文对心理觉察与反省的兴趣在 30 年代中期至 40 年代中期的创作的一些短篇小说中展露无遗。在《八骏图》中，沈从文讽刺性地分析了一群教授的心理，1933 年夏天，沈与他们同住一个寓所。小说的主人公即叙述者自认为是灵魂的拯救者，他时刻窥视同伴的言行，并认为是压抑欲望导致了他们的悲观、恐惧和挫败感。为此，主人公为同伴开出了“弗洛伊德”疗法，即应该自由地发泄被压抑的性欲望。

沈从文于 1943 年创作的《看虹录》被认为是他最富实验创新的作品之一。沈从文试图在该书中描述千差万别与芜杂矛盾的人类情感与心理。两条平衡的叙事线索经由对话和意识流等展开来：一条是情人与主人公的对话，另一条是潜藏在对话之下汹涌的暗流，即幻想、思考、欲望、情色的凝视和动作等等。

在同年创作的长篇散文《水云》②中，沈从文启程去海边的悬崖之顶俯瞰大海，其间想象了他与自己的对话。在一隅寂静中，沈从文开始幻想，反思自我、人生以及曾经做出的一次次选择(名誉、金钱或爱情，什么都没有，这不算什么。我有一颗能为一切现世光影而跳跃的心，就很够了。这颗心……能够梦想一切……)；③他想象自己跟“自我”对话，“一个人心情骄傲，性格孤僻，未必就能够做战士，应当时时刻刻记住，得谨慎小心，你到的原是个深海边。身体纵不至于掉进海里去，一颗心若掉到梦想的幻异境界中去，也相当危险，挣扎出来并不容易”。④

最后，沈从文再一次提到文学创作，公开申明文学中无所谓真与不真，文学作品的目的是引导人向善，给读者以审美愉悦，“不管是故事还是人生，一切都应当美一些！丑的东西虽不是罪恶，可是总不能令人愉快”。⑤

---

① 沈从文和施蛰存之间的友谊可见于他给施的书信。见 1933 年的“答词 4”，WJ 12：16－17，和 1934 年的“答词五”，WJ12：18－19.　沈从文还写过一篇关于施蛰存的文章，“施蛰存与罗黑芷”，WJ11：107－112.

② 沈从文，“水云：我怎么创造故事，故事怎么创造我”，265，WJ10：263－298.

③ 沈从文，“水云：我怎么创造故事，故事怎么创造我”，265.

④ 沈从文，“水云：我怎么创造故事，故事怎么创造我”，276.

⑤ 沈从文，“水云：我怎么创造故事，故事怎么创造我”.

40年代的作品展现了沈从文对探索普遍真理的美学理论，尤其是对他的同事、朋友朱光潜的美学观，产生了浓烈的兴趣。①

跟许多同行一样，朱光潜曾留学国外，学习意大利哲学家和文学批评家贝奈戴托·克罗齐(1866—1952)的美学理论，在此基础上，形成了自己的文学艺术观。朱光潜接收了克罗齐的美学观点，即艺术即直觉。艺术品是作家心灵活动真实且纯粹的表达形式，不能用真实与道德的原则来衡量。在克罗齐看来，艺术作品是一种内容和形式密不可分的艺术创造。这种观点使沈从文相信艺术作品的目的不是传达某种道德、政治或社会观念，而是完善整个人类，最为重要的是，是让人体验美，促使人超越日常琐屑。而这个目标，也只有富有创造力的艺术家才能完成。因为在创作阶段，艺术家可以说是一个神，是世间一切的造物主。②

在散文《美与爱》③中，沈从文认为"美"是最高美德与接近上帝的关键，"这种美或由上帝造物之手所产生，一片铜，一块石头，一把线，一组声音，其物虽小，亦可以见世界之大，并见世界之全……"④

沈从文坚持泛神论的观点，认为神存在于每个生命和世界的每种形式之中，当然也存在作为人类智慧结晶的作品中。作家为追求完善、寻求理想的美，一步步靠近纯粹的形式，最终成就神圣的作品。

沈从文认为美是一种善，能驱使人向善。他的"善"不同于宗教和道德上的"善行"，而是指艺术作品沟通作家与其他人的生活，作家由此彻悟，并对生存和内心世界有着更深入的了解。这种观点使沈从文克服自己与他人的差异，放弃那种追求物质享受、自私自利的生活方式。

因此，艺术作品具有审美、教育和道德的三重功能。艺术促人向善，唤醒人的良知，同时又能激起人的兴趣，鼓励人进步向前。

沈从文坚信文学能改变中国的命运，这也是他散文背后的驱动力。这种信念鼓舞了19世纪末和20世纪早期的社会革命家，也激励沈从文探究人性和文学，希望以此改变人民的思维方式。

---

① 沈和施之间的友谊可以上述到30年代中期，当时沈从文是施蛰存主编的《文学杂志》的经常撰稿人。《文学杂志》第一期出版于1937年7月.

② 见朱光潜，"我对于本刊的希望"《文学杂志》1937年第1期；"文艺心理学"和"从距离说辩护中国艺术"收入《朱光潜全集》，1卷：197－218和9卷：378－385. 有关论述见，M. Sabattini，"Crocianism in Chu Kuang-ch'ien's Wen-I hsin-li-hsueh"，*East and West*，1970，vol. 20 (1－2)：179－197.

③ 沈从文，"美与爱"，WJ11：1943，376－379.

④ 沈从文，"美与爱"，376.

沈从文致力于创造新文学和新的诗化语言，强调独创性和创造力是衡量文学作品的标准，并鼓励作家进行风格的实验和创新。

他最初的写实主义信念慢慢地成熟，继而超越了“意识形态的障碍”，坚信现实要比公式和规范更加清晰、神奇和芜杂。

沈从文的文学观很兼收并蓄，与传统文学观关系不大。在很多方面，沈从文似乎囿于一种“教学式”的文学观，并一直认为作家在社会中扮演着重要的角色。他也是一名不折不扣的理想主义者，认为文学能变革社会、改善人类。

这些现代观念在他的创作中反复出现，有可能是受当时引入中国的外国作品的影响，如他受心理分析影响就显而易见。他的文学创作的方法是现代的，是不断研究和探索的结果。

半个世纪之后，中国的评论家和作家重新发现了沈从文的作品，并认可了他为中国现当代文学的发展所作出的重大贡献。

参考文献

Anderson, Marston(1990), *The Limits of Realism*, University of California Press.

Ching Tie Payne Robert (1982), *The Chinese Earth*, Columbia University Press.

Chou Tsetsung (1960), *The May 4th Movement*, Harvard University Press.

邓恭三(1933), 中国新文学的源流, 周作人讲校, 北京.

Eber Irene (1990), *Voices from Afar: Modern Chinese Writers on Oppressed Peoples and Their Literature*, University of Michigan Center for Chinese.

高瑞泉(1994), 周作人文选, 上海, 远东出版社.

Goldman Merle (1977), *Modern Chinese Literature in the May Fourth Era*, Harvard University Press.

Gunn Edward (1980), *Unwelcome Muse — Chinese Literature Shanghai and Peking 1937 - 1945*, Columbia University Press.

郭沫若(1948), 斥反动文艺, 人众文艺, 18 - 22.

Hsia C. T. (1971), *A History of Modern Chinese Fiction*, Yale University Press.

Hsia C. T. e Joseph S. M. Lau (1971) *Twentieth-Century Chinese Stories*, Columbia University Press.

Kai Yu Hsu (1976), *The Chinese literary Scene*, Penguin Books.

Kinkley Jeffrey C. (1977), *Shen Ts'ungwen's Vision of Republican China*, Phd Dissertation. Harvard University.

Kinkley Jeffrey C. (1987), *The Odissey of Shen Ts'ungwen*, California: Stanford University Press.

Kinkley Jeffrey C. (1995), Imperfect Paradise, University of Hawaii Press.

Lau Joseph, C. T. Hsia and Leo Ou-fan Lee (1981), *Modern chinese Stories and novellas*, 1919—1949, Columbia Un. Press.

Lee Leo Oufan (1973), *The Romantic generation of Modern Chinese Writers*, Harvard University Press.

陵宇 (1985), 从边城到世界, 北京三联书店.

Liu James J. Y. (1975), *Chinese Theories of Literature*, Chicago University Press.

Lombardi Rosa (1993), Shen Congwen, uno scrittore dimenticato, *Culture*, n. 7, pp. 135 - 143.

Lombardi Rosa (1995), L'autobiografia di Shen Congwen: una chiave alla comprensione della narrativa e della personalità dell'autore, *Cina*, n. 25, pp. 153 - 159.

Lombardi Rosa (1993), Il rapporto dei miei scritti con l'acqua, *Culture*, n. 7, pp. 145 - 147.

Lombardi Rosa (1995), 关于沈从文自传的几点感想, 湖南吉首大学报月报-社会科学版, n.3, pp.29 - 31.

Lombardi Rosa (1996), La letteratura di Pechino e di Shanghai a confronto: una polemica, Mondo Cinese, n.3, p.53 - 83.

Nieh Hua Ling (1970), *Shen Tsungwen*, Twayne.

Pollard David (1973), *A Chinese Look at Literature — The Literary values of Chou Tsojen in relation to the Tradition*, C. Hurst & Co.

Rabut Isabelle (1992), *Le petit soldat du Hunan*, Albin Michel.

Sabattini Mario (1970), Crocianism in Chu Kuang-ch'ien's Wen-i hsin-li-hsueh, *East and West*, vol. 20 n.1 - 2.

沈从文别集 (1992), 长沙岳麓书社, 20 voll.

沈从文文集(1982 - 1985), 广州花城出版社、香港三联.

舒芜,陈迩冬 (1981), 中国近代文论选,北京人民文学出版社.

Wang David Der-Wei (1992), *Fictional Realism 20th Century China: Mao Dun, Lao She, Shen Congwen*, Columbia University Press.

王继芷(1988), 论沈从文创作中的人道主义中国现代当代文学研究, n.6, p.155 - 162.

Widmer Ellen e Wang David Der-Wei (1993), *From May Fourth to June Fouth*, Harvard University Press.

吴立昌(1991), 建筑人性神庙, 上海复旦大学出版社.

吴立昌(1992), 沈从文传, 台北业强出版社.

Zhang Jingyuan (1992), *Psychoanalysis in China — 1919—1949 Literary transformations*, Cornell University East Asia Programme.

周作人(1918), 人的文学, 新青年,. p.575 - 584.

朱光潜(1987), 朱光潜全集 , 安徽教育出版社.